선과 악의 학교

마지막 해피엔딩

The School for Good and Evil
: The Last Ever After

제3부

선과 악의 학교 2

THE SCHOOL FOR GOOD & EVIL

마지막 해피엔딩

소만 차이나니 지음

신윤경 옮김

문학수첩

이제 더 강해진 그들의 사랑 안에는 증오와 공포와 혼란의 씨앗이 함께 자라고 있다. 사랑은 증오와 함께 서로를 먹이 삼으며 공존할 수 있고, 그러한 사실이 가장 커다란 분노를 낳기 때문이다.

T.H. 화이트, 《과거와 미래의 왕》

옛날부터 그 숲에는

선과 악의 학교가 있었지

쌍둥이처럼 닮은 두 개의 탑

하나는 맑고 순수한 이를 위한 것

다른 하나는 사악한 이를 위한 것이지

달아나려 해 봤자 결과는 실패

그곳을 나가는 방법은 오직 하나

동화 속으로 들어가는 것뿐이라네

제2장

21

강요

소피는 또다시 그 낯선 남자 꿈을 꾸었다.

이번에도 그녀는 칠흑같이 어두운 터널 안에 있고, 길은 공중에 붕 뜬 금반지로 막혀 있었다.

하지만 지난번 꿈과는 달리 반지 너머에서 누군가가 그녀를 기다리고 있었다. 은과 다이아몬드로 만든 왕관을 머리에 쓴 테드로스였다. 감청색 재킷을 입은 그는 쏟아지는 햇빛을 받으며 하얀 장미 제단 앞에 서 있었고, 카멜롯의 첨탑들이 그의 뒤쪽에 솟아 있었다. 테드로스의 두 손에 들린 왕비의 왕관이 햇빛을 반사해 그의 두 뺨을 물들였다. 젊은 왕은 소피를 발견하고 미소 지었다.

소피는 그가 들고 있는 왕관을 보는 순간, 숨이 멎는 듯했다.

드디어 이루어졌다.

그녀가 진심으로 바라던 일이 현실이 되고 있었다.

이제 교장의 반지를 파괴하기만 하면 된다.

그때 갑자기 소피의 손에 엑스칼리버가 쥐였다. 그녀는 축축한 손가락으로 보석 박힌 따뜻한 칼자루를 느끼며 칼날을 어깨 높이로 들어 올

렸다. 그리고 거대한 황금 원을 향해 다가갔다…….

하지만 반지 표면에 비친 낯익은 얼굴이 그녀와 왕자 사이를 가로막았다. 어둡고 사악한 그 남자는 헝클어진 머리와 거친 피부, 그리고 매부리코까지 예전에 보았던 그대로였다.

소피는 물러서지 않고 오히려 이를 드러내며, 반지와 반지에 비친 남자를 깨부수기 위해 엑스칼리버를 더 높이 들어 올렸다…….

하지만 그와 눈이 마주친 순간, 소피는 돌처럼 굳어 버리고 말았다. 죽은 사람 같기도 하고 악마 같기도 한 그 반투명한 눈동자가 마치 그녀를 도발하듯 마주 보고 있었다.

칼을 쥔 소피의 손에 힘이 빠졌다.

"누구…… 누구지?" 소피가 속삭이듯 물었다.

낯선 남자는 수수께끼 같은 미소를 지었다.

소피는 어찌할 바를 몰라 테드로스와 낯선 남자…… 왕비의 왕관과 금반지를 번갈아 바라보았다…….

'어서! 지금 해야 해!'

머릿속에서 울리는 목소리를 듣고, 그녀는 다시 반지 위로 칼을 들어 올렸다…….

그때 두 개의 손이 쑥 뻗어 나와 소피의 목을 움켜잡았다.

반지 속 남자는 그녀가 캑캑거리는 모습을 보며 어쩔 수 없다는 듯 슬픈 미소를 지었다.

하지만 다음 순간, 그는 냉정한 처벌자의 모습으로 돌변해 그녀의 목을 찢어 버렸다.

아가사는 공포에 사로잡혀 씩씩 숨을 몰아쉬며 깨어났다. 검정색과 초록색이 섞인 교복을 내려다본 그녀는 몇 번 더 거친 숨을 내뱉은 다음에야 비로소 자신이 살아 있음을 깨달았다. 그녀는 땀에 흠뻑 젖어 딱딱하고 얇은 매트리스에 누워 있었다. 주변을 둘러보았지만 강렬한 붉은 오렌지색 빛 때문에 아무것도 보이지 않았다.

'카멜롯이구나.' 아가사는 당황하며 두 눈을 가렸다.

'카멜롯에 왔나 봐.'

그녀는 강한 빛을 이겨 가며 두 눈을 가늘게 떴다.

그때 둥그런 얼굴이 불쑥 그녀의 시야를 가렸다. 알록달록 화장을 한 얼굴이 입을 열자 베이컨 냄새가 확 풍겨 왔다.

"내가 네 아침을 먹어 버렸어. 음식은 더 없으니 달라고 하지 마라." 말을 마친 신데렐라는 그대로 몸을 돌려 터덜터덜 걸어갔다.

아가사는 후다닥 몸을 일으켜 무릎을 꿇었다. 그녀는 다시 연맹 본부에 와 있었다. 붉은 오렌지색 불빛은 동굴 입구에서 들어오는 햇빛이었다. 먼지투성이에 후텁지근한 동굴 속은 유난히 북적였다. 연맹 회원 열세 명이 동굴에 붙은 것을 떼어 내고 짐을 싸는 중이었다. 그들은 이사 준비를 하고 있었다. 한쪽에서는 헨젤과 그레텔이 멀린의 모자에 가구를 밀어 넣고, 피터 팬과 팅커벨이 10여 개의 가방에 간식과 물통을 채웠다. 피노키오와 빨간 망토는 아침 식사에 쓴 접시를 닦는 중이었다. 다른 쪽에서는 유바가 활짝 펼쳐진 동화책들을 유심히 들여다보고 있었다. 우마 공주와 하얀 토끼는 바닥에 흩어진 검은 새틴 조각을 쓸어 담았고, 잭과 브라이어 로즈는 이사 준비를 거드는 척하며 사실은 공책을 펴 놓고 결혼식 초대 손님 리스트를 손보고 있었다.

이 북새통 한복판에 호트가 있었다. 그는 동굴의 가장 안쪽 벽을 가린 낡은 커튼 앞에 팔짱을 끼고 가만히 서 있었다. 마치 무엇인가를 지키는 것 같았다. 아가사와 잠시 눈이 마주친 그는 눈을 찌푸리더니 이내 시선을 돌렸다.

한편 신데렐라의 거울 근처에서는 딱 붙는 흰 반바지와 짙은 청색 셔츠를 입고 깨끗하게 단장한 테드로스가 멀린과 심각한 대화를 나누고 있었다. 셔츠 레이스가 매끈한 구릿빛 가슴까지 풀려, 그의 심장 근처에 길게 난 흉터가 그대로 드러나 보였다. 아가사는 왕자의 허리춤에 엑스칼리버가 있는 것을 확인했다. 하지만 소피는 어디에도 보이지 않았다.

"어떻게 된 거야?" 아가사가 왕자에게 다가서며 물었다.

고개를 돌린 테드로스는 밝지만 멍한 표정으로 그녀를 바라보았다. "미안하지만 저를 아십니까?"

아가사는 입이 떡 벌어졌다.

"저는 카멜롯의 테드로스라고 합니다. 아서 펜드래건의 아들이자 선의 수호자로, 미래의 왕비를 찾고 있는 훌륭한 신랑감이기도 하지요." 그가 손을 내밀었다. "그쪽은 누구신지……."

아가사는 그의 손을 잡지 않았다. "신랑감?"

"새롭게 시작하자며. 기억 안 나?" 테드로스는 아가사가 농담을 받아 주지 않아 살짝 짜증이 난 것 같았다.

순간 지난밤 일들이 그녀를 향해 물밀듯 밀려왔다. 그녀의 왕자는 자신들의 해피엔딩에 대해 다시 생각해 보는 척 연기를 하자고 제안했고, 아가사도 동참하는 것으로 생각했다. 하지만 사실 아가사는 두 사람의 결정을 진심으로 고민해 보기로 결심했다. 그녀는 왕비가 되고 싶지 않았다. 정해진 방식으로 행동하고 꾸며야 하는 삶, 늘 주변의 평가에 노출된 삶은 싫었다. 그녀는 사람들의 관심에서 멀리 떨어져 평범하게 살고 싶었다. 가발돈 사람들에게 '마녀'나 '괴물'로 낙인찍힌 어린 시절부터 그녀가 원한 것은 오직 그것 하나였다. 더구나 이것이 말이나 되는 상황인가? 그냥 이름 없는 동네도 아니고 아서왕의 카멜롯의 왕비라니! 카멜롯의 새 왕은 물론이고, 왕국의 영광을 되찾아 줄 진정한 왕비를 기다리는 백성들에게 그녀는 실망만 안겨 줄 것이 뻔했다.

"맞아. 그랬지. 새롭게 시작하자고 했어." 아가사가 어색하게 굳은 얼굴로 대답했다.

"아가사, 걱정하지 마." 아가사가 자신의 눈을 피하는 것을 눈치챈 테드로스가 다시 입을 열었다. "아무 문제 없어. 소피한테 다시 기회를 주는 것처럼 연기하는 것뿐이야. 그런 뜻에서……." 그가 연극을 하듯 깊이 허리를 숙였다. "캘리스의 딸이자 소피의 친구인 숲 너머에서 온 아가사여, 이렇게 뵙게 되어 반갑습니다. 그대가 훌륭한 왕비가 될 사람인지 어서 빨리 알아보고 싶군요." 왕자는 그녀의 손등에 입을 맞추고 장난스럽게 윙크를 해 보였다.

아가사가 손을 확 당겨 빼자 테드로스는 당황한 표정으로 그녀를 바라보았다.

"거기 두 사람! 유치한 연극 다 끝났으면 사람 살리는 얘기 좀 다시 해 볼까?" 멀린이 두 사람을 노려보며 말했다. "좋아. 아가사, 어젯밤에는 네가 빠른 판단을 내린 덕분에 친구들이 셀레스티움에 숨을 수 있었어. 그 후에는 내가 마법을 이용해 너희 모두를 본부로 데리고 왔지. 그런데 탈출 과정에서 넌 머리를 세게 부딪쳐서 말도 앞뒤가 안 맞고 푹 쉬어야 할 것 같더구나. 너랑 테드로스는 악의 요새에 침입해서 내가 시킨 일을 모두 완수했다. 소피와 엑스칼리버를 찾고 무사히 그곳에서 탈출했지. 둘 다 너무 위험한 임무라는 건 알았지만 다른 방법이 없었어. 소피의 키스로 교장이 살아 돌아왔으니, 그를 없애려면 소피가 그의 반지를 파괴해야 한다. 이제 소피와 반지와 칼이 모두 우리 손에 있어. 소피가 교장과 어둠의 군대를 무덤으로 돌려보내고 너희 세 사람이 카멜롯으로 떠나면, 너희 이야기는 비로소 끝이 날 거야."

멀린이 잠시 말을 멈췄다. "그런데 계획에 차질이 생겼다." 마법사가 아가사를 향해 고개를 돌렸다. "어제 네가 잠에 빠져들면서 낮은 목소리로 연맹이 위험하다고 말하더구나. '저들이 우리 위치를 알아요'라고 말이야. 잠꼬대라고 해서 그 말을 의심할 수는 없었지. 유명 악당들의 군대가 너희를 쫓아 학교 밖으로 쏟아져 나온 광경을 내 눈으로 직접 봤으니 말이다. 그래서 지금 당장 이곳을 빠져나가기로 했어. 회원들은 팀을 나눠서 숲 곳곳에 숨을 거고 난 너랑 테드로스, 소피, 그리고 저 근육 덩어리 악인 남자아이를 아무도 찾을 수 없는 안전한 곳으로 데려갈 거다."

"호트요? 호트도 같이 간다고요?" 아가사는 멀린의 설명을 이해할 수 없다는 듯이 질문을 쏟아 냈다. "그리고 왜 우리가 숨어야 하죠? 교장이 죽으면 연맹 회원들은 자기 왕국으로 돌아가고 저랑 소피랑 테드로스는⋯⋯."

멀린과 테드로스의 표정을 살피던 아가사가 말을 멈췄다.

"계획에 차질이 생겼다."

아가사는 가슴이 철렁 내려앉았다. "교장이 살아 있구나."

테드로스가 고개를 끄덕였다.

"소피 반지도 그대로 있고." 아가사의 말에 테드로스가 다시 한 번 고개를 끄덕거렸다.

"소피가 아직도 반지를 끼고 있어?" 아가사가 묻자 테드로스는 입술을 깨물었다.

"어떻게 그럴 수 있지?" 마침내 아가사가 폭발하며 소리쳤다.

"걔한테 아무도 말을 안 해 준 거야? 얼마나 중요한 일인지 몰라서 그러는 거 아니냐고!"

"하!" 지나가던 헨젤이 기가 차다는 듯 코웃음을 쳤다.

멀린은 아가사를 향해 억지 미소를 지어 보였다. "오늘 아침에 얘기해 봤단다. 연맹 회원 모두." 그의 시선이 검은 새틴 조각을 쓸어 담는 우마를 향했다. "소피는 당분간 교장의 반지를 파괴할 생각이 없다고만 알고 있어라."

"그럴 리가 없어요……." 아가사가 다급하게 입을 열었다. "학교에서 나오면 바로 파괴하겠다고 약속했단 말예요."

"좀 더 설명하자면 어젯밤 소동이 있었어." 마법사를 대신해 테드로스가 나섰다. "부엌에서 소피가 손에 잡히는 대로 내던지면서 호트에게 고래고래 소리를 질렀지. 걔가 우리를 따라오는 바람에 일이 다 틀어졌으니 당장 꺼지지 않으면 머리통을 박살 내 버리겠다고 말이야. 그런데 막상 우리가 반지를 파괴하라고 설득하니까 갑자기 거절하는 거야. 호트를 쫓아낼 생각도 없어진 것 같고."

아가사는 왕자의 시선을 따라 고개를 돌렸다. 건장한 검은 머리 소년이 보초를 서고 있는 커튼에 익숙한 실루엣 하나가 비쳤다.

"그래서 호트도 같이 가는 거야. 소피 말로는 쟤가 자기 보디가드래." 테드로스가 우울한 표정으로 말했다.

호트가 아가사를 가로막았다. "무슨 일인데?"

"쟤랑 할 얘기가 있어. 지금 당장." 아가사는 명령조로 말했다.

"지금은 만날 수 없어." 호트는 물러서지 않았다.

"소피, 이 원숭이한테 좀 비키라고 말해 줄래?" 아가사가 호트의 어깨 너머로 소리쳤다.

"반지 얘기 할 거야?" 커튼 뒤에서 소피의 잠긴 목소리가 들렸다.

"당연하지!"

"그럼 싫어."

호트가 아가사를 향해 싱긋 웃었다. 이마 위로 들쭉날쭉 내려온 앞머리가 마치 번개 같았다.

아가사는 움찔하며 그를 노려보았다. "처음에는 쟤 룸메이트가 되려고 하고, 그다음에는 친구가 되려고 하더니 이제 아예 노예가 됐구나. 그건 그렇고 몸 잘 키웠다. 그런다고 줏대 없고 비굴한 성질이 없어지지는 않겠지만."

호트가 날카로운 누런 이를 드러내며 그녀 앞에 얼굴을 들이밀었다. "난 소피가 준비되는 대로 악의 학교로 데려갈 거야. 쟤가 있어야 할 곳은 거기니까." 호트는 소피에게 들리지 않도록 목소리를 낮췄다. "이상한 노인네들 사이에 소피를 둘 순 없어. 특히 저…… 눈치 없는 멍청이 옆은 더더욱 안 돼." 호트는 건너편에 있는 테드로스를 향해 고개를 돌려 똑바로 눈을 마주쳤다. 테드로스는 즉시 도발적인 몸짓으로 응수했다.

하지만 아가사의 시선은 오직 호트를 향해 있었다. 그녀는 그의 탄탄한 가슴과 깔끔한 머리를 바라보며 무엇인가를 깨달은 듯 부드러운 표정을 지었다. "너 아직 소피랑 가능성이 있다고 생각하는구나. 그래서 쟤 따라온 거지? 그래서 여기 있는 거야."

호트는 갑자기 속마음을 들켜 버려 당황한 듯이 두 눈을 껌뻑였다. 하지만 곧 잔인한 미소가 돌아왔다. "셋 셀 때까지 앞에서 비키지 않으면 내가……."

"호트?" 소피가 커튼 뒤에서 부스럭거리며 부드러운 목소리로 그를 불렀다. "아가사는 들어와도 괜찮아. 대신 새 옷이랑 매니큐어

선과 악의 학교3

좀 가져오라고 해 줘."

말이 끝나기 무섭게 아가사는 호트의 가슴을 팔꿈치로 치고 잽싸게 그를 지나쳐 커튼을 활짝 열었다. 소피가 벽에 붙어 오들오들 떨고 있었다. 그녀가 입은 검은 드레스는 갈기갈기 찢겨 있었고, 양 볼은 창백했으며, 머리는 온통 헝클어졌고, 화장은 온 얼굴에 번져 있었다. 한마디로 다락에 갇힌 미친 여자 같았다.

"프랑켄슈타인 신부 역할로 딱이다, 너!" 아가사가 말했다.

"아가사, 내 친구! 무슨 일이 있었는지 넌 상상도 못 할 거야." 소피가 아가사의 팔에 쓰러지듯 안기며 울음을 터뜨렸다. "난 안 하겠다고 한 적 없거든. 시간이 좀 필요하다고 말했을 뿐인데 저 사람들이 늑대 떼처럼 와락 달려들지 뭐야! 난 어린 시절 영웅들을 만나서 너무 반가웠는데 팅커벨은 개 부르는 호루라기 같은 소리를 내면서 날 찌르고, 헨젤이랑 그레텔은 휠체어로 엉덩이를 막 치면서 이상한 외국 말투로 소리를 지르잖아. 또 피터 팬은 지팡이로 쿡쿡 찌르면서 시민의 책임이 어쩌고저쩌고 설교를 늘어놓고, 심지어 멀린…… 멀린 마법사님은 책에서 보면 엄청 지혜롭고 공정하고 친절하잖아. 그런데 그분이 세상에 내 손에 엑스칼리버를 쥐여 주려고 하시는 거야. 사람들이 내 손에서 반지를 빼내려고 까치처럼 날 쪼고 잡아당기는 판국에 말이야. 그런데 그때! 바로 그때였어! 저 괴물 같은 신데렐라가 무덤에서 막 파낸 미라에서 날 법한 악취를 풍기면서 날 구석으로 몰고는 이렇게 말하는 거야. 널 깔아 뭉개 버리겠다! 분명히 그렇게 말했다니까, 아가사. 전설적인 공주님께서 그 거대한 엉덩이로 내 얼굴을 깔고 앉아서, 내가 반지를 파괴할 때까지 꼼짝하지 않겠다고 말씀하셨다고. 이러니 내가 늙은 사람들을 싫어할 수밖에! 그래서 난 결심했어. 절대 이 반지를 빼지 않을 거야. 폭력과 괴롭힘으로는 원하는 걸 얻을 수 없어. 특히 저렇게 매너 없는 태도로는 어림도 없지!"

과장되고 부풀려진 소피의 이야기를 듣는 일에 이미 익숙해진 아가사였지만, 이번만큼은 놀라지 않을 수 없었다.

"소피⋯⋯." 아가사가 마음을 진정시키며 말했다. "저분들 목숨이 걸린 일이야. 우리 모두의 목숨이 걸려 있어. 교장이 유명한 동화들을 악의 승리로 다시 쓰고 있어. 예전 동화가 이렇게 새 이야기로 바뀔 때마다 교장과 그의 군대는 가발돈에 한 걸음씩 가까워지는 거야. 교장은 바로 그곳에서 선을 영원히 파괴할 계획이라고."

"가발돈에서? 교장 선생님이 가발돈에서 뭘 하는데?" 소피는 바닥에 놓인 베이컨 접시를 만지작거렸다. "혹시 이거 케일 오믈렛으로 바꿔 주려나?"

"소피!" 아가사가 친구의 어깨를 움켜잡았다. "네 심장을 찌른 사람이잖아! 테드로스를 반으로 자를 뻔한 사람이라고! 그런 사람이 무덤에서 살아 돌아와서 좀비 악당 200명을 군대로 거느리고 있어. 그 사람이 가발돈에서 뭘 할지는 중요하지 않아. 그건 생각하고 싶지도 않다고."

소피가 침을 꼴깍 삼켰다.

"그러니까 내 말 잘 들어, 친구야. 내가 엑스칼리버를 가져올 테니까 약속한 대로 반지를 부숴 버려." 아가사는 단호하게 말했다. "지금 당장 해야 해. 나만 볼게. 알겠지?" 아가사가 몸을 돌려 커튼을 잡았다.

"난 못 해."

소피의 말에 아가사는 커튼을 놓았다.

"못 하겠어, 아가사." 소피가 아가사의 등을 보며 낮은 목소리로

선과 악의 학교 3

말했다. 다정하고 호들갑스럽던 그녀의 목소리가 차가운 강철로 변해 있었다.

아가사는 천천히 몸을 돌렸다.

소피의 얼굴이 긴장한 듯 부자연스러워 보였다. 그녀는 오래전부터 이 순간을 준비했지만 어떻게 이야기를 풀어내야 할지 몰라 힘겨워하는 것 같았다.

"매너 없는 태도 같은 건 문제가 아니었구나." 아가사가 먼저 입을 열었다.

소피의 눈썹에 굵은 땀방울이 맺혔다. "꿈을 꿨어, 아가사. 이상한…… 남자 꿈이었어. 한 번도 본 적 없는 악마 같은 남자인데, 내가 반지를 파괴하려고 하니까 날 죽였어."

"꿈이라고? 그것 때문에 못 하겠다는 거야?" 아가사는 안심한 듯이 신음을 내뱉었다. 그보다 훨씬 심각한 이유가 있을 것이라고 확신했기 때문이다.

"아니, 아가사. 꿈에서 본 그 남자는 날 알아. 그 사람 눈을 보면 알 수 있어." 소피가 떨리는 목소리로 말을 이었다. "그 사람이 난 반지를 파괴할 수 없다고 말했어. 적어도 지금은 안 된대."

"그냥 꿈이야, 소피. 현실이 아니잖아."

"학교 들어가기 전, 난 머리가 새하얀 미소년이 날 사랑하게 되는 꿈을 꿨어. 그리고 그 꿈은 현실이 됐지. 학교 입학하고 나서는 운명의 적 꿈에서 널 봤는데, 그것 역시 현실이었어. 꿈은 단순한 꿈이 아니야, 아가사. 이 세계에서는 그래."

아가사는 근심 가득한 소피의 얼굴을 가만히 바라보았다. "그래서 어떻게 하고 싶은데?"

소피가 손가락에 낀 반지를 쓰다듬었다. "꿈속 남자가 왜 날 막

았는지 알아. 내가 옳은 결정을 했는지 다시 한 번 확인해 보라는
거지. 너랑 나도 학교에서 그러기로 했잖아. 옳다는 확신이 들면,
그때 반지를 파괴할게."

"소피, 말도 안 되는 소리 그만해. 뭐가 맞는지 확인할 때쯤이면
우린 모두……."

답답하다는 듯이 소리치던 아가사가 갑자기 말을 멈췄다. 소피
가 쓰다듬는 것은 반지가 아니었다. 그녀는 반지 아래에 새겨진 이
름을 만지작거리고 있었다.

테드로스.

테드로스였다.

'테드로스.'

아가사의 눈이 점점 커졌다. 소피의 말이 무슨 뜻인지 이제야 알
것 같았다.

소피는 반지를 파괴할 정도로 가치 있는 것을 손에 넣기 전까지
는 절대 교장의 반지를 파괴하지 않을 것이다.

그것이 소피가 세운 규칙이었다.

"아가사?"

아가사가 고개를 들었다. 소피가 커튼 틈 사이로 테드로스를 바
라보고 있었다.

"너의 왕자라고 생각했던 사람을 놓아주는 게 쉬운 일은 아닐 거
야. 하지만 다시 시작하자는 건 네 아이디어였잖아. 넌 테드로스를
포기하는 데 동의했어. 우리 세 사람은 사랑을 찾는 여정을 새롭게
출발한 거야." 소피가 조심스럽게 말을 이었다. "네 덕분에…… 모
두 행복한 결말에 이를 수 있게 됐어."

아가사의 심장이 튀어나올 듯이 쿵쾅거렸다. "내가 무슨 약속을

하고 무엇에 동의했는지는 지금 중요하지 않아. 넌 학교를 떠나는 즉시 반지를 파괴하겠다고…….″

소피가 다시 아가사에게 눈을 돌렸다. "파괴할 거야. 약속한 대로 라팔을 죽이겠다고. 그러면 너의 선인 친구들은 안전해지겠지. 옛 선인들과 새 선인들 모두 말이야. 하지만 그러려면 약속한 대로 테드로스가 나에게 다시 한 번 기회를 줘야 해. 테드로스가 나에게…… 키스해야 한다고. 일단 키스하고 나면 테드로스도 내가 자기 왕비라는 걸 깨닫게 될 거야.″

아가사는 아무 말도 할 수 없었다. 소피의 말이 무슨 뜻인지 충분히 이해했다.

선을 구하기 위해서, 그녀는 소피와 왕자가 키스하도록 도와야 한다.

선을 구하려면, 가장 친한 친구가 자신의 영원한 행복을 가로채도록 도와줘야 하는 것이다.

"하지만…… 그건 정정당당한 방법이 아니야!″ 아가사가 끓어오르는 분노를 쏟아 냈다. "날 협박해서 뭐가 될 것 같아? 내가 원하는 건 어쩌고? 테드로스가 원하는 건 또 어떡해? 사람의 마음을 네 마음대로 바꿀 순 없어!″

소피는 꼼짝 않고 아가사를 똑바로 바라보았다. "아가사, 난 널 정말 사랑해. 네가 테드로스를 얼마나 사랑하는지도 잘 알고……. 하지만 네가? 왕비가 된다고?″

아가사의 분노가 순식간에 사그라졌다.

"탑에서 테드로스를 바라보던 네 눈빛 봤어, 아가사.″ 소피의 말이 계속되었다. "왕비가 되면 너 혼자 테드로스를 차지할 수는 없어. 테드로스는 모든 백성의 왕이 될 테니까. 생각해 봐. 수천 개의 눈이 매일 매 순간 너의 움직임 하나하나를 감시하고, 빈틈이 보이면 지적하고, 부족한 부분을 캐낼 거야……. 모두가 널 향해 날카로운 발톱을 세우겠지. 가발돈에서도 그랬지만 이번에는 수천 배 더 심할 거야. 테드로스는 널 자신의 왕비로 선택한 이유를 설명하느라 매번 진땀을 빼겠지. 왕으로서 정말 중요한 일을 해야 할 시간을 뺏기고 마는 거야. 넌 그런 그를 보호하려고 거리를 둘 테고, 그가 정말 행복한지 의심하게 될 거야. 그러면 조만간 테드로스도 널 의심하게 되겠지. 너희 둘 사이의 갈등은 점점 심해져서 더 이상 참을 수 없는 지경에 이를 거고, 애초에 왜 서로를 사랑하게 되었는지는 까맣게 잊어버릴 거야. 그런 상황이 되면 넌 결국 한밤중에 카멜롯에서 도망쳐 버리겠지. 귀네비어 왕비처럼 왕을 혼자 남겨 둔 채 자유를 찾아 떠날 거야. 테드로스가 어떻게 될지 생각해 봐. 아버지처럼 굴욕을 당하고 혼자 남겨졌으니 어떻게 살 수 있겠니?" 소피가 아가사에게 다가섰다. "아가사, 넌 왕비가 될 수 없어. 그건 네가 원하는 게 아니야. 테드로스를 위해서라도."

아가사는 뒷걸음쳤다. 숨을 쉴 수 없었다. "내 얘기를 하자는 게 아니잖아. 그 반지…… 그리고 네가 한 약속을……."

소피가 아가사의 어깨를 잡았다. "지금 들은 얘기를 테드로스에게 다 하고 싶겠지. 어쩌면 걔는 널 위해 거짓말을 하고 나에게 기회를 주는 척 연기할지도 몰라……. 하지만 진심이 아니라면 난 금방 알 수 있어. 그 아이 키스가 진짜인지 아닌지 분명히 구분할 수 있다고. 그러니까 반지를 파괴하고 싶으면, 내가 테드로스의 마음을 얻을 수 있게 도와줘……."

아가사는 휘청거리며 몸을 돌렸다. 하지만 그녀가 커튼을 걷으려는 순간, 소피가 아가사를 붙잡았다. "이야기가 결말에 이르면 너도 알게 될 거야. 우리 이야기는 처음부터 이렇게 흘러갔어야 했어. 테드로스와 내가 카멜롯의 왕과 왕비가 되고, 넌 우리 두 사람의 진실한 친구이자 선의 구원자가 되는 거지. 넌 언제나 그랬듯 혼자이지만 행복할 거야. 네가 무슨 생각하는지 알아. 내가 아직도 마녀고 악인이어서 이런다고 생각하지? 하지만 세 사람이 해피엔딩을 맞이하려면 다른 방법은 없어. 넌 나랑 달리 공주가 되고 싶어 하지 않았잖아. 동화를 믿지도 않았고, 사랑에 빠지는 건 고사하고 남자랑 관련된 거라면 무엇이든 싫다고 했지. 아가사, 넌 그때 제일 행복해 보였어. 사람들이 널 어떻게 생각하든 신경 쓰지 않고 너 자신에 대한 확신에 차서 무슨 결정을 내리든 당당했지……. 아직 모르겠니? 우리 셋 모두 자신이 가장 중요하다고 생각하는 것을 얻으려면 이 방법뿐이야. 이게 모두에게 옳은 결말이라고. 우리 동화의 최종적인 해피엔딩이 될 거야." 소피는 떨리는 손을 뻗어 친구의 뺨을 쓰다듬었다. "날 봐, 아가사……."

"저리 가……." 아가사는 헐떡이며 소피에게서 벗어나 커튼을 더듬거리다가 마침내 끝자락을 잡았다. 그러나 커튼을 걷어 올리려던 그녀는 그대로 몸이 감겨 앞으로 쓰러지면서 동굴 모랫바닥에 얼굴을 처박았다.

"좀 크게 말해야 우리한테도 들리지." 피터 팬이 불평했다.

아가사는 모래를 털고 주변을 둘러보았다. 호트의 탄탄한 몸을 둘러싼 연맹 회원들이 그들의 대화를 엿듣지 않은 척 딴청을 부리고 있었다.

"늙은이들은 귀가 어둡단다. 한 마디도 못 들었어." 빨간 망토가 원망 섞인 말투로 투덜대자 다른 회원들도 거들듯이 한 마디씩 웅얼거렸다.

아가사는 저 멀리 떨어져 있는 멀린에게 고개를 돌렸다. 마법사는 긴장한 얼굴로 턱수염을 쓰다듬고 있었다. 다른 회원들은 그녀와 소피의 대화를 못 들었는지 모르겠지만, 마법사는 모든 것을 알고 있는 게 분명했다.

"어떻게 됐어?" 굵은 목소리가 들려왔다.

테드로스가 우마 공주 옆에 서서 희망 섞인 미소를 짓고 있었다. "소피가 하겠대? 반지를 파괴할 준비가 된 거야?"

테드로스의 미소가 점점 밝아졌다. 왕자는 자신이 하지 못한 일을 그의 공주가 해냈다고 확신하고 있었다. 그동안 수없이 싸우고 서로를 실망시켰지만, 왕자는 여전히 자신보다 공주를 더 믿었다. 아가사의 마음이 따뜻해졌다. 끔찍한 상황에 처해 있었지만, 그 순간 그를 사랑하는 마음은 그 어느 때보다 컸다.

아가사의 표정이 변하는 것을 눈치챈 테드로스의 얼굴에서도 천천히 미소가 사라졌다. "아니면…… 다른 숨을 곳을 찾아야 하나?"

아가사는 왕자 뒤에서 혼자 분주히 움직이는 유바를 바라봤다. 땅속 요정은 맞은편 벽에 마지막 페이지가 펼쳐진 동화책을 꽂고 있었다. 열 권은 족히 되어 보이는 옛날 동화책에는 새로운 결말이 그려져 있었다. 아름다운 공주들이 살해당하고, 용맹한 왕자들이 칼에 찔리고, 총명한 아이들이 잡아먹히는…….

아가사는 다리에 힘이 풀렸다.

교장의 작업 속도가 빨라지고 있었다.

옛날 악당들이 모조리 사냥에 나섰다.

아가사는 13인 연맹 한 사람 한 사람을 바라보았다. 선의 가장 위대한 영웅들이 그동안 일궈 놓은 모든 것을 악에 잃을지도 모르는 위험에 처해 그녀만 바라보고 있었다.

그녀의 해피엔딩이 그들의 해피엔딩을 다 합친 것만큼 중요한가?

그녀 한 사람의 행복이 그 수많은 목숨보다 중요한가?

테드로스를 차지하기 위해 소피와 싸우고서도 과연 그녀가 행복할 수 있을까?

"귀네비어 왕비처럼……." 소피의 목소리가 메아리처럼 울렸다.

"귀네비어 왕비처럼……."

깊은 생각에 빠진 아가사는 반짝이는 초록빛에 번뜩 정신을 차렸다. 신데렐라의 거울로 보니 커튼 뒤에서 에메랄드빛 눈동자 하나가 테드로스를 지켜보고 있었다.

이곳에도 사냥에 나선 옛날 악당 하나가 존재했다.

아가사는 마음속에서 불꽃이 타오르기를 기다렸다……. 왕자를 위해 소피에 맞서 싸울 의지가 활활 타오르기를…….

하지만 그런 일은 일어나지 않았다.

그녀를 필요로 하는 열세 명의 영웅들을 바라보고 있자니 오히려 소피의 말이 옳다는 생각이 들었다. 아가사는 왕관을 얻자고 그들을 위험에 빠뜨릴 수 없었다. 그녀조차 그 왕관의 주인이 자신이 맞는지 헷갈리니 백성들은 분명 실망할 것이고…… 왕은 자신의 선택이 잘못되었음을 깨닫겠지…….

그녀의 마음이 원하지도 않는 것을 위해 어떻게 싸울 수 있겠는가? 게다가 더 중요한 싸움이 그들을 바짝 추격하고 있지 않은가?

아가사가 제안을 받아들일 수밖에 없다는 사실을 소피는 이미 오래전부터 알고 있었다.

아가사는 테드로스를 아무리 사랑해도, 그의 왕비가 될 수는 없었다.

또한 소피는 아가사의 마음속 가장 깊은 곳에 선이 존재한다는 사실을 알고 있었다. 선택의 순간이 되면, 아가사는 그 선에 진실하기 위해 모든 것을 포기할 사람이었다.

큰 전쟁에 이기기 위해 눈앞의 전투를 포기해야 하는 순간을 그녀는 받아들여야 했다.

왕자를 포기하는 한이 있더라도, 또한 왕자에게 버림받는 한이 있더라도…….

아가사는 천천히 고개를 들고 눈물을 참으며 왕자를 바라봤다.

"어서 가자." 그녀가 말했다.

22

옛것이 새것이 되다

연맹 회원 모두가 떠나 버린 본부에는 희미한 태양의 온기마저 식어 가고 있었다.

아가사와 멀린은 동굴 구멍에서 몇 걸음 떨어진 곰팡이 핀 오크 나무 아래에 나란히 서서, 열두 명의 영웅들이 각자 길을 찾아 떠나는 뒷모습을 바라보았다. 옷, 음식, 음료 등이 든 가방을 등에 메고 숲으로 향하는 그들의 걸음은 한없이 무거워 보였다. 피터 팬과 팅커벨, 그리고 신데렐라는 서쪽으로 향했고 피노키오와 빨간 망토는 동쪽으로 갔다. 잭과 브라이어 로즈는 북쪽을 택했고 우마 공주와 유바 교수, 그리고 하얀 토끼는 낡은 휠체어를 몰고 그 뒤를 따르는 헨젤과 그레텔과 함께 남쪽으로 나아갔다.

잠시 후 테드로스가 주뼛거리며 아가사에게 다가왔다. "저 고집불통 늙은이들, 좀 좋아질 만하니까 헤어지네." 셔츠 앞섶을 풀어 헤친 그가 바르르 떨며 말했다. "저분들 다시 만날 수 있을까요?"

"그러길 바라야지. 우리 모두 살아 있어야 가능한 일일 테니까."

마법사가 모자에 손을 넣으며 대답했다. 그는 모자에서 검은 망토 두 개를 꺼내더니 하나를 왕자에게 건넸다. "눈앞에 닥친 급한 문제들부터 하나씩 풀어 보자." 멀린이 슬그머니 아가사를 향해 시선을 돌렸다. "소피가 언제 반지를 파괴할 것인가 같은 문제 말이다."

"걘 대체 뭘 기다리는 걸까요?" 테드로스가 꽉 끼는 망토의 단추를 채우려 애쓰며 말했다. "이거 제 것 맞아요?"

아가사는 테드로스가 다른 데 정신이 팔린 틈을 타 멀린을 바라보았다. 왕자에게 사실을 말해 줘야 할지 망설여진 것이다. 반지를 파괴하겠다는 말은 거짓말이었다고 알려 줘야 할까? 그가 소피에게 키스를 하고 그의 진정한 사랑이 소피였음을 마침내 깨달을 때까지 소피는 교장을 죽이지 않을 것이라고 말해야 하나? 그가 소피를 왕비로 맞이해야만 끝날 일이라고······.

하지만 멀린은 멍한 눈으로 입술을 꼭 다물었다. 아가사는 마법사가 무슨 생각을 하는지 알 것 같았다.

소피는 아가사에게 분명히 경고했다. 테드로스가 자신을 속이면 아무 말 하지 않더라도 금세 알아차릴 것이고, 그렇게 되면······ 상황은 돌이킬 수 없게 될 것이라고 말이다.

'그건 안 돼.' 소피는 테드로스가 진심으로 자신을 받아들여야 반지를 파괴할 것이다.

아가사는 가슴이 답답해졌다.

'테드로스가 진짜로 소피와 사랑에 빠져야 한다는 뜻이잖아.'

"어떻게 생각해?" 테드로스가 마지막 단추를 채우느라 진땀을 빼며 다시 물었다. "소피는 뭘 기다리는 걸까?"

'너의 키스를 기다리는 거야. 내 입술에 닿았던 너의 입술, 바닐라 맛 구름 같은 네 입술, 나에게 영원을 맹세했던 바로 그 입술로

자기에게 키스하기를 바라는 거라고.'

생각에 빠져 있던 아가사가 왕자를 향해 고개를 돌렸다. "편하게 쉬면서 생각을 정리할 안전한 장소를 마련해 달래. 사실 우리도 그런 곳이 필요하긴 해." 아가사는 말을 쏟아 내듯 빠르게 대답했다.

"왜 이렇게 잔뜩 긴장했어?" 테드로스가 아가사의 어깨를 부드럽게 주무르며 말했다. "너 거짓말 못 하는 건 알지만, 관객들을 앞에 놓고 공연하는 것도 아니잖아. 나랑 같이 있을 때 네가 왕비가 돼서 과연 행복할 수 있을지 심각하게 고민하는 것처럼 행동해. 나는 너랑 소피 중 누굴 선택할지 고민하는 척 연기할게."

아가사가 테드로스를 빤히 바라보았다.

"선생님, 저희 은신처가 프로스트플레인 너머에 있다고 하셨죠? 북동쪽으로 이틀은 걸어야겠네요." 테드로스가 멀린에게 물었다.

"그렇지. 네버랜드를 통과하는 길은 무척 좁단다. 어둠의 군대가 우릴 찾고 있을 텐데 다 같이 여행하는 건 위험할 것 같고……." 잠시 말을 멈춘 멀린이 아가사를 날카롭게 바라보았다. "둘씩 짝을 지어서 이동하자. 놈들 눈에 띄지 않으려면 두 팀 사이에 충분한 거리를 두고 걷는 게 좋겠다."

"좋아요." 테드로스가 아가사의 손목을 덥석 잡았다. "선생님이 앞장서세요. 그 뒤를 저랑……."

"얘들아, 나 왔어!"

테드로스와 아가사는 소리 나는 쪽으로 고개를 돌렸다. 근육 덩어리 두 팔이 소피를 동굴 구멍 밖으로 밀쳐 내고 있었다. 배꼽을 드러낸 새빨간 블라우스, 검정색 가죽 미니스커트, 그리고 두툼한 곰 가죽 코트를 입고 밝은 핑크색 모피 부티를 신은 소피는 마치 생일 케이크에서 막 튀어나온 무용수 같았다. 소피는 종종걸음으로 그들에게 다가왔다.

가까스로 채운 테드로스의 망토 단추가 튀어 나가고, 아가사는 들고 있던 가방을 떨어뜨렸다.

"미안해. 아침부터 할 일이 좀 많아야지! 커튼 천이랑 바닥 깔개, 그리고 신데렐라의 반짇고리로 내가 실력 발휘 좀 해 봤어. 그 덩치 큰 아줌마는 먹다 남은 베이컨을 준다니까 간이라도 빼 줄 것처럼 굴더라고." 소피가 테드로스 앞에서 아양을 떠는 동안, 호트가 동굴 밖으로 기어 나왔다. "저기서 들으니까 둘씩 짝을 지어 간다는 것 같던데? 테드로스랑 나랑 파란 숲이 보이는 발코니에 나란히 앉아 있던 때가 생각난다. 테드로스가 영원의 숲에 아름다운 곳들이 얼마나 많은지 얘기해 줬거든. 물론 그땐 내가 남자였지. 이제 다시 여자가 됐으니까 테드로스가 그 아름다운 풍경들을 나한테 직접 보여 주면서……."

소피가 갑자기 말을 멈췄다. 왕자가 자꾸 시선을 피하고 있었다.

"옷 때문에 그러는구나." 소피가 얼굴을 붉히며 말했다. "진짜 나다운 모습을 보인 지 너무 오래된 것 같아서 모처럼……."

"아니야. 오늘 정말 예쁘다. 진심이야." 테드로스는 계속 소피의 눈을 피하며 대답했다. "하지만 짝은 아가사랑 할게. 선생님이 선두에 서시면 우리 둘이 그 뒤를 따르고, 너랑 저 족제비 녀석은 멀리 떨어져서 걸어오면 돼. 쟤가 네 보디가드라고 했잖아."

소피가 고개를 푹 숙였다. "아, 그랬지. 그렇게 하는 게 맞겠다."

소피는 슬쩍 고개를 들어 아가사를 바라보았다. 커튼 뒤에서 단둘이 이야기를 나눈 후 처음이었다. 하지만 그것은 사과의 표현이 아니었다. 아가사의 왕자를 빼앗은 게 당연한 일인 양 당당하게 행동한 것에 대한 죄책감 따위는 전혀 보이지 않았다. 소피는 오히려 같은 목표를 위해 함께 분투하는 오랜 친구를 대하듯 그녀에게 도움을 요청하고 있었다.

"그런데……." 소피가 다시 입을 열었다. "아가사는 아마 너랑 내가 같이 가길 바랄 거야."

"뭐라고?" 테드로스가 코웃음을 쳤다.

아가사는 소피를 노려보았다. 돌덩어리를 집어 그녀의 머리를 내리치고 싶은 마음이 굴뚝같았지만 참는 수밖에 없었다. 소피의 말이 옳았다. 이것은 결정적인 기회였다. 테드로스와 단둘이 이틀을 보내게 된다면, 은신처에 도착할 때쯤에는 소피가 그의 키스를 받을 가능성이 훨씬 높아져 있을 것이다. 그것은 곧 교장을 처치할 가능성이 높아진다는 뜻이다.

테드로스가 예전 공주에게 끝까지 매달리지만 않는다면…….

"아가사?" 테드로스가 얼굴을 찡그리며 공주를 바라보았다.

아가사는 소피와 테드로스 사이로 자신을 바라보는 멀린의 시선을 느꼈다. 여기에서 약해지면 안 된다. 반창고를 뗀다고 생각하면 된다. 잠깐의 고통을 참고 한 번에 끝내야 한다.

"좋아. 테드로스, 네가 소피랑 가. 난 마법사님이랑 같이 갈게." 아가사가 단숨에 내뱉듯 말을 끝냈다.

테드로스는 햇볕에 탄 것처럼 볼이 발개졌다. "하지만 선생님은 혼자 있는 거 좋아하시는데! 굳이 그럴 이유가 없잖아. 아가사, 앞으로 이틀 동안 우린 영원의 숲에서 가장 험한 곳을 지나야 해. 악당들이 우릴 추격할 거고, 잠도 좁은 곳에 다닥다닥 붙어서 자야 한다고. 위험한 일이 생기면 서로를 보호해 줘야 하는데……."

아가사의 표정은 변하지 않았다. 테드로스는 그녀의 팔을 잡아 가까이 끌어당기고, 소피가 들을 수 없게 귀에 대고 낮은 목소리로 속삭였다. "아가사, 우리가 연기하는 중인 건 알지만 이건 너무 심하잖아! 난 네 왕자고 이런 위험한 상황에서 널 떼어 놓을 순 없어. 우린 무조건 같이 있어야……."

아가사가 그의 손을 뿌리쳤다.

순간 테드로스는 깨달았다. 교장의 탑에서처럼 그녀의 얼굴에 멈칫거리는 표정이 스치고 있었다.

"맙소사! 너 연기가 아니고 진심이구나? 우리 해피엔딩을 진짜로 다시 생각해 보자는 거였어!" 테드로스가 두 눈을 동그랗게 뜨고 속삭였다. "하지만 거의 다 왔는데……. 카멜롯을 코앞에 두고……."

아가사는 테드로스에게 눈길을 주지 않고, 오직 그 뒤에 서 있는 소피만 바라보았다. 그녀의 손가락에 낀 반지…… 그 반지에 선인 수천 명의 목숨이 달려 있다. "테드로스, 우린 충분히 노력했잖아. 내가 왕비가 되면 과연 우리가 행복할 수 있을까?" 아가사는 소피가 들을 수 있게 고개를 돌리고 말했다. "소피는 너랑 함께하기 위해 위험을 무릅쓰고 학교를 떠났어. 너랑 소피도 둘만의 시간과 공간이 필요할 거야. 그래야 서로를 알 수 있지."

테드로스는 충격에 빠진 얼굴로 소피를 바라보았다. 아름다운 소피는 열정 가득한 눈으로 그를 마주 보았다. 테드로스는 검은 망토를 입은 채 뻣뻣하게 굳어 있는 아가사를 향해 다시 고개를 돌렸다. "그게 진심일 리 없어! 카멜롯의 백성들 앞에서 왕관을 쓰고 내 옆에 서고 싶지 않아? 카멜롯의 적법한 왕비로서 왕국을 대표하고 싶지 않단 말이야?"

아가사가 고개를 끄덕이며 쉰 목소리로 답했다. "응. 난 싫어."

그것은 거짓말이 아니었다.

테드로스는 얼음이 된 듯 꼼짝하지 않았다. 그의 심장은 아가사의 표정만큼이나 딱딱하게 굳어 가고 있었다. "그래, 네 말이 맞다. 소피랑 좀 더 시간을 함께하는 게 맞겠어." 그는 이글거리는 눈으로 아가사를 노려보며 소피의 팔을 잡아당겨 팔짱을 꼈다. "소피, 가자."

소피는 더없이 행복한 얼굴로 아가사에게 감사의 미소를 지어 보였다. 신입생 시절 아가사가 소피에게 테드로스의 키스를 받을 수 있도록 도와주겠다고 약속했을 때 보았던 바로 그 미소였다.

하지만 아가사는 미소 짓지 않았다. 그녀가 갑자기 땅을 박차고 걷기 시작하자, 화들짝 놀란 멀린이 가운을 들어 올리고 종종걸음으로 그 뒤를 따랐다.

잠시 후, 뒤에 남겨진 소피가 낮은 목소리로 테드로스에게 하는 말이 들려왔다. "너희는 아직도 그냥 이름 부르는구나. 애칭 정도는 있을 줄 알았는데……."

아가사는 다리를 더 빨리 움직였다. 테드로스의 대답을 듣고 싶지 않았다.

동굴 입구에 서서 모든 상황을 지켜본 호트의 얼굴이 잔뜩 일그러졌다.

"쟤? 너 쟤랑 갈 거야?" 늘 냉철한 반항아 이미지를 유지하던 호트가 냉정을 잃고 쇳소리를 내며 물었다. "난 어쩌고?"

"넌 우리 뒤를 따라오면서 우릴 보호해 줘야지." 소피가 뒤도 돌아보지 않고 대답했다. "보디가드는 원래 그런 거잖아."

호트의 가슴이 부풀어 올랐다. 분노가 차올라 폭발할 참이었지만, 너무 늦었다.

소피는 이미 다른 남자의 품에 몸을 부비며 그를 떠나 버렸다. 그

놈으로부터 소피를 구하기 위해 이 먼 길을 따라왔건만, 결국 그는 다시 혼자가 되고 말았다.

아가사는 어깨 너머를 흘끗거렸다.

네 시간을 걸으면서 수천 번은 더 보았을 것이다. 아가사는 두 사람이 잘 되어 가고 있는지 궁금했다. 하지만 그들은 너무 멀리 떨어져, 부옇고 누런 습지 위에 반짝이는 점 정도로밖에 보이지 않았다. 그녀는 소피가 반지를 파괴하도록 만들어야 했다. 테드로스의 등을 떠밀어 소피에게 기회를 주었으니, 이제는 소피가 약속을 지킬 차례인 것이다.

'소피가 기회를 살리지 못하면 어떡하지?'

아가사는 순식간에 예전의 아가사로 돌아가 있었다. 1학년 때 아가사는 테드로스가 소피에게 키스하게 만들려고 주문 책을 공부하고, 바퀴벌레로 변신해 소피에게 할 말을 일러 주는 등 온갖 고생을 했다. 소피와 무사히 집으로 돌아가기 위해서였다. 하지만 그녀의 계획은 실패했다. 이번에도 소피가 예전과 똑같이 행동한다면 결과는 실패일 것이다. 테드로스라면 그런 소피에게는 그때와 마찬가지로 이번에도 키스하지 않을 테니까.

아가사는 초조한 마음으로 다시 뒤를 돌아보았다.

순간 그녀의 새 신발이 축축한 흙을 밟고 미끄러지더니 시커먼 습지 속으로 쑥 빠지고 말았다. 뒤엉킨 억새풀이 채찍처럼 그녀의 뺨을 잘싹 때렸다. 아가사는 이를 악물고 이끼로 뒤덮인 누런 습지에서 다시 진흙투성이 길로 올라가, 멀린을 따라잡기 위해 열심히 다리를 움직였다. 아가사가 자꾸만 뒤처져 잔뜩 짜증이 난 마법사는 더 이상 그녀를 기다리지 않고 자기 속도대로 걸음을 옮기고 있었다.

하지만 아가사의 머릿속은 여전히 복잡하기만 했다. 한편으로는 테드로스가 소피에게 키스하기를 바랐지만, 다른 한편으로는 그런 장면을 생각하는 것만으로도 구역질이 올라올 것 같았다. 남 뒤통수나 치고 툭하면 배신하는 거짓말쟁이와 키스라니……

순간 가슴이 무언가에 찔리듯 아파 왔다. 그녀의 생각이 잘못된 방향으로 깊어질 때 나타나는 경고의 통증이었다.

그녀는 예전의 소피를 생각하면서 현재의 소피를 악마 취급하고 있었다. 왕자를 차지하려고 계략을 펼치는 사악한 마녀로 보고 있는 것이다. 하지만 그녀가 과연 소피의 관점에서 이야기를 보려고 노력한 적이 있던가? 연맹 본부 커튼 뒤에서 소피는 자신의 행동이 잘못임을 아는 듯 죄책감이 가득한 표정을 보였다. 하지만 소피가 지적한 것처럼 애초에 잘못을 저지른 사람은 아가사였다. 교장의 탑에서 테드로스에게 새롭게 시작하자고 말한 쪽은 그녀였기 때문이다. 물론 당시 테드로스는 그녀가 연기한다고 착각했지만, 사실 그녀는 왕비가 되는 것이 싫어서 모두에게 새롭게 시작하기를 제안했다. 그렇게 새로운 출발선에 선 소피는 옛 학교의 좀비악당들처럼 동화에서 다시 한 번의 기회를 얻은 사람이 당연히 해야 할 행동을 했다. 상황이 빗나가기 시작한 그 순간으로 돌아간 것이다.

소피가 선택한 순간은 2년 전 테드로스의 키스를 아쉽게 놓치고만 그때다.

아가사는 지금껏 이 동화 속 진정한 사랑의 주인공은 자신과 테드로스라고 믿었다. 소피는 어차피 왕자의 키스를 못 받을 운명이라고 생각했던 것이다.

'하지만 소피 말이 맞으면 어떡하지? 테드로스의 진정한 사랑은 소피인데 우리가 잘못된 선택을 한 거라면? 테드로스와 난 원래 함께해서는 안 될 사람들이라면?'

아가사는 가슴이 텅 비는 것 같았다. 모든 것이 이해되자 표정도 부드러워졌다. 답을 찾는 방법은 하나뿐이다. 소피와 테드로스가 함께 있게 해 주는 것이다. 왕비가 되려 한다고 해서 소피를 미워하지 말고, 교장의 탑에서 약속했던 것처럼 기회를 주어야 한다. 아가사와 테드로스는 한 달 동안 둘만의 시간을 가졌다. 그것은 긴장과 오해로 곳곳에 구멍이 뚫려 버린 울퉁불퉁한 길이었고, 그 끝에는 의심의 구름이 잔뜩 낀 미래가 있었다. 그녀는 테드로스와 함께 행복할 기회가 있었지만 결말을 찾지 못했고, 이제 소피 차례였다.

'하지만 두 사람의 키스가 진짜면 어떡하지? 소피의 손가락에 새겨진 테드로스 이름이 맞는 거면? 테드로스가 정말 소피의 진정한 사랑이라면……'

아가사는 숨을 멈추고 집중했다.

'그러면 난 혼자일 운명인 거야.'

아가사는 가던 길을 멈추고 다시 어깨 너머를 돌아보았다. 물에 젖은 땅이 끝없이 펼쳐져 있을 뿐, 소피와 테드로스의 모습은 더 이상 보이지 않았다.

"앞보다 뒤를 보는 시간이 많으면 여행이 너무 길어진단다."

저 멀리 앞서가는 멀린이 소리쳤다. 짙은 안개 속에서 한 손에 지팡이를 들고 헐렁하게 늘어진 고깔모자를 쓴 채 심각한 표정을 지은 그는, 마치 모든 답을 아는 장편 서사 동화 속 위대한 하얀 마법사 같았다. 하지만 바로 그때 말벌 한 마리가 그의 코에 앉았다. 마법사는 손을 휘두르며 험한 말을 쏟아 내고 후다닥 도망치기 시작했다. 경중 말려 올라간 가운 아래로 연두색 양말이 보였다.

아가사는 한숨을 내쉬었다. 멀린은 위대한 하얀 마법사가 되기에는 너무 늙었고, 그녀 역시 모든 문제에 답이 있다고 믿을 나이는 지났다.

"연맹 회원들은 어떻게 될까요?" 마침내 마법사와 나란히 걷게 된 아가사가 물었다. "아까 보니까 유바 교수님이 동화책을 더 걸고 계시던데…… . 결말이 바뀐 동화책들 말이에요…… ."

"열한 명이야. 열한 명이 더 죽었단다. 잭 호너(영국 전승 동요에 등장하는 개구쟁이 소년 - 옮긴이), 장화 신은 고양이, 인어공주 앤야 등등 평온한 노년을 즐겨야 할 영웅들이 무덤에서 살아 돌아온 운명의 적에게 목숨을 잃었어." 멀린이 안개 때문에 뿌예진 안경을 닦으며 진지하게 말했다. "어둠의 군대는 계속해서 옛 이야기 속 목표물들을 찾아낼 거다. 하지만 난 우리 회원들이 소피가 반지를 파괴할 때까지 잘 버텨 낼 거라 믿는단다. 옛날 옛적 그 영웅들도 너처럼 파란 숲에서 훈련을 받았거든. 다른 점이 있다면 그들은 이 세계가 종말을 맞이하기 전에 졸업을 했다는 거지." 멀린이 장난스러운 미소를 지으며 아가사를 바라보았다.

지금까지 수천 년 동안 매일 뜨고 지던 태양이 자기 때문에 녹아 없어진다는 말은 아가사에게는 너무 만화 같고 꿈같은 소리였다. 하지만 멀린의 목소리로 들으니 그 모든 것이 갑자기 현실로 다가왔다.

"해가 완전히 어두워지면 어떻게 되죠?" 아가사가 무채색 하늘에 떠 있는 작은 금색 동그라미를 보며 물었다. 태양은 이제 너무 희미해 맨눈으로도 똑바로 바라볼 수 있었다.

"마지막 빛줄기가 땅에 떨어지고 나면, 해는 지평선 아래로 가라 앉고 우리 세계는 바닷속에 잠기는 촛불처럼 완전히 사라질 거야." 마법사가 대답했다. "아가사, 이야기는 모두 끝이 나야 한단다. 그 래야 이 동화의 땅의 생명이 유지되는 거야. 그런데 너희 이야기는 결말을 무효로 만들었어. 너랑 소피가 한 번 그랬고, 다음은 너와 테드로스였지. 이제 둘 중 하나다. 너희 이야기가 최종 결말에 이르 러 영원한 전설이 되든지, 아니면 우리 세계 전체의 종말을 몰고 오 든지……."

"시간이 얼마나 남았을까요?" 아가사가 물었다. 물컹거리던 수 렁 길이 점점 단단하고 마른 길로 변하고 있었다. "소피와 테드로 스가 키스할 수 있는 시간 말예요."

멀린은 태양을 쓱 한 번 보고 입을 열었다. "녹는 속도가 더 빨라 졌어. 기껏해야 3주야. 테드로스의 대관식까지 버텨 줄지 모르겠구 나. 하지만 이 얘기는 교장이 죽기 전까지는 우리 둘 사이의 비밀로 하자." 마법사는 모자에서 꺼낸 복숭아 맛 막대사탕이 곰팡이로 뒤 덮인 것을 발견하고는 중얼거렸다. "제일 쓸모 있던 마법마저 힘을 잃어 가는구나."

"이해가 안 돼요." 무엇인가 골똘히 생각하던 아가사가 경사진 길을 오르며 말했다. "교장은 왜 우리를 쫓아오지 않죠? 소피가 반 지를 파괴할 수도 있는데 왜 학교에서 소피를 붙잡지 않았을까 요?"

멀린은 아리송한 표정으로 아가사를 바라볼 뿐, 아무 말도 하지 않았다.

아가사도 더 이상 질문하지 않았다. 두 사람은 습지대를 벗어나 오즈 외곽의 길리킨이라는 왕국으로 접어들었다. 에메랄드 도시로 유명한 왕국이었다. 길리킨의 가파른 자주색 언덕은 죽은 식물들이 만들어 낸 노란 줄무늬로 얼룩덜룩하고, 골짜기에 위치한 반짝이는 초록색 도시는 어둠의 군대를 막기 위해 건설한 노란색 벽돌 벽 뒤에 숨어 보이지 않았다.

아가사는 고개를 돌려 언덕 아래를 바라보았다. 테드로스와 소피를 찾으려는 것이었다. 하지만 그녀는 멀린의 따가운 시선을 느끼고 금세 눈을 돌렸다. 한 시간 정도 자주색 언덕을 따라 걷는 동안, 아가사는 자꾸만 몸이 가려웠다. 눈에 보이지 않지만 꽃가루가 엄청나게 많은 것 같았다.

"아가사, 아직 점심시간은 한참 남았고 넌 기분 전환이 좀 필요한 것 같으니, 혹시 나한테 어젯밤 일을 자세히 얘기해 줄 수 있겠니?" 멀린이 침묵을 깨고 입을 열었다. "특히 교장에 대해 새로 알게 된 것이 있다면 꼭 듣고 싶구나."

아가사는 소피와 테드로스가 잘 오는지 마지막으로 한 번 더 뒤돌아보고 싶었지만 꾹 참고 숨을 깊이 들이마셨다. 그리고 그 무시무시한 정문에서 멀린과 헤어진 뒤 일어난 일들을 하나하나 이야기하기 시작했다. 그녀는 자신과 테드로스가 에드거와 에사의 모습으로 각자 임무를 완수하기 위해 헤어지기 전에 화해를 하고 뒤바뀐 몸으로 키스를 나누었으며, 자신이 애릭과 마주쳤을 때 헤스터가 나타나 구해 주었다고 말했다. 그런 다음 명예의 탑 옥상 정원이 아서왕 대신 테드로스의 이야기로 채워졌다는 사실과 하프웨이 다리를 지키는 투명 벽 속 아가사를 속인 일, 좀비 악당들이 서로의 학생 시절 초상화에 낙서를 해 놓았다는 사실에 대해서도 이야기했다. 아가사는 또한 옛것의 학교 교실들에서 본 것을 설명했다. 악당들은 과거에 자신이 저지른 실수에 대해 평가했고, 지도에는 운명의 적의 위치가 정확하게 표시되어 있었다는 내용이었다. 그녀는 새더 교수의 그림 속에 숨겨진 엑스칼리버를 찾은 일과 독자 예언에 대한 교장의 폭로에 대해 이야기하고, 머리가 새하얀 아름다운 소년 라팔은 소피가 도망치는데도 그저 침착하게 바라만 보았다는 이야기로 설명을 마무리했다. 말을 마친 아가사는 고꾸라질 듯 몸을 숙이고 숨을 헐떡였다. 이야기에 집중한 사이에 긴 오르막길을 걸어 길리킨에서 가장 높은 언덕에 올라와 있었다. 정상은 시들어 버린 튤립 천지였다.

"라팔은 소피가 언젠가 자신에게 돌아올 거라고 말했어요." 아가사는 헐떡거리며 손을 저어 꽃가루를 쳐 냈다. "그래서 쫓아오지 않았나 봐요. 그 사람은 소피가 테드로스를 얼마나 사랑하는지 모르는 거예요."

"소피가 테드로스를 얼마나 사랑하는지 정확히 알기 때문에 그냥 둔 것일 수도 있지." 멀린은 알쏭달쏭한 대답을 하고는 납작해진 꽃들 위에 치킨파이와 물냉이 샐러드를 펼쳐 놓았다.

"그게 무슨 뜻…… 잠깐만요. 여기에서 점심 먹을 거예요? 좀비 악당들이 곳곳에서 설치는 훤한 대낮에 이런 곳에서요?"

"길리킨 요정들은 선인들 중에서 가장 뛰어난 정찰병들이지." 멀린이 물냉이 줄기를 한 움큼 집어 들며 말했다. "길리킨 요정들아, 너희들이 망봐 줄 거지?"

멀린은 아무것도 없는 허공에 물냉이를 흔들어 댔다. 아가사는 늙은 마법사가 결국 미쳐 버리고 말았구나 생각했다. 하지만 그의 손에 들린 물냉이가 조금씩 줄어드는 것이 보였다. 무엇인가가 물냉이를 조금씩 뜯어 먹는 것 같았다…….

"투명 요정이었구나." 아가사가 밝은 미소를 지으며 말했다. "꽃

가루가 아니라 요정들이었어!"

아가사는 생기 없이 칙칙한 허공을 바라보며, 수백만 개의 투명 날개와 작고 깜찍한 몸들로 반짝거리는 공간을 상상했다. 옛날 옛적 그녀는 요정을 멍청하고 호들갑스러운 벌레 정도로 생각했다. (숲에 도착한 첫날 그중 하나를 삼키기도 했다.) 하지만 지금은 다르다. 이 귀여운 길리킨 요정을 잠시만이라도 볼 수 있다면 그녀는 무엇이든 할 용의가 있었다. 아가사가 팔을 쭉 뻗어 올리자 그 위로 요정들이 기어 다니는 느낌이 전해졌다. 경이로운 경험에 온몸에 소름이 끼치고 닭살이 돋았다. 날개를 팔랑거리는 소리가 들리자 그녀의 미소는 더욱 밝아졌지만…….

모든 것이 한순간 사라졌다. 소피와 테드로스가 저 멀리 계곡에서 모습을 드러냈다. 금발의 소년 소녀는 다정하게 몸을 붙인 채 걸음을 옮기고 있었다.

"마법사님, 제가……." 아가사는 생각하는 말을 차마 꺼내지 못하고 머뭇거렸다. "제가…… 잘하고 있는 걸까요?"

멀린은 조그맣게 보이는 소피와 테드로스에게 시선을 고정한 채 모자에서 꺼낸 와인을 홀짝 들이켰다.

"테드로스의 아버지에 대한 이야기를 하나 들려주마. 테드로스가 태어나고 몇 년 후 어느 날, 아서가 내 동굴로 찾아와 귀네비어를 염탐할 수 있는 주문을 가르쳐 달라고 했어. 왕비가 밤마다 궁을 빠져나가서 어딘가에서 시간을 보내고 오는데, 대체 뭘 하는지 알아야겠다고 했지. 사실 아서가 귀네비어 때문에 불안해하는 건 새로운 일이 아니었다. 선과 악의 학교 학생 시절에도 아서는 귀네비어가 자신을 진정한 사랑으로 선택하도록 온갖 책략을 쓰고 상황을 조작했지. 당시 아서의 경쟁자가 하나 있었는데, 훈련 중인 젊은 기사 랜슬롯이었어. 그는 귀네비어처럼 학문을 좋아하고 동물을 사랑했을 뿐 아니라, 아서의 가장 친한 친구이기도 했지. 아서는 두 사람이 서로 끌리는 것을 알았지만 자신이 귀네비어에 대해 품고 있는 마음을 랜슬롯에게 분명히 밝히고, 귀네비어도 자신을 거절하지 않을 것이라고 말했단다. 게다가 아서가 보기에 랜슬롯은 여자들이 중요하게 여기는 항목들에 대해서는 자신과 비교도 안 되게 뒤떨어지는 인물이었어. 외모나 가문, 재력, 명성 같은 것들 말이다. 결국 귀네비어와 아서는 리더 그룹이 되고 랜슬롯은 조력자 그룹이 되어 미래의 왕을 보필하게 되었을 때, 아서가 귀네비어를 설득했지. 자신이야말로 그녀에게 어울리는 남편감이라고……. 랜슬롯은 왕을 섬기는 기사인데 어떻게 왕을 두고 기사와 결혼할 수 있었겠니? 아서는 카멜롯에 귀네비어가 필요하다며 그녀를 압박했단다. 그녀가 아니면 자신은 누구와도 결혼하지 않을 것이니, 자신과 결혼하는 것이 선에 대한 의무를 지키는 것이라고 말했지. 이런 말을 듣고도 고집을 부릴 여자는 거의 없었어. 게다가 잘생긴 권력자가 이렇게 단호하게 말하는데 누가 다른 소릴 할 수 있겠니?

그렇게 두 사람은 결혼했다. 아름다운 결혼식이었어. 얼마 지나지 않아 아서가 원하던 아들도 태어났지. 하지만 아서는 여전히 의심을 버리지 못했어. 그는 학생 때처럼 귀네비어를 통제하려고 했지. 미행을 붙이고, 그녀가 자신만을 사랑하는지 끊임없이 확인하려 했어. 그렇게 하면서도 계속 밤잠을 설쳤단다. 자신이 귀네비어에게 결혼을 강요했다는 사실을 스스로도 잘 알았기 때문이겠지. 결국 아서는 두려움과 질투와 분노에 사로잡힌 채 내 동굴에 쳐들어와, 왕비의 정절을 확인할 주문을 내놓으라고 고함을 질러 댔어.

그날 난 아서에게 오랫동안 그를 괴롭혀 온 질병을 치료할 수 있는 마법의 주문이 딱 하나 있다고 말했지. 그것은 바로…… 귀네비어가 밤마다 성을 빠져나가서 원하는 것을 하도록 내버려 두는 것이었어."

말을 멈춘 멀린이 회한에 찬 미소를 지었다. "물론 아서는 불같이 화를 냈어. 하지만 나도 물러서지 않았다. 10년 동안 아서는 귀네비어의 이야기는 무시한 채 자신과 귀네비어의 동화를 마음대로 통제하려 했고, 그러는 동안 정신 나간 사람이 되어 버렸어. 사람은 운명을 미룰 수 있을 뿐, 억지로 만들어 낼 수는 없는 법이다. 아서가 두려움을 극복하는 방법은 진실을 있는 그대로 받아들이는 것뿐이었어. 귀네비어가 진정 사랑하는 사람이 아서이든 다른 사람이든, 그 사랑을 찾는 것을 막으면 아서와 왕비는 둘 다 행복해질 수 없다. 두 사람 사이의 사랑이 진짜인지 확인할 방법이 없기 때문이지. 상처는 언제고 다시 터질 테고, 둘은 영원히 끝나지 않는 동화 속에서 서로를 괴롭히게 될 게 뻔했어."

마법사는 잔에 남은 와인을 입에 모두 털어 넣었다. "물론 아서는 내 말이 반역이고 헛소리라고 했지. 그리고 다시는 나를 보지 않겠다며 동굴 밖으로 나가 버렸어. 이런 일이 있은 후 아서는 내 동굴에서 성별 바꾸는 주문을 훔쳤지. 얼마 후 귀네비어는 랜슬롯과 도망쳤고, 아서는 왕비에 대한 사형 집행을 명했어. 나 역시 어린 시절부터 돌봐 왔던 소중한 아이를 버리고 떠나야 했다. 다시는 못 만날 거라 생각했어."

멀린이 마침내 고개를 돌리고 눈물 맺힌 눈으로 아가사를 바라보았다. "그런데 그렇게 헤어졌던 아이가 우리 눈앞에서 아버지의 이야기를 반복하고 있어. 실제로 그 아이가 왕이 되면 어머니에 대한 사형 집행 명령을 이행해야 하겠지. 옛것이 다시 새것이 되는구나, 아가사. 다만 이제 귀네비어 대신 네가 고민의 주인공이 되었다. 옛 왕비가 아서의 옆자리가 정말 자기 자리인지 고민했듯, 너도 그 아들의 왕비가 될 수 있을지 고민하고 있지. 하지만 귀네비어는 카멜롯에서는 절대 행복하지 못할 것이라는 사실을 알면서도 왕에게 솔직하게 이야기할 정도로 강하지 못했어. 자신에게 진실하지 못했다는 점에서 귀네비어도 아서만큼이나 죄가 크다고 할 수 있지. 하지만 넌 현명한 아이다, 아가사. 테드로스가 널 만난 건 정말 큰 행운이지. 넌 귀네비어와 달리 네가 살고 있는 이 이야기에 의심을 품었고, 그 덕분에 똑같은 역사가 반복되는 일을 막았다. 네 안에는 끈질기게 선만 가리키는 나침반이 있어. 넌 그 나침반을 따라서 사랑하는 왕자가 자유롭게 날아가게 놓아주었고, 그가 네 사랑을 시험하도록 허락했지. 어쩌면 결말에 그를 잃을지 모른다는 걸 알면서도 말이다. 너나 나나 무슨 일이 일어날지는 알 수 없단다. 네가 왕비가 되기를 주저하는 것이 옳은 일인지, 소피가 테드로스의 진정한 사랑이 맞는지, 소피가 과연 반지를 파괴할지 아무도 알수 없어. 하지만 그날 내 동굴에 찾아왔던 아서와 달리 넌 익숙한 옛것을 내려놓고 미지의 새것을 받아들이려 하고 있어. 바로 그런 자세 덕분에 선은 살아남을 거다. 그건 어떤 악이 찾아온대도 변하지 않아."

아가사는 흐느껴 울고 있었다. 그녀는 멀린이 한 말의 무게를 감당할 수 없이 모두 깨끗이 씻어 내려는 듯이 주룩주룩 눈물을 흘렸다. 마법사는 그녀가 마음껏 울 수 있게 두 팔로 그녀를 감싸 안았다. 잠시 후, 아가사가 마법사의 가운에 코 푸는 소리가 들렸다. 마법사는 재빨리 그녀를 품에서 떼어 내고 피스타치오 푸딩을 그녀

앞에 내놓았다. 아가사는 코를 훌쩍이며 너털너털 웃고는 마법사의 어깨에 기대 달콤한 푸딩을 한 숟가락 크게 떴다. "저 그렇게 선한 애 아니에요. 그 사탕 교실 아시죠? 저 학교 입학한 첫날 그 교실을 뜯어 먹었어요."

이번에는 멀린이 웃음을 터뜨렸다. "나도 그랬단다. 나도 그랬어."

그때 두 사람 뒤에서 또 다른 웃음소리가 들려왔다. 소피와 테드로스가 배를 움켜쥐고 깔깔대며 언덕 꼭대기에 올라서고 있었다. "몸은 여자 몸이지, 머리는 염색을 했는데 어찌나 끔찍한지……. 그런 상태로 쥐가 모는 롤러코스터를 타고 왔잖아. 너한테 할 말을 잔뜩 준비했단 말이야. 그런데 한 마디, 단 한 마디도 꺼내기 전에 네가 으르렁대면서 머리를 내리치는 바람에……."

소피는 웃느라 숨이 넘어갈 지경이었다. "네가 아나딜의 쥐를 만졌다는 건 난 몰랐어!"

"그놈이 탑까지 가는 동안 계속 나한테 오줌을 쌌지 뭐야!" 테드로스도 웃느라 말을 잇지 못했다. "진짜 속상한 건…… 내가 준비한 말들이 진짜 엄청나게 멋있었단 거야!"

소피는 울부짖듯 껄껄대며 테드로스의 품에 안겼다.

아가사는 왕자가 그렇게 크게 웃는 모습을 본 적이 없었다. 그렇게 즐겁고 여유로운 모습도 처음이었다. 소피 역시 그 어느 때보다 편하고 자유로워 보였다. 두 사람은 아가사가 모르는 둘만의 세계에 흠뻑 빠져 있었다. 아가사는 속이 울렁거렸다. 당장 테드로스를 붙잡아 소피에게서 떼어 놓아야 할 것 같지만…….

조금 전 들은 멀린의 말들이 바람처럼 다가와 그녀를 붙잡았다. 눈앞에 펼쳐진 새로운 진실이 예전의 분노를 잠재운 것이다. 그녀의 가장 친한 두 친구는 안전하고 행복하다. 두 사람은 우스꽝스러운 이야기를 하며 낄낄대고 있다……. 그녀는 어느새 자기도 모르게 그들과 함께 웃고 있었다.

왕자가 깜짝 놀란 듯이 웃음을 멈추고 고개를 들었다.

"맙소사!" 소피가 멀린과 아가사를 바라보며 말했다. "우리가 너무 빠른 거야, 아니면 앞 팀이 너무 느린 거야?"

"반반이라고 해 두자." 아가사가 대답했다.

소피는 숨을 죽이고 아가사를 바라보았다. 가시 돋친 말이 분명 한 마디는 나올 것이라고 생각했다.

하지만 아가사는 조용히 미소 지었다.

순간 소피의 표정이 밝아졌다. 두 사람의 관계가 달라졌다는 사실을 깨달은 것이다.

한편 테드로스는 차가운 시선으로 아가사를 노려볼 뿐이었다.

"골디락스 말마따나 너무 빠르지도 않고 너무 늦지도 않고, 딱 적당한 시간에 왔다!" 멀린이 모자에서 음식이 든 새 접시들을 꺼냈다. "따뜻한 점심을 먹이려고 너희 올 때까지 기다렸단다. 테드로스, 여기 치킨파이랑 신선한 샐러드가 있으니 소피와 함께 먹어라. 나랑 아가사는 먼저 출발하마. 내일은 해 질 녘에 은신처에서 만나자. 아가사, 우린 이제……."

하지만 아가사는 지평선을 바라보고 있었다. "저게 뭐지?"

소피 역시 눈을 가늘게 뜨고 자주색 언덕들을 바라보았다. 호트의 그림자가 길을 따라 터덜터덜 걷고 있었다. "아, 괜찮아. 저래 봬도 쟤가 해적의 아들인데……."

"아니, 저거 말이야."

아가사는 호트보다 훨씬 멀리 떨어진 희미한 신기루 같은 형체를 보고 있었다. 새더 교수의 그림처럼 색이 옅고 투명했지만, 아가사는 마을의 윤곽을 대충 알아볼 수 있었다. 작은 탑이 있는 시골집들, 노란색 학교 건물, 구부정한 시계탑이 거대한 거품에 싸여⋯⋯. 순간 그녀의 입이 쩍 벌어졌다.

"가발돈이야. 저거⋯⋯ 가발돈이라고."

"시작되나 보구나." 멀린이 말했다.

어리둥절한 표정으로 마법사를 바라본 아가사는 이내 그의 말을 이해할 수 있었다. "옛 동화가 새 이야기로 바뀔 때마다 독자 세계에 점점 가까워진다고 했어요. 교장이 그렇게 말했어요."

"그 말이 실현되고 있는 거야. 너희 마을 독자들이 새 이야기들을 읽기 시작한 모양이다."

아가사와 소피는 혼란스러운 표정으로 마법사를 바라보았다.

"독자들이 예전 이야기를 믿고 악을 이기는 선의 힘을 믿는 한, 교장은 독자들의 세계에 접근할 수 없어. 그저 4년에 한 번씩 아이 둘을 납치할 수 있을 뿐이지. 실제로 교장은 아가사에게 이런 약점을 고백하기도 했다." 멀린이 신기루처럼 흐릿한 형체를 유심히 바라보며 말했다. "하지만 독자들이 새 이야기를 읽고 선에 대한 믿음을 잃기 시작하면, 그들의 세상은 점점 교장의 손아귀에 가까워지는 거야. 영웅들이 모두 죽고 나면 저 보호막은 약해지고⋯⋯ 희미하던 형체는 뚜렷해질 거야⋯⋯. 그리고 마침내 문이 열리면 어둠의 군대가 쳐들어가겠지. 너희 마을에는 교장이 원하는 뭔가가 있어. 너희 이야기를 끝낼 무언가가 말이야. 선을 완전히 파괴하기 위해서 교장에게는 그것이 필요한 거야. 그게 무엇이든 교장은 손에 넣고 말겠지⋯⋯. 우리가 반지를 파괴하지 않는다면!"

멀린, 아가사, 그리고 테드로스가 동시에 소피를 바라보았다.

"정말 모르겠다, 소피." 테드로스가 그녀의 손가락에 끼워진 금반지를 노려보며 말했다. "대체 뭘 기다리는 거야?"

"테드로스, 이것 좀 봐!" 소피는 바짝 긴장한 듯 큰 소리로 외쳤다. "멀린 마법사님이 엄청난 점심을 차려 주셨어. 너 배 많이 고프지?" 그녀는 테드로스를 끌어당겨 음식 앞에 앉히고, 고개를 들어 아가사를 바라보았다. "넌 마법사님이랑 얼른 출발하는 게 좋겠다. 백주 대낮에 이렇게 모여 있다가 악당들한테 들키면 안 되니까."

멀린은 길리킨 요정들이 얼마나 놀라운 존재인지 설명하고 싶은 눈치였지만, 아가사가 옆구리를 쿡 찌르자 알아들었다는 듯이 천진난만한 웃음을 지어 보였다.

얼마 후 두 사람은 얼더라는 황량한 호수 마을을 지나갔다. 그들은 거대한 게임판 위 말이 된 것처럼 곳곳에 자리 잡은 물웅덩이를 피해 깡충깡충 뛰어야 했다. 그때까지도 멀린은 여전히 미소를 짓고 있었다. 아가사는 핑크색과 파란색이 섞인 석양이 비치는 물웅덩이를 뛰어넘는 것에서 그가 원초적인 즐거움을 느끼고 있으려니 짐작했다. 장애물을 훌쩍 뛰어넘는 것도 좋지만, 살짝 거리가 부족해 차가운 물에 첨벙 발이 빠지기라도 하면 그들은 어린아이들처럼 키득대며 웃음을 터뜨렸다.

하지만 멀린이 미소 지은 이유는 그 때문이 아니었다.

그는 아가사 때문에 웃고 있었다.

아가사는 조금 전 언덕에서 마법사는 생각도 못 하고 있을 때 스스로 나서서 두 친구가 그들만의 시간을 가질 수 있도록 배려했고, 조금 전과는 달리 마법사가 헉헉거리며 따라가야 할 만큼 걸음도 빨라졌다…….

하지만 가장 큰 이유는 그의 현명하고 어린 제자 아가사가 왕자와 친구 두 사람이 자신들만의 이야기를 쓰게 두고, 네 시간이 지나도록 단 한 번도 뒤를 돌아보지 않았다는 사실이었다.

23
두 명의 왕비

소피는 길을 따라 멀어지는 아가사의 뒷모습을 바라보았다. 친구는 점점 작아져 마침내 지평선 위의 작은 점이 되었다.

"소피, 딱 30초면 돼!"

소피가 테드로스를 향해 몸을 홱 돌렸다. "절대 안 돼. 벌건 대낮에 네가 소변보는 모습을 지켜볼 생각은 없어."

"고개만 살짝 돌리면……."

"소리는 어쩌고? 말 여물통에 앉아 있는 기분이 들 텐데?"

"소피, 나 지금 안 싸면 터질 것 같아. 길리킨 요정들이 망을 보고 있다고는 해도 널 언덕에 혼자 두고 멀리 갈 순 없잖아." 테드로스가 치킨으로 속을 채운 파이 한 덩이를 입에 밀어 넣고는 견딜 수 없다는 듯 몸을 배배 꼬았다.

"그러는 사이에 악당이라도 나타나면 어떡해?"

"나도 내 몸 하나쯤은 돌볼 수 있어. 그리고 네가 난잡한 춤이라도 추는 것처럼 허리를 앞뒤로 흔들고 바지를 잡아 낭기는 걸 내 눈으로 직접 보는 것보다는 차라리 악당을 만나는 편이 나아." 소피는 물

냉이를 집으려 손을 뻗었지만, 물냉이는 마법처럼 스르륵 사라져 버렸다. "꼭 내가 먹으려고 하면 요정들이 이러네. 이제 다시 걷자. 꾸물거리다가 호트랑 만나면 또 너랑 결투하겠다고 할지도 몰라."

소피가 물냉이를 야금야금 뜯어 먹는 사이, 테드로스는 결국 자리에서 벌떡 일어서며 농담을 던졌다. "파이 다 먹어 치우지 마."

소피는 수줍게 웃으며 쏜살같이 언덕을 내려가는 왕자의 뒷모습을 바라보았다. 하지만 언덕 너머 보호막에 둘러싸인 가발돈의 흐릿한 모습을 보는 순간, 그녀의 얼굴에서는 미소가 사라졌다. 라팔의 반지가 새삼 무겁게 느껴졌다.

'어서 반지를 파괴해야 해.' 소피는 다짐하듯 생각했다.

그녀 때문에 옛 영웅들이 죽어 가고, 선의 이야기는 악의 이야기로 바뀌고, 독자들은 위험에 처했다. 엑스칼리버로 지금 이곳에서 반지를 부숴 버리면 라팔이 가발돈에 이르기 전에 그들의 이야기는 끝이 날 것이다. 이야기꾼은 책을 덮고, 태양은 원래 힘을 회복하고, 선과 악은 예전의 모습으로 돌아갈 것이다.

소피는 초조하게 손톱으로 파이를 긁적였다.

그녀는 그럴 수 없었다.

키스를 먼저 받아야 했다.

테드로스가 그녀에게 키스하면, 그는 두 사람의 입술 사이에서 마침내 답을 찾아낼 것이다. 둘은 환영회에서 눈이 마주쳤던 바로 그날부터 이미 하나가 될 운명이었다는 사실을 깨달을 것이다.

하지만 그런 일이 일어나기 전에 반지를 파괴해 버리면 그녀의 해피엔딩을 보장해 줄 것은 아무것도 없다. 영웅들의 목숨이 몇이나 달려 있든, 그녀는 그들을 구하자고 자신의 해피엔딩을 포기할수는 없었다. 자기희생이란 것이 이론상으로는 듣기 좋지만, 현실에서는 무의미하고 이상주의적일 뿐 아니라 미친 소리에 가깝다. 설령 선 전체가 위험에 빠져 있다 해도, 제정신인 사람이라면 누가 선을 구하려고 자신의 진정한 사랑을 포기하겠는가…….

'아가사라면 할 수도 있어.' 소피의 표정이 굳었다.

아가사라면 선을 구하기 위해 무슨 짓이든 할 것이다. 아가사는 이미 자신의 가장 친한 친구와 테드로스가 행복한 결말을 이룰 수 있도록 자신의 해피엔딩을 포기했다……. 반면 소피는 같은 이유로 아가사를 죽이려 했다.

'난 악해. 악한 사람이야.' 소피가 마른침을 삼켰다.

선의 가장 위대한 왕자와 그녀가 행복한 연인이 될 것이라는 생각은 대체 어디에서 나왔단 말인가?

소피는 차가운 금속 반지 아래 테드로스의 이름이 쓰인 피부를 쓰다듬었다.

그녀의 마음이 시킨 일이다. 그녀의 진심이 테드로스를 진정한 사랑으로 지목했다.

'마음은 거짓말을 하지 않아.'

"파이 다 먹지 말라는 말 농담이었는데, 진지하게 할 걸 그랬네." 등 뒤에서 남자 목소리가 들렸다.

소피는 아래를 내려다보았다. 어느새 파이는 거의 바닥이 나 있었다.

"스트레스 받아서 자꾸 먹게 돼." 그녀가 중얼거리며 테드로스를 올려다보았다. 해를 등지고 선 그의 얼굴은 바람 때문에 차갑게 식어 있었다. 왕자는 칼집에서 엑스칼리버를 뽑았다. 은색 칼날이 빛을 반사하자 소피는 눈을 뜰 수 없었다.

"이거 한 번 휘두르면 스트레스를 시원하게 날려 버릴 수 있는

데. 소피, 우리가 바라는 건 그거 하나야. 한 번에 끝내는 거."

소피는 남은 음식을 한곳에 모으고 빈 접시를 치우는 등 갑자기 부산을 떨기 시작했다. "우리도 빨리 출발해야지. 지금쯤 앞 팀은 한창……."

"너희 여자들은 정말 모르겠어." 테드로스가 쭈글쭈글 시든 튤립 위에 털썩 주저앉으며 말했다. "라팔을 떠나기는 했지만 반지는 파괴하지 않겠다고 하고, 호트를 보디가드로 고용했지만 여행은 나와 함께하겠다고 하잖아. 심지어 이슬만 먹고 살 것처럼 행동해 놓고, 내가 자릴 비운 20초 동안 파이 하나를 거의 다 먹어 버리고. 불평하는 건 아닌데, 선인 여자애들 남자 앞에서는 거의 안 먹잖아. 음식을 먹으면 뭐…… 인간다워 보이기밖에 더 하겠어? 진짜야. 선인 남자들도 잘 먹는 여자를 더 좋아할 거라고."

"그래서 너랑 아가사가 잘 어울리나 보구나. 걔가 마늘 소시지를 통째로 삼키는 걸 본 적이 있지." 소피는 그날 입 냄새 문제로 몇 시간 동안 아가사에게 비난을 퍼부었다. "아, 아가사! 사랑스러운 바보 친구 아가사!"

소피는 고개를 들어 테드로스를 바라보았다. 테드로스는 날카로운 것에 찔리기라도 한 듯 아가사의 이름이 등장하자 움찔했다.

왕자는 소피의 시선을 의식했는지 걸음을 옮기기 시작했다. "네 말이 맞다. 괜히 미적거리다가 그 족제비 녀석이랑 마주치겠어."

"걔 배 많이 고프겠지?" 소피가 죽은 튤립 한 묶음을 남은 음식 접시 위에 올려놓았다. 눈에 잘 띄게 하기 위해서였다. "호트는 정말 좋은 애야. 날 더 이상 사랑하지는 않아도 내가 다치지 않게 보호해 주려고 하잖아. 전에 학교에 있을 때 증기탕에 앉아서 깊은 대화를 나눴거든. 그동안 걔한테 못된 짓만 했는데, 점심이라도 잘 챙겨 줘야지."

무릎을 털며 자리에서 일어난 소피는 걸음을 멈추고 자신을 향해 능글맞게 웃고 있는 테드로스와 눈이 마주쳤다. "왜?"

"너도 그런 감정을 느낄 줄 누가 알았겠니?" 테드로스는 경탄하듯 말하고 다시 걷기 시작했다.

'어쩌면 내게도 선한 면이 조금은 있나 봐.' 소피는 발그레 붉어진 얼굴로 생각했다.

"게다가 호트와 단둘이 증기탕에 앉아 있었다니, 놀랄 일이 한두 가지가 아니네!" 앞선 테드로스가 소리쳤다.

'이번에는 신발을 잘 선택해서 정말 다행이야.' 소피는 폭신한 핑크색 부티로 타닥타닥 길을 밟으며 생각했다.

그들은 물통을 채우거나 아픈 다리를 쉬려고 두세 번 잠깐 쉬었을 뿐, 벌써 여섯 시간째 걷고 있었다. (소피는 스트레칭을 하려고 요가 자세를 취하다가 얼빠진 표정으로 자신을 바라보는 테드로스와 눈이 마주친 후, 요가는 보는 사람이 없는 곳에서 하는 편이 좋겠다는 결론을 내렸다.) 날이 어두워지자 멀린이 빵 부스러기처럼 남겨 놓은 하얀색 마법의 불씨가 희미하게 길을 밝혀 주었다. 본부에서 출발할 때, 마법사는 자신이 길에 뿌린 하얀색 불씨가 끊기면 그날 밤은 그곳에서 야영을 하라는 뜻이라고 미리 일러두었다.

길리킨에서 출발하면서 그들은 선인 근거지를 벗어나 악인의 땅에 들어섰다. 오후에는 레이븐보우의 뿌연 김이 올라오는 강과 뼈로 만든 성들을 지났고, 해 질 녘에는 매갈레이에 도착해 그로그로 가득한 진흙 구덩이 위를 가로지른 밧줄 다리를 건넜다. 밤이 되어 오렌지 나무에 활짝 핀 꽃과 파파야색 과일들이 달빛을 받자 드루

파시는 시들어 가는 영원의 숲, 그중에서도 음산한 악인의 땅 한가운데라고는 믿기지 않을 정도로 아름다운 풍경을 만들어 냈다. 하지만 나무 아래에 산처럼 쌓인 파리 시체를 발견한 소피는 사방이 독으로 가득하다는 사실을 깨달았다.

악인의 땅에 들어서면서부터 소피는 길 바깥에서 노란색, 빨간색, 초록색 눈들이 자신을 향해 깜빡이는 것을 알고 있었다. 덤불 속에서 으르렁거리는 소리나 쉭쉭 소리가 들려오기도 했다. 하지만 어둠에서 뛰쳐나와 그녀를 공격한 존재는 아직 없었다. 멀린이 뿌려 놓은 하얀 불 안에 있는 한 무엇도 섣불리 그들을 공격하지 못하는 듯했다.

"말도 안 돼!" 테드로스가 코웃음 쳤다. "늙은 마법사의 마법 따위를 누가 무서워하니? 젊고 건장한 왕자가 아버지의 칼을 들고 있으니 다들 두려워하는 거지. 악이 원하는 결말에 이르기 전까지는 여전히 선이 승리한다는 사실을 놈들도 알고 있는 거야."

"이미 한 번 죽었던 좀비 악당들한테는 안 통하는 얘기야." 소피가 대꾸했다. "마법사님이 말한 그 은신처가 어떤 데인지 알아?"

"전혀! 솔직히 숲 안에 안전한 곳은 없다고 생각해, 난."

"학교에서 탈출할 때 숨었던 그 이상한 보라색 하늘은?"

"셀레스티움? 거긴 선생님이 생각하러 가는 곳이야. 공기가 너무 희박해서 몇 시간 정도밖에 못 있어. 이 숲 어딘가에 정말로 안전한 장소가 있다 해도 어둠의 군대는 쉽게 찾아내고 말 거야. 진짜 아무도 모르는 곳이어야 해. 선생님이 예전에 비밀을 숨겨 놓고 들키지 않은 곳이라면 마음 놓을 수 있을지도 모르겠다." 테드로스가 갑자기 말을 멈추고 답답한 듯이 한숨을 내쉬었다. "너 그 반지를 왜 아직도 끼고 있는지 정말 말 안 해 줄 거야?"

"몇 주 후면 네 생일이잖아." 소피가 살짝 몸을 돌리고 대답했다. "공주를 선택하는 데 신중할 수밖에 없다는 거 알아."

테드로스는 잠시 머뭇거렸다. 이 이야기를 계속 끌고 가야 할지 다른 이야기로 바꾸어야 할지 망설여졌다.

"난 왕이 될 준비가 되어 있어." 터벅터벅 걷던 테드로스가 마침내 입을 열었다. "난 부모 없이 산 지 벌써 몇 년이 지났어. 그러니 젊은 왕이랍시고 백성들 앞에 나서기 좋아하는 철없는 애송이들과는 달라. 백성들은 많은 걸 기대하지 않아. 아버지가 돌아가신 후 왕국은 엉망이 되어 버렸어. 내가 열여섯 살이 될 때까지는 왕실 고문단이 왕국을 책임져야 했지만, 그들은 백성들을 굶기고 사형시키고 추방하면서 자기 배만 불렸지. 이제 상관없어. 내가 왕이 되는 즉시 그 사람들 모두 지하 감옥에 처넣어 버릴 거야." 테드로스가 소피를 바라보았다. "아버지의 왕국을 우리가 되살리는 거야."

순간 소피의 온몸이 충격에 빠진 듯 들썩였다.

"우리가?"

말 실수였을까? 아니면 일부러 그렇게 말한 것일까?

테드로스는 여전히 그녀를 똑바로 바라보고 있었다. 소피가 시작한 이 대화에 다시 그녀가 참여하기를 기다리는 것 같았다. "물론이지, 우리가…… 네가…… 그래, 영광을 되찾게 될 거야." 소피는 갈피를 잡지 못하고 더듬거렸다. "하지만 어머니는 어떡하지? 작년에 네가 말해 줬잖아. 어머니에 대한 사형 집행 명령이……."

"그건 걱정 안 해." 테드로스가 소피의 말을 잘랐다. "어차피 이미 돌아가셨을 테니까. 그날 밤 이후 어머니나 랜슬롯을 본 사람은 아무도 없어."

소피가 눈썹을 바짝 치켜올렸다. "자기 어머니를 사형시켜야 할지도 모르는데 걱정을 안 한다는 게 말이 돼?"

"어머니는 냉정하고 이기적인 도망자지만 악랄한 사람은 아니
야." 테드로스가 금빛 앞머리를 입으로 훅 불어 올리며 대답했다.
"카멜롯으로 돌아오는 순간 아들이 자신을 죽여야 한다는 사실을
알기 때문에 절대 그곳에 나타나시지 않을 거야." 왕자의 표정이
어두워졌다. "하지만 꿈에는 계속 나타나시더라."

영원히 다시 볼 수는 없지만 계속 마음을 괴롭히는 엄마가 있다
는 게 어떤 것인지 소피는 잘 알고 있었다. "어떤 분이셨어? 당연히
아름다우셨겠지?"

"전혀! 이상하게도 그렇지 않았어. 아버지가 훨씬 잘생기고 에너
지도 넘치고 재미있으셨지. 어머니는 비쩍 마르고 내성적이고 뭔
가 불안해 보였어. 책 이야기를 할 때나 동물을 돌볼 때만 잠시 활
기를 띠셨지. 아버지나 다른 남자들이 어머니한테 잘 보이려고 애
를 썼다는 게 이해가 안 돼." 테드로스가 얼굴을 찌푸렸다. "하지만
아버지는 자신에게 어울리지 않는 여자를 선택한 것에 대한 대가
를 톡톡히 치르셨지. 어머니 수준에는 랜슬롯 정도가 딱 맞아. 못생
기고 가난하지만 정직하고 충실한 기사거든. 평범한 사람은 평범
한 사람끼리 어울려야 하나 봐."

"난 공감이 안 돼." 소피가 한숨을 내쉬었다. "카리스마 있고 아
름다운 사람을 제쳐 두고 지극히 평범한 사람을 선택하는 게 상상
이나 되니?"

소피의 질문에 테드로스는 갑자기 굳은 표정으로 고개를 돌렸
다. 더 이상 대화를 나누고 싶지 않다는 뜻이었다.

순간 소피는 그 이유를 깨달았다.

테드로스는 카리스마 있고 아름다운 사람을 제쳐 두고 지극히

평범한 사람을 선택하는 일을 굳이 상상할 필요가 없었다. 1학년 때 그녀를 버리고 아가사를 선택하는 순간 이미 그런 결정을 내렸기 때문이다.

소피는 길리킨에서 테드로스가 아가사의 이름을 들을 때 움찔거렸던 모습을 떠올렸다. 그때도 그의 양 볼은 지금처럼 붉게 물들어 있었다.

그가 말한 '우리'는 테드로스와 소피가 아니었다.

그에게 '우리'는 테드로스와 아가사를 가리키는 것이었다.

소피에게 다시 한 번 기회를 주겠다고 한 약속은 아무 의미가 없었다.

아무리 굳은 약속을 해도 왕자의 마음은 변하지 않을 테니까.

그의 마음은 여전히 예전의 공주를 사랑하고 있으니까.

"네가 왕비가 되면 어떤 모습일지 상상해 봤어." 테드로스는 문득 그녀의 존재를 의식한 듯 골똘히 생각하는 표정으로 입을 열었다. "궁 안에 너만을 위한 독립적인 공간이 마련되겠지. 스무 명 정도 되는 하인들은 욕조에 염소 우유를 길어 나르고, 생선 알과 호박 퓌레로 매시간 네 발을 마사지하고, 왕국 곳곳에서 오이를 싹쓸이할 거야."

소피가 경악한 표정으로 왕자를 바라보았다.

"아가사한테 네 미용 관리 방법을 알려 달라고 졸랐어." 왕자가 키득거리며 덧붙였다. "한바탕 싸운 뒤에 이 얘기를 하면 같이 웃을 수 있었거든."

"나도 모르는 새 너희 두 사람의 광대노릇을 하고 있었다니, 기뻐 까무러치겠다!" 소피가 발끈하며 소리쳤다. 그녀의 눈에 눈물이 차올랐다. "넌 날 그런 사람으로 생각하니? 외모에 목매고 겉만 화려하지 머리는 텅 빈 들러리라고? 다시 한 번 기회를 줄 필요도 없는 사람이라고 생각해?"

"소피, 넌 겨울에 산길을 걷는데 짧은 스커트를 입고 나왔잖아!"

"내가 여성스러운 모습을 보여 준 지 너무 오래된 것 같아서 그랬지! 너도 예전에는 그런 내 모습을 좋아했다는 걸 잊지 마!"

소피는 자기도 모르게 마음속 말을 쏟아 내고 말았다. 테드로스의 표정이 순식간에 굳어 버렸다.

"나한테 기회를 주겠다고 약속했잖아." 소피가 곰 가죽 코트로 눈물을 닦으며 나직이 속삭였다. "여전히 아가사를 사랑하지만, 넌 나에게도 다시 한 번 기회를 준다고 약속했어."

테드로스가 소피의 턱을 살짝 들어 올리고, 파란 눈으로 그녀를 똑바로 바라보았다.

"그렇게 하고 있잖아, 소피. 지금 이렇게 너랑 같이 있는걸. 본부에서 출발한 후로 난 한 번도 아가사 얘기 안 했어. 자꾸 그 아이 얘기를 꺼낸 건 너야. 아가사에 대해서 걱정하거나 내가 네 외모를 어떻게 판단할지 걱정하지 말고, 네 내면을 나한테 보여 주려고 노력해 봐." 왕자의 말은 진지하고 어른스러웠다. "자, 이제 한번 얘기해 봐, 숲 너머에서 온 소피. 넌 내 왕국의 왕비가 되면 뭘 할 거지?"

테드로스는 하얀 불빛 사이를 성큼성큼 걸어갔다.

소피는 희망에 가득 찬 얼굴로 그의 뒤를 따랐다. 길을 따라 뿌려진 하얀 불빛이 금반지 아래 감춰진 검은 잉크 자국을 밝게 비춰 주었다. 2년 전 그녀가 테드로스와 아가사를 잃은 후부터 줄곧 기다려 왔던 바로 그 순간이 왔다. 피부 위에 이름을 남길 정도로 강한 사랑을 왕자에게 보여 줘야 할 때다. 왕자 역시 그녀만큼이나 깊은 사랑을 느끼게 할 수만 있다면…… 그의 마음에도 변화가 생길지 모른다.

"사실 난 왕비가 사기그릇 고르고, 댄스 무도회 열고, 가두 행진할 때 아기들에게 키스나 해 주는 사람이라고 생각했어." 소피가 입을 열었다. "하지만 라팔과 함께 있을 때 다른 학생들 시선이 어땠는지 난 똑똑히 봤어. 난 더 이상 멍청한 웃음거리가 아니었어. 혼자 힘으로 대단한 인물이 된 새로운 소피였지. 아마도 그것 때문에 애들이 날 미워했던 것 같아……. 나처럼 어린애가 그렇게 대단해질 수 있을 거라고 생각을 못 한 거지. 내가 특별하게 태어났거나 아님 걔들처럼 마법을 쓸 줄 알았던 것도 아니야. 난 그저 예쁜 얼굴과 남다른 삶에 대한 욕망이 있었을 뿐이지. 그런데 난 그 특별한 삶의 크기에 너무 연연한 나머지 그 삶이 어떤 식으로 특별해야 하는지는 미처 생각하지 못했어. 바로 그것 때문에 라팔에게 마음을 온전히 주지 못했던 거야. 라팔은 내게 불멸의 삶, 무한한 권력, 영원한 사랑을 줄 수도 있었겠지……. 하지만 그건 악의 사랑이잖아. 그 사람이 날 얼마나 악하다고 생각하든 상관없어. 난 여전히 선한 사람이 되고 싶어, 테드로스. 죽는 날까지 내 영혼과 싸우는 한이 있어도 꼭 되고 말 거야."

테드로스의 시선이 그녀를 향했다.

"여기 두 명의 왕비가 있어." 소피가 한층 힘 있는 목소리로 말을 이었다. "한 명은 왕관에 대한 확신이 없어. 그 사람을 선택하면 너희는 영원히 서로를 불신하며 사소한 일로도 다투게 될 거야. 그 사람의 진심은 왕비로서의 삶을 원하지 않기 때문이지. 네 아버지는 그런 왕비를 선택한 탓에 끝까지 괴로움에 시달리셨어. 너는 아버지가 잘못한 지점으로 돌아가 실수를 바로잡을 수 있어. 진심으로 왕비가 되고 싶어 하는 사람을 선택하면 돼. 그 사람은 왕비가 되기 위해 분투했던 것처럼 백성들을 위해서도 끝까지 싸울 수 있는 사람이야. 난 라팔에게 그런 왕비가 되어 줄 수 없었어. 왜냐하면 내가 그런 왕비가 되어 주고 싶은 사람은 바로 너니까."

테드로스는 아무 말 없이 소피를 뚫어지게 바라보았다. 그의 눈은 마치 그녀를 처음 보는 것처럼 강렬하게 불타오르고 있었다.

소피는 심장이 쿵쾅거렸지만 그의 눈을 피하지 않았다. 두 사람의 입김이 뒤섞이고 있었다.

"왕과 왕비가 서로를 믿지 못하면 백성들의 신뢰도 얻을 수 없어." 소피가 다시 말했다. "하지만 새로운 왕비를 선택한다면, 백성들은 왕을 어떻게 섬겨야 하는지 똑똑히 보게 될 거야. 왕에게는 조건 없는 사랑과 존경과 충성을 바쳐야 해. 나보다 그걸 더 잘할 수 있는 사람은 없어. 난 아가사와 달리 널 의심하지 않으니까."

"소피……." 테드로스가 그녀의 허리를 잡으며 속삭였다.

소피는 온몸에 전기가 흐르며 피가 머리로 솟구치는 것 같았다.

"모르겠어? 우리가 처음 만났을 때부터 난 네 왕비였어." 소피가 왕자에게 몸을 기울였다. "우리의 예전 이야기는 옳았어, 테드로스. 이제 그 이야기를 새롭게 만들기만 하면 돼." 소피는 눈을 감고 입술을 내밀었다…….

"소피."

소피는 두 눈을 번쩍 떴다. 테드로스가 하얗게 질린 얼굴로 그녀의 어깨 너머를 바라보고 있었다.

피부가 썩어 떨어져 나가고 꿰맨 자국투성이인 좀비 악당 둘이 어두운 숲 양쪽에서 길을 향해 모여들고 있었다. 딸기코에 회색 수염이 덥수룩한 땅딸막한 남자는 딱 달라붙는 셔츠 아래로 배가 불룩 솟아 있었고, 대머리에는 해적 모자를 쓰고 있었다. 또 한 사람은 몸이 날렵했는데, 커다랗게 부풀린 검은 곱슬머리 위에 더 큰 해적 모자를 쓰고 있었다.

그가 하얀 불빛이 밝혀진 길에 들어서는 순간, 소피는 그의 팔 끝에 커다란 강철 갈고리가 달려 있는 것을 발견했다.

"피터 팬을 찾으려고 왔는데 악의 왕비님을 만나 버렸네." 후크 선장이 비웃으며 말했다. "그런데 너 왕비 자리를 차 버렸다며? 스미, 저 아이한테 좀 알려 주지. 우리 배에서 도망간 놈은 어떻게 되지?"

"머리를 잘라 돛대에 꽂아 놓고 새들이 쪼아 먹게 하지요." 스미가 키득거리며 반바지에서 얇은 단검을 꺼내 들었다.

"그런데 네가 그렇게 도망을 갔는데도, 교장은 네가 자신에게 돌아오는 걸 전혀 원하지 않더군." 후크가 소피의 표정을 유심히 살피며 말했다. "교장은 자신의 왕비가 자유롭게 원하는 걸 해야 한다고 했지."

소피의 얼굴이 충격으로 창백해졌다.

후크는 테드로스에게 시선을 돌렸다. "너에 대해서는 아무 말도 안 했고."

두 해적은 왕자를 향해 어슬렁어슬렁 다가갔다.

테드로스는 한 손으로 엑스칼리버를 뽑고, 다른 한 손으로 소피를 붙잡았다. "바짝 붙어 있어."

소피는 침을 꿀꺽 삼켰다. 두 해적이 칼날을 번쩍이며 슬금슬금 다가왔다.

옛날 옛적, 테드로스가 동화 경연 대회에서 죽을 뻔했을 때 소피는 싸우는 게 무서워서 그저 지켜보기만 했다. 바로 그 순간 그녀의 이야기가 꼬이기 시작했다. 왕자를 아가사에게 빼앗긴 것이 바로 그때였다. '이건 기회야.' 소피는 과거로 돌아가 동화를 바로잡을 기회를 얻은 것이다. 테드로스에게도 그의 이야기를 바로잡으라고 청하지 않았던가! 그녀는 왕자를 위해 싸우고, 마침내 그의 키스를 얻어 낼 것이다.

테드로스는 소피를 더욱 세게 붙잡아 자기 옆으로 끌어당겼다. 두 해적은 칼이 닿을 정도로 가까워졌고, 후크가 왕자를 향해 무기를 들어 올렸다. 순간 소피는 두려움에 온 정신을 집중했다. 손가락 끝이 점점 뜨겁게 달아올랐다…….

소피는 마침내 손가락을 휙 휘둘러, 멀린이 뿌려 놓은 하얀 불씨 하나를 스미의 눈에 던져 넣었다.

스미가 단검을 떨어뜨리고 비명을 지르자 소피가 달려들어 그를 길 밖으로 밀쳐 냈다.

"소피!" 테드로스가 공포에 휩싸여 소리쳤다.

후크는 왕자를 향해 칼을 휘둘렀고, 테드로스는 늦지 않게 칼을 들어 올려 요란한 쇳소리와 함께 그의 공격을 막아 냈다.

단 한 번도 성인 남자와 싸워 본 적이 없는 소피는 스미의 반격에 무방비로 당하고 말았다. 정신을 차린 스미가 소피를 밀쳐 넘어뜨린 것이다. 소피는 털로 뒤덮인 불룩한 배에 깔려 그를 할퀴고 발로 찼다.

"참 예쁘게도 생겼네." 스미가 으르렁거리며 말했다. 조금 전 장난스럽게 키득거리던 모습은 완전히 사라지고 없었다. "네버랜드에는 이렇게 예쁜 애가 없어."

스미가 그녀의 머리에 코를 박고 쿵쿵거리자, 소피는 그의 뺨을 힘껏 후려쳤다. 놀란 스미는 뺨을 움켜잡고 입을 헤벌린 채 소피를 바라보았다. 그녀는 잠시 자신이 그를 제압했다고 생각했지만 착각이었다. 스미는 얼굴이 핏빛이 될 때까지 벌겋게 달아오르더니 소피의 목을 조르기 시작했다. 그의 지저분한 손톱이 소피의 목을 파고들었다. 소피가 스미의 내면 깊은 곳을 건드린 것이 분명했다. 스미는 분노에 휩싸여 그녀를 죽일 기세였다.

"나…… 죽이면…… 안 되잖……아요……." 소피가 헐떡이며 말했다.

하지만 스미는 교장의 명령을 잊은 것인지 무시하는 것인지, 계속해서 그녀의 목을 졸랐다. 왕자가 겨우 30센티미터 거리에 있었지만 그녀는 그곳에서 죽을 것만 같았다. 후크가 왕자의 다리를 걸어 넘어뜨리고 그의 망토를 칼로 베자, 왕자는 움찔하며 비명을 질렀다. 곁눈질로 두 사람을 지켜보던 소피는 파랗게 질린 얼굴로 다시 스미를 돌아보며 마지막 숨을 들이마셨다.

바로 그때 불붙은 나뭇가지가 스미의 머리를 뚫고 지나가며 파란 불꽃을 피워 올렸다.

깜짝 놀란 그는 소피를 놓고, 불타오르는 머리부터 어둠 속으로 털썩 쓰러져 버렸다.

소피는 어리둥절한 표정으로 후크를 바라보았다. 그는 테드로스에게서 떨어져 스미의 몸이 파란 불꽃에 타들어 가는 모습을 지켜봤다. 잠시 후 선장은 길을 따라 다가오는 한 남자를 발견했다. 어깨가 넓고 머리가 새까만 그 남자는 손가락에 파란 빛을 밝히고 있었다.

"너, 너 이 녀석, 너 스커리의 아들이구나." 후크가 깜짝 놀라 말했다. "내 배에서 태어나고 자랐는데……."

하지만 후크는 말을 끝맺을 수 없었다. 긴 칼이 그의 몸을 베자, 그는 충격에 빠진 듯 입을 쩍 벌리고 무릎을 꿇더니 얼굴을 바닥으로 향한 채 길 위에 쓰러지고 말았다.

테드로스는 칼날에 묻은 좀비의 내장을 닦아 내고 천천히 일어섰다. 갈고리에 긁혀 피를 쏟아 낸 상처들을 유심히 살핀 그는 치명상이 없는 것을 확인하고 안도의 한숨을 내쉬었다.

"구해 줘서 고맙다, 호트." 테드로스가 고개를 들었다.

"네가 아니라 소피를 구한 거야." 달빛 속으로 걸어 들어온 호트가 이를 악물며 말했다.

소피는 호트의 얼굴에 분노가 가득한 것을 발견했다. 하루 종일 혼자 있으면서 마음이 더 상한 것이 분명했다. 순간 그녀의 두 눈이 튀어나올 듯이 커졌다.

"하지만…… 너…… 이제 나 사랑하지 않는다고……." 소피가 쉰 목소리로 더듬더듬 말했다.

호트가 그녀를 향해 홱 돌아섰다. "거짓말이었어."

소피는 혼란에 빠져 아무 말도 못 했다. 하지만 한 가지는 확실했다. 그녀의 목숨을 구해 준 호트를 더 이상 혼자 걷게 할 수는 없다는 것이었다.

테드로스와의 데이트는 이제 끝났다.

'다 됐는데! 나한테 키스하려고 했단 말이야!' 소피는 비참한 기분으로 라팔의 반지를 노려보았다. 멀쩡하게 반짝이고 있는 반지가 그 어느 때보다 무겁게 느껴졌다.

얼마 지나지 않아 세 사람은 다시 길을 걷기 시작했다. 아무도 말을 하지 않았다. 소피는 호트가 있는 자리에서는 테드로스에게 아무 말도 할 수 없었고, 테드로스와 호트는 서로가 있는 자리에서는 애초에 말을 하고 싶은 생각조차 없었다. 그렇게 긴장감만 점점 쌓여 갈 때, 무심코 뒤를 돌아본 소피가 마침내 입을 열어 쉰 목소리로 두 사람을 불렀다.

"저기…… 애들아?"

왕자와 족제비 소년은 그녀의 시선을 따라 파랗게 불타오르는 스미의 시체를 바라봤다.

후크의 시체는 보이지 않았다.

"내가 심장을 찔렀다니까!" 다음 날 오후, 테드로스는 여전히 같은 소리를 반복하고 있었다.

"다시 한 번 말하지만 좀비는 심장이 없어." 호트가 쏘아붙이듯 대꾸했다. "내가 왜 스미한테 불을 붙였겠냐? 좀비를 처치하는 방법은 그것뿐……."

"그럼 그 자리에서는 왜 아무 말도 안 했어?"

"후크가 널 죽여 버렸으면 해서."

"빨리 은신처에나 도착했으면 좋겠다." 소피가 으르렁거리듯 말했다.

후크의 시체가 사라진 후 겁먹은 양떼처럼 멀린이 남긴 불씨 부스러기를 따라 빠르게 움직인 세 사람은 파란 숲에 있던 것과 비슷한 거품 모양 동굴들을 발견했다. 그들은 그곳에서 아침까지 야영하기로 하고 각자 동굴을 하나씩 선택해 들어갔다. 보초는 두 소년이 교대로 서기로 했다. 해가 뜨고 다시 걷기 시작한 이들은 프로스트플레인 지역의 얼어붙은 툰드라를 수 킬로미터 헤치고 나아갔다. 그들은 망토로 몸을 꽁꽁 감싸고 끊임없이 휘몰아치는 눈보라를 뚫으며 걸었다. 마침내 온통 하얗기만 하던 세상 속에서 무엇인가가 보였다.

깎아지른 암벽 위에 세워진 작은 반도 형태의 왕국이었다. 풍랑이 거센 회색 바다에서 몰려오는 옅은 안개가 진주처럼 하얀 탑들을 뿌옇게 가리고 있었다. 파도는 바위에 부딪칠 때마다 엄청난 굉음을 냈고, 활짝 열린 철문 안쪽에 자리 잡은 왕국은 그 소리에 벌벌 떨었다.

"쾅! 쾅!"

세 사람은 조심스럽게 문을 통과했지만 그들을 맞이하는 이는 아무도 없었다. 왕국은 텅 빈 것 같았다. 창문이나 입구가 하나도 없는 하얀 탑들은 원형으로 서 있었고, 그 안에는 아래를 향해 내려가는 대리석 계단들이 여러 개 보였다. 세 사람은 눈을 가늘게 뜨고서 계단 아래를 내려다보았다. 쥐 죽은 듯 고요한 회색의 거대한 호수가 폭풍이 몰아치는 바다로 흘러 들어가고 있었다.

"막다른 길인가?" 소피가 말했다.

하지만 테드로스는 더없이 행복하고 차분한 표정을 지었다.

"아발론이야." 그가 말했다.

"와 본 적 있어?"

호트가 묻자 테드로스가 고개를 저었다. "아버지가 유서에 여기 얘기를 쓰셨어." 테드로스는 잔잔한 호수를 바라보며 부드러운 목소리로 대답했다. "아발론의 안전한 집에 묻히고 싶다고 쓰셨지. 멀린 선생님이 우리를 아버지의 안식처로 데려온 거야."

"여기가 우리 은신처라고?" 소피가 중얼거리며 긴 계단을 내려가기 시작했다. 그곳은 테드로스의 아버지와 관련된 곳이니만큼 왕자의 감정이 다치지 않게 조심스럽게 말을 이어야 했다. "싫다는 게 아니라…… 좀 춥기도 하고, 문도 활짝 열려 있고, 탑에 들어갈 방법도……."

소피가 갑자기 말을 멈췄다. 호수 가장자리 죽은 풀밭에 등을 돌린 채 앉아 있는 아가사를 발견한 것이다. 소피는 아가사가 혼자 있는 모습을 본 순간 불편한 기분이 들었다. 무언가 불완전한 장면이었다. 아가사 혼자 외롭게 이야기를 끝내게 해서는 안 되는 것 아닌가…….

발자국 소리에 고개를 돌린 아가사는 긴 여행길을 무사히 통과한 친구들을 향해 미소를 지어 보였다.

친구의 평온한 표정을 본 소피는 마음이 놓였다. 그녀는 즉시 왕자 곁에 바짝 다가섰다. 불안해할 필요는 없었다. 아가사는 혼자서도 충분히 행복해질 수 있다. 그녀는 해내지 못했지만, 아가사는 할 수 있을 것이다.

"너희 왔구나." 하품 소리에 고개를 돌린 소피는 바위에 기대 낮잠을 자다 깬 멀린이 느릿느릿 다가오는 모습을 발견했다. "꽤 오래 걸렸네. 아, 저기 보디가드도 오는구나." 멀린이 계단을 내려온 호트를 바라보며 말했다.

"저 물속에 은신처가 있는 거죠?" 테드로스가 호수에 다가서며 물었다. "아버지가 묻힌 곳이 바로 여기예요."

테드로스는 조약돌 하나를 물에 던지고 가라앉는 모습을 물끄러미 지켜보았다.

"은신처가 어떻게 물속에……." 인상을 찌푸리고 말하던 소피의 목소리가 점점 작아졌다.

호수가 조용히 꿈틀거리더니, 조약돌이 빠진 자리를 중심으로 둥글게 휘돌기 시작했다. 소용돌이는 원형으로 자리 잡은 탑들을 비추며 실을 잣는 물레처럼 점점 더 빠르게 돌더니…… 소용돌이 중심에서 하얀 크림 같은 거품이 일어나며 어느덧 사람의 형체를 갖추어 갔다.

잠시 후 하얀 가운을 입은 유령처럼 창백한 은발의 님프가 물 위로 둥실 떠올라, 손님들을 향해 고개를 들고 공중으로 날아올랐다. 그녀의 피부는 분필처럼 하얗고 코는 길쭉했다. 님프는 커다란 검은 눈으로 테드로스를 뚫어지게 바라보다가 곧 진홍색 입술을 벌려 미소 지었다.

"내가 만든 최고의 작품이지."

테드로스는 자기를 말하는 줄 알았지만, 사실 님프는 그의 칼을 바라보고 있었다.

"엑스칼리버를…… 만드신 분……. 그렇다면 호수의 정령이세요?"

님프는 다시 한 번 미소를 짓고는 멀린을 향해 고개를 돌렸다. "잘생긴 마법사님, 꽤 오랜만이네요." 그녀가 낮고 허스키한 목소리로 달콤하게 속삭였다. "필요한 게 있어서 오셨겠죠?"

"놀러 오기에는 너무 먼 곳에 계셔서 그리 됐습니다. 미안해요. 하지만 정말 중요한 일로 왔어요." 멀린이 대답했다.

"칼을 하나 더 줄까요? 생명 연장 물약이 필요해요? 아니면 성배라도 찾아줘야 하나요?" 님프는 화가 난 듯 씩씩거렸다. "외로운 정령에게 찾아와서 뭐든 내놓으라 명령만 하면 다 되는 줄 아는군요!"

"옛날 옛적 다른 두 사람을 위해 했던 것과 똑같은 부탁을 하려고 합니다." 멀린은 흔들리지 않고 단호하게 대답했다. "이 아이들을 당신의 은신처에 좀 숨겨 주세요."

정령의 얼굴에서 미소가 사라지고, 두 사람 사이에 무거운 침묵이 흘렀다.

"마법사님, 그게 무슨 의미인지 알고 계시죠?" 정령이 가라앉은 표정으로 물었다.

마법사는 잠시 테드로스를 보며 눈을 깜빡이고는 다시 님프에게 시선을 돌렸다. "네, 압니다."

소피는 어리둥절한 표정으로 아가사를 흘끗 쳐다보았지만, 아가사 역시 아는 게 없는 듯 어깨를 으쓱할 뿐이었다.

호수의 정령은 숨을 깊이 들이마시고 네 학생을 똑바로 바라보았다. "그렇다면 어서 들어와라. 물이 따뜻하단다."

"물이요? 수영을 하란 말인가요?" 호트가 호숫가에 서서 툭 내던지듯 말했다. "물에 들어가면 숨을 못 쉬는데 어떻게……."

멀린이 답답한 듯 신음을 내뱉으며 호트를 밀었다.

호트가 물에 빠지자 새하얀 빛이 폭발하더니 그의 모습이 표면에서 완전히 사라져 버렸다.

아가사, 소피, 테드로스는 얼빠진 표정으로 멀린을 바라보았다.

마법사는 조용히 미소를 지었다. "멀린의 정원에서 물이 늘 비밀 통로 역할을 하는 이유를 이제 알겠지?"

마법사가 손을 앞으로 뻗자 세 학생은 다이빙을 하듯 물을 향해 뛰어들었다. 소피는 눈앞에서 하얀 빛이 펑 터지더니 곧 따스한 기운이 온몸을 감싸는 것을 느꼈다. 분명 주위에 물이 가득한데도 그녀는 전혀 젖지 않았다. 투명한 자궁에 둘러싸여 보호받는 기분이었다. 그녀는 점점 호수 깊은 곳으로 빠져들었다. 하지만 어느 지점에 이르자 물은 그녀를 마른 땅에 내려놓고 뒤로 빠져 사라졌다. 소피는 물 한 방울 묻지 않은 채 아기처럼 동그랗게 몸을 말고 바닥에 누워 쏟아지는 햇빛을 받았다.

"여기가 어디지?" 머리 위에서 아가사의 목소리가 들렸다.

소피는 목을 길게 빼고 소리 나는 쪽을 바라보았다. 아가사와 호트, 테드로스가 햇빛을 받아 반짝이는 푸르고 싱그러운 풀밭 위에 서 있었다. 자리에서 일어서자 드넓은 들판이 눈에 들어왔다. 양과 소와 말들이 그 위에서 자유롭게 풀을 뜯고 있었다. 소피는 죽어 가는 영원의 숲에서 마침내 피난처를 발견한 기분이었다.

"저기 봐!"

아가사의 말에 모두 푸른 들판 너머 작은 농가를 바라보았다.

"저기가 우리 은신처인가 보군." 호트가 말했다.

"누가 오는데." 눈을 가늘게 뜨고 지켜보던 테드로스가 말했다.

과연 두 사람이 그들을 향해 다가오고 있었다. 해와 비바람에 피부가 검게 타고 거칠어진 두 사람은 손을 마주 잡고 있었다. 깡마른 몸에 갈색 머리가 제멋대로 헝클어진 여자와 거친 검은색 곱슬머리에 가슴이 넓은 남자였다.

"따뜻한 물이 있으면 좋겠는데." 소피는 마음이 놓인 듯 왕자를 향해 미소 지었다. "지금 당장 목욕을……."

소피가 말을 멈췄다. 테드로스의 표정이 심상치 않았다. 점점 가까워지는 두 사람을 바라보는 왕자의 얼굴이 피가 다 빠져나간 것처럼 창백해지더니 굵은 땀방울을 쏟아 내기 시작했다.

"아니, 아니야, 이럴 순 없어……." 그가 헐떡이며 중얼거렸다.

소피는 어리둥절한 얼굴로 다시 낯선 두 남녀를 바라보았다. 하지만 쥐처럼 생긴 여자 역시 귀신에 홀린 표정으로 온몸이 굳은 듯 꼼짝 않고 테드로스를 바라보고 있었다.

"맙소사!" 여자가 중얼거렸다.

테드로스는 겁에 질린 아이처럼 휘청거리며 아가사의 팔을 꼭 붙잡았다. "꿈이야……. 이건 꿈일 거야……. 나 좀 깨워 줘……."

"테…… 테드로스?" 여자가 더듬더듬 그의 이름을 불렀다.

"귀네비어, 당신 아들과 친구들에게 당신 도움이 필요해요." 마법사가 햇빛 속에서 들판을 향해 성큼성큼 걸어 나오며 말했다.

테드로스는 마법사와 여자를 번갈아 바라볼 뿐 아무 말도 못 했다. 몸이 너무 떨려서 아가사의 부축을 받지 않으면 제대로 서 있을 수도 없을 정도였다.

소피는 당장 왕자에게 달려가 그를 부축하고 싶었다. 하지만 그녀는 꼼짝할 수 없었다. 검은 머리에 눈동자도 까만 그 남자를 보는 순간, 그녀 역시 테드로스만큼이나 온몸이 떨렸기 때문이다.

테드로스가 귀네비어 왕비를 수차례 꿈에서 보았던 것처럼, 소피 역시 그를 꿈에서 만났다.

라팔의 반지에 비쳤던 악마, 그녀가 테드로스의 왕관을 가질 수 없게 가로막은 바로 그 악마였다.

이제 악마의 정체가 밝혀졌다.

그는 랜슬롯이었다.

24

누구와 함께할 것인가

테드로스는 20분 가까이 김이 모락모락 나는 시나몬 사과주 컵을 바라만 봤다.

아가사 역시 자신의 컵에 손도 대지 않았다. 테드로스가 무슨 생각을 하는지 걱정이 되어 그에게서 시선을 뗄 수 없었다. 아가사 옆에 앉은 소피 또한 컵을 들 생각은 하지도 못했다. 그녀는 얽은 자국으로 뒤덮인 가무잡잡한 기사가 접시와 포크, 나이프를 식탁에 차리는 모습을 초조한 눈빛으로 바라보느라 다른 데 신경을 쓸 여력이 없었다.

"배 많이 고프겠다, 너희들." 기사가 깊고 낮은 목소리로 말했다. "머리 색이 검은 친구는 목욕을 할 수 있냐고 묻던데. 재밌는 친구더라고……. 냄새나는 몸으로 식사를 하기는 싫다고 그러네. 이름이 뭐랬지? 호머? 호도르?"

아무도 기사의 질문에 대답하지 않았다.

"호빈이었나 보다." 랜슬롯이 말했다.

아가사는 테드로스의 옷이 땀에 젖어 가는 것을 눈치챘다. 목젖이 까딱까딱 분주하게 움직이고, 팔에서는 핏줄이 튀어나올

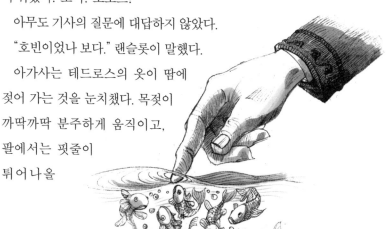

듯이 불거졌다.

"호트. 걔 이름 호트야." 귀네비어가 석쇠에 구운 칠면조와 초롱
꽃 샐러드가 담긴 접시를 들고 부엌에서 종종걸음으로 나오며 정
정했다. 아가사는 작은 농가 식당 방 안에서 횃불 아래 드러난 그녀
의 모습을 가만히 바라보았다. 살짝 들린 작은 코와 새파란 두 눈을
감싼 반듯한 눈썹이 테드로스와 꼭 닮아 있었다. 수도꼭지처럼 땀
을 뿜어내는 것도 둘의 공통점이라 할 수 있을 것 같았다. 사실 땀
은 문제도 아니었다. 잔가지같이 뻣뻣한 갈색 머리카락이 어찌나
어지럽게 엉켰는지 그녀의 작고 창백한 얼굴이 마치 새둥지 속 알
같았다.

"오늘이 화요일인데, 나랑 랜슬롯은 월요일에 일주일치 먹을거
리를 준비해 놓거든. 그래서 다 같이 먹을 음식이 충분해." 귀네비
어가 말했다. "다음 주 월요일까지는 먹을 게 있다는 뜻이지. 물론
너희가 다음 월요일에 떠나야 한다는 건 아니고. 우리 집에는 손님
올 일이 없다 보니까……. 사실 사람 볼 일도 없거든, 우린. 랜슬롯
이랑 난 며칠씩 아무 말도 안 하고 지내기도 해." 그녀는 자리에 앉
아 누가 대화를 이어 가기를 기다렸지만 누구도 입을 열지 않았다.
"입에 맞으면 좋겠다. 테드로스는 어렸을 때 내 칠면조 요리를 좋
아했는데. 멀린 선생님하고 수업하다가도 부엌에서 칠면조 냄새가
나면 쪼르르 달려왔거든."

테드로스는 그녀를 쳐다보지 않았다.

"머을까?" 귀네비어가 아이들을 향해 접시를 밀며 힘없는 목소
리로 청했다. "먼 길 여행하느라 힘들었을 테니 많이들 먹어. 부족
하면 더 있으니까."

누구도 접시에 손을 대지 않았고, 침묵만이 한없이 이어졌다.

"다들 잘 적응한 것 같으니 난 다시 길을 떠나야겠다." 지팡이를 쥐고 어슬렁어슬렁 식당에 들어선 멀린이 쾌활하게 말했다.

모두가 다급히 고개를 들고 마지막 구명보트를 바라보듯 절박한 표정으로 그를 바라보았다.

"어…… 어디…… 어디 가시는데요?" 테드로스가 물었다.

"너흰 여기 있으면 안전할 테니 학교에 있는 너희 친구들이랑 또 다른 친구들이 안전하도록 도와줘야지." 멀린이 대답했다. "너희가 호수 정령의 보호를 받는다는 사실을 이야기꾼이 밝히고 나면 교장은 자기 계획을 더 빨리 실행하려 할 게다." 멀린이 아리송한 표정으로 귀네비어를 바라보았다. "저녁 같이 못 먹고 가서 미안해요. 수풀에 가서 간단히 묵념만 했어요……."

귀네비어는 무슨 말인지 이해한다는 듯이 고개를 끄덕였다.

"조만간 다시 보자, 얘들아." 멀린이 인사를 하며 소피를 흘끗 바라보았다. 반지는 여전히 그녀의 손에 있었다. "더 이상 피 흘릴 일이 없으면 좋겠구나."

멀린은 마법을 써서 식탁 위의 칠면조 고기 한 덩이를 휙 가져온 뒤, 천천히 오두막집 밖으로 걸어 나갔다. 소피는 긴장한 듯이 숨을 죽이고 그 모습을 지켜보았다.

다시 견딜 수 없는 침묵이 식당을 가득 채웠다.

아가사는 멀린이 떠나 버린 것과 소피의 반지가 그대로라는 사실, 그리고 테드로스가 느끼고 있을 고통을 잊으려 다른 것들에 집중했다. 작은 나무로 지은 벽들과 타원형 방들, 타닥타닥 소리를 내는 벽난로와 직접 만든 가죽 소파, 양털 바닥 깔개, 모든 것이 너무나 아늑했다. 하나하나 정성을 들인 집을 둘러보고 있자니, 친구도 가족도 없는 두 사람이 세상 끝에 마침내 자신들만의 공간을 마련

했구나 하는 생각이 들었다.

"테드로스, 가슴살 줄까, 아니면 다리 줄까?"

귀네비어의 목소리에 아가사가 정신을 차리고 그녀를 바라봤다.

귀네비어는 아들의 접시를 들고, 그를 향해 미소 짓고 있었다.

어렵게 침묵을 깬 질문이었건만 대답은 들려오지 않았다.

"난 못 하겠어요." 한참 뜸을 들인 테드로스가 마침내 낮은 목소리로 내뱉듯 말했다.

귀네비어는 아무 말 없이 식탁에서 일어나는 테드로스를 바라보았다. 철 의자가 바닥에 끌려 날카로운 소리를 냈다.

랜슬롯이 얼굴을 찌푸렸다. "테드로스, 어머니랑 말하지 않아도 되니까 뭐라도 좀 먹고……."

"당신은 내 쪽으로 눈도 돌리지 마요. 반으로 갈라 버릴 테니까." 테드로스가 화난 목소리로 말했다.

랜슬롯이 벌떡 일어나자 귀네비어가 그의 손목을 잡아당겨 자리에 앉혔다. 랜슬롯은 아무 말도 하지 않았고 테드로스는 쿵쾅쿵쾅 식당을 빠져나갔다. 잠시 후 문 닫히는 소리가 쾅 울려 퍼졌다.

아가사는 곧장 자리에서 일어나 왕자를 따라가려 했다.

"내가 가볼게, 아가사." 소피가 아가사를 말리며 자리에서 일어섰다.

소피는 가볍게 고개를 끄덕이고 재빨리 식당에서 나갔다. 하지만 아가사는 소피가 초조한 표정으로 랜슬롯을 흘끗거리는 모습을 놓치지 않았다. 잠시 후 다시 한 번 문 닫히는 소리가 들렸고, 아가사는 불편한 마음을 감추며 자리에 앉았다.

식당 안은 조용했다. 호트가 목욕하는 소리가 다 들릴 정도였다.

"그럼 좀 먹어 볼까요?" 아가사가 집주인들을 향해 미소를 보이며 말했다.

귀네비어와 랜슬롯은 한 명이라도 식탁에 남아서 다행이라는 듯이 안도의 한숨을 내쉬었다.

아가사는 칠면조 고기부터 입에 넣었다. 훈연한 향이 풍기는 부드러운 고기가 입에 들어가자 저절로 눈이 감겼다. 그녀는 밖에서 무슨 일이 일어나든 일단 모든 감각을 고기에 집중하기로 했다…….

"정말 사랑스러운 공주를 선택했네."

귀네비어의 목소리에 아가사가 두 눈을 번쩍 떴다.

"이름이 소피라고 했지?" 귀네비어가 뻣뻣한 갈색 머리카락을 샐러드 그릇에서 빼내며 말을 이었다. "테드로스가 일어나자마자 바로 따라가잖아. 쟤 아빠도 나한테 그랬었지. 소피는 테드로스를 많이 사랑하나 봐." 그녀의 목소리가 흔들리기 시작했다. "아서나 나나 저 아이를 위해 최선의 선택을 한 거였어."

"저 둘은 외모도 꽤 비슷한데." 랜슬롯이 입에 음식을 잔뜩 물고 말했다.

"솔직히 쟤는 행동이며 말투며 이미 왕비가 된 것 같아. 나랑은 완전히 딴판이지." 귀네비어가 피식 웃음을 터뜨렸다.

"테드로스한테는 완벽한 짝이야. 백성들은 왕비를 떠받들 거고, 왕비는 왕을 머리부터 발끝까지 사랑해 줄 테니 말이야." 랜슬롯이 말했다.

"카멜롯에도 드디어 제대로 된 왕비가 생기는구나." 귀네비어가 한숨을 내쉬며 미소 지은 뒤 아가사를 향해 고개를 돌렸다. "넌 어쩌니? 호트랑은 학교에서 만났니? 무도회 파트너였다거나……."

"죄송해요. 저 먼저 일어날게요." 아가사가 숨을 헐떡이며 말했다. "저…… 바람 좀…… 쐬야 할 것 같아요……."

아가사는 식탁을 밀치고 일어나 재빨리 밖으로 뛰쳐나갔다. 오랜 시간 서로만 바라보며 둘만의 시간을 잘 버텨 온 랜슬롯과 귀네비어에게 문득 쓸쓸함이 몰려왔다.

아가사는 어디로 가는지도 모른 채 걸음을 옮겼다. 그저 집에서 벗어나야겠다는 생각뿐이었다. 파르스름한 저녁 하늘 아래 펼쳐진 황야를 걸으며 그녀는 숨을 길게 들이마셨다. 공기가 따스했다. 피부를 벗겨 낼 듯 차가운 겨울바람 대신 촉촉한 산들바람이 불어왔다. 멀린의 셀레스티움에서 느껴졌던 바로 그 바람이었다.

'그럼 여긴 호수의 정령이 생각할 때 오는 곳인가?' 아가사는 소피나 테드로스와 관계되지 않은 생각이라면 무엇이든 붙잡고 늘어질 생각이었다. 그녀 앞에는 평평하고 맑은 저녁 하늘과 별자리가 펼쳐져 있었다. 아가사는 걸었다. 쉬지 않고 계속 다리를 움직였다. 그렇게 영원히 걸어갈 수도 있었다. 끝없이 계속…….

하지만 아가사는 천천히 걸음을 멈추고 뒤돌아 집을 바라보았다. 뒷마당에는 동물들이 서로 뒤섞여 있었다. 돼지들이 양과 소 들 사이에 섞여 있고, 말들은 달빛을 받으며 서로를 쫓아다녔다.

달빛 아래 모습을 드러낸 것은 또 있었다. 지평선에 걸린 가발돈이었다. 마을의 모습은 전날보다 더 뚜렷해졌고, 투명 보호막에는 구멍이 뚫려 있었다.

새로 쓰인 이야기가 늘었단 뜻이다.

그만큼 옛 영웅들이 죽음을 맞이했으리라.

교장은 자신이 원하는 결말을 향해 성큼성큼 다가가고 있다.

'하지만 그게 뭘까?' 아가사는 다시 생각에 잠겼다. '교장이 가발

돈에서 얻으려는 게 뭐지?'

"선을 완전히 파괴하기 위해서 교장에게는 그것이 필요한 거야." 멀린은 그렇게 말했다.

아가사는 이 수수께끼 같은 말을 생각하며 입술을 잘근잘근 깨물었다.

바로 그때 두 사람이 아가사의 시야에 들어왔다. 어두워서 잘 보이지 않는 작은 오크나무 수풀에 두 금발 형체가 있었다.

아가사는 2년 전 숲 그룹 수업 때 테드로스와 소피가 나무에 기대 서로 다정하게 이야기를 주고받던 모습을 바라보던 순간을 떠올렸다. 그녀는 친구가 자신과 있을 때보다 더 행복해 보이는 모습을 그날 처음으로 보았다. 그날의 그 왕자와 다시 함께하게 된 소피는 아가사를 찾으려 허둥대거나 그녀를 부르지 않았다. 속이 울렁거리는 것 같았다. 마음속 깊은 곳에서 그녀와 함께 자란 외로움이라는 감정이 다시 고개를 들었다…….

하지만 아가사는 그 고통으로부터 달아나지 않았다.

아가사는 외로움을 받아들이고, 감싸 안았다. 문을 부수려는 괴물처럼 날카로운 발톱으로 심장을 내려찍는 그 외로움을 유심히 들여다보았다.

'무서울 게 뭐가 있어?'

그녀는 어차피 늘 혼자였다. 그러던 4년 전 6월 어느 아침, 소피가 얼굴에 바르는 크림과 다이어트 쿠키가 든 바구니를 들고 찾아와 그녀를 멋지게 변신시켜 주겠다고 했다. 아가사는 새장에 갇혀 단 한 번도 하늘을 본 적 없는 새처럼, 혼자인 삶 속에서 행복했다. 하지만 둘 사이가 가까워질수록 소피는 아가사의 날개를 활짝 펼쳐 버렸고, 아가사는 둘의 사랑이 영원할 것이라고 믿게 되었다. 세상 모든 역경을 함께 헤쳐 나가리라 믿은 것이다.

하지만 학교에 온 첫날 왕자와 함께 있는 소피를 본 후, 아가사는 자신이 얼마나 어리석었는지 깨달았다. 두 소녀 사이의 우정은 아무리 강하고 충성스럽다 해도 남자가 끼어드는 순간 변해 버리기 십상이었다.

물론 그녀와 소피는 집으로 돌아가기 위해 힘을 합쳤다. 예전의 관계를 회복하기 위해 노력도 해 보았다. 하지만 그것은 이미 다 자란 성인이 다시 아이가 되는 것처럼 불가능한 일이었다.

이제껏 아가사는 소피가 애초에 왜 라팔을 선택했는지 이해할 수 없었다……. 소피는 왜 그런 악한 사람과 함께하려 했을까? 하지만 어둠 속에 홀로 서서 두 형체를 본 그 순간, 그녀는 소피의 마음을 이해할 수 있었다. 아가사가 테드로스에게 키스를 하고 그와 함께 고향으로 사라진 후, 소피를 가장 아껴 줄 사람은 아무도 없었다. 그녀의 가장 친한 친구 둘이 함께 떠났기 때문이었다.

테드로스 역시 똑같은 고통을 느낀 적이 있었다. 그녀가 소피에게 키스를 하고 두 사람이 함께 고향으로 사라졌을 때였다.

이번에는 아가사가 빠질 차례였다. 소피와 그녀의 왕자가 결국 함께하게 된다면, 그들은 서로와 자신들의 왕국을 최우선에 놓을 것이다. 아가사는 둘과 여전히 친구로 남겠지만 모든 게 달라질 것이다. 소피와 테드로스에게는 아가사가 관여할 수 없는 둘만의 영역이 생길 것이고, 둘이 서로에게 충실한 만큼 아가사는 혼자 남겨질 것이다.

불에 가까이 다가서는 것처럼 점점 강한 고통이 아가사를 찾아왔다.

그녀에게는 가장 친한 친구나 왕자를 잃는 것 외에도 두려운 것이 있었다.

바로 예전 아가사를 잃는 것이었다.

혼자 사는 법을 잘 알던 예전의 아가사를 잃는 것······.

아가사는 그 두려움 때문에 친구와 왕자에게 그토록 매달렸는지도 모른다. 그들을 끊임없이 의심하고 시험하면서도, 그녀는 그들을 놓지 못했다.

아가사는 언젠가부터 자신을 믿을 수 없었다.

고통이 장벽을 부수고 밀려와 그녀의 마음을 뒤덮었다. 아가사는 두 눈을 감았다. 물에 빠진 사람처럼 숨이 가빠 왔다······.

"그때 무도회에 널 데려간 게 나였다며? 아무것도 모르고······."

갑자기 들려온 목소리에 아가사가 고개를 돌렸다. 긴 바지만 입고 상체를 그대로 드러낸 호트가 머리에서 물을 뚝뚝 흘리며 서 있었다.

그는 아가사의 표정 때문인지 아니면 뺨의 홍조 때문인지 어색하게 가슴을 가리며 중얼거렸다. "옷을 빨아 준다고 해서······. 그렇게 사랑에 빠진 눈으로 쳐다보지 마."

아가사는 걱정하는 호트의 표정을 보고 웃음을 터뜨렸다. 눈물과 웃음이 동시에 터져 나왔다.

"괜히 연기하지 마!" 호트가 소리쳤다. "너 지금 나 보고 반한 거 다 표시 나!"

아가사는 눈물을 닦으며 걸음을 옮기기 시작했다. "아, 호트. 언젠가 사람들이 우리 동화를 읽게 되면 넌 가장 사랑받는 인물이 될 거야."

"이번에는 옷 잃어버린 거 아니야. 내가 드렸어!" 호트가 다시 한번 소리쳤다. "그리고 나 너희들 이야기에 낄 생각 없어. 난 내 이야기의 주인공이 돼서 해피엔딩을 맞을 거니까. 진짜야……."

"그래? 어떻게?"

"내가 뭘 찾았거든. 넌 아마 상상도 못 할 거야."

아가사가 걸음을 멈추고 그를 바라보았다.

족제비 소년이 사악한 미소를 지어 보였다. "보여 줄까?"

오크나무 숲에 들어선 소피는 테드로스 곁에 다가갔지만 왕자는 10분이 다 되어 가도록 아무 말도 하지 않았다. 테드로스는 두 나무 사이에 솟아오른 아름다운 유리 십자가를 바라보고 있었다. 십자가에는 싱그러운 하얀 장미 화관이 씌워져 있었고, 그 아래 바닥에는 작은 오각형 별들이 반짝이고 있었다. 주변에는 이미 다 타서 재가 되어 버린 별들도 있었는데, 아마도 멀린이 올 때마다 새로운 별들을 두고 가는 것 같았다.

소피는 테드로스에게 가까이 다가가 몸을 비볐다. "여기가 아버지 무덤이야? 정말 예쁘게 꾸며 놨다."

테드로스가 마침내 그녀를 향해 고개를 돌렸다. "미안하지만, 나 혼자 있게 해 줄래?"

소피는 얼굴이 화끈거렸다. "아, 그래…… 그러는 게 좋겠지……. 난 집에 가 있을게." 휙 몸을 돌리다가 흐릿한 별에 발이 걸린 소피는 위태롭게 휘청대며 숲 밖으로 빠져나왔다.

"소피?"

왕자의 목소리에 그녀가 고개를 돌렸다.

"따라와 줘서 고마워."

소피는 가볍게 고개를 끄덕이고 집을 향해 빠르게 다리를 움직였다.

하지만 멀린의 별이 없는 곳은 너무 깜깜해 500미터쯤 떨어진 집은 실루엣만 겨우 보일 정도였다. 소피는 여전히 화끈거리는 얼굴로 황야를 터벅터벅 걸었다.

주변에서 반지 때문에 온통 난리를 치는 통에 그녀는 정작 중요한 것을 놓치고 말았다. 초조하고 죄책감이 들어서, 테드로스의 키스를 빨리 받아 낼 생각에만 몰두했던 것이다. 테드로스는 도달해야 할 목표점이나 승리의 트로피가 아니라는 사실을 깜빡 잊고 있었다. 왕자가 어떤 기분일지 과연 충분히 생각해 봤던가? 테드로스는 지금 자신을 버린 어머니와 그 어머니가 평생을 같이하기로 한 연인과 함께 이곳에 무한정 갇힌 신세다. 어머니와 말을 나누고 한 공간에 있는 것은 고사하고, 똑바로 마주 볼 수나 있을까? 죽이고 싶은 생각이 먼저 들지 않을까? 어차피 아버지가 내린 명령이 있으니 어머니를 죽이는 것은 그의 의무이자 권리이기도 하지 않은가?

소피는 속상한 마음에 고개를 흔들었다. 테드로스는 마음이 찢어지고 있을 텐데 살랑거리며 다가가서 아버지 무덤이 예쁘다는 소리를 했으니!

아가사라면 그런 자기중심적이고 멍청한 말을 하지는 않았을 것이다.

소피는 우울한 표정으로 한숨을 내쉬며 집을 향해 다가갔다. 그녀는 자신의 이야기를 다시 쓰기 위해 이 여행을 나섰는데, 결국 처음 저지른 것과 똑같은 실수를 반복하고 있었다. 테드로스를 강요하거나 재촉하거나 속여서는 키스를 받을 수 없다. 돌이켜 보면 키스하려고 애쓴 쪽은 늘 그녀였다. 그리고 그게 바로 실패의 이유 중 하나였다. 왕자가 그녀에게 다가오게 만들어야 한다. 그때까지 인내심을 가지고 기다릴 것이다. 더 많은 영웅들이 죽어 나가고, 해가 녹아 뚝뚝 떨어지다가 결국 없어져 버린다 해도 기다려야 한다.

소피는 이를 악물었다. 영웅들이 죽는다 한들 그게 그녀의 잘못은 아니지 않은가? 영웅들이 두 번째 싸움이라고 해서 져 버리면 그게 영웅인가? 이기고 지는 것은 결국 그들 책임이다. 그들이 늙고 힘이 없어진 게 그녀 탓인가? 그들의 이야기는 그들이 알아서 하게 두면 되고, 그녀는 오직 자신의 이야기에만 신경을 쓰면 된다.

그녀에게 중요한 것은 자신의 이야기였다.

이곳에서 반드시 해피엔딩을 찾아야 했다.

이번만큼은 제대로 해내리라.

소피는 더러워진 신발을 벗고 현관에 올라섰다. 그녀가 왕자와 행복한 결말을 맺고 해가 힘을 다시 회복하면, 결국 모두가 그녀에게 고마워하게 될 것이다. 그녀의 고된 노력 덕에 모두가 승리한 것이기 때문이다. 그렇게 될 때까지 테드로스에게서 충분히 떨어져 있을 것이다. 왕자의 말에 귀를 기울이고, 집 주인들에게는 완벽한 손님이 되고, 아가사에게는 좋은 친구가 되어 주리라. 예전에 착실히 선행을 쌓아 갔던 것처럼, 쾌활하고 정중하면서도 남에게 도움이 되는 소피로 돌아가는 것이다. 소피는 심호흡과 함께 얼굴에 미소를 띠고 집 안으로 들어가 가벼운 걸음으로 식당 방에 들어섰다.

순간 소피의 걸음이 딱 멈추었다.

랜슬롯이 혼자 식탁에 앉아 사과를 먹고 있었다.

"다들…… 다들 어디 있어요?"

"귀네비어는 청소 중이고, 호브스트는 아가사 찾으러 갔단다." 랜슬롯은 사과를 우적우적 씹으며 소피에게 김이 나는 적갈색 음료가 담긴 컵을 내밀었다. "귀네비어가 실력 발휘를 좀 했어. 감초 차야."

소피는 문을 향해 몸을 돌렸다. "다들 괜찮은지 한번 가 봐야겠어요……."

"내가 무서운가 보구나. 저녁 내내 불편한 표정으로 흘끗거리는 거 봤다."

소피는 돌처럼 굳어 버렸다. 랜슬롯은 그녀의 손가락에 끼워진 반지를 지금 처음 발견한 듯 빤히 바라보았다.

"다들 알아서 찾아올 거다. 넌 앉아서 차나 한 잔 마시렴."

랜슬롯의 말투는 제안이 아니라 명령에 가까웠다. 소피는 두근거리는 마음을 진정시키며 기사의 맞은편에 자리를 잡았다.

"귀네비어는 네가 완벽한 왕비가 될 거라고 입이 마르도록 칭찬하더구나. 아서왕이 자랑스러워할 만한 아이라고 말이야." 랜슬롯이 소피를 유심히 바라보며 사과를 한 입 베어 물었다.

"그런데 참 재미있는 일이지. 멀린이 크리스마스 때마다 귀네비어를 찾아와 아들 소식을 전해 주었는데, 작년에는 테드로스가 꿈에 그리던 공주를 찾았다고 말해 줬거든. 사려 깊고, 열정적이고, 동정심이 많은 순수한 선인……. 그 아이와 테드로스가 서로를 사랑하고 있다고 전해 줬어. 그런데 그 공주의 이름은 '소피'라는 이름과는 전혀 다른 것이었어. 물론 나는 이름을 잘 기억 못 하니까, 내 기억이 잘못된 것일 수도 있어. 하지만 귀네비어는 기억력이 좋거든. 그래서 조금 전 부엌에서 물어봤지. 내 기억이 잘못됐다면 귀네비어가 바로잡아 줄 테니까. 그런데 이게 참 무슨 일인지! 귀네비어가 내 말이 옳다더구나. 멀린은 테드로스의 공주 이름이 '아가사'라고 했다는 거야. 하지만 귀네비어는 그렇게 총명하던 마법사도 나이가 드니 어쩔 수 없나 보다며 그의 기억력을 의심했지. 왜냐하면 아무리 봐도 테드로스의 공주는 바로 소피 너였으니까. 네가 식사 중에 테드로스를 따라 나간 것만 보고 그렇게 판단한 건 아니야. 네 손가락에 그 아이 이름이 새겨져 있고, 같은 손가락에 테드로스의 반지가 있는 걸 봤지."

랜슬롯의 까만 눈동자가 반짝였다. "그런데 지금 막 궁금한 것이 생겼단다. 테드로스의 반지가 대체 왜 악의 금으로 만들어졌을까?"

알람이 켜진 것처럼 소피의 심장이 쿵쾅댔다.

"정확히 말해서 검은 백조의 금이지. 검은 백조는 입 가장 안쪽에 금니를 하나씩 가지고 있는데, 그게 사람 피부에 닿으면 사악한 성질을 발현한단다. 옛날 옛적 첫 번째 이야기에서부터 이 검은 백조 금은 악인들에게 강력한 무기로 인기가 많았지. 선인들이라면 누구나 호수 정령의 강철을 얻고 싶어 하는 것처럼 말이야. 수세기 동안 악인들은 이 백조들을 죽여 그들의 금을 빼앗았다. 마지막 한 마리까지 모조리 죽여, 세상에 존재하는 모든 검은 백조 금을 손에 넣었지……. 하지만 아서왕은 이 강력한 무기를 부수기 위해 기사들과 원정대를 꾸렸다. 난 아서왕과 함께 이것들을 찾아내고 부쉈지. 영원의 숲에 검은 백조 금이 단 한 조각도 남지 않을 때까지 우린 계속해서 싸웠다." 랜슬롯이 갑자기 싱긋 웃음을 보였다. "그런데 이렇게 하나가 버젓이 남아 있구나."

소피는 자리에서 일어섰다. "밖이 너무 어두워요. 테드로스를 찾으러 가야겠……."

"검은 백조 금의 효과는 누구도 피해 갈 수 없어." 랜슬롯은 개의치 않고 말을 이었다. "피부에 닿는 순간 그 사람의 마음을 악으로 이끌어 가지. 아무리 선으로 가려 해도 소용없단다. 검은 백조 금은 사악한 마법에 걸린 나침반처럼, 네가 깨닫기도 전에 널 악으로 데려가 버리거든. 그렇게 오랜 시간이 지나면 금은 마치 네 해피엔딩

의 비밀이 무엇인지 알고 있는 것처럼…… 네가 진심으로 원하는
게 뭔지 아는 것처럼 군단다. 자기는 네 진정한 사랑이 누구인지 안
다는 듯이 명백한 증거까지 내놓지. 반지에게 이름을 가르쳐 달라
고 하면 네가 원하는 이름을 피부에 새겨 주거든. 그걸 보고 따라오
라는 거지. 하지만 그것이 진짜인 줄 알고 따라가다가는 악으로 돌
아가고 만단다. 출발점으로 되돌아가는 거야."

소피는 의자에 꼼짝 않고 앉아 있었다. 아무 말도 할 수 없었다.

"누군가 자신의 행복이 다른 이들의 행복보다 중요하다고 생각
하는 순간, 이야기는 꼬이게 된단다." 랜슬롯의 이야기는 계속되었
다. "아서는 귀네비어가 날 사랑하는 걸 알고 있었어. 그녀가 왕비
가 되면 행복하지 못할 것을 알았지만 그녀의 손에 반지를 끼우고
말았지. 결국 가족은 산산조각 나 버렸고, 사랑하는 두 사람은 영원
히 왕국을 떠났다. 나 역시 진정한 친구를 잃었어. 아서는 내게 형
제나 다름없었으니까. 하지만 이제 귀네비어와 나는 진실한 삶을
누리고 있어. 애초에 함께했어야 할 두 사람이 마침내 함께할 수 있
게 된 거지. 아서에게는 뭐가 남았을까? 그는 죽었고, 그가 왕비에
게 건넨 반지는 파괴되었어. 귀네비어는 처음부터 자신의 것이 아
니었던 그 반지를 계속 끼고 있을 수 없었거든. 이제 그녀 곁에는
다른 사람이 있으니까."

랜슬롯의 눈빛이 더욱 강렬해졌다.

"그렇다면 미래의 왕비께도 이런 질문을 드려야겠지." 랜슬롯이
자리에서 일어서서 크고 두툼한 손으로 식탁을 짚고 소피를 향해
허리를 숙였다. "네가 낀 반지는 왕자의 것이 아니야, 소피……."

어둠의 기사가 점점 가까이 다가왔다. 냉정한 눈빛을 번뜩이는
그의 악마 같은 얼굴이 금반지에 비쳤다.

"넌 대체 누구와 함께하려는 거니?"

그때 문이 활짝 열리면서 작은 바구니를 든 귀네비어가 식당으로 들어왔다.

"아, 마침 잘됐다, 소피. 테드로스 먹일 칠면조랑 채소 여기 넣었거든. 네가 가져다주면 좀 먹을 것 같아서. 걔가 나 때문에 저녁을 굶는 건 너무 속상한 일이니까……."

하지만 소피는 심장이 쿵쾅거리는 소리 때문에 아무 말도 들을 수 없었다.

"네가 날 어떻게 생각하는지 알아, 소피. 당연한 일이지." 귀네비어가 소피의 얼굴을 바라보며 조용히 말했다. "그냥 이거 하나만 알아줘. 그 애가 날 용서하지 못하고 나와 다시는 말 한 마디 하지 않는다 해도…… 난 그 아이가 진실한 사랑을 만나게 된 것에 감사할 따름이야. 멀린이 말해 줬거든. 테드로스가 공주를 위해 사투를 벌였다고……. 두 사람 모두 그랬다고 했지. 그래서 난 안심이 돼. 내 아들은 나 같은 실수를 되풀이하지 않을 테니까." 귀네비어가 소피 손가락의 반지를 보며 미소 지었다. "너희 두 사람은 진심으로 서로를 원하고 있잖아."

귀네비어는 소피의 뺨을 쓰다듬고 바들바들 떨리는 그녀의 손에 바구니를 건넸다.

테드로스의 어머니가 부엌으로 돌아가는 것을 물끄러미 본 소피는 랜슬롯 쪽으로 흘끗 눈을 돌렸다.

하지만 기사는 이미 자리에 없었다. 소피는 둘 사이의 대화가 모두 꿈같이 느껴졌다.

"뭔데?" 아가사는 어둠 속에서 호트의 다부진 근육질 몸을 놓치지 않으려고 눈을 크게 떴다. "대체 뭘 찾았는데?"

"보면 알 거야. 다들 내가 약해 빠진 줄 알지? 사람 잘못 봤어." 호트는 오크나무 숲 깊은 곳으로 들어가며 긴 바지를 손으로 긁적였다. "아주 잘못 본 거야."

아가사는 뒤를 돌아 가는눈으로 빛이 밝혀진 창문을 바라보았다. 소피와 랜슬롯이 식당에서 이야기를 나누고 있었다. "잠깐만!" 아가사가 다시 호트를 바라보며 외쳤다. "설마 늑대인간으로 변하는 거 보여 주려는 건 아니겠지? 너 10초도 못 버티고……."

"인간늑대야! 그리고 내가 보여 줄 건 그것보다 훨씬 좋은 거라고. 진짜야. 그리고 나 탤런트 연습 안 한 지 오래돼서 이제 5초 정도밖에 못 해. 다른 인간늑대들은 어떻게 그렇게 오래 버티나 몰라. 지구력을 높여 주는 보양식이나 약 같은 걸 먹나? 식스 교수님한테 여쭤봤는데 까분다고 파멸의 방에 보내 버리시더라."

호트를 따라 걷던 아가사는 수풀 끄트머리에 이르러 반짝이는 연못을 발견했다. 달빛을 받아 어른거리는 가발돈의 모습이 수면에 비치고 있었다.

"소피가 더 이상 교장 곁에 있지도 않은데, 교장이 어떻게 너희 이야기에서 승리를 할 수 있을까?" 호트가 연못에 비친 마을을 바라보며 물었다. "교장이 이기려면 사랑이 필요하잖아."

"나도 그게 이상해. 소피가 없으면 이길 수 없을 텐데 우리가 도망갈 때 따라오지도 않더라고." 아가사는 연못가에 이르러 걸음을 멈추었다. "교장이 직접 그렇게 말했거든. 승리를 위해서는 왕비가 반드시 필요하다고. 소피가 악의 승리를 위한 유일한 희망이라고 말이야."

"그렇다면 이미 늦었어."

아가사의 가슴이 철렁 내려앉았다. "아…… 테드로스가…… 음, 소피한테 키스했어? 아, 뭐, 내가 신경이 쓰여서 묻는 건 아니고, 그냥 네가 아까 걔네랑 같이 걸어왔으니까 오는 동안 둘이 뭐…… 좀 친해졌는지 궁금해서……."

"테드로스 얘기가 아니야."

호트는 연못에 비친 자기 모습을 바라보며 웃음 짓고 있었다. 아가사는 짚이는 게 있다는 듯 눈을 희번덕거렸다. "이 족제비 녀석, 너 물에 비친 거 보라고 불러온 거면 내가 진짜……."

순간 아가사는 호트가 자신이 아닌 다른 것을 바라보고 있다는 사실을 발견했다. 물속 깊은 곳에서 희미하게 반짝이는 것들……. 작은 총알 모양 불빛이 혜성처럼 수면을 향해 날아오고 있었다. 잠시 후, 수천 개의 작고 하얀 물고기들이 물줄기를 뿜어내며 물 위를 첨벙거렸다.

"소원 들어주는 물고기잖아! 너 소원 물고기를 찾은 거야?" 아가사가 얼굴에 묻은 물을 닦아 내며 무릎을 꿇고 앉았다. "1학년 때 우마 교수님한테 배웠어."

"인간늑대보다 훨씬 좋은 거라고 내가 말했잖아. 물에 손 담가 봐. 애들이 네 영혼 깊은 곳으로 들어가서 가장 큰 소원을 찾아낼 거야. 악인들은 선인 다음 날 그 수업을 받기로 되어 있었는데, 네가 소원 물고기를 다 풀어 줘서 동물들이 우르르 몰려오고 학교에 불이 났잖아. 그 후로 학교에서 다른 소원 물고기를 못 구했어."

아가사가 수면에서 뻐끔거리는 하얀 물고기들의 입을 살며시 쓰다듬자, 작은 입들이 그녀의 손바닥을 간질였다. "애들도 자유로워지고 싶겠지?"

아가사는 커다란 검은 눈동자들을 똑바로 들여다보았지만 그런

갈망은 전혀 느낄 수 없었다. "나도 예전에는 소원을 들을 수 있었는데. 나도 너처럼 탤런트를 잃어버렸나 봐."

"어쩌면 애들은 너무 오랫동안 물고기로 살아서 자신이 인간이었다는 사실을 잊었는지도 몰라. 어쨌든, 내가 먼저 해 볼게." 족제비 소년이 손가락을 물에 담갔다.

물고기들은 즉시 각기 다른 방향으로 내달리며 검정색, 은색, 금색 등으로 몸 색깔을 바꿨다. 곧 그들의 몸으로 만들어 낸 그림이 모습을 드러냈다. 처음에는 무슨 그림인지 알아보기 힘들었지만, 모자이크 그림은 마치 초점을 맞추듯 조금씩 명확해졌다. 마침내 그림을 알아본 아가사가 깜짝 놀라 눈을 휘둥그레 떴다.

물고기들이 그린 것은 따뜻한 햇살을 받으며 호숫가에서 결혼식을 올리는 호트와 소피의 모습이었다. 둘의 결혼을 축복하는 사람들이 가득했고, 두 사람은 이것이 선인의 결혼식이 아니라 악인의 결혼식이라는 점을 상기시키듯 검정색 예복을 입고 있었다.

"정말 아름다워, 호트. 하지만 이건 그저 네 소원일 뿐이야……." 아가사가 기운 빠진 목소리로 말했다.

"나도 그렇게 생각했는데, 저걸 발견했어."

호트는 대답과 함께 그림의 한쪽 구석을 가리켰다. 10대 소년과 소녀가 손을 잡고 그 누구보다 행복한 표정으로 결혼식을 바라보고 있었다. 금발 소년은 은과 다이아몬드로 만들어진 왕관을 쓰고 있었고, 소녀 역시 검정색 머리 위에 같은 왕관을 쓰고 있었다.

아가사는 숨이 막히는 것 같았다.

"저건…… 나랑 테드로스잖아." 그녀가 속삭이듯 말했다.

"난 네가 저 멍청이랑 결혼하는 거 절대 바라지 않거든." 호트가 콧방귀를 뀌었다. "난 저 녀석이 정말 미워. 저 자식이 조금이라도 행복한 일이라면 난 발 벗고 반대할 거야. 너처럼 똑똑하고 용감한 애가 재 왕비가 되는 건 말할 것도 없지. 그런데도 저 장면이 내 소원 속에 있는 걸 보면 저건 이미 실현되기 시작한 일인 거야. 이 그림 전체가 단순한 소원이 아니라 진실이란 말이야, 아가사. 난 소피와 함께하고 넌 테드로스와 함께하게 될 거야. 그게 우리의 해피엔딩이지. 우리 넷이 다 함께, 누구 하나 남겨지는 사람 없이 맞이하는 해피엔딩!"

아가사는 눈이 튀어나올 듯이 커지고 얼굴이 붉게 물들어 갔다. '맙소사…… 이거였어!' 그녀는 호트를 끌어안고 키스를 퍼붓고 싶은 심정이었다. 이게 바로 그들이 기다리던 답이었다……. 복잡하게 뒤엉켜 버린 이 동화를 빠져나가는 방법……. 영원히 변하지 않을 진정한 결말인 것이다. 소피와 호트, 그리고 아가사와…….

붉게 물들었던 아가사의 뺨이 순식간에 식어 버렸다.

"아니야……. 이건 진실이 아니야, 호트." 아가사가 목멘 소리로 말했다. "내가 테드로스랑 결혼하는 일은 없을 거야. 소피는 절대 널 사랑하지 않을 거고."

반짝이던 호트의 얼굴에서도 빛이 사라졌다.

"소피는 테드로스를 사랑해. 그리고 나와는 달리 그 사랑을 절대 의심하지 않아." 아가사가 호트 옆에 구부정하게 앉으며 말했다. "난 계속해서 테드로스를 의심했어. 우리가 함께 보내는 시간이 길어질수록, 진짜 공주와 함께할 수 있는 이런 남자가 왜 나를 원하는지 도무지 이해할 수 없었거든. 그래서 개를 가발돈에 두고 싶었던 거야. 엄마 집에 있을 때, 개는 왕자가 아니라 나처럼 혼란에 빠져 겁먹은 소년일 뿐이었거든. 하지만 이곳 영원의 숲에서 테드로스는 전혀 다른 사람이야. 자기 본분에 충실하고 스스로에게 진실하

지. 테드로스의 마음가짐은 이미 왕이나 다름없어. 그리고 왕에게
는 자신만큼이나 확신에 찬 왕비가 필요해. 그래야 백성들에게 희
망을 줄 수 있으니까. 하지만 난 그런 사람이 아니야. 난 거울 속 내
모습이 마음에 들지도 않고, 누군가가 진짜 내 모습을 사랑할 수 있
다는 사실을 받아들이기도 힘들어. 난 리더가 아니야. 난…… 특별
하지 않아."

　아가사는 왕관을 쓴 그림 속 자기 모습을 바라보았다. "성별이
바뀐 채 학교에 있을 때 테드로스가 이런 말을 했어. 왕자라는 포장
이 벗겨진 뒤 진짜 자기 모습을 내가 보는 것이 두렵다고. 하나도
특별할 게 없는 평범한 사람이라는 걸 알게 될까 봐……. 하지만 바
로 그 평범한 모습이 내가 사랑하는 테드로스야. 진짜 테드로스는
강한 왕이 될 거고, 언젠가 내가 자기 어머니와 다르지 않다는 걸
이해하겠지. 난 왕자나 동화 속 주인공을 원한 적이 없어. 거창한
삶을 꿈꾼 적도 없고. 난 그저 평범하게 살고 싶을 뿐이야."

　아가사가 젖은 눈으로 호트를 바라보았다. "하지만 소피는 어
떤지 아니? 걔는 자신에게 왕자가 어울린다고 생각해. 왕비가 되
고 싶어 하지. 선의 미래를 위험에 빠뜨리는 한이 있더라고 반드
시……."

　"그래서 걔가 선의 왕비가 될 수 없다는 거야." 호트가 소원 물
고기들을 향해 고갯짓하며 말했다. "모르겠니? 너랑 테드로스, 나
랑……."

　"그게 사실이라면 왜 내 눈에는 그런 미래가 보이지 않지? 내가
정말 테드로스의 짝이라면, 왜 난 네 소원 속 저 사람이 되는 게 그
려지지 않을까? 호트, 난 혼자일 운명이야. 그래서 테드로스를 잃
게 될 거고, 혼자 행복해지는 법을 배워야 하겠지. 우리 엄마가 그

랬던 것처럼. 그것도 해피엔딩이라면 해피엔딩이잖아."

"아직 그런 말을 하기는 일러. 동화에서는 늘 기회가 열려 있으
니까." 호트는 계속 물고기들을 바라보며 강조하듯 말했다.

아가사는 한숨을 내쉬며 호트의 뺨을 쓰다듬었다. "동화에도 한
계라는 게 있잖아. 우리 둘 다 이제 그만 내려놓자. 소피랑 테드로
스가 행복한 결말에 이를 수 있게 해 줘. 그래야 너도 행복해질 수
있어."

갑자기 호트의 얼굴이 붉게 달아올랐다. "그래야 내가 행복해진
다고? 네가 그런 말을 하다니 참 웃긴다." 호트는 아가사를 비웃으
며 손가락을 물속에서 확 빼냈다. 물고기들은 즉시 뿔뿔이 흩어졌
고 그림은 순식간에 사라졌다. "넌 소피가 반지를 파괴하게 하려고
테드로스를 등 떠밀어서 걔한테 보냈잖아. 동굴에 있을 때 커튼 뒤
에서 걔가 너한테 무슨 말 하는지 다 들었어. 적어도 난 내 해피엔
딩을 위해 싸우기라도 하지, 넌 네 진정한 사랑을 엉뚱한 사람한테
내주고 있어. 네 사랑이 자기 짝도 아닌 사람과 영원히 살기를 바
라는 거야? 그래, 넌 걔한테 부족한 사람이라고 하겠지. 다 선을 살
리기 위한 거라고 변명할 테지. 조금이라도 마음이 편해질 수 있다
면 무슨 말이든 다 해 봐. 하지만 사실 넌 네 짝을 위해 싸울 용기가
없는 거야. 너도 알고 있지? 다른 것도 말해 줄까? 난 테드로스라는
놈이 뼛속까지 싫지만, 지금 네가 하는 말은 다 시시한 변명으로만
들려."

호트는 아가사를 혼자 연못가에 남겨 둔 채 성큼성큼 걸어가 버
렸다.

아가사는 멀어져 가는 호트의 모습을 그저 멍하니 바라보았다.
가슴이 텅 빈 것 같았다.

찰방거리는 물소리에 아가사는 고개를 돌려 소원 물고기들을 바라보았다. 다시 흰색이 된 물고기들이 그녀 차례라고 말하듯 연못가에 모여 입을 뻐끔거리고 있었다.

"나 좀 도와줘, 얘들아." 아가사가 작은 목소리로 말했다.

달빛을 받은 까만 눈동자들이 수천 개의 별처럼 반짝였다.

아가사는 숨을 들이마시고 손가락을 물에 담갔다. 그리고 자신의 진심이 목소리를 내기를 기다렸다……. 소피의 진심이 큰 목소리로 테드로스의 이름을 부르는 것처럼…….

'내가 원하는 걸 말해 줘.'

물고기들은 즉시 여러 색으로 바뀌기 시작했다. 핑크, 파랑, 초록, 빨강……. 그들은 불에 튀긴 옥수수 알맹이들처럼 부들거리며 거칠게 몸을 떨었다.

아가사는 두 눈을 감았다. 물고기들이 곧 그림을 그리고…… 선과 행복을 위해 그녀가 택해야 할 것을 알려 줄 것이다…….

잠시 후 아가사는 슬그머니 눈을 떴다.

소원 물고기들은 그 자리 그대로였다.

다시 흰색이 되어 버린 물고기들은 시든 꽃처럼 낙담하고 지친 표정으로 그녀를 올려다보았다.

아가사는 슬픈 미소를 지었다. 이런 결과가 나오는 이유를 수업에서 배워 알고 있었다.

"진심이 명확하지 않은 거야." 그녀가 속삭였다.

아가사는 물고기들을 쓰다듬으며 작별 인사를 하고, 멀어진 호트의 그림자를 따라 집으로 향했다.

하지만 호트와 아가사는 키 큰 오크나무 뒤에서 누가 그들의 말을 듣고 있는 줄은 꿈에도 몰랐다.

금발의 왕자는 다음 날 금반지 같은 해가 떠올라 희미한 빛을 자신에게 비출 때까지, 그 자리에서 꼼짝도 하지 않았다. 그는 나무에 기댄 채 자신이 들었던 말을 몇 번이고 곱씹었다. 그의 얼굴을 따라 흘러내린 눈물이 햇빛에 반짝였다.

25

전갈과 개구리

일주일 동안, 테드로스는 유령이나 다름없었다. 낮 시간 동안 그는 누구의 눈에도 띄지 않았다. 집에도 없었고, 황야나 오크나무 숲에서도 보이지 않았다. 그가 어디에서 잠을 자는지도 알 수 없었다. 귀네비어는 아들이 아무것도 먹지 못할까 봐 걱정했고, 아가사는 저녁마다 현관에 음식 바구니를 내놓는 것이 어떠냐고 넌지시 제안했다. 아침이 되면 바구니는 늘 깨끗하게 사라져 있었다.

아가사는 왕자가 사라지자 두려움과 안도감을 동시에 느꼈다. 해는 점점 작아져서 황야는 늘 핑크빛이었고 저녁노을은 보라색에 가까웠다. 세상이 종말을 향해 달려가는데 키스로 세상을 구해야 할 왕자가 보이지 않으니 두려운 것은 당연했다.

하지만 아가사는 몇 주 만에 처음으로 왕자 생각을 안 하고 시간을 보낼 수 있었다. 아가사와 테드로스는 예전에 아가사와 소피가 그랬듯 떼려야 뗄 수 없는 사이가 되어 있었다. 지난 몇 주 동안 아가사의 삶은 온통 테드로스로 가득했다. 테드로스를 걱정하고, 테드로스와 싸우고, 테드로스와 화해하고……. 그렇게 모든 것이 테드로스로 점철되다 보니 아가사의 삶은 점점 시들어 갔고, 왕자 역시 이를 모를 리 없었다. 그러던 중 테드로스가 사라지니 아가사는 자신이 왕자 없이도 하나의 온전한 인간이라는 사실을 새삼 실감하게 되었다. 정말 혼자 남겨지는 것이 그녀에게 주어진 결말이라면…… 지금부터 준비하는 것도 나쁘지 않을 것 같았다.

엿새쯤 되자 아가사와 다른 사람들은 허술하긴 하지만 하나의 가족처럼 각자 역할을 찾아갔다. 호트는 랜슬롯과 함께 농장 일을 했다. 두 사람은 아침부터 밤까지 소젖을 짜고, 채소밭을 가꾸고, 닭장에서 달걀을 꺼내고, 양털을 깎고, 말을 씻기고, 천방지축인 염소를 돌봤다. 프레드라는 이름의 이 염소는 어떤 동물이든 암컷이다 싶으면 장소를 가리지 않고 돌격했기 때문에 각별한 관심이 필요했다. 호트는 땀범벅이 되어 건초와 비료 냄새를 풀풀 풍겼지만, 정말 남자다운 남자 곁에서 도움 되는 일을 한다는 사실에 마냥 신이 난 것 같았다. 두 사람은 언뜻 보면 아버지와 아들 같기도 했다. 기름진 검은색 머리와 근육으로 부풀어 오른 가슴, 그리고 으스대는 걸음걸이가 꽤나 닮아 있었다.

한편 귀네비어는 집안일을 도맡아 했다. 손님들 덕분에 빨래, 바느질, 요리, 청소거리가 산더미처럼 늘었지만 그녀는 누구의 도움도 받지 않고 그 모든 일을 혼자 해냈다. 머릿속이 복잡해 잠시라도 일을 하지 않으면 견딜 수 없는 사람 같았다.

그런 이유로 아가사와 소피는 둘만의 시간을 가지게 되었다.

두 소녀는 자신들의 해피엔딩이 수포로 돌아간 후 처음으로 남자 없이 서로를 마주했다. 딱히 할 일도 없이 황야 한복판에 갇힌 신세가 되고 보니 둘은 마치 평화로운 고향에 돌아온 기분이었다. 왕자니 동화니 하는 것들은 마치 다른 세계 이야기 같았다.

호트가 소파에서 잠을 자고 두 소녀는 작은 손님 방에서 한 침대를 썼다. 아침이 되면 두 소녀는 호트와 랜슬롯, 귀네비어와 함께 달걀과 베이컨을 먹고, 귀네비어가 설거지를 도맡아 하겠다며 사람들을 쫓아내기 전에 최대한 많은 것들을 정리한 다음 밖으로 나와 함께 산책을 하거나 말을 탔다.

첫 주 내내 두 사람은 친구가 되는 법을 까맣게 잊어버린 듯 어색한 순간순간을 보냈다. 밤이 되면 두 사람은 등을 돌리고 누워 내키지 않는 말 몇 마디를 나누고 잠들었다. 산책을 하거나 말을 탈 때는 점심 메뉴나 농장 동물들에 대한 부자연스러운 대화가 띄엄띄엄 이어졌다. 심지어 마법의 장소인지라 날씨가 늘 똑같은데도 불구하고 날씨에 대해 이야기할 때도 있었다. 아가사는 소피가 다른 데 정신이 팔려 초조해하는 것을 눈치챘다. 소피는 계속해서 반지와 그 아래 새겨진 테드로스 이름을 흘끗거렸고, 랜슬롯과 마주칠 때면 손톱 정리를 하거나 신발을 다시 신는 척하며 그의 시선을 피했다. 소피는 때로 침대에서 뒤척이며 잠꼬대를 하기도 했다. "그 사람 말 듣지 마", "검은 백조 금", "진심은 거짓말하지 않아" 등 알아들을 수 없는 말들을 몇 마디 한 후 얼굴이 벌게져 잠에서 깬 소피는 휘청휘청 자리에서 일어나 욕실로 들어가 버렸다.

아가사는 옛 친구와 함께하는 동안 불편한 마음을 누를 수 없었다. 멀린과 길을 걷는 동안 그녀는 소피와 테드로스가 짝이 되게 하는 것이 선인으로서의 의무라고 결론 내렸다. 첫째, 그래야 소피가 반지를 파괴하고 교장을 죽일 것이고 둘째, 아가사가 테드로스가 원하는 왕비가 되지 못한다면 소피에게도 기회를 주는 것이 마땅하기 때문이었다.

하지만 연못가에서 호트의 말을 들은 후 그녀의 믿음이 흔들리기 시작했다. 소피는 선의 왕국을 다스리는 왕비가 되고자 하면서, 실은 자신의 반지를 지키기 위해 선을 인질 삼고 있다. 그녀의 조건에 동의함으로써 선의 미래를 구할 수는 있겠지만…… 그런 그녀의 태도는 악하지 않은가?

그보다 더 중요한 문제는 소피가 정말 테드로스를 행복하게 해 줄 것인가 하는 점이다. 테드로스는 겉으로는 센 척하지만 속으로는 외로움도 많이 타고 여린 사람이다. 소피가 그런 섬세한 왕자의 마음을 헤아릴 수 있을까? 왕자를 잘 돌볼 수 있을까? 아가사는 두 사람의 해피엔딩을 생각할수록 불안해졌다. 예전의 이야기가 또 한 번 반복되는 것일까? 랜슬롯이 귀네비어를 아서에게 양보했듯, 그녀도 테드로스를 소피에게 양보하는 것인가? 그 선택이 이끌어 낸 결말은 선한 것이었나?

하루하루 날이 지나갔지만 테드로스는 나타나지 않았고, 두 소녀는 각기 다른 의심 속에 점점 빠져들었다. 대화는 시간이 갈수록 줄어들었다.

그러던 어느 날, 넬리 메이가 나타났다.

지난 엿새 동안 아가사는 늘 같은 말을 탔다. 뼈쩍 말라 다리가 앙상하고, 검은색 갈기는 헝클어지고, 캑캑 마른기침을 해 대는 베네딕트라는 말이었다.

"맙소사, 아가사! 넌 동화책도 안 보니?" 귀네비어가 마구간을 열어 준 첫날, 소피가 말했다. "검은 말은 길들이고 훈련하는 게 불가능하다고. 성질이 얼마나 더러운지 몰라. 게다가 저 기침은 또 어쩌니? 곧 죽을 것 같잖아. 대체 무슨 생각으로 쟤를 고른 거야?"

"날 보는 것 같아서." 아가사가 말을 쓰다듬자 손바닥 가득 이가 붙어 나왔다.

한편 소피는 우아한 적갈색 아라비아 암말을 선택했다. 꼬리만 눈에 띄게 하얀 넬리 메이라는 말이었다.

"눈에 생기가 가득해." 소피가 말을 사랑스러운 눈으로 바라보며 말했다. "세혜라자데를 닮았어."

"세혜라…… 누구?"

"어머나, 아가사, 선의 학교에서 공주들 역사는 하나도 안 배웠니?" 소피가 말에 올라타며 핀잔을 주었다. "동화 속 공주라고 다 하얀 피부에 코가 작은 건 아니야. 이름도……."

소피의 말은 거기에서 끝났다. 넬리 메이가 지옥에서 풀려난 악마처럼 마구간 밖으로 쏜살같이 뛰쳐나갔기 때문이다.

소피는 그 주 내내 말을 길들이려 노력했지만 별 성과를 거두지 못했다. 넬리 메이는 발길질을 하고 소리를 지르고 소피에게 침을 뱉기도 했다. 그녀가 고삐를 조여도 더욱 거칠게 반항할 뿐이었다. 한편 아가사는 물살을 따라 흘러가는 보트처럼 평온하게 베네딕트와 산책을 즐겼다.

성과 없이 시간이 흘렀지만 소피는 넬리 메이를 포기하지 않았다. 자신이 말 보는 눈이 없음을 인정하는 순간, 그동안 내린 다른 선택들까지 모두 잘못된 것으로 낙인찍힐까 봐 두려워하는 것 같았다. 하지만 오늘 아침 소피는 결국 아가사에게 도움을 청했다. 넬리 메이가 그녀의 발가락을 밟고 얼굴에 방귀를 뀐 뒤 제멋대로 한참 동안 원을 그리며 돌아다녔기 때문이었다.

"나만큼이나 까다로운 아이지?"

"너보다 더한 애가 어디 있니?" 아가사가 코웃음 치며 대답했다.

"난 왜 자꾸 성미 고약한 동물들하고 얽히지?" 넬리 메이가 소피를 내던지려고 몸을 앞뒤로 흔들자 소피는 울음을 터뜨릴 것 같은 표정을 지었다. "내가 〈동물과 대화하기〉 수업을 안 들어서 그런가?"

"네가 동물을 못 믿고 싸우려 드는 게 문제야." 아가사가 대답했다. "이야기는 네가 생각하는 것보다 복잡할 때가 있거든. 뭐든 첫눈에 반하는 걸 선택할 수는 없어. 핸드백이나 드레스처럼 예뻐 보인다고 해서 네 것으로 만들 수는 없단 말이지. 관계는 그보다 훨씬 복잡하거든. 상대방의 마음까지 마음대로 조종할 수는 없어."

"사람들이 모두 너한테 악인이라고 하지만 넌 그렇지 않다는 걸 알고 있다면, 넌 이야기를 조종하려고 하지 않겠니? 다른 사람들이 잘못 생각한 거라고 알려 주고 싶지 않겠어?" 소피가 고삐를 꼭 쥐고 아가사의 말을 반박했다. "나도 너처럼 선한 마음을 가지고 있어. 그 선한 마음이 선택한 걸 난 믿는다고. 난 그래야만 해. 그게 아니면 다른 선택이 없으니까."

아가사가 소피의 눈을 똑바로 마주 보았다. 두 사람은 그 대화가 말에 대한 것이 아니라는 사실을 알고 있었다.

소피는 넬리 메이의 머리를 쓰다듬었다. "아가사, 난 관계를 맺을 준비가 되어 있어. 너도 곧 알게 될 거야." 소피는 허리를 숙여 말의 귀에 입을 가져다댔다. "그렇지, 넬리 메이? 너랑 난 선을 위해 뭉친 한 팀이야. 난 널 믿고, 넌 날……."

순간 넬리 메이가 앞발로 땅을 박차고 뛰어올랐고, 소피는 뒤로 휙 뒤집어져 말 엉덩이에 얼굴을 처박았다. 넬리 메이가 무서운 속도로 황야를 달리기 시작했다.

"아가사아아아아!" 소피가 소리쳤다.

아가사는 말 엉덩이에 코를 박고 말 머리에 엉덩이를 둔 채 질질 끌려가는 소피의 모습을 잠시 즐거운 마음으로 바라보았다. 하지만 곧 사태의 심각성을 깨달았다. 당장 말을 멈추지 못하면 넬리 메이가 스스로 멈추는 일은 없을 것 같았다.

아가사는 베네딕트의 옆구리를 힘껏 차고 소피의 뒤를 따라 달리기 시작했다. 호트와 랜슬롯은 양 떼를 풀어놓은 풀밭에서 폭소를 터뜨리며 소피를 지켜보기만 했다.

하지만 문제가 있었다. 베네딕트는 친절하기는 했지만 평생 느릿느릿 살아온 말이었다. 소피나 넬리 메이를 별로 좋아하지도 않는데 그들을 위해 빨리 달려야 할 이유가 전혀 없었다. 아가사는 넬리 메이가 달려가는 방향에 깊은 습지가 있는 것을 발견했다. 습지 바로 앞에는 커다란 나무가 쓰러져 마치 바위처럼 놓여 있었다.

넬리 메이는 더욱 속도를 내 나무를 향해 달렸다. 등에 올라탄 불청객을 완전히 떨어낼 기회라고 생각한 것 같았다.

"소피, 조심해!" 아가사가 소리쳤다.

고개를 든 소피가 진창을 보고 숨을 헉 들이마셨다.

넬리 메이가 쓰러진 나무를 펄쩍 뛰어넘는 순간, 소피는 머리부터 아래로 떨어져 진흙탕에 곤두박질쳤다. 말은 진창 반대편에 우아하게 착지한 뒤 해가 떠오르는 지평선을 향해 그대로 질주했다.

소피는 아가사의 말발굽 소리를 들었다. "나보다 까다로운 애는 없다고 한 말 이제 취소하지?" 진흙을 온몸에 뒤집어쓴 소피가 신음을 내뱉으며 말했다.

말에 앉아 그녀를 내려다보던 아가사가 손을 내밀었다. "아니."

"그러시든가." 소피는 한숨을 내쉬고, 베네딕트의 등에 올라 아가사 뒤에 자리를 잡았다.

말이 집으로 걸음을 옮기기 시작하자, 소피가 아가사를 꼭 움켜잡고 그녀의 어깨에 머리를 기댔다.

"아직도 넌 날 구해 주는구나, 아가사." 소피가 얼굴을 비비며 속삭였다.

"〈전갈과 개구리〉라는 동화 혹시 들어 본 적 있어?" 아가사가 물었다.

"당연하지. 넌 모르니? 내가 클라리사 더비 교수님 참 좋아하지만 커리큘럼은 진짜 빈약한 것 같아." 소피는 목을 한 번 가다듬고 다시 말했다. "옛날 옛적에 개울을 건너고 싶은 전갈이 건너편에 앉아 있는 개구리를 발견했어. 개구리는 당연히 전갈을 도와주고 싶지 않았지. 전갈이 자기를 쏘고 잡아먹을 테니까. 전갈은 자기가 바보가 아닌 이상 왜 개구리를 죽이겠냐고 반박했어. 자기는 헤엄을 못 치니까 개구리가 죽으면 자기도 죽을 거라고 말했지. 이 말에 설득된 개구리는 결국 전갈을 등에 태워 줬어. 하지만 개울가를 떠나 물에 들어간 순간, 전갈이 개구리를 침으로 쏘아 버렸어. 개구리가 '이 바보야! 이제 우리 둘 다 죽게 생겼잖아!'라고 소리쳤지. 하지만 점점 가라앉는 개구리 등 위에서 발을 동동 구르던 전갈은 어깨를 으쓱하며 이렇게 말했어. '도저히 참을 수가 없었어.'"

"본성은 어쩔 수 없나 봐." 아가사가 이야기를 마무리 지었다.

"너도 아는구나!" 소피가 깜짝 놀란 얼굴로 미소를 지었다.

"아는 정도가 아니지." 아가사가 날카롭게 대꾸했다.

소피는 더 이상 아무 말도 하지 않았다.

다음 날, 두 사람은 우정을 나누던 오래전 사이로 되돌아갔다. 소피가 길고 지루한 얘기를 늘어놓으면 아가사는 불만에 가득 찬 얼굴로 투덜댔고, 소피는 아가사가 서툰 모습을 보일 때마다 그녀를 놀려 댔다. 두 소녀는 사랑에 빠진 10대들처럼 작은 일 하나로 다

투기도 하고 웃기도 했다. 시간이 지나 두 번째 주가 시작되었지만, 왕자의 모습은 여전히 보이지 않았다. 아침마다 음식 바구니가 사라지는 것이 그가 살아 있다는 유일한 증거였다. 하지만 왕자가 사라지면서 아가사와 소피는 점점 더 가까워졌다. 둘은 불 앞에 앉아 체리 펀치를 나눠 마시기도 하고, 황야 곳곳을 탐험하기도 했다. 모두 잠든 후 찰싹 붙어 앉아 수다를 떨기도 했다.

"이 집 주인들은 애초에 왜 손님방을 만들었을까?" 어느 날 저녁, 집에서 1.5킬로미터 떨어진 초원에 앉아 준비해 온 음식들을 먹으며 아가사가 말했다. "여기 손님이 올 리가 없잖아. 멀린 마법사님이 가끔 오지만 그분은 나무에서 주무시는 걸 더 좋아하시고."

소피가 아가사를 빤히 바라보았다.

"둘이 같이 야영을 하다 보니 자연스레 그런 것까지 알게 되네." 아가사가 귀네비어가 싸 준 아몬드 케이크 한 조각을 집어 들며 능글맞게 웃었다. "혹시 아이를 가지려고 했던 걸까?"

"유치찬란한 벽지를 보면 그런 것 같기도 하고." 소피가 투덜대듯 대답하며 집에서 만든 오이 주스를 홀짝 들이마셨다.

"그런데 왜 아이를 가지지 않았을까? 마법사님이 두 사람을 여기 숨겨 준 지도 6년이 지났는데."

"귀네비어 왕비님이 늦게나마 사람을 제대로 보셨나 보네. 몸과 인격이 다 더러운 사람과 아이를 낳고 싶지는 않았겠지." 소피가 딱 잘라 말했다.

음식을 다 먹은 두 사람은 꽃밭으로 가 산책을 즐겼다. 옅은 안개로 뒤덮인 그곳은 마치 파란 숲을 더 크고 안전하게 만든 곳 같았다.

"나 할 말이 있어." 아가사가 인동덩굴 꿀을 쪽 빨아먹으며 입을 열었다. "나랑 테드로스랑 숲으로 돌아올 때, 그레이브스힐에 있는 너희 엄마 무덤에서 여기로 연결되는 비밀 통로를 찾았거든. 그런데 그 안에 시체가 없었어. 그리고 반대쪽으로 나와 보니까……."

"죽음의 산등성이의 악당 무덤이었지."

아가사는 허를 찔린 표정으로 소피를 바라보았다.

"둘이 같이 야영을 하다 보니 그런 것도 알게 됐네." 소피가 미소를 지었다. "테드로스가 다 얘기해 줬어. 어떻게 날 구하러 오게 됐는지 말이야. 하지만 사실 나도 이해는 안 돼. 묘지기가 실수한 거 아닐까? 너희 엄마가 학교에 다녔다는 사실을 너한테도 말 안 해 준 거 아는데, 우리 엄마라면 분명히 나한테 말했을 거야. 엄마는 선과 악의 학교에 다닌 적이 없어. 영원의 숲에 들어와 보지도 않았을 거고. 난 그렇게 믿어. 그러니 이야기꾼이 우리 엄마 얘기를 썼을 리가 없지. 엄마는 내 눈 앞에서 돌아가셨는데……." 소피의 목소리가 떨렸다. "너도 엄마 돌아가시는 거 봤다며?"

아가사는 목이 메어 말을 할 수 없었다.

"얼마나 힘들었을까!" 소피가 잠긴 목소리로 말했다.

아가사는 자신을 꼭 껴안은 소피의 품에서 잊고 있던 감정들이 되살아나는 것을 느꼈다. 가발돈을 떠난 이후 처음으로 아가사는 엄마를 생각하며 눈물을 흘렸다.

"아줌마는 너를 정말 많이 사랑하셨어." 소피가 친구의 등을 쓰다듬으며 속삭였다. "난 미워하셨지만."

"아냐, 너 미워하지 않았어. 우리가 학교에 가면 친구로 지내지 못할 거라고 생각하셨던 거야." 아가사가 눈물을 닦으며 말했다.

"아줌마는 네가 악의 학교에 가고 내가 선의 학교에 갈 거라고 생각하셨지."

"그랬으면 아무 문제도 일어나지 않았을 텐데."

선과 악의 학교 3

아가사의 말에 두 소녀가 웃음을 터뜨렸다.

"사람들은 모두 우리가 너무 다르다고 생각해." 소피가 다시 말했다. "하지만 우린 자신을 진정 이해해 주는 사람을 잃는 게 어떤 건지 잘 알잖아."

"그런 사람을 만나는 게 어떤 의미인지도 알고." 아가사가 소피의 어깨에 기대 말했다.

이번에는 소피의 눈에서 눈물이 흘러내렸다.

"이제 돌아가자." 아가사가 한숨을 내쉬며 말했다. "우리까지 사라지면 집주인들이 스트레스에 깔려 죽을 거야."

집을 향해 걷던 아가사가 뭔가 생각난 듯 소피의 팔을 잡았다.

"그런데 왕비님이랑 기사님 어떻게 생각해? 한 왕국의 운명을 바꾼 사람들치고는 좀…… 가정적인 편이지?"

"좋게 말해 가정적이지." 소피가 얼굴을 찡그리며 대답했다. "왕비가 만약 아서왕과 계속 같이 살았다면 어떤 일을 하고 있을지 생각해 봐. 부활절 무도회를 계획하고, 이웃 나라 왕들이 방문하면 환영 만찬을 열어 주고, 궁전 내부 관리도 할 거 아니야! 남자 셔츠 개키는 걸로 저렇게 만족하며 사는 사람이 말이야. 아서왕은 우리 엄마처럼 특별한 삶에 어울리는 사람을 만났어야 해."

"난 너희 엄마 한두 번밖에 못 봤어. 아주 어렸을 때 마을에서였는데, 너무 아름다워서 금발 님프 같았어."

"돌아가신 지 7년이나 돼서 이제 얼굴도 잘 기억이 안 나. 기억하려고 할수록 자꾸만 얼굴 모양이 바뀌거든. 꼭 꿈을 붙잡으려고 버둥거리는 기분이야. 엄마는 집 밖에 잘 안 나가셨어. 친구도 오노라 아줌마 하나였는데…… 무슨 일이 있었는지는 너도 알지? 그래서 난 엄마가 학교나 숲에 와 보지 않았다고 확신하는 거야. 엄마가 여

기 왔었다면 절대 가발돈으로 돌아가지 않았을 테니까. 엄마는 그
곳을 진저리 나게 싫어했어."

"모전여전이네." 아가사가 장난스럽게 대꾸했다.

"다른 점도 있지. 난 결국 가발돈에서 빠져나왔으니까." 소피가
싸늘해진 말투로 대꾸했다. "난 엄마가 늘 원했던 특별한 삶을 살
거야. 엄마 대신 남들보다 두 배 더 행복한 결말을 맞이하고 말 거
라고."

아가사는 어색하게 미소를 지었고, 곧 침묵이 둘을 감쌌다.

집 근처에 이른 그들은 저 멀리에서 오로라처럼 은은하게 반짝
이는 가발돈을 바라보았다. 보호막 여기저기에 크고 작은 구멍이
나 있었지만, 아직 수박보다 큰 것은 없었다. 구멍 너머로 우둘투
둘한 질감이 느껴지는 오두막집의 작은 탑들과 구부정한 시계탑이
선명하게 보였다. 광장에는 동화책에 얼굴을 파묻은 아이들과 상
점 진열창들도 보였는데, 다시 문을 연 도빌 씨네 서점은 손님으로
북적이고 있었다.

"새로 쓰인 이야기를 읽고 있나 봐." 아가사가 멀린의 말을 떠올
리며 걱정스러운 표정을 지었다. "악이 이길 때마다 이야기가 다시
쓰인다고 했어. 그래서 가발돈이 교장과 어둠의 군대에게 문을 여
는 거래. 독자들이 악의 힘을 믿게 돼서."

소피가 침을 꿀꺽 삼켰다. "어…… 마법사님은 숲이 완전히 어둠
에 빠지는 데 얼마나 걸린대?"

"이제 기껏해야 일주일 남았어." 아가사가 소피의 반지를 바라보
며 말했다. 끝이 바로 눈앞에 있는데…… 아무리 손을 뻗어도 닿을
수가 없었다. "물어볼 게 있는데, 전에 너랑 기사님이 식당에서 얘
기하는 거 봤거든. 너한테 뭐라고 하셨어?"

선과 악의 학교 3

소피는 걸음을 멈추고 아무 말도 하지 않았다.

"소피?"

소피는 계속 가발돈을 바라보며 혼잣말을 하듯 중얼거렸다. "올 것이 오는구나."

"뭐 말이야?"

소피가 아가사를 향해 고개를 돌렸다. "우린 모두 누가 선하고 누가 악한지 안다고 생각하지. 너랑 나랑 테드로스, 라팔…… 그리고 기사님까지도. 하지만 모두가 맞을 순 없어. 누군가는 틀린 답을 가지고 있지."

아가사는 고개를 저었다. "대체 무슨 말을 하는지……."

"아예 처음으로 돌아가는 건 어때? 너랑 나만 있던 때로 말이야." 소피의 얼굴이 얼룩덜룩 붉어지고, 그녀의 목소리에는 간절함이 묻어났다. "우리의 첫 해피엔딩이었잖아, 아가사. 그게 마지막이 되면 안 돼?"

아가사는 달빛을 받은 친구의 간절한 얼굴을 바라보았다. 고향의 모습이 친구 뒤에서 어른거리고 있었다.

아가사는 부드럽게 소피의 손을 잡고, 그녀의 눈을 똑바로 들여다보며 입을 열었다. "하지만 그건 진정한 해피엔딩이 아니었잖아. 금방 사라져 버렸어."

소피는 친구의 손을 놓았다. 미소가 사라진 자리에 슬픔이 들어찼다. "넌 아직도 내가 그대로라고 생각하구나. 혼자가 돼야 할 사람은 나라고 믿는 거야."

"아냐…… 그런 뜻이 아니라……."

"차라리 그냥 말해." 아가사가 반박하려 했지만, 소피는 입술을 파르르 떨며 아가사의 말을 가로챘다. "너랑 테드로스의 해피엔딩이 나와 테드로스의 해피엔딩보다 더, 나와 너의 해피엔딩보다도 더 중요하다고 말이야!"

아가사의 얼굴에 굵은 땀방울이 흐르기 시작했다.

"너 카멜롯의 왕비가 되고 싶잖아. 테드로스를 행복하게 할 사람은 너밖에 없다고 믿고 있잖아." 소피의 눈에 눈물이 차올랐다. "네 입으로 직접 말해 봐. 그러면 당장 반지 파괴할게. 약속해."

아가사는 당황해서 얼굴을 붉혔다. 소피의 표정으로 보아 그녀는 분명 진심을 말하고 있었다.

이렇게 결말이 나는 것이다.

드디어 동화에서 빠져나갈 수 있게 됐다.

소피에게 그 말을 하기만 하면 된다.

"네가 동화 속 왕비라고 말해, 아가사."

달래듯 부드러운 소피의 목소리에 아가사는 입을 열었지만……

그녀의 입에서는 아무 말도 나오지 않았다…… 소원 물고기가 그린 그림 속에서 테드로스의 왕관을 쓰고 있던 자신의 모습이 떠오를 뿐이었다……

"말하라고, 아가사." 소피가 재촉했다.

아가사는 우아하고 장엄한 왕비가 된 자신을 상상했다. 아서왕의 아들 옆에 선 자신의 모습을……

"진심으로 말해 봐." 소피가 다시 말했다.

"나는…… 내가……"

아가사는 헐떡이며 몇 마디를 내뱉었지만, 결국 입을 다물고 말았다.

"말 못 하지?" 소피가 아가사의 뺨을 쓰다듬으며 속삭였다. "넌 확신이 없어. 앞으로도 늘 그럴 거야."

아가사의 얼굴 위로 뜨거운 눈물이 흘러내렸다. 그녀의 목소리는 목에 걸린 듯 밖으로 나오지 못했다.

그때 누군가가 황야를 가로질러 그녀를 향해 걸어왔다.

어깨가 떡 벌어진 금발 소년이 핑크색 장미 한 송이를 손에 들고 있었다.

깨끗하게 샤워를 하고 면도까지 한 테드로스가 헐렁한 흰 셔츠와 검정색 바지를 입고 엑스칼리버를 허리에 찬 채 아가사 앞으로 미끄러지듯 다가왔다.

하지만 그가 바라보는 사람은 아가사가 아니었다.

그는 소피에게 시선을 고정하고, 두 사람 앞에 멈춰 서서 도톰한 입술로 미소를 지었다.

"잠깐 어디 좀 갈 수 있을까, 소피? 우리 둘만?"

소피가 미소를 지으며 허락을 구하듯 아가사를 흘끗 바라보았다. 하지만 아가사가 어떤 반응을 보이기도 전에 소피는 이미 테드로스가 내민 손을 잡았다.

왕자는 소피를 집 반대 방향으로 데리고 갔고, 아가사는 물끄러미 그 뒷모습을 바라보았다.

왕자가 한 번이라도 뒤돌아보기를 바랐지만 그런 일은 일어나지 않았다.

황야에 홀로 남은 아가사는 다정하게 붙어 선 두 그림자를 바라보았다. 테드로스가 소피의 손에 장미를 건네자, 소피는 왕자를 응시하며 꽃을 가슴에 꼭 움켜쥐고 그의 귀에 무엇인가를 속삭였다. 미래의 왕은 미소를 지으며 그녀를 이끌었고, 두 사람은 마치 행복한 결말의 문을 열고 들어가듯 달빛 속으로 걸음을 옮겼다.

잠시 후 두 사람은 시야에서 사라졌다. 아가사의 마음속 마지막 빛줄기도 그와 함께 사라졌다.

"네가 턱수염 덥수룩하게 기르고 얼굴에 막 흙이 묻은 채로 타잔처럼 덩굴 타고 나타나서 가슴이라도 두드릴 줄 알았는데." 소피가 다정하게 놀리듯 말했다. 두 사람은 손을 잡고 어둠 속으로 걸어 들어가고 있었다. "좀 실망스럽네."

"집에 들러서 씻고 나왔어." 왕자가 짧게 대답했다.

"일주일 넘게 안 보였잖아. 그동안 뭐 했어?"

"생각 좀 했어."

소피는 다음 말을 기다렸지만, 그 후로 한 시간이 넘도록 두 사람은 침묵 속에서 걷기만 했다. 깨끗한 냄새가 나는 왕자의 머리카락이 소피의 목을 간질이고 그녀를 이끄는 그의 손길에서 강한 힘이 느껴지자, 간질간질한 설렘이 소피의 등줄기를 타고 올라왔다. 소피는 다른 한 손으로 핑크색 장미를 동그랗게 감싸 보호했다. 옛날옛적, 환영회에서 테드로스가 진실한 사랑을 향해 장미를 던졌을 때에 소피는 그 장미를 잡지 못했다.

하지만 이제 왕자의 장미는 그녀의 손에 있었다.

저 멀리에서 짐승 울음소리가 들려왔다. 소피가 고개를 들자 어두운 바위가 벽처럼 둘러진 넓은 강에 달빛이 반사되는 모습이 보였다. 잔잔하게 미끄러지는 강은 동굴같이 움푹 팬 곳에서 거꾸러지며 폭포를 이루었는데, 그 바닥이 너무 깊어 눈으로 볼 수 없을 정도였다. 폭포 너머에는 하얀 달빛 외에 아무것도 없었다.

"세상의 끝을 찾았나 보네." 소피가 말했다.

"이쪽으로 와." 테드로스가 바위 사이 빈 공간으로 소피를 끌어당겼다.

소피는 작은 틈을 비집고 들어갔다. 장미꽃이 으스러지지 않게 조심하며 바위 사이를 걷기는 쉽지 않았다. 그녀가 바위 사이에서 고전하자 테드로스는 잽싸게 그녀의 허리를 움켜잡아 똑바로 설 수 있게 도와주었다. 바위 안쪽은 칠흑같이 어두워 아무것도 볼 수 없었다. 잠시 후 성냥 긋는 소리가 들리고, 마침내 기다란 초에 불을 붙이는 테드로스의 모습이 불빛 아래 드러났다. 왕자는 이곳에 오기 위해 집에서 초를 준비해 온 것이 분명했다.

소피는 숨이 막힐 것 같았다.

그곳은 반짝이는 사파이어 동굴이었다. 짙은 파란색 보석이 사방을 둘러싸고 있었다. 흠 하나 없는 사파이어들은 마치 거울처럼 그녀의 얼굴을 이쪽저쪽에서 반사했고, 한쪽 구석에는 담요와 베개가 놓여 있었다. 바닥에는 음식 부스러기가 흐트러져 있었고, 빈 바구니도 몇 개 보였다. 지난주 테드로스가 거처로 삼았던 곳이 분명했다.

테드로스는 담요를 펼쳐 소피가 앉을 자리를 마련한 뒤, 자신 역시 그녀 옆에 자리를 잡았다. 그런 다음 다리가 맞닿을 정도로 가까이 붙어 앉은 두 사람 앞에 초를 가져다 놓았다.

"요즘 아가사랑 계속 같이 있더라." 왕자가 먼저 입을 열었다.

소피는 왕자의 눈썹이 둥글게 치켜 올라간 것을 눈치채고, 얼마나 오랫동안 자신들을 지켜보았는지 묻지 않기로 했다. "너랑 아가사는 둘만의 시간을 보냈고, 너랑 나도 둘만의 시간을 보냈잖아. 이번에는 나랑 아가사 차례지. 그게 맞지 않겠어? 모든 것이…… 변하기 전 마지막 기회인데 말이야." 그녀가 순진한 표정으로 테드로스를 바라보았다.

테드로스는 촛농을 손으로 긁적이며 고개를 끄덕였다. "그래."

"다들 너 걱정했어, 테드로스. 밖에서 너 혼자 지내는 거 말이야. 갑자기 여기 오게 돼서 너도 많이 힘들었겠지. 특히 집주인이……."

"지난 얘기는 하지 말자, 소피. 앞으로 일어날 일이 더 중요해." 테드로스가 고개를 돌리고 소피를 뚫어지게 바라보았다. "이곳으로 올 때, 넌 두 종류의 왕비가 있다고 했어. 스스로 왕비가 되기를 원하는 자와 원하지 않는 자가 있다고 했지. 난 네가 왕비가 되면 어떻게 하겠냐고 물었는데……."

"그때 좀비 해적들이 나타나서 판을 깨 버렸지."

소피가 순진하게 웃음 지으며 말했지만, 테드로스는 웃지 않았다. "생각해 보니 그건 바보 같은 질문이었어. 그래서 이렇게 물을게. 넌 왜 나의 왕비가 되고 싶어?"

소피는 긴장이 풀린 듯 어깨를 툭 떨어뜨렸다. 마침내 마무리를 지을 수 있는 순간이 된 것이다. 더 이상 불안해하거나 시간을 늦출 필요도 없었다. 이제 그녀의 손에 모든 것이 달렸다. 테드로스는 진실을 원하고 있었다.

소피는 들쭉날쭉한 사파이어들을 올려다보았다. 파란 보석은 수천 개의 왕관들처럼 두 사람의 모습을 비추었다. 소피는 크게 숨을 들이마시고, 입을 열었다.

"난 오랫동안 왕자를 만나는 꿈을 꿨어. 화려한 무도회장에 수백 명의 아름다운 소년들이 가득한데, 나 혼자 여자인 꿈이지. 난 그 아이들을 하나하나 살펴보면서 천천히 그 사이를 걸어가. 내게 해피엔딩을 안겨 줄 사람을 찾는 거지. 매일 밤 점점 더 가까워지기는 하지만, 난 늘 그 주인공을 찾기 전에 잠에서 깨어나. 잠에서 깨어나는 그 순간이 난 너무 무서웠어. 마법과 로맨스와 선으로 가득했던 세상에서 갑자기 초라하고 의미 없는 삶으로 끌려오는 건……

분명 뭔가 잘못된 느낌이었거든. 난 똑같은 오두막집이 열다섯 채씩 줄지어 선 그런 동네에는 어울리지 않아. 난 가게 주인이나 신발 수선공이랑 결혼해서 빵집에서 묵묵히 일하고 아이들 키우면서 살 수는 없었어. 난 진짜 행복을 원했으니까. 늙고 쓸모없어져서 결국 공동묘지에 들어가는 걸로 끝을 맺는 삶은 내가 원하는 게 아니야. 아가사는 내 말을 듣고 천국 같다고 했지만, 정작 스스로는 평범한 삶을 살고 싶어 했지. 난 달라. 난 특별해. 내 이름은 백설공주나 잠 자는 숲속의 미녀보다 더 오래 사람들의 기억에 남을 거야. 난 인형 처럼 가만히 앉아 왕자를 기다리는 예쁘장한 여자애들이랑 다르니 까. 난 아무리 오랜 시간이 흘러도 사람들의 마음속에 길이 남을 이 야기의 주인공이야. 다른 선인 여자들과는 달리, 난 스스로 자신의 해피엔딩을 찾았으니까. 수많은 사람들이 막아섰지만 난 결국 내 힘으로 원하는 결말에 이르렀어. 그게 이유야, 테드로스. 다른 사람 이 뭐라고 하든 난 내가 왕비라는 사실을 한 번도 의심한 적 없어. 늘 나의 왕을 찾고 있었지."

소피가 테드로스의 뺨을 쓰다듬었다. "그리고 마침내 이렇게 만 났어."

테드로스의 눈에 눈물이 고였다.

"내가 말했잖아." 소피가 미소를 지었다. "우린 처음 만난 그날부 터 짝이 될 운명이었다고."

왕자는 소피의 허리를 감싸 안았다. "진실을 말해 줘서 고마워, 소피."

"그럼 이제…… 다 된 거야?" 소피가 홍당무처럼 빨개진 얼굴로 물었다.

테드로스는 한 손으로 그녀의 등을 쓸어 올리며 고개를 끄덕였다. "딱 하나가 빠졌어…….."

소피는 왕자의 달콤한 숨결을 들이마셨다. "그게 뭔데?" 그녀가 왕자에게 몸을 기울이며 속삭였다.

테드로스는 소피의 목을 받치고 천천히 그녀의 입술에 자신의 입술을 포갰다. 소피는 놀란 듯 헉 숨을 들이마시며 구름처럼 부드러운 키스에 빠져들었다. 심장이 가슴 밖으로 튀어나올 듯이 쿵쾅 댔다.

'드디어! 마침내 이루어졌어!'

소피는 완벽한 그의 입술을 한 조각도 놓치지 않고 맛보았다. 곧 황홀한 기쁨이 두 사람을 휩쓸어 결말로 이끌어 가리라……. 강하고 짜릿한 사랑의 불꽃이 일어나리라…….

하지만 소피를 찾아온 것은 텅 빈 공허함뿐이었다. 그녀는 마치 돌과 입을 맞추고 있는 것 같았다.

당황한 소피는 테드로스를 더 꼭 끌어안고, 더욱 세게 입을 맞췄다. 하지만 그에게서는 여전히 아무것도 느껴지지 않았다. 그녀 역시 마찬가지였다. 두 사람의 입술은 차갑게 식어 서로를 밀어낼 뿐, 어떤 행복도 만들어 내지 못했다. 마침내 소피가 테드로스에게서 몸을 뗐다.

테드로스는 얼음처럼 차가운 표정으로 그녀를 노려보았다. "날 사랑하기 때문에 나의 왕비가 되고 싶다는 말이 빠졌어."

소피의 가슴이 철렁 내려앉았다.

"소피, 난 너의 진실한 사랑이 아니야. 한 번도 그런 적이 없어. 우린 함께할 운명이 아니야."

소피가 얕은 숨을 헐떡이기 시작했다. "하지만…… 반지 아래에……." 그녀는 허둥지둥 손가락을 살펴보았지만 금반지 아래 새겨졌던 테드로스의 이름은 흔적도 없이 사라진 뒤였다.

그때 쨍그랑 소리가 요란하게 울려 퍼졌다. 엑스칼리버가 그녀 옆에 떨어지는 소리였다.

소피는 동굴 바깥으로 저벅저벅 걸어 나가는 테드로스를 바라보았다.

"내가 돌아오기 전까지 반지를 파괴해." 테드로스가 명령조로 말했다.

말을 마친 그는 바깥으로 나가 곧 소피의 시야에서 사라졌다.

소피는 천천히 고개를 숙이고 촛불 아래에서 반짝이는 반지를 내려다보았다.

분노가 끓어올랐다……. 너무나 원초적이고 강렬한 분노가 온몸을 휘어잡았다…….

소피는 반지를 빼내 사파이어 벽에 집어 던져 버렸다. 반지는 힘없이 바닥에 떨어졌다.

랜슬롯의 말이 맞았다.

반지가 거짓말을 했다. 반지는 결코 그녀와 짝이 될 수 없는 왕자의 이름을 피부에 새겼다. 일부러 소피를 잘못된 길로 이끌어 간 것이다. 덕분에 그녀만 바보가 되었다.

그 반지를 그녀에게 준 소년도 반지와 공범이었다.

소피는 라팔의 뒤틀린 미소를 떠올리며, 이를 악물고 양손으로 엑스칼리버를 집어 들었다. 악의 우두머리는 그녀를 배신한 대가를 톡톡히 치르게 될 것이다.

소피는 선의 검을 반지 위로 높이 치켜들었다가 비명을 지르며 내리쳤다.

하지만 번뜩이는 날은 반지 바로 위에서 멈추고 말았다.

'교장이 정말 배신한 것일까?'

왜 악의 반지가 애초에 그녀를 선인 왕자에게 이끌어 갔을까?

라팔은 왜 왕자를 따라가는 그녀의 뒤를 쫓지 않았을까?

소피는 후크 선장의 말을 되짚어 보았다. 교장은 소피를 자신에게 억지로 끌고 오지 말라는 명령을 내렸다고 했다. 그녀는 창가에 가만히 서서 자신이 떠나는 모습을 바라보던 머리가 새하얀 아름다운 소년을 생각했다. 모든 것을 꿰뚫는 것 같은 파란 눈과 고요한 얼굴이 생생하게 떠올랐다. 그는 멀어져 가는 소피를 향해 차분하게 말했다…….

"넌 결국 돌아오게 돼 있어."

소피는 두 눈을 휘둥그레 뜨고 칼을 천천히 내려놓았다.

라팔은 그녀를 배신한 것이 아니었다.

그는 소피를 자유롭게 놓아준 것이다. 아가사가 소피와 테드로스에게 그랬던 것처럼……. 그것이 스스로 진실을 찾을 수 있는 방법이었기 때문이다.

소피는 오래전부터 밀어내려 했던 그 진실과 결국 이렇게 마주하게 되었다.

소피는 흙바닥에 떨어져 있는 반지를 들어 다시 손가락에 끼웠다. 따뜻한 온기가 느껴지는 반지는 새로운 계약이 성사된 것을 알리듯 잠시 붉게 타오르며 빛을 냈다. 그녀는 반지 표면에 비친 자신의 모습을 날카로운 눈으로 바라보았다.

오늘 밤 반지를 파괴하는 일은 없을 것이다.

앞으로도 그런 일은 절대 없을 것이다.

테드로스와의 키스가 공허하게 느껴진 이유를 그녀는 잘 알고 있었다. 다른 이와의 키스에서 분명히 느껴졌던 것이 그와의 키스에서는 느껴지지 않았기 때문이다.

소피는 그 사람과의 키스를 뚜렷이 기억했다.

그녀를 있는 그대로 사랑한 바로 그 사람…….

너무 두려워 차마 사랑하지 못한 그 사람…….

소피가 그를 사랑하는 순간, 소피와 아가사는 자신들이 도망치려 했던 운명을 받아들이고 각기 다른 왕비 자리에 앉아야 했다.

하지만 아가사와 달리, 소피는 이제 그 자리에 앉을 준비가 됐다.

촛불 아래 혼자 남은 소피는 두 눈을 감고 소원을 빌었다…….

왕자…… 성…… 왕관…….

선의 것이 아닌 악의 것들로…….

싸늘한 바람이 불어와 초가 꺼지자, 동굴 안은 다시 칠흑 같은 어둠에 잠겼다.

아가사는 어둠 속에 홀로 누워 잠을 청했다. 하지만 몇 분 후 그녀는 자리에서 일어나 협탁 위 초에 불을 붙였다.

아가사는 벽에 붙은 작은 거울 속 자신의 모습을 바라보았다. 피곤에 찌든 얼굴에는 다크서클이 커다랗게 자리 잡았고, 어깨는 아래로 축 늘어져 있었다.

그녀가 공주였던 때가 까마득한 옛날 같았다.

아가사는 촛불을 켜 놓은 채 다시 이불 밑으로 들어가 동그랗게 몸을 말았다. 그때 집 뒤에서 낮은 음악 소리와 낄낄거리는 소리가 들려왔다.

그녀는 무릎을 꿇고 창밖을 내다보았다. 귀네비어가 정원에서 춤을 추고 랜슬롯은 피콜로를 연주하면서 그녀 곁에서 몸을 흔들고 있었다. 랜슬롯이 그녀의 팔을 잡자 두 사람은 웃음을 터뜨리며 빙그르르 돌았고, 음악이 한 곡 끝날 때마다 가볍게 입을 맞추었다.

아가사는 넋을 잃고 이들을 바라보았다. 지금껏 비통한 유배자라고 생각했던 두 사람, 연옥으로 추방당해 6년째 지겨운 삶을 버티고 있을 것이라고 생각했던 두 사람이 한밤중에 특별한 이유도 없이 술 취한 젊은이들처럼 즐겁게 몸을 흔들며 입을 맞추고 있었다. 그들이 어디에 있든, 주변에 누가 있든, 그들이 가진 것 혹은 가지지 못한 것이 무엇이든 모두 중요하지 않았다.

그들은 여전히 함께였고, 서로를 사랑했다.

아가사는 수치심에 얼굴을 붉혔다. 자신의 가치를 입증하기 위해 싸우는 것이 두려워 결국 왕자를 다른 사람에게 넘겨준 자신이 너무 부끄러웠다. 그뿐만이 아니었다. 그녀는 선인 영웅들을 보호하기 위해 그렇게 행동하는 척 모두를 속였다. 옛 영웅들은 이런 그녀를 어떻게 생각할까? 진정한 공주는 거짓 방패 뒤에 숨어 자신의 운명을 피하지 않는다. 진정한 공주라면 그 운명이 자신의 것일 뿐 아니라 왕자의 것이기도 하다는 사실을 알기 때문이다. 테드로스를 밀쳐 내는 것은 두 사람의 운명을 동시에 망치는 짓이었다. 가발돈이든 숲이든, 왕족이든 평민이든, 선이든 악이든, 소년이든 소녀든, 새로운 모습이든 예전 모습이든…… 두 사람만 함께라면 그 어떤 것도 중요하지 않았다.

아가사는 그냥 왕비가 아니라 '그의' 왕비가 되어야 했다.

그리고 그녀는 그렇게 되는 방법을 누구보다 잘 알고 있었다.

아가사는 즉시 비틀거리며 침대를 빠져나와 복도를 지나 현관문을 활짝 열었다. 그리고 계단을 내려가 이슬에 젖은 풀을 밟고 서서 가는눈으로 아직 어둑한 황야를 바라보았다. 가슴이 찢어지는 것 같았다.

너무 늦었다. 테드로스와 소피는 어디론가 사라지고 없었다.

낙담한 아가사는 고개를 푹 숙이고 현관문을 향해 터덜터덜 걸음을 옮겼다.

그때 저 멀리에서 뭔가 바스락거리는 소리가 들려왔다.

아가사는 고개를 들고 다시 황야를 바라보았다. 커다란 근육질 실루엣이 지 멀리에서 집을 향해 다가오고 있었다.

그녀는 정체 모를 형체에 시선을 고정한 채 살금살금 걸음을 옮겼고, 그러는 사이 눈은 점차 어둠에 적응했다.

"호트?"

하지만 대답을 기다릴 필요는 없었다. 아가사는 검은 실루엣의 걸음걸이를 단번에 알아볼 수 있었다. 묵직하게 땅을 밟는 두 다리…… 근육질의 긴 팔…… 허리에 찬 두꺼운 벨트에 늘 있던 칼은 보이지 않았다.

테드로스는 아가사를 똑바로 바라보며 집을 향해 성큼성큼 다가오고 있었다.

아가사는 자기도 모르게 그를 향해 달리기 시작했다. 테드로스 역시 아가사를 향해 달렸다. 아가사는 어둠 속에서 발을 헛디뎌 휘청거렸고, 숨을 헐떡이다 못해 목이 멜 지경이었다. 검은 그림자는 점점 더 빠르게 그녀를 향해 돌진했고, 마침내 두 사람이 만나는 순간 아가사는 왕자를 향해 쓰러졌다. 테드로스는 웃고 있는 공주를 강한 팔로 부축해 세우고 그녀에게 키스했다. 마치 처음인 것처럼 강렬하고 길게…….

"아가사, 내가 널 모를 줄 알았니?" 왕자가 속삭였다. "네가 어떤 사람인지 내가 모를 줄 알았구나."

"너만 확신한다고 될 일이 아니었어. 나 역시 확신이 필요했거든."

"이제 왕국의 백성 모두가 보게 될 거야. 역사상 가장 위대한 왕비를 말이야."

아가사는 확신에 가득 찬 그의 두 눈을 똑바로 바라보았다. "하지만 난 그저…… 평범한 소녀일 뿐이야……. 넌…… 너는…….'"

"나는 뭐 처음부터 왕으로 태어난 줄 아니?" 테드로스가 그녀의 말을 끊었다.

"어? 하지만 넌 언제나 왕처럼 행동하고……."

"그래, 행동! 그렇게 행동한 거야." 테드로스가 고개를 저으며 갈라지는 목소리로 말했다. "날 사랑한다고 말해, 아가사. 다시는 날 밀어내지 않겠다고 약속해. 영원히 나의 왕비가 되겠다고……."

"사랑해, 테드로스. 네가 상상할 수 없을 만큼 많이 널 사랑해." 아가사가 울음을 터뜨렸다.

"그리고?"

"그리고 또……."

아가사는 더 이상 말을 잇지 못했다. 두 사람의 얼굴 위로 하염없이 눈물이 흘렀고, 두 사람은 다시 입을 맞추었다. 달콤 짭짤한 사랑이 느껴졌다.

한편 저 멀리 테드로스가 떠난 동굴 앞에서 한참을 꼼짝 않고 기다리던 호트는 드디어 행동을 개시하기로 했다. 왕자가 소피를 동굴로 데려올 때 몰래 뒤를 밟은 그는 왕자 혼자 떠나는 것을 보고 불안한 마음에 그 앞을 지키고 있었다. 호트는 나무 뒤에서 살금살금 걸어 나와 손가락에 불을 밝힌 채 바위 틈 사이로 들어갔다. 순간 사파이어들이 사방에서 빛을 반사해 눈을 뜰 수 없었다.

"소피?" 호트는 눈을 가리고 소피의 이름을 불렀다. "소피, 어디 있어?"

하지만 그곳에 소피는 없었다. 긴 칼이 널브러져 있을 뿐이었다. 그리고 백조가 와서 소피를 구해 갔다고 말해 주듯, 검은 깃털들이 바닥에 흩어져 있었다.

제3장

26
어둠에서 나타난 왕비

교장의 탑에서 눈을 뜬 소피는 새벽빛이 쏟아지는 침대 위에 입을 옷이 준비되어 있는 것을 발견했다.

소피는 일어나 창가에 섰다. 몸에 딱 달라붙어 아래로 흘러내리는 끈 없는 검은 벨벳 드레스를 입은 그녀는 사악한 신부 같았다.

하프웨이 베이 위로 초록색 안개가 피어올라 옛 학교와 새 학교를 휘감았고, 뿌옇게 떠오른 아침 해는 힘을 잃어 마치 노란 구슬 같았다. '아, 평화로워!' 그동안 그녀는 선이 되기 위해 온갖 짓을 다 했다. 운명의 방향을 바꾸려고 발악을 했던 것이다. 하지만 악의 왕국을 내려다보고 있는 지금 이 순간, 그녀는 자신이 괜한 짓을 했다는 사실을 깨달았다. 2년 전, 교장은 그녀를 어울리는 학교에 들여보냈다. 그녀가 곧 지배하게 될 바로 그 학교였다. 만약 그때 그 사실을 거부하지 않고 받아들였다면, 또 자신을 있는 그대로 사랑했다면 그토록 큰 고통을 당하지는 않았을 것이다.

소피는 팔을 내려다보았다. "무사마귀나 주름은 아직 없네요. 언제…… 그러니까…… 언제쯤 변할지……."

라팔이 그녀 곁에 다가와 섰다. 그는 스탠드칼라를 세운 검은 벨벳 코트와 검은 벨벳 바지를 입고 있었다. "맨리 교수는 〈추한 외모 만들기〉 수업 첫날에 악당이 성공하기 위해 왜 추한 외모가 필요한지 설명한다. 추한 외모는 자신을 해방시키지. 허영심이나 외모에 대한 자만심이라는 감옥에서 벗어나 내면의 영혼을 받아들일 수 있게 도와주는 거야. 네가 마녀로 변했던 건 네 영혼이 그럴 필요가 있다고 판단했기 때문이다. 네가 아름다운 외모를 넘어서서 내면의 악에 가 닿으려면 추한 외모가 필요했지. 하지만 이제 넌 달라졌어. 있는 그대로의 자신을 받아들였으니 말이야. 네게는 이제 추한 외모가 필요 없다. 나도 마찬가지고."

소피는 추한 마녀로 변하지 않는다는 사실에 안도감을 느껴야 했으나 이상하게도 공허한 기분이 들었다. 외모는 더 이상 중요하지 않다는 사실을 그동안의 경험으로 알게 된 것일까? 그녀는 손가락의 반지로 시선을 돌렸다. "이게 검은 백조 금이죠? 이게 날 테드로스에게 이끌어 갈 걸 당신은 알았던 거예요."

교장은 입을 꼭 다물었다. 소피가 그 사실을 어떻게 알아냈는지 물어봐야 할지, 아니면 멀리 떨어져 있는 동안 벌어진 일에 대해서는 그냥 모르는 척해야 할지 고민하는 것 같았다. "이렇게 말해 두지." 마침내 그가 입을 열었다. "네가 그 반지를 파괴하지 않는 한, 넌 내게 돌아오게 돼 있어."

"내가 반지를 파괴했다면 어떤 일이 벌어졌을까요?" 소피가 교장을 향해 돌아서서 물었다. "테드로스가 날 사랑했다면요?"

"진정한 사랑의 키스는 양쪽 모두의 진심이 필요하다. 왕자 역시 네 키스에서 아무것도 느끼지 못했을 거야." 교장의 표정이 부드러워졌다. "그리고 난…… 네가 날 영원히 버리느니 차라리 죽여 줬으면 싶기도 하다."

소피는 입을 다문 채 고개를 숙였다. 그리고 잠시 후 다시 고개를 들어 젊은 교장을 바라보았다. "미안해요. 당신을 떠나서 미안……."

교장이 그녀의 입술에 손가락을 올려놓았다. "돌아왔잖니. 그거면 됐다."

"내가 배신해서 화나지 않았어요?"

"그 덕분에 우리 사이가 더 강해졌는데 내가 어떻게 화를 내겠니? 오히려 고마운 마음이 드는걸. 그게 너한테 고마울 일인지는 잘 모르겠다만."

"무슨 뜻이에요?"

라팔이 생각에 잠긴 듯 입술을 깨물었다. "네 친구 아가사에게는 아주 희귀한 탤런트가 있더구나. 남의 소원을 그냥 듣기만 하는 게 아니라 이루어 주는 능력이 있어. 입학 첫해에는 그런 탤런트를 쓸데없는 데 낭비했지. 소원 물고기를 풀어 주고, 괴물 석상과 친구가 되어 주고, 늑대들 편을 들어주고……. 하지만 이제는 좀 더 가치 있는 데에 자기 능력을 사용하는 법을 배운 것 같다." 교장이 소피의 눈을 똑바로 바라보았다. "너 말이다."

"네? 아가사가 어떻게……." 소피가 깜짝 놀란 표정으로 말했다.

"네 소원은 테드로스가 네게 키스하는 것이었지? 그때 아가사는 그 일이 실제로 일어날 수 있도록 너희 둘에게 새로운 출발의 기회를 주었어. 어쩌면 그 아이는 한 수 앞을 내다보았을지도 모르지. 램프의 요정 지니처럼 왕자와의 키스라는 네 소원을 이루어 주면서, 한편으로는 테드로스가 아무것도 느끼지 못하고 결국 자신에게 돌아올 것을 예상했을지도 몰라. 시련을 거친 왕자의 사랑은 더욱 강해질 테니까. 정말 대단하지 않니? 자신의 소원을 성취하기 위해 네 소원을 이루어 주다니!"

소피가 미간을 찡그렸다. "아가사는 제가 잘 아는데요, 걘 그런 식으로 생각하는 애가 아니에요……."

"의식적으로 그런 건 아니겠지. 하지만 네 영혼이 결국 악을 향하듯 그 아이의 영혼도 언제나 선을 향하고 있단다. 네가 왕자를 잃은 고통과 분노에 휩싸여 나를 배신하고 반지를 파괴할 것을 그 아이는 이미 계산하고 있었을 수도 있어. 선인들이 효과적이고 명확한 방식으로 해피엔딩을 완성하는 건 다 공주의 비밀스러운 탤런트 덕분이거든."

소피의 표정이 굳었다. "아가사는 제가 혼자가 되기를 바랐군요."

"그렇지." 젊은 교장이 미소 지으며 대답했다. "하지만 그 아이가 몰랐던 게 있어. 네가 나와 카멜롯의 왕자 테드로스의 차이점을 발견할 거라고는 예상 못 했지."

소피는 수수께끼 같은 그의 파란 눈을 들여다보았다. "차이점이 뭔데요?"

라팔이 한 손으로 그녀의 허리를 감싸 끌어당기고, 그녀의 입술에 자신의 입술을 포갰다. 그의 입술은 섬세하면서도 단단했다. 소피는 그의 입술이 닿는 순간 머릿속이 하얘지면서 황홀한 기쁨에 빠져들었다. 마치 머릿속에서 어둠의 폭탄이 터진 것만 같았다. 그 다음은 심장이었다. 그녀의 심장은 평생 찾아 헤매던 자신의 반쪽을 찾은 듯이 기뻐 날뛰었다. 교장이 소피에게 키스를 한 것이 처음은 아니지만, 이번에는 소피 역시 열정적으로 그에게 키스했다. 산들바람이 불어 햇살 같은 그녀의 금발이 젊은 두 사람의 얼굴 위로 나부끼는 순간, 소피는 마침내 깨달았다. 더 이상 죄책감이나 의심, 수치심은 없었다. 그녀는 마침내 사랑…… 영원히 변하지 않을 사랑을 찾았다. 그것은 악하지만 동시에 아름다웠다.

라팔의 입술이 그녀에게서 떨어졌다.

"너 같은 여자한테는 악이 통한다는 거." 그가 대답했다.

소피의 등 뒤에서 이야기꾼이 움직이는 소리가 들렸다. 마법의 펜은 두 사람의 키스를 생기 넘치는 그림으로 옮기고 있었다.

"이제 즐거워질 일만 남았네요." 소피는 마음속에서 악의 기운이 요동치는 것을 느끼며 미소 지었다.

그녀는 아름다운 소년에게 다시 키스했다. "난 이제 마음과 영혼 모두 당신의 왕비예요." 소피가 힘껏 깨물었던 입술을 놓고 피 맛을 느끼며 말했다.

라팔은 기쁜 표정으로 피 묻은 입술을 닦고, 양손으로 그녀의 머리를 쓸어 넘겼다. "아직 하나가 더 남았다……."

알고 보니 그런 드레스가 준비되어 있던 것은 우연이 아니었다. 소피가 자는 동안 교장이 예식을 계획한 것이다.

식이 진행될 곳은 예전 악의 학교 건물이었다. 소피는 기대감에 부풀어 높은 양쪽 여닫이문 밖에서 차례를 기다렸다.

불길한 끼익 소리와 함께 짙은 색 나무문이 열리자, 마치 결혼행진곡을 거꾸로 연주하는 것처럼 음정도 맞지 않는 으스스한 음악이 울리기 시작했다. 소피는 고개를 들었다. 검은 요정 둘이 문 위에 걸터앉아 몸에 달린 초록색 침으로 자그마한 바이올린을 연주하고 있었다.

"준비됐지?" 교장의 목소리가 들려왔다.

소피는 라팔에게 고개를 돌렸다. 젊은 교장의 얼굴이 물 새는 계단 방의 낙서투성이 초상화에 둘러싸여 있었다.

"네." 그녀가 대답했다.

교장은 소피의 손을 깍지 끼고 열린 문 안으로 이끌었다.

동화의 전당 안에 있는 사람 모두가 일어서서 교장과 그의 왕비가 은색 복도를 걷는 모습을 지켜보았다. 한때 선과 악으로 나뉘어 있던 그곳은 이제 횃불이 환하게 밝혀진 악의 공간이 되어 있었다. 다만 예전의 악과 새로운 악의 구분은 존재했다. 복도 한쪽 편에는 좀비 악당들로 이루어진 어둠의 군대가 있었다. 그들의 나무 의자는 낡아서 금방이라도 부서질 것 같았고, 그을음이 묻은 벽에는 초록 곰팡이까지 피어 있었다. 옛 악당들은 대부분 뼈 두 개를 엑스 자로 교차시킨 모양의 배지를 왼쪽 가슴에 달고 있었는데, 빨간 망토 이야기의 늑대와 신데렐라의 새어머니, 잭과 콩나무 이야기의 거인과 가슴을 칼에 찔려 피투성이 상처가 난 후크 선장 등 가장 유명한 악당들에게는 배지가 보이지 않았다. 후크가 거만하게 희죽거리며 바라보는 순간 소피는 몸이 굳는 것 같았지만, 자신이 왕비이고 그가 절대 자신을 해칠 수 없다는 사실을 속으로 되뇌며 마음을 다잡았다.

"예전 운명의 적을 죽이고 자신의 이야기를 새로 쓴 자만 엑스자 뼈 배지를 달 수 있다." 라팔이 소피의 마음을 읽고 낮은 목소리로 설명했다. "성가신 마법사 노인네가 가장 유명한 영웅들을 연맹이라는 이름으로 어딘가에 숨겨 놓았어. 너희 세계를 보호하는 투명막이 아직 버티고 있는 이유지. 하지만 이제 시간이 없다. 조만간 멀린과 그의 연맹이 제 발로 우리를 찾아오게 될 거야."

동굴에서 자신을 괴롭혔던 그 더러운 늙은이들이 악당들 손에 죽을 것을 생각하자 소피의 가슴 가득히 만족감이 차올랐다.

"독자들은 악의 힘을 믿고 있어." 교장의 말이 계속되었다. "보호막도 이제 바람 앞의 촛불이나 다름없지. 그 유명한 영웅들 중 하나라도 죽는 날, 독자들은 선에 대한 마지막 믿음마저 잃게 될 거야. 보호막은 사라지고 넌 영원히 지속될 악의 승리를 목격하게 될 것이다."

"어떻게 그렇게 되죠?" 소피가 소곤소곤 물었다. "가발돈에서 필요한 게 뭔데요?"

라팔은 대답 대신 미소를 지었다.

소피는 교장의 어깨 너머로 복도의 다른 편을 바라보았다. 예전 선의 학교에서 다리를 건너온 젊은 선인 학생과 악인 학생들이 잘 다듬어진 아이보리색 뼈 의자들 사이에 서 있었다. 지난번 소피와 만났을 때 그들은 이 새로운 악의 학교에 적개심을 가지고 반항하는 것처럼 보였다. 하지만 지금 그들은 두 눈을 휘둥그레 뜨고 복도 너머의 옛 악당들을 바라보고 있었다. 교장이 그동안 다른 학교에 무엇을 숨겨 놓았는지 자기 눈으로 확인한 후 겁을 먹고 머릿속이 하얘진 것 같았다. 옛 악당들과의 만남만으로 반항적이던 학생들이 고분고분해진 것은 아니었다. 소피는 학생들을 좀 더 유심히 관찰한 결과, 이들이 세 그룹으로 나뉘어 있다는 사실을 발견했다.

제일 앞의 리더 그룹은 가슴에 금 백조 배지를 달고 머리에 황록색 새 베레모를 썼다. 베아트릭스와 라반, 그리고 채딕이 그 그룹에 속해 있었다. 중간에 앉아 있는 리나, 니콜라스, 아라크네, 벡스 등은 부하 그룹이었다. 그들은 은 백조 배지를 가슴에 달았지만 머리에는 아무것도 쓰지 않았다. 가장 성적 낮은 학생들로 이루어진 마지막 그룹은 동 백조 배지를 달았고, 놀랍게도 이미 신체적 변신이 어느 정도 진행된 상태였다. 키코는 코를 훌쩍이며 하얀 거위 깃털로 뒤덮인 팔을 감추려 애썼고, 타르퀸은 돼지 코로 킁킁 소리를 냈다. 밀리센트는 빨간색 머리카락 사이에서 자라난 사슴뿔을 긁적였고, 브론의 팔에는 이미 초록색 새싹이 돋아 있었다.

'무능력한 애들이니 당연한 결과지, 뭐.' 소피는 도트 역시 변신 그룹에 속해 초콜릿을 먹어 대는 암소로 변하고 있을 것이라고 생각했다. 하지만 아무리 눈을 돌려도 도트의 모습은 보이지 않았다. 그러고 보니 아나딜 역시 어디에도 없었다…….

'마녀들은 다 어디 갔지?' 소피는 시야를 좀 더 넓혀 동화의 전당 전체를 훑어보았다.

하지만 그녀의 눈에 들어온 사람은 마녀들이 아니라 검은 벽 앞에 줄지어 선 악의 학교 교수들이었다. 선인 교수들은 마녀들과 마찬가지로 그곳에 없었다. 맨리 교수와 식스 교수는 자신들의 제자가 왕비가 된 것에 무척이나 감격한 표정이었고, 폴룩스와 다시 만나 한 몸에 두 머리가 된 카스토르 역시 기쁜 얼굴이었다. (폴룩스는 소피에게 손을 흔들고 손수건으로 눈가를 닦는 등 기뻐 보이려고 무척이나 애를 썼다.) 그 옆의 레소 부인도 소피가 악의 품으로 돌아와 기뻐하는 것처럼 보였다. 바로 옆에는 그녀의 아들이자 학장인 애릭이 서 있는데…….

소피는 그를 보는 순간 움찔하고 말았다. 어느 모로 보나 학장이라고 할 수 없는 행색을 하고 있었기 때문이다. 한쪽 눈에 퍼런 멍이 들었고, 발톱 자국이 뚜렷한 코는 잔뜩 부었으며, 이마에는 날카로운 것으로 '변태 새끼'라고 새긴 상처가 있었다. 애릭은 뭘 보느

선과 악의 학교 3

냐고 화를 내듯 날카로운 눈으로 소피를 쏘아보았다.

소피는 얼른 눈을 돌리고 동화의 전당 무대를 향해 고개를 돌렸다. 돌로 만들어진 무대 중앙에는 언제나 그랬듯 갈라진 틈이 있었는데, 그 사이에서 파르스름한 연무가 슬금슬금 배어 나왔다. 소피는 내심 실망했다. 신비로운 효과를 내기 위한 것이라면 그 자리의 중요성을 감안할 때 너무 초라했기 때문이다. '그게 아니라면…….' 라팔이 그녀를 무대 위로 이끌었지만, 소피는 눈을 가늘게 뜨고 틈새를 바라보느라 정신이 없었다. 무대 아래에 혹시 뭔가 있는 것은 아닐까…….

잠시 후 고개를 든 소피는 무엇인가가 머리 위에 떠 있다는 사실을 깨달았다.

뾰족뾰족한 검은 왕관이 공중에 붕 떠서 해골 모양 샹들리에의 초록색 불꽃을 받아 번쩍이고 있었다. 예전 선의 학교 벽화에서 라팔의 팔에 안겨 미소 짓는 소피가 쓰고 있던 바로 그 왕관이었다.

소피는 그 벽화 속 주인공과 똑같은 미소를 짓고서, 잘생긴 연인의 손을 잡고 무대 중앙으로 걸음을 옮겼다. 2년 전 탤런트 서커스를 할 때 지금 왕관이 떠 있는 바로 그 자리에 우승 왕관이 떠 있었다. 소피는 그날 밤 선을 부정하고 악을 받아들이면서 우승을 차지했다……. 오늘 밤에도 왕관은 그녀의 차지가 될 것이다.

하지만 오늘 그녀는 혼자가 아니었다.

'아가사의 소원 같은 거 이제 신경 안 써.' 소피가 쓸쓸한 미소를 지었다.

'아가사와는 이제 끝이야.'

모두가 지켜보는 가운데, 라팔은 마법으로 왕관을 내려 소피의 머리에 씌웠다. 그는 손수 왕관의 자리를 바로잡은 뒤 그녀의 이마에 키스했다. 왕관이 샹들리에 불꽃에 데워져 따스했던 만큼, 이마에 닿은 교장의 입술은 더욱 차갑게 느껴졌다. 소피는 이 순간과 지금의 느낌을 기억에 새기듯 두 눈을 꼭 감았다. 그녀가 다시 눈을 떴을 때 교장은 청중을 향해 돌아서 있었다.

"숲을 밝히던 빛이 시들고 어둠이 그 자리를 차지했다. 그리고 그 어둠 속에서 왕비가 우리에게 왔다." 교장이 연설하듯 말했다. "모든 진정한 사랑이 그러하듯, 소피와 난 혹독한 시련을 거친 끝에 서로에게 헌신할 수 있게 되었다. 의심과 고통이 있었지만 우린 그것들을 딛고 더욱 강해졌다. 이제 우리 둘의 사랑은 어떤 선인의 사랑보다 확고하다. 200년 만에 처음으로 악이 해피엔딩을 맞이하고 부정과 죄악이 황금기를 맞이하기 위해서는……." 교장이 청중을 향해 무대 끄트머리로 한 걸음 다가섰다. "너희 하나하나의 역할이 중요하다."

사람들은 숨소리조차 내지 않았다.

"이레 안에 숲은 완전히 어둠에 잠길 것이다." 라팔의 연설이 계속되었다. "우리는 일곱 번째 해가 떠오르기 전에 독자 세계에 들어가야 한다. 그러지 않으면 우리 모두는 파멸에 이를 것이다. 가장 유명한 영웅들이 아직 살아 있기에 독자들은 여전히 선에 대한 믿음을 버리지 못하고 있다. 하지만 상황은 곧 바뀔 것이다. 이제 왕비가 돌아왔으니 선인 군대는 우리 성을 공격할 수밖에 없다. 나를 죽여야만 그들이 승리할 수 있기 때문이다. 따라서 단언컨대, 멀린과 선인 영웅들은 이번 주가 끝나기 전 악의 학교로 쳐들어올 것이다. 이들을 모조리 죽이고 선에 대한 독자들의 믿음을 부수는 것이 바로 우리의 임무다. 그렇게 함으로써 우리는 독자들의 세상에 들어갈 수 있고, 영원한 악의 승리를 이룰 수 있다. 하지만 멀린과 영웅들이 이곳에 오기 전까지 우리는 힘을 모아 우리 학교를 지켜야 한다. 젊은 학생들과 옛 악당들, 선인과 악인, 과거와 현재의 리더와 부하와 변신 그룹 모두 힘을 합쳐야 한다. 악의 학교 학장들과 교수들이 준비 과정을 안내할 테니 너희는 모두 복종해라."

교장이 잠시 말을 멈추고 소피의 손을 꼭 잡았다. "지난 시절 악은 모든 전쟁에서 패했다. 지켜야 할 것은 없고 오직 적만 존재했기 때문이지. 하지만 이제 우리에게는 영광을 가져다줄 왕비가 있다. 한때 너희가 앉은 그 자리에 앉았던 우리의 왕비가 이제 너희를 위해 싸울 것이고, 너희는 왕비를 위해 싸울 것이다."

라팔이 갑자기 차가운 표정을 짓고 다시 말을 이었다. "누구든 감히 왕비를 의심하면, 악에 대한 충성을 저버린 자들과 같은 고통을 받게 될 것이다."

그때 무대가 갑자기 지진이라도 난 듯 떨리기 시작했다. 놀란 소피는 휘청거리며 교장에게 몸을 기댔다. 돌 무대가 양쪽으로 갈라지며, 긴 틈에서 새어 나오던 파르스름한 연무가 뭉게뭉게 쏟아져 나왔다. 잠시 후 안개가 걷히자 깊은 틈 사이로 마침내 무대 아래의 모습이 드러났다.

옛 악의 학교 배 속에는 동굴처럼 움푹한 냉동 지하 감옥이 숨겨져 있었고, 그 안에는 이미 수백 명의 죄수들이 갇혀 있었다. 소피의 눈길을 가장 먼저 사로잡은 이는 바로 에마 아네모네 교수였다. 곱슬곱슬한 금발이 마구 헝클어진 교수는 두 눈을 휘둥그레 뜬 채 지하 감옥의 얼음 벽 무덤에 갇혀 있었다. 그 바로 옆 얼음 무덤은 클라리사 더비 학장의 것이었다. 뿌연 얼음 너머로 동글게 말아 올린 그녀의 은발과 장밋빛 뺨이 보였다. 소피는 더비 교수 무덤에 작은 구멍이 나 있는 것을 발견했다. 아가사와 테드로스가 학교에 몰래 들어온 날, 아나딜의 쥐가 학장의 지팡이를 꺼내느라 무덤에 구멍을 냈을 것이다.

"이 배신자 감옥에는 우리 학교가 탄생한 이래 악에 대한 충성을 태만히 한 자들이 구금되어 있다. 예전 선의 학교 교수들은 우리의 새 학교에서 수업할 수 있는 기회를 제안 받았지만 모두 거절해 여기에 갇혔다." 라팔이 설명했다.

무대 안쪽에 서 있는 폴룩스가 교장의 눈길을 끌려는 듯 슬픈 표정으로 코를 훌쩍였지만, 라팔은 그에게 눈길도 주지 않았다. "그리고 특별한 날을 맞이하여, 오늘 세 명의 수감자를 추가로 이곳에 가두기로 한다……."

라팔의 머리 위에서 날카롭게 찍찍거리는 소리가 들리자 사람들은 모두 고개를 길게 빼고 위를 올려다보았다. 헤스터와 아나딜, 도트가 밧줄에 묶인 채 무대를 향해 내려오고 있었다. 키득거리며 도르래를 돌리는 것은 난쟁이 비즐이었다.

"소위 악인이라는 이 셋이서 작당을 해 우리의 적을 학교 안에 들였다. 이 중 하나는 악이 준 탤런트를 사용해 우리의 학장에게 몹쓸 짓까지 했지." 교장이 밧줄에 묶여 온몸을 비틀고 있는 헤스터와 그녀의 악마를 음흉한 눈으로 바라보았다. "하지만 아무리 죄 많은 배신자라 할지라도 공정한 재판을 받을 권리는 있는 법! 선고를 받으면 영원히 이 감옥을 나오지 못할 테니……."

교장이 무시무시한 말을 이어 갔지만 세 마녀는 그의 말에 집중하지 못했다. 교장의 품으로 돌아와 뾰족뾰족한 왕관을 쓰고 있는 소피의 모습을 발견한 것이다.

"난 이들의 운명을 왕비의 손에 맡기려 한다. 이들과 개인적으로 친할 뿐 아니라 한때 방을 같이 쓰기도 했으니까." 라팔이 소피에게 고개를 돌렸다. "어떻게 하고 싶지? 살릴까? 아니면 가둘까?"

소피는 자신을 향한 강렬한 눈들을 마주 보았다. 그들은 소피에게 선처를 간청하고 있었다. 나약한 모습을 보이느니 차라리 자기 눈을 뽑을 것 같던 헤스터마저도 두려움에 무릎을 꿇은 듯했다.

'수많은 일을 함께 겪었지.' 소피는 66호실 마녀들과의 인연을 떠올렸다. 다사다난했던 긴 시간을 함께하는 동안 그들은 거의 친구 같은 사이가 되었다.

하지만 진짜 친구는 아니었다.

세 마녀는 늘 소피가 결국 혼자가 될 것이라고 믿었고…… 아가사가 소피 대신 왕자를 선택하도록 부추겼고…… 이 학교 안에서 그녀를 염탐했고…… 도움이 필요할 때 단 한 번도 손을 내밀어 주지 않았다…….

그런데 이제 와서 그녀의 도움을 기대하다니!

소피의 얼굴이 차갑게 변했다. 그녀는 자신의 동화를 통해 배운 것이 하나 있었다. 이 마녀들이 처음부터 옳았다는 사실이다. 선해지려고 노력해 봤자 그녀에게 득 될 것은 하나도 없었다.

"형을 집행해 주세요." 소피가 말했다.

"안 돼!" 도트가 소리쳤다.

라팔이 능글맞게 웃으며 겁먹은 세 마녀를 바라보았다. "안타깝지만 이제 헤어져야겠구나." 그가 밧줄을 감옥으로 내리기 위해 손가락을 들어 올렸다.

"난 작별 별로 안 좋아하는데." 누군가의 목소리가 머리 위에서 들려왔다.

놀란 라팔이 고개를 젖혀 위를 바라보았다.

멀린이 비즐의 목을 쥐어 잡고 서까래에서 그를 내려다보고 있었다. "살려 줘!" 난쟁이가 날카롭게 비명을 질렀다.

라팔은 마법사를 향해 손가락을 뻗었지만 멀린이 한발 빨랐다. 밧줄 아래에서 폭발이 일어나며 라팔과 소피는 무대 밖으로 나가 떨어지고, 비즐은 대포알처럼 청중석으로 날아갔다. 잠시 후 바닥에서 정신을 차린 소피가 눈꺼풀을 파르르 떨며 눈을 떴다. 무대를 향해 우르르 달려드는 좀비 악당들과 자리에서 휘청거리며 일어서는 교장이 보였다.

하지만 밧줄을 뒤덮고 있던 연기가 사라진 그 자리에 멀린과 마녀들의 모습은 보이지 않았다.

젊은 교장은 분노를 쏟아 내듯 고함을 지르며 좀비 악당들에게 도망자를 찾아내라고 지시했다.

소피도 동화의 전당에서 나가기 위해 서둘러 자리에서 일어나려 했지만, 곧 돌처럼 굳어 버리고 말았다. 드레스 위 무릎께에서 무엇인가를 발견한 것이다. 분명 전에는 없던 것이었다.

까만 벨벳 드레스 위에서 작은 오각형 모양의 별이 새하얀 연기를 피워 올리고 있었다. 아직 남아 있는 선을 잊지 말라는 마법사의 당부처럼……

지평선 위로 해가 떠올랐다. 아가사는 랜슬롯에게 빌린 헐렁한 갈색 셔츠를 입고 오크나무에 기대서 있었다. 머리는 기름진 채 헝클어지고 배에서는 꼬르륵 소리가 났다. 아가사는 고개를 숙이고 무엇인가를 뚫어지게 바라보았다. 귀네비어의 손에 들린 작은 나무 상자 안에 다이아몬드로 장식된 은 왕관이 반짝이고 있었다.

"기사님이 주신 거예요? 정말 예쁘네요. 그런데 전 보석이니 옷이니 그런 거 잘 몰라서, 그러니까 전…… 여자애들이 좋아하는 거 잘 모르거든요." 아가사는 정신이 없는 듯 흐느적거리며 말했다. 밤새 테드로스와 함께 깨어 있다가 겨우 몇 시간 눈을 붙이는데, 왕자의 어머니가 아침 일찍부터 보여 줄 것이 있다며 그녀를 밖으로 끌고 나왔기 때문이다. 이런 머리 장식을 자랑하려고 부른 것인 줄 알았다면 절대 따라 나서지 않았을 것이다.

"좀 격식을 차린 것 같아 보이긴 하네요. 무도회나 결혼식 같은 데는 어울리겠지만, 여기 평원을 막 돌아다닐 때 쓰기는 영⋯⋯."

아가사의 목소리가 점차 줄어들었다. 랜슬롯이 은과 다이아몬드를 대체 어디에서 구할 수 있었겠는가? 말똥 치우고 염소 젖 짜는 시간 사이에 짬을 내서 광산이라도 캤단 말인가?

아가사는 잠이 깨지 않은 눈으로 왕관을 물끄러미 바라보았다. 은으로 만든 둥근 관 밑으로 다이아몬드 고리들이 달랑달랑 달려 있었다. 왕관을 자세히 보면 볼수록 목구멍이 조여 오는 느낌이 들었다. 분명 예전에 본 적이 있는 물건이었다⋯⋯.

달빛이 비친 연못에서⋯⋯.

소원 물고기가 그려 낸 그림 속에서 반짝이던⋯⋯.

그녀 머리에 씌워진 바로 그 왕관이었다.

아가사는 천천히 고개를 들어 귀네비어를 바라보았다. 얼굴은 비바람을 맞아 거칠었고 옷은 허름했지만, 그녀는 기품 있고 위풍당당했다.

"이건⋯⋯ 왕비님이 쓰던⋯⋯."

"이제 네 거야. 네 말대로 이런 데서는 쓸모없는 물건이기는 하지만."

"제 것이라고요? 아니, 아니에요⋯⋯. 받을 수 없어요⋯⋯." 아가사가 잠긴 목소리로 꺽꺽 말을 이어 가며 뒷걸음했다.

"어젯밤 너랑 테드로스가 황야에 함께 있는 걸 보고, 나한테 너무 화가 났단다." 귀네비어가 한숨을 내쉬었다. "지난 크리스마스에 멀린이 이름을 제대로 말했는데 그걸 의심했다니! 내가 다른 이름을 말했을 때 네 표정을 보고도 눈치채지 못했으니, 어쩜 이렇게 바보 같을 수 있지? 때로는 쉬운 답에 끌려 진실을 놓치게 되나 봐. 난 그런 게 늘 어렵더라고." 귀네비어가 진지한 얼굴로 미소 지으며 상자를 내밀었다. "하지만 이제는 더 이상 실수하지 말아야지."

아가사는 두 눈을 휘둥그레 뜨고 왕관을 바라보다가 상자 뚜껑을 확 닫아 버렸다. "받을 수 없어요! 전 아직 왕비도 아니고, 아무것도 아니라고요……. 아직 목욕도 못 했고……."

"선에게는 왕비가 필요해, 아가사. 더 이상 기다릴 수 없단다." 귀네비어가 단호한 말투로 말했다. "지난 밤 네 친구 호트가 소피를 찾으러 갔는데 이미 사라지고 없더래. 그 아이는 마법의 힘으로 교장에게 돌아갔단다."

아가사는 잠시 아무 말도 할 수 없었다. 그녀가 잘못 들었거나 왕비가 짓궂은 농담을 하는 것이리라. 하지만 귀네비어의 표정은 진지하기만 했다. "뭐라고요? 소피가 교…… 교장한테 돌아갔다고요? 그럴 리가 없는데……. 여길 나갈 방법이 없잖아요……."

"호수의 정령은 선의 편에 선 사람들만 보호할 수 있어. 네 친구가 교장과 함께하기를 원하는 순간 교장은 정령의 마법을 깨고 네 친구를 구해 나갈 수 있지." 귀네비어가 설명했다. "호트는 소피가 사라진 걸 알고 크게 상심하더구나. 교장을 죽이고 소피를 탈출시키기 위해서라면 뭐든 하겠대. 그래서 밤새 나랑 랜슬롯한테 너와 소피 얘기를 들려줬어. 덕분에 우리도 그동안의 상황을 모두 알게 됐지. 그래서 말인데, 소피는 마음속 깊은 곳까지 악의 왕비가 되기로 결심한 게 분명해. 너도 그 애처럼 확신을 가지고 선의 왕비 자리를 지켜야 해. 안 그러면 너랑 내 아들한테는 승산이 없어."

아가사는 "내 아들"이라는 말에 아무 대꾸도 할 수 없었다.

한참 어색한 침묵이 흐른 뒤, 마침내 아가사가 손가락을 꼼지락거려 귀네비어의 손에 들린 나무 상자 뚜껑을 빼꼼 열었다. "내내 왕관을 가지고 계셨던 거예요?"

"아서왕의 왕관은 카멜롯에서 테드로스를 기다리고 있지." 전 왕비가 차분하게 대답했다. "하지만 난 이 왕관을 쓴 채로 성을 도망쳐 나왔어. 그래야 보초들이 날 발견하더라도 공무를 보러 간다고 생각하고 왕을 깨우지 않을 테니까. 그 후 난 이 왕관을 파괴해 버리고 싶었어. 지난 이야기들을 모두 잊고 싶었거든……. 하지만 난 여전히 왕비이고 또 엄마란다, 아가사. 세상으로부터 아무리 도망쳐도 그 사실을 바꿀 수는 없어. 그리고 형편없는 왕비이긴 하지만, 어쨌든 이 왕관의 주인으로서 내가 나의 왕국과 내 아들과 나 자신에게 지켜야 할 의무 중 하나는 바로 계승자에게 이 왕관을 전달하는 거야."

귀네비어는 목소리가 떨리자 마음을 가다듬는 듯 잠시 말을 멈추었다. "아들과 다시 좋은 관계가 될 수 없다는 건 나도 알아. 내가 한 짓을 생각하면 당연하지. 하지만 난 내 아들을 지키기 위해 뭐든 해야만 해. 지금 내가 할 수 있는 최선은 테드로스가 아서왕에게는 없던 훌륭한 왕비를 맞을 수 있게 하는 거란다. 아직 왕관에 대한 확신은 없지만, 때가 되면 왕관을 위해 싸울 준비가 되어 있는 왕비 말이야."

귀네비어가 왕관을 꺼내 햇빛 아래 높이 들어 올렸다. 아가사는 심장이 터질 것 같았다.

"지금이 바로 그때란다."

아가사는 자신이 좀 더 반항하거나 몸을 뒤로 뺄 줄 알았지만…… 그러지 않았다. 그녀의 마음에 변화가 일어난 것이다. 카멜롯의 왕관을 올려다보는 동안 아가사는 두려움과 긴장이 녹아내리는 것을 느꼈다. 귀네비어의 말이 마음속 깊은 곳에 있던 그녀의 또다른 모습을 불러낸 것 같았다. 뚜렷한 목표 의식과 열정이 예전 아가사를 몰아내고 새로운 아가사의 몸을 마치 갑옷처럼 감쌌다. 그녀의 어깨와 가슴은 강철처럼 강해졌다.

귀네비어의 말이 맞다. 이것은 그녀 혼자만의 문제가 아니다.

양쪽이 사랑을 두고 벌이는 전쟁이다.

그녀와 테드로스는 선을 위해 싸우고, 소피와 교장은 악을 위해 싸운다.

옛날 옛적, 아가사와 그녀의 가장 친한 친구는 함께 해피엔딩을 찾으려 했다. 하지만 이제 둘 중 한 사람만이 목표를 이루고 살아남을 수 있게 되었다.

바로 그 순간, 그곳에서 아가사는 자신이 왜 평범한 삶을 살 수 없는지 깨달았다.

평범한 삶은 애초에 그녀의 운명이 아니었던 것이다.

아가사는 지금껏 자신의 이야기가 그녀 자신의 가치와 사랑과 미래 등 오직 스스로를 위한 것이라고 생각해 그 운명을 거부했다. 그것은 너무 큰 부담이었다.

하지만 자신의 운명이 한 개인보다 훨씬 큰 것…… 선 전체를 위한 것임을 깨닫는 순간, 마침내 그 운명을 기꺼이 받아들일 수 있게 되었다.

아가사는 전 왕비에게 천천히 고개를 숙였다. 가느다란 은색 빛줄기가 그녀의 이마를 비추고, 빨간 햇빛이 다이아몬드에 반사되어 폭발하듯 번쩍였다.

아가사는 고개를 들고 귀네비어를 바라보았다. 그녀는 양손을 입 앞에서 마주 잡고 환하게 미소 짓고 있었다.

아가사는 거울을 볼 필요가 없었다. 귀네비어의 표정이 모든 것을 말해 주었다.

갑자기 귀네비어의 얼굴이 창백해졌다. 미소도 사라졌다.

아가사는 휙 뒤를 돌았다. 테드로스가 그들을 바라보며 황야를 가로질러 걸어오고 있었다.

"난 가 볼게……."

"아니에요……. 가지 마세요." 귀네비어가 걸음을 떼려는 순간 테드로스가 만류했다.

풀물이 든 셔츠에 구깃구깃한 반바지를 입은 왕자는 공주를 뚫어지게 바라보며 그녀 곁으로 다가갔다. "다들 그냥…… 가만히 있어요."

왕자가 가까워지자 이슬과 땀 냄새가 풍겨 왔다. 그의 눈에는 피곤의 그늘이 짙게 드리워져 있었다. 왕자는 모든 굴곡과 틈을 기억에 담으려는 듯 손끝으로 천천히 왕관을 쓰다듬었다. 하지만 그의 시선은 한결같이 공주에게 머물렀다. 왕관을 타고 아가사의 뺨으로 내려온 손가락이 그녀의 입술에 이르렀다. 그는 아무 말 없이 허리를 숙여 그녀에게 키스했다. 그녀가 여전히 온전한 예전의 아가사라는 사실을 확인하려는 듯 천천히, 그리고 오래도록 키스했다.

"그거 절대 벗지 마." 왕자가 속삭였다.

"아침 인사도 없이 이래라저래라 명령부터 하는 거야?" 아가사가 장난스럽게 대꾸했다. "게다가 난 왕비인데, 어디에서 감히 명령을!"

"아, 언제는 죽어도 싫다더니 이제 와서 왕비?" 테드로스가 아가
사를 가까이 끌어당겼다.

"내가 원래 뜸을 좀 오래 들이잖아." 아가사가 대답했다.

"그래. 하지만 난…… 왕이니까."

"왕비가 왕 아래라는 거야?"

"그건 아니지만 왕의 명령은 따라야지."

"안 따르면 어쩔 건데? 사형 명령이라도 내릴……." 깔깔대고 웃
던 아가사가 갑자기 돌처럼 굳어 버렸다.

테드로스의 표정도 순식간에 식어 버렸다.

두 사람은 동시에 귀네비어를 향해 고개를 돌렸다. 그녀는 이미
유령처럼 창백한 얼굴을 하고 있었다.

"이게 뭐야?" 랜슬롯의 우렁찬 목소리가 들려왔다. 기사와 호트
가 수풀 속으로 저벅저벅 걸어오고 있었다. "대관식을 하면서 우리
를 초대 안 하면 어떡해?"

"날 초대하는 사람은 아무도 없지." 호트가 투덜거렸다.

하지만 테드로스와 아가사, 귀네비어 중 이들의 말에 반응을 보
이는 사람은 아무도 없었다.

"그 망할 왕관이 사람 힘들게만 하더니, 드디어 제 역할을 좀 하
겠네." 랜슬롯이 다시 입을 뗐다. "왕관 주는 김에 어울리는 드레스
도 한 벌 줘야겠는데. 다이아몬드랑 이 갈색 셔츠는 너무 안 어울리
잖아."

랜슬롯의 말이 끝났지만 아무도 웃지 않았다.

"하루를 아주 거창하게 시작했네." 기사는 포기하지 않고 농담을
이어 갔다. "아가사, 이제 소원 빌고 끝내자. 점심도 먹어야 하고,

할 일도 산더미니까."

아가사가 마침내 그를 바라보았다. "소원을 빌어요?"

랜슬롯이 얼굴을 살짝 찡그렸다. "제대로 된 대관식이라면 그래
야지. 왕관을 머리에 쓴 다음 왕국을 위한 소원을 빌면서 예식을 마
무리하는 거야. 귀네비어가 말 안 해 줬어?"

"내가 꼼꼼하지를 못했네." 귀네비어가 부드럽게 말하며 아들을
바라보았다.

테드로스는 잠시 어머니의 눈을 마주 보았다가 이내 고개를 돌
렸다.

"그럼 제가 소원 빌면 되죠?" 왕자의 표정을 살피던 아가사가 허
리를 곧게 폈다. "우리 다 함께 점심을 먹는 게 제 소원이에요."

테드로스가 고개를 홱 돌려 아가사를 바라보았다.

귀네비어는 얼음이 된 듯 꼼짝하지 않았고, 랜슬롯과 호트는 숨
을 죽이고 분위기를 살폈다.

아가사는 왕자의 두 눈을 똑바로 들여다보며 그의 대답을 기다
렸다.

하지만 테드로스는 새 왕관을 쓴 아가사를 마주 볼 뿐 아무 말도
하지 않았다.

침묵 속에 시간이 흘렀다.

"메뉴가 뭔데요?" 테드로스가 어머니를 향해 고개를 돌리고 물
었다.

귀네비어의 얼굴이 새빨개지더니 파르르 떨리기 시작했다. 그녀
는 고개를 저으며 뜨거운 눈물을 쏟아 냈다.

"오, 오늘…… 오늘은 월요일이라…… 음식이 하나도…… 없
어……."

"음식이 없다니!" 랜슬롯이 대꾸했다. "네 엄마 말 들었니? 이런 게 진짜 사형 선고감이지. 안 그래?"

모두가 경악한 표정으로 랜슬롯을 바라보았다.

하지만 잠시 후 아가사의 입에서 웃음이 터져 나왔다.

아가사를 바라보던 테드로스 역시 킬킬대기 시작했다.

귀네비어는 수년 간 눌러 온 감정을 한꺼번에 쏟아 내며 숨이 넘어갈 듯 오열했다. "하나도…… 하나도 재미없어……."

왕자가 팔을 벌려 어머니를 끌어안자, 그녀는 아들의 가슴에 얼굴을 묻고 어깨를 들썩였다. "어머니, 저희가 다 알아서 할게요. 걱정 마세요." 왕자가 속삭였다.

귀네비어와 테드로스를 바라보는 아가사도 감정이 벅차올랐다. 그들에게는 둘만의 시간이 필요했다…….

"점심 준비는 저랑 여기 두 사람이 하면 돼요." 아가사가 랜슬롯에게 눈짓을 하고 호트의 손을 낚아채듯 잡으며 말했다.

"나?" 호트가 툭 내뱉듯 말했다. "저 꼴사나운 왕자는 왜 안 하는데? 나 한숨도 못 자고 아침 내내 돼지들이랑 씨름했다고. 너랑 쟤는 어젯밤에 헛간에서 둘이 알콩달콩……."

아가사가 손톱으로 손목을 찌르자 호트가 꽥 소리를 질렀다. "음식 가지고 곧 돌아올게요." 아가사가 호트를 잡아끌며 말했다.

"음식이 어마어마하게 많이 필요할 거다."

아가사는 깜짝 놀라 소리 나는 쪽으로 고개를 돌렸다. 여러 사람의 실루엣이 타오르는 불꽃 속에서 성큼성큼 황야로 걸어 나오고 있었다.

멀린의 뒤로 헤스터, 아나딜, 도트, 피터 팬, 팅커벨, 신데렐라, 피노키오, 잭, 잠자는 숲속의 미녀, 헨젤, 그레텔, 빨간 망토, 유바, 하얀 토끼, 그리고 우마 공주가 나타났다. 피곤하고 초췌한 모습의 그들은 하나같이 얼빠진 표정으로 이 마법의 황야를 둘러보고 있었다. 마치 지옥에서 비밀 통로를 통해 천국에 넘어온 사람들 같았다.

"점심 메뉴는 내가 해결하마." 멀린이 말했다. "내 모자가 불평을 늘어놓긴 하겠지만 말이다. 아침 식사 준비해 내느라 아직 기운을 다 못 차렸거든. 그래도 어쩌겠니? 의논할 건 많고 시간은 없…….'"

마법사가 갑자기 말을 멈췄다. 왕관 쓴 아가사를 발견한 것이다. 그의 뒤에 선 다른 사람들도 마찬가지였다. 황야는 감동의 침묵으로 가득 찼다.

멀린이 커다란 파란 눈을 반짝이며 미소 띤 얼굴로 조용히 속삭였다. "어둠 속에서 왕비가 나타났구나."

늙은 마법사는 천천히 아가사 앞에 한쪽 무릎을 꿇고 머리를 숙였다. 다른 사람들도 모두 그를 따랐다. 그다음은 귀네비어, 랜슬롯, 그리고 호트가 무릎을 꿇었고…… 아가사를 똑바로 바라보던 테드로스도 마침내 무릎을 굽혀 그녀에게 예를 표했다.

죽어 가는 태양 아래 자신 앞에 무릎을 꿇은 영웅들을 바라보며, 아가사는 두 번째 소원을 빌었다. 선이 바라는 모습의 왕비가 되는 것이었다.

"별일도 아닌 거 가지고 호들갑은!" 신데렐라가 모두 들으라는 듯이 투덜거렸다. "꼭 할머니 왕관 훔쳐 쓴 기린 같구먼."

하지만 집을 향해 걸음을 옮기는 영웅들 사이에서는 조용히 훌쩍이는 소리가 들려왔다. 아가사는 늘 투덜대던 늙은 공주의 눈에 맺힌 눈물을 보았다.

27

반항하는 사람들

"멀린이 선인 왕국들을 결집해서 우리한테 맞서면 어떡하죠?" 맨리 교수가 물었다.

"다시 한 번 말씀드리지만, 선은 방어합니다. 공격하지 않아요. 우리가 쳐들어가지 않는 한 선인 왕국이 우릴 공격하는 일은 없습니다." 라팔이 으르렁거리며 대답했다. "게다가 그들이 늙은 영웅 몇 명 살리자고 자기 목숨을 희생하지는 않을 거예요. 물론 가만히 있어도 목숨을 구할 수 있는 건 아니죠. 소피와 내가 악이 승리할 수 있다는 사실을 증명하고 나면, 우린 선인 왕국을 하나하나 파괴할 겁니다."

"우리 학생 중에 선 쪽 스파이가 더 있을 수도 있잖아요." 식스 교수가 말했다.

"우마 공주가 동물 군대를 이끌고 올 수도 있죠." 폴룩스도 거들었다.

"우리 학생들이 동물과 싸워 이길 능력이 없다고 생각하신다면, 폴룩스 교수님은 대체 아이들한테 뭘 가르치신 것인지 묻고 싶군요." 젊은 교장이 날카롭게 맞받아

쳤다. "그리고 식스 교수님, 스파이는 걱정 마세요. 얼음 감옥에 갇힐 것을 알면서 반항하는 사람은 이제 없을 겁니다."

"반항하는 사람이 이렇게 많은데, 참." 카스토르가 중얼거렸다.

한편 소피의 귀에는 이들의 논쟁이 들어오지 않았다. 그녀는 레소 부인의 얼음 교실 뒤편에 마련된 음식을 보고 있었다. 라팔이 교수 회의에서 점심을 제공하겠다고 약속했는데 정작 음식이라고 나온 것은 비린내 나는 고등어와 타 버린 감자, 그리고 딱딱하게 굳은 치즈였다. 음식에 정신이 팔려 있던 소피는 얼음벽에 비친 자신을 발견하고 흠칫 놀랐다. 왕자를 따라 아발론에 갔던 자신감 없고 어쩔 줄 모르는 여자아이는 어디론가 사라지고, 뾰족한 왕관을 쓰고 사악한 기운을 풍기는 드레스를 입은 위풍당당한 왕비가 그 자리에 있었다. 전날 유명한 악당들과 학생들 앞에서 그들의 새 지도자로서 대관식을 치르고 난 후, 소피는 마침내 진정한 자신을 찾은 기분이었다. 그녀는 주머니 속에 넣어 둔 멀린의 하얀 별을 흘끗 바라보았다. 마법사는 악을 향한 충성심을 그녀 스스로 되돌아보기를 바라며 그 별을 남겼을 것이다. 하지만 별은 오히려 그녀의 충성심을 더욱 강화했다. 늙어 빠진 그 두 얼굴의 마법사 역시 아가사와 마찬가지로 그녀를 내내 이용했다. 그들에게 소피는 목적을 이루기 위한 수단에 불과했다. 선이라는 커다란 바퀴 속 하나의 톱니였고, 속이기 쉬운 꼭두각시였다.

그런 생각을 가진 사람을 어떻게 선이라 할 수 있겠는가?

그 약삭빠른 참견꾼을 얼음 감옥에 던져 넣을 수만 있다면 무엇이든 할 텐데! 멍청한 망토와 못돼 먹은 모자와 쉴 새 없이 농담을 쏟아 내는 그 주둥아리도 싹 다 얼려 버릴 수만 있다면! 소피는 다음 기회가 생기면 반드시 자기 손으로 죄수들을 얼음 감옥에 넣어 버리리라 다짐했다.

그녀는 다시 초라한 음식들을 보다가 교수들을 향해 눈을 돌렸다. 맨리 교수, 식스 교수, 카스토르와 폴룩스, 레소 부인까지 모두 그 구역질 나는 음식을 접시에 가득 담아 놓고 있었다. 이번 모임에 빠진 사람은 애릭 학장 하나였다.

"지금 우리가 당면한 가장 큰 문제는 모든 악인 학생을 예전 선의 학교에 밀어 넣어 둔 겁니다. 이 멍청한 악인들은 학교 건물에 대해 아는 게 없어요." 카스토르가 투덜거렸다. "옷장에 갇혀서 못 나오지를 않나, 비밀 통로로 자꾸 떨어지지 않나……. 뭐가 어디에 있는지도 모르는 애들이 어떻게 학교를 지키겠습니까?"

"가장 큰 문제는 음식이에요." 소피의 목소리가 교실 안에 울려 퍼졌다.

모두 그녀를 향해 고개를 돌렸다.

"왕비까지 참석한 교수 회의에서 이런 음식이 나오면 학생들은 대체 뭘 먹고 있는 거죠?" 소피는 레소 부인이 쓰던 얼음 책상에 앉아 보란 듯이 옆에 나란히 앉은 라팔의 팔 밑에 자신의 팔을 쓱 밀어 넣고 말을 이었다. "이제 왕비가 되었으니 몇 가지는 내 마음대로 바꿔도 되잖아요. 제대로 못 먹어서 퉁퉁 부은 애들을 데리고 무슨 전쟁을 하겠어요? 내 말이 맞죠?"

젊은 교장은 다른 교수들과 마찬가지로 놀란 표정을 지을 뿐 선뜻 입을 열지 못했다. 잠시 후 그는 소피의 뺨을 부드럽게 쓰다듬었다. "물론이지."

"좋아요!" 소피는 폴룩스를 매섭게 노려보았다. "음식 좀 바꾸세요."

폴룩스는 똥물을 뒤집어쓴 표정이었다.

"라팔······." 레소 부인이 헛기침을 하고 입을 열었다.

"교장 선생님이라고 하셔야죠." 소피가 그녀의 말을 잘랐다.

레소 부인의 시선이 소피를 향했다. 그녀는 사람 행세를 하려고 용을 쓰는 인형을 보듯 재미있다는 표정을 짓고 있었다.

"교장 선생님." 레소 부인이 바보 같은 웃음을 지으며 다시 교장을 불렀다. "동료 교수님들은 성급한 아이 같은 태도로 전쟁에 접근해서는 안 된다는 말씀을 하시는 겁니다. 최고 악인이라고 할 만한 헤스터와 아나딜이 선의 스파이가 된 판국에, 다른 아이들이 우리의 이상에 충실하리라고 어떻게 장담하겠습니까? 세 그룹으로 나뉜 탓에 지금은 반항심을 드러내지 못하고 있지만, 마음 깊은 곳에 박혀 있는 충성심은 변하지 않을 겁니다. 선택의 순간이 왔을 때 이들 중 누가 우리와 함께 싸우고 또 누가 우리에 맞서 싸울지 알 수 없습니다. 특히 가족 중 선을 위해 평생 싸워 온 사람이 있는 선인 학생들은 더욱 의심해 봐야죠. 그리고 솔직히 말씀드립니다만, 만약 이 의견에 동의하지 못하신다면 그건 젊어진 육신이 교장 선생님의 판단력을 약화시켰기 때문일 겁니다."

소피가 발끈하며 입을 열었다. "젊은 학생들의 생각이라면 저와 라팔이 교수님보다 더 잘고 있어요."

"그래요?" 학장은 어느새 웃음기가 싹 사라진 얼굴로 소피를 바라보았다. "제가 보기에 이 학교에는 기회만 생기면 왕비께 달려들 학생들이 차고 넘치는데요."

소피는 라팔의 팔에 힘이 들어가는 것을 느꼈다. 전능한 마법사인 줄만 알았던 교장이 갑자기 소심한 10대 소년처럼 보였다. 교수들이 자신을 이렇게 의심하는 것을 그냥 두고 보다니!

소피는 가슴을 앞으로 쭉 내밀며 다시 나섰다. "레소 교수님, 교장 선생님의 판단력을 의심하는 건 도가 지나친…….”

“그래서 어쩌자는 겁니까, 레소 부인?” 라팔이 왕비의 말을 끊고
물었다.

소피는 입을 다물었다.

“학생들은 아예 전쟁에 참여시키지 말자는 겁니다. 옛 악당들을
숲으로 데리고 가서 숨어 있다가 멀린의 부대를 기습하면 되죠. 그
들이 학교에 오기 전에 어둠의 군대로 끝장내면 되지 않겠습니까?
학생들은 학교 울타리 안에 가만 두고요.”

“맞는 말씀이에요.” 맨리 교수는 레소 부인과 입을 맞춘 듯이 그
녀를 거들었다. “학생들이 끼어 봤자 오히려 방해만 될 겁니다.”

“학장님 말씀대로 하면 스파이 활동이나 방해 공작도 막을 수 있
겠군요.” 식스 교수도 학장의 제안에 동의 의사를 표현했다.

“죽는 아이도 없을 테고요.” 카스토르도 덧붙였다. 모두가 같은
의견임이 점점 분명해졌다.

(폴룩스는 카스토르가 그런 말 하는 것은 처음 본다는 듯이 얼굴을 살짝 찌푸
렸다.)

“늙은 악당들이 전쟁터에서 싸우는 동안 젊은 학생들은 느긋하
게 여기 앉아 있겠다?” 소피가 믿을 수 없다는 표정으로 교수들을
노려보았다. “그럼 용맹하고 잘나신 우리 교수님들께서는 전장에
코빼기도 보이지 않으시겠군요?”

“학생들을 두고 갈 수는 없으니까요. 배신자가 나올지도 모르는
데 감독할 사람이 없으면 큰일 아닌가요?” 레소 부인 역시 날카로
운 눈으로 소피를 노려보았다. 왕관으로 그녀의 입을 틀어막기라
도 할 태세였다.

라팔은 교수들을 향해 차갑게 미소 지었다. “교수님들은 학생들

의 충성심을 걱정하는 게 아닙니다. 그렇죠? 우리가 이기지 못할까 봐 그러는 거예요. 내가 다시 젊어졌기 때문에 이 전쟁에서 질 거라 생각하고 있죠."

"젊음은 무모한 낙관론과 다른 젊은 목숨을 기꺼이 희생하고자 하는 마음을 동반하지요. 둘 다 전쟁에 유용한 특성은 아닙니다." 레소 부인이 대꾸했다. "자기편이라고 생각했던 사람들 중 반이 실은 자기편이 아닌 경우에는 특히나 그렇죠."

라팔은 레소 부인을 똑바로 마주 보고 있었지만, 소피는 그가 더 크게 흔들리는 것을 느낄 수 있었다.

소피는 교장이 레소 부인에게 벌을 내려 악의 주인으로서 그의 힘을 모두에게 증명하기를 바랐다.

하지만 젊은 교장은 한 손으로 옷깃을 긁적이며 기분 나쁜 표정으로 고개를 돌려 버렸다. "쓸데없이 열변을 토하셨네요, 레소 부인. 교수님들이 말씀하시기 전부터 전 이미 학생들을 학교에 남겨 두려고 생각하고 있었거든요."

"어련하겠어." 카스토르가 또다시 혼잣말을 중얼거렸다.

소피는 라팔의 허리를 슬쩍 찔렀다. "학생들을 학교에 남겨 둔다고요? 정말 그렇게……."

그때 문이 벌컥 열리고 애릭이 교실 안으로 뛰어 들어왔다. "그 악마 문신한 놈이 저한테 무슨 짓을 했는지 알면서 어떻게 놓칠 수가 있죠?" 애릭이 씩씩거리며 말했다. 이마의 '**변태 새끼**' 글자가 붉게 달아오르고 있었다. "진작 배를 갈라서 파이에 넣어 먹어 버려야 한다고 말했잖아요."

"그렇게 하면 다른 학생들의 충성심을 퍽이나 고양시킬 수 있겠구나." 레소 부인이 비꼬듯 말했다. "너랑 여기 젊은 교장 선생님은 성질 급한 10대 남자아이들로 교수진을 모조리 교체해야 할 것 같아. 탑 이름도 경솔, 오만, 폭행으로 바꿔야겠다."

애릭이 그녀에게 얼굴을 들이밀고 한 손으로 그녀의 목을 졸랐다. "나한테서 그 조그만 악마 놈을 떼어 내 줬다고 그따위로 말하는 거예요? 불쌍한 아들놈이 다쳤으니 다른 선생 몇 명 불러 도움을 요청해 놓고, 그동안의 잘못을 다 용서받은 거라 생각해요?" 그가 침을 튀기며 으르렁거렸다. "애초에 그 마녀 스파이가 날 공격한 건 어머니 때문이에요. 지난 2년 동안 그 애를 가르친 게 당신이니까. 자기 학교 학장을 공격한 것을 보면 그동안의 교육이 잘못된 게 분명하죠." 애릭이 목을 감싸 쥔 손에 더욱 힘을 주었다. "하지만 어머니는 옛날 학장이고 난 새 학장이에요. 당신이 나가고 내가 들어오면 학교는 내 방식으로 운영될 거라는 뜻이죠. 어머니는 생각보다 빨리 이 학교를 떠나게 될 거예요. 내가 장담하죠."

레소 부인이 숨이 막혀 켁켁대기 시작했다.

"어머니를 죽이려거든 전쟁이 끝난 후에 해라." 라팔의 말투가 사뭇 진지하게 느껴졌다.

애릭도 눈치를 챘는지 어머니를 향해 능글맞게 웃으며 그녀의 귀에 입을 가져다 댔다. "어머니를 죽이기 전에, 어머니의 오랜 친구인 요정 할머니를 먼저 죽일 거예요. 이름이 더비랬죠? 어머니는 내가 맨손으로 그 사람 심장을 꺼내는 광경을 보게 될 거예요." 말을 마친 그는 재빨리 레소 부인의 목에서 손을 떼고 뒤로 물러섰다. "알겠습니다, 교장 선생님. 말씀 계속하시죠."

레소 부인의 얼굴에는 아무런 표정이 없었다. 하지만 아들이 자리에 앉기 위해 몸을 돌리자, 그녀의 눈이 공포로 파르르 떨리기 시작했다. 그녀는 애릭의 손자국을 지우려는 듯 목을 쓸어내렸다.

"그럼 전쟁 계획은 정해진 겁니다." 라팔이 본론으로 말을 돌렸다. "멀린과 그의 영웅들이 가까이 오면 늙은 악당들이 숲에 숨어 있다가 그들을 기습합니다. 젊은 학생들은 교수님들 감독하에 성을 지키고요. 학생들에게는 전쟁이 날 때 뒤에 남아 있을 거란 말은 하지 마세요. 다음 주가 되면 학생들은 악당들과 함께 혹독한 전쟁 대비 훈련을 하게 될 겁니다. 멀린의 영웅 중 하나라도 어둠의 군대를 뚫고 이 학교에 들어올 경우를 대비해야죠. 훈련을 지휘할 사람은……"

"제가 하겠습니다." 애릭과 레소 부인이 동시에 소리쳤다.

라팔은 레소 부인 쪽은 쳐다보지도 않고 애릭을 향해 고개를 끄덕였다.

"저한테 더 좋은 생각이 있어요." 소피가 말했다.

라팔과 애릭, 그리고 교수 전원이 그녀를 향해 고개를 돌렸다.

"아까 음식 얘기처럼 기막힌 아이디어면 좋겠네." 또다시 혼잣말을 중얼거린 카스토르가 이번에는 참지 못하고 웃음을 터뜨렸다.

"감히 어디에서!" 소피가 화난 목소리로 외쳤다.

교실은 찬물을 끼얹은 듯 조용해졌다.

"난 왕비예요." 소피가 교수들을 향해 슬금슬금 걸음을 옮기며 말했다. "학생도 아니고, 교수도 아니고, 둘 모두의 주인이죠. 여기 젊은 교장도 마찬가지예요. 그런데 여러분은 교장을 바로 앞에 앉혀 놓고 무시하고 있네요. 악을 향한 학생들의 충성심이 흔들리는 것도 무리가 아니에요. 늙고 엄격하기만 한 교수들은 젊음의 가치를 몰라보고, 그나마 하나 있는 젊은 학장은 자기 자신을 지킬 줄도 모르니까 말예요." 그녀는 상어처럼 교수들 주변을 돌며 애릭을 흘끗 바라보았다. "하지만 오늘부터는 달라져야 할 겁니다. 이제 내가 있으니까요. 처음 교수로 지명되었을 때, 난 거부했어요. 난 선인이라는 믿음이 여전히 마음 깊은 곳에 있었기 때문이죠. 나 같은 독자들은 그렇게 배우거든요. 아무리 힘든 상황에서도 결코 선에 대한 믿음을 잃지 말라고요. 선의 학교 탑에는 용맹, 명예, 순수, 관용이라는 이름이 붙어 있죠……. 그런데 내가 힘들 때 이런 가치들을 내게 보여 준 건 선이 아니라 악이었어요. 규칙에 따르면 선은 방어하고, 용서하고, 도와주고, 베풀고, 사랑한다죠? 하지만 내 이야기에서 이 규칙을 증명한 것 역시 악이었어요. 난 라팔이 내내 내게 알려 주려 했던 게 뭔지 깨달았죠. 누군가는 빛에서 힘을 얻는 것처럼, 분노와 어둠과 고통에서 힘을 얻는 반항적인 사람들도 있다는 사실이었어요. 내 심장은 악을 위해 뛰지만, 그렇다고 내가 사랑을 할 수 없는 건 아니죠. 행복을 찾을 수 없다는 뜻도 아니에요. 단지 내 안의 어둠을 몰아내려 하지 않고, 반대로 품어 주는 사람을 만나 사랑해야 했죠. 그것이 바로 이 세상을 바꿀 사랑이에요. 이 전쟁에서 우리를 승리로 이끌 사랑, 학생들에게도 가르쳐야 하는 사랑이죠."

소피가 말을 멈추자 교실 안에 잔잔하게 메아리가 울려 퍼졌다.

"지난 2주 동안 난 멀린, 테드로스, 아가사와 함께 있었어요. 형편없는 선인 영웅들과 좁은 동굴에서 얼굴을 맞대고 살기도 했죠. 난 그들의 약점을 알기에 그들을 이기는 법도 알아요. 그럼에도 불구하고 여전히 내가 미덥지 못하다면, 이걸 기억하세요. 어떤 왕국에서든 대관식은 왕비가 왕국을 위해 소원을 비는 것으로 마무리 된답니다. 난 대관식 할 때 소원을 못 빌었으니 지금 하겠어요. 내 소원은 내가 이 학교에 처음 왔을 때 하지 못했던 일을 이번에는 제대로 해내는 거예요. 선을 상대로 한 이 전쟁을 지휘하고, 정의가 우리 편에 있음을 이해하는 거죠. 여러분 중에는 악이 승리할 수 없다고 생각하는 분도 있을 거예요. 그런 분은 학생들과 함께 뒤에 남아서 두려운 미래를 피하시면 됩니다. 하지만 난 그런 사람이 아니에요. 난 어둠의 군대를 전쟁에 대비시키고, 라팔과 함께 최전선에 서겠어요. 악이 승리할 수 있다는 걸 모두에게 보여 주기 위해서라면 뭐든 할 거예요. 이건 이제 저 혼자만의 이야기가 아니라 우리 모두의 이야기이기 때문이죠. 더 많은 반항 세력이 해피엔딩을 맞이할 수 있다면, 내 목숨을 희생할 가치는 충분해요."

소피는 가슴이 뛰고 볼이 발갛게 물들었다.

교수들은 그녀를 빤히 바라보았다. 낄낄대거나 비웃는 사람은 아무도 없었다. 그들의 눈은 새로운 희망으로 반짝이고 있었다. 마침내 악에게도 기회가 온 것이다.

라팔이 소피의 손을 꽉 쥐고 자랑스러운 표정으로 말했다. "훈련을 지휘할 사람은 정해진 것 같군요."

소피는 그런 교장을 향해 당당한 미소를 지어 보인 후, 자기 제자가 이토록 훌륭하게 성장한 것을 보고 자랑스러운 표정을 짓고 있을 레소 부인에게 고개를 돌렸다.

하지만 레소 부인의 표정은 그녀의 기대와 전혀 달랐다.

점심이 다 차려지자 멀린이 헛기침을 했다. 이야기를 시작하려는 것이었다. 하지만 모두 음식에 정신이 팔려 그에게 관심을 주는 사람은 아무도 없었다.

열세 명의 늙은 영웅과 세 명의 젊은 마녀, 전 왕비와 그녀의 기사, 미래 왕비와 왕, 그리고 사랑을 잃은 족제비 소년까지 스무 명이 넘는 사람들의 식사를 준비해야 했던 멀린의 모자는 부엌에 숨어 남몰래 비명을 지르며 스트레스를 쏟아 냈다. 그리고 잠시 후, 은 접시들이 부엌문을 활짝 열고 식당 방으로 날아들었다. 송로가 든 게 샐러드, 비트 젤리와 사슴고기 카레, 시트러스 마리네이드 소스를 얹은 잘게 썬 오리 고기, 햄을 올린 피타 피자, 요거트와 민트를 섞은 올리브 타프나드, 회향과 야생화 샐러드, 그리고 바삭한 벌집 조각을 올린 초콜릿 컵케이크 등 각양각색의 맛있는 음식으로 식탁은 금세 가득 차 버렸다.

늙은 영웅들은 숲에서 고초를 겪으며 제대로 먹지 못했고, 젊은 이들 역시 아침을 굶은 상태였기에 식당은 곧장 전쟁터로 돌변했다. 사람들은 서로를 밀치고 음식을 향해 팔을 쭉 뻗었다. 아가사도 피자와 케이크를 쟁취하는 데 열중하느라 테드로스가 어디 있는지 찾을 생각을 못 했다. 식사가 끝난 후에도 그녀는 왕자를 찾지 않았다. 너무 많은 음식을 너무 빨리 먹은 탓에 서재 소파 뒤에 숨어서 배를 움켜쥐고 몰래 트림을 해야 했던 것이다. 슬쩍 고개를 들어 집안을 둘러본 그녀는 다른 사람들의 상황 역시 그녀와 다르지 않다는 사실을 발견했다. 손님들은 늙은이, 젊은이 할 것 없이 모두 집안 구석진 곳을 찾아가 더부룩한 배를 부여안고 괴로워하거나 식곤증에 빠져 기절하듯 늘어져 있었다.

아가사는 하품을 하고 눈을 감았다. 밀려오는 식곤증에 몸을 맡기려는 생각이었다. 바로 그때 엉덩이 셋이 바닥에 털썩 떨어지는 소리가 들려왔다.

"너희를 학교에 들였다가 탈출시키느라 우린 목숨을 잃을 뻔했는데, 소피가 반지 파괴하게 만드는 거 하나 제대로 못 하니?" 헤스터의 목소리가 날카롭게 그녀의 귀를 파고들었다.

아가사는 번뜩 눈을 떴다. "노력했는데……."

"일단 그 왕관부터 어떻게 해라. 친구들이랑 얘기하면서 그게 뭐냐? 가식적이야." 아나딜이 말했다.

아가사는 자신이 왕관을 쓰고 있다는 사실을 까맣게 잊고 있었다. 그녀는 재빨리 왕관을 벗어 등 뒤로 숨겼다.

"나 한 번만 써 봐도 돼?" 도트가 초콜릿으로 변한 피자 조각을 입안 가득 물고 말했다. "나한테 잘 어울릴 것 같아."

"그 머리에 들어가기나 하면 다행이다." 헤스터가 중얼거렸다.

도트는 들고 있던 피자 조각을 헤스터에게 집어 던지고, 그녀의 뺨을 손바닥으로 찰싹 때렸다. "이 재수 없는 인간아! 너 지금 얼마나 말도 안 되는 소리 하고 있는지 알아? 마녀 집회에 남으려면 다시 살을 찌우라고 해 놓고, 이제 와서 이렇게 놀리는 게 말이 되냐? 내가 이렇게 뚱뚱해져야 네 마음이 편할 만큼 넌 그렇게 자신이 없어? 너 사람 아주 잘못 봤어. 난 내가 어떤 모습이든 나 자신을 사랑해. 네가 무슨 말을 하든지 내가 스스로 못생겼다고 느끼는 일은 없을 거야. 왠지 알아? 내 내면은 절대 추해지지 않을 거니까! 그게 너랑 나의 차이점이야."

헤스터는 미친 곰을 바라보듯 입을 헤벌리고 도트를 보았다. "아가사, 그 망할 왕관 빨리 줘라. 안 그러면 애 계속 이러겠어."

도트는 아가사의 손에서 왕관을 낚아채듯 건네받고, 놋쇠 주전자 표면을 바라보며 왕관을 머리에 밀어 넣었다. (위아래가 뒤집히고 앞뒤도 바뀌었지만 누구도 입을 벙긋하지 않았다.)

"무슨 얘기 했더라?" 아나딜이 마침내 침묵을 깨고 입을 열었다. "아, 맞다. 아가사가 계획을 망쳤단 얘기를 하고 있었지."

처음 보는 도트의 반항적 모습에 잠시나마 즐거웠던 아가사의 마음은 다시 어두워졌다. "나 정말 소피를 설득해서 반지를 파괴할 수 있을 거라고 생각했어. 지난 며칠 동안은 사이도 엄청 좋아졌거든. 우리 둘 다 예전 모습으로 돌아간 것 같았어. 소피가 내 말을 들을 줄 알았는데……." 그녀가 두 사람의 마지막 순간을 떠올리는 순간, 죄책감이 밀려왔다. "기회가 있었는데 내가 그 기회를 못 잡고……."

"하나하나 변명할 필요 없어, 아가사. 네가 어떻게 했어야 하는지 따지자는 게 아니야." 헤스터가 어색하게 동정심을 내보이며 아가사의 말을 끊었다. 조금 전 도트의 말에 상처를 받은 게 분명했다. "네가 이 세계에 들어온 첫날부터 우리가 경고했잖아. 우리 셋 모두 말이야. 소피가 악의 학교로 배정을 받은 데에는 다 그럴 만한 이유가 있어. 네가 아무리 걔를 사랑하고 바꾸려 노력해도, 소피는 결국 악으로 돌아가게 돼 있는 거야."

"악의 왕비까지 될 줄은 우리도 몰랐어." 아나딜이 헤스터의 말을 이었다. "이제 소피가 교장의 반지를 파괴하게 하려면……."

순간 마녀들의 얼굴은 고요한 파멸의 그림자로 어두워졌다. 아가사는 식사 전 멀린이 헛기침을 했을 때, 왜 모두가 그를 못 본 척 외면했는지 이제야 이해할 수 있었다. 그들은 진실을 마주하기 전에 잠시나마 평화로운 시간을 만끽하고 싶었던 것이다.

교장을 죽이고 그의 계획을 막을 수 있는 유일한 방법은 소피가 그의 반지를 파괴하는 것이었다. 그러나 이제 소피는 악에게 돌아갔고 그녀가 악의 반지를 파괴할 가능성은 없다는 것, 바로 그것이 그들이 외면하려 한 진실이었다.

"소피가 학교로 돌아간 후 본 적 있어?" 아가사가 부드러운 목소리로 물었다.

"우리가 비밀 통로 지나서 널 처음 봤을 때랑 같은 상황이었지.

소피도 새 왕관을 쓰고 있었거든." 헤스터가 대답했다.

"물론 대관식 참석자는 그쪽이 400명 정도 더 많았어." 도트가 여전히 놋쇠 주전자에서 눈을 떼지 못하며 덧붙였다.

"솔직히 예쁘긴 하더라." 아나딜이 생각에 잠긴 얼굴로 말했다. "잘생긴 남자애랑 팔짱 끼고 동화의 전당 복도를 걸어 들어오는 걸 보니까 예전 소피 생각이 나더라고. 자긴 남들보다 중요한 운명을 타고났다고 믿던 그 시절 소피 말이야. 그런데 이상한 건 소피가 너무 침착하고 차분했다는 거야. 무사마귀투성이 미친 마녀였을 때는 아무나 막 공격해 댔는데, 그때랑은 전혀 달랐어. 악을 통해서 마침내 해피엔딩에 이르는 길을 찾은 사람 같았거든."

"악도 승리할 권리가 있다고 말하는 것 같았지." 도트가 고개를 끄덕였다.

"악이 마치 선이 된 것 같더라고." 헤스터가 이야기를 마무리 지었다.

아가사는 소피를 떠올렸다. 며칠 전 두 사람이 황야를 함께 걸을 때 그녀의 머리에 다정하게 얼굴을 비벼 대던 소피, 핑크 드레스를 입고 얌전 빼면서 선인 공주가 되기를 꿈꾸던 소녀, 유리 성을 그리고 미래의 왕자님 이름을 상상하고 자신의 운명의 적이 될 악인은 어떤 모습일지 상상하던 그녀의 가장 친한 친구……. 반면 아가사는 태어날 때부터 악인으로 낙인찍혔고, 오히려 그런 시각에 동조하는 척하며 사람들에게 앙갚음을 했다. 그녀는 검은 드레스를 입고 묘지에 숨어 살면서 끔찍하게 생긴 고양이를 길렀다……. 하지만 일부러 '그런 척'하던 모습은 점점 실제가 되어 버렸고 그녀는 어느새 스스로를 마녀라고 믿게 되었다.

그렇게 살아온 두 사람의 운명이 이제 판가름 났다. 아가사는 선의 왕비가 되었고, 소피는 악의 왕비가 되었다.

"어쩜 이렇게 엉망이 될 수가 있지?" 아가사가 나직이 속삭였다. "가장 친했던 친구 두 사람이 적이 되어 전쟁을 치르게 되다니! 우리 둘은 여전히 서로 사랑하는데 말이야."

"이건 개인 사이의 싸움이 아니야. 그보다 훨씬 더 큰 것을 위한 전쟁이지." 헤스터가 말했다.

아가사는 고개를 푹 숙였다. "〈아름다운 외모 만들기〉 수업에서 어떻게 살아남을까 걱정하던 때가 그립다."

"외모 얘기가 나와서 말인데, 호트, 학교에 있을 때보다 더 멋있어진 것 같지 않니?" 도트가 바닥에 떨어진 초콜릿 피자를 들어 입에 넣으며 말했다. "집에 들어올 때 봤는데, 들판에서 일하느라 까무잡잡하게 탄 데다 볼에는 진흙 얼룩이 묻은 모습이 완전히 상남자더라니까. 내가 그런 거친 스타일 좋아하는 거 알지? 그래서 로빈 후드한테 잠깐 빠졌었잖아. 어쨌든 내가 걔 뒤로 몰래 다가가서 냄새를 맡아 봤는데 진짜 남자 냄새가 났어. 옛날에 개구리 잠옷 입고 베이비파우더 냄새 풍기고 다니던 그 꼬맹이가 아니었다니까. 그래서 생각했지. 이 집에 방도 많지 않은데 멀린을 만나서 나랑 걔랑 같은 방 쓰게 해 달라고 말하면……."

"목에 칼이 들어와도 안 돼!" 구석에서 고개를 쑥 내민 호트가 집이 떠나가라 소리쳤다.

헤스터는 악마 문신을 씰룩이며 그를 노려보았다. "진짜로 목에 칼 한번 대 줘?"

호트는 혼잣말로 투덜거리며 벽 뒤로 조용히 사라졌다.

헤스터는 동그란 눈으로 자신을 바라보는 도트와 눈이 마주쳤다. "왜 또 그래?"

"너 방금 내 편 들어 준 거야?"

"왕관 쓴 꼴이 하도 멍청해 보여서 그랬다." 헤스터가 짜증스럽게 대답했다.

모두 웃음을 터뜨렸다. 도트 역시 마찬가지였다.

"뭐가 그렇게 재밌어?"

테드로스가 손가락에 묻은 요거트를 핥아 먹으며 다가왔다.

"웩. 귀찮은 껍딱지 납셨네." 헤스터가 신음했다.

"너희는 참 일관성 있게 못됐구나. 같은 편이 됐는데도 좋아지질 않네." 왕자가 지지 않고 대꾸했다.

"우린 가자." 헤스터가 자리에서 일어서며 마녀들에게 말했다. "응석받이 왕자 냄새만 맡아도 토할 것 같아."

아나딜과 도트는 재빨리 헤스터를 뒤따랐다. 하지만 테드로스는 더 빠른 속도로 도트의 머리에 끼인 왕관을 낚아챘다.

그는 마녀들이 멀어질 때까지 기다렸다가 아가사에게 시선을 돌렸다. "나 진짜…… 그러니까 나 혹시…… 냄새나?"

"헤스터는 리퍼를 귀엽다고 생각하는 애야." 아가사가 대답했다.

"무슨 말인지 알겠군." 테드로스가 아가사 옆에 앉았다. 여전히 풀물이 든 셔츠에 다 해진 반바지 차림이었지만 목욕을 하고 온 것이 분명했다. 그의 젖은 머리카락에서는 귀네비어가 욕조 옆에 놓아둔 차 향 비누 냄새가 풍겨 왔다. 왕자는 몸을 기울여 그녀의 머리에 다시 왕관을 씌워 주었다.

"이럴 줄 알았어." 아가사가 한숨을 내쉬었다. "난 사실 진짜 왕비도 아니잖아, 테드로스. 먼저 네가 왕이 되어야 하고……."

"일주일 후면 될 거야."

"그때까지 우리가 살아 있을 가능성이 점점 줄고 있어." 아가사가 다시 기운 없는 목소리로 말했다. "설사 우리 둘 다 살아서 네가 왕이 된다 해도, 난 왕비가 되기에는 너무 어려……. 내 말은 공식적으로…… 그러니까 왕비가 되려면 공식적으로……."

"누구도 그런 걸 강요하지 않아." 테드로스가 그녀의 왕관을 바로잡으며 말했다. "하지만 넌 이미 나의 왕비야. 나에게는 너뿐이야. 그래서 이걸 쓰고 있는 걸 보는 게 너무 좋아. 네가 왕관을 쓰고 있는 한 날 사랑한다는 뜻일 테니까. 그동안 우리는 서로를 많이 오해했잖아. 이런 눈에 보이는 증거가 있으면 훨씬 도움이 되지 않겠어?"

아가사가 코웃음을 쳤다.

"너도 말해 봐. 내 사랑을 너에게 보여 줄 수 있는 방법 말이야." 테드로스가 재촉하듯 말했다.

"음, 로맨스는 확실히 내 스타일이 아니야." 아가사가 그의 어깨에 머리를 기대며 말했다. "가발돈에서는 매년 밸런타인데이 파티가 열리는데, 한번은 내가 파티장에 악취 폭탄을 터뜨려서 사람들을 다 쫓아내 버렸어. 커플들이 너무 꼴 보기 싫더라고."

"당연히 벌은 받았겠지?"

"아니. 내가 애들을 마녀 솥에 넣어 끓여 버릴까 봐 다들 무서워했거든."

테드로스는 팔을 들어 그녀의 어깨에 둘렀다. "밸런타인데이에 너한테 선물 주면 안 되겠다. 그때쯤 되면 꼭 다시 말해 줘."

아가사는 아치형 복도 너머 식당 방을 바라보았다. 귀네비어가 혼자 지저분한 접시를 치우고 있었다.

"사실 난 받고 싶은 것도 없어." 아가사가 입을 열었다. "바라는 선물이 있다면, 엄마랑 다시 한 번 얘기하는 것뿐이야."

테드로스가 그녀를 바라보았다.

"네가 네 어머니랑 단둘이 대화를 나눈다면 내가 선물을 받은 것만큼이나 기쁠 것 같기는 해."

아가사의 말에 테드로스는 고개를 돌렸다. "그 부분에 대해서는 나도 이미 할 만큼 한 것 같은데."

"네 사랑을 나에게 보여 줄 수 있는 방법을 알려 달라며. 안 되는 게 정해져 있는 줄은 몰랐네."

아가사가 다시 말했지만 테드로스는 대꾸하지 않았고, 아가사도 더 이상 그를 몰아붙이지 않았다. 두 사람은 서로의 팔에 안긴 채 곧 잠들었다.

3시가 되었다. 집 안 곳곳을 둥둥 떠다니며 모든 사람에게 커피와 차를 나르던 멀린의 모자도 드디어 일을 마치고 휴식을 취할 수 있게 되었다. 사람들은 하나둘 다시 식당으로 모여들었다. 마법사가 식탁의 상석에 앉아 있었지만 누구도 그 옆에 앉지 않았다. 늙은 영웅들은 벽에 바짝 달라붙었고, 젊은 학생들은 바닥에 쭈그려 앉아 끼리끼리 잡담을 나누는 데 열중했다. 마법사는 그저 조용히 기다렸다. 잠시 후 불편한 정적이 식당을 채우자 늙은 영웅들은 재빨리 그 공백을 채우려는 듯 지난 2주 동안의 생존기를 펼쳐 놓기 시작했다.

예를 들어 피터 팬과 팅커벨은 네버랜드 인어들의 거처에 몸을 숨겼고, 신데렐라와 피노키오는 라푼젤이 이미 죽었기 때문에 옛 악당들이 그녀의 탑에 더 이상 들락거리지 않을 것이라 믿고 그곳에 숨었다고 했다.

"그 탑도 백설공주의 오두막집처럼 박물관이 됐거든요. 그래서 관광객들이 타고 올라갈 수 있게 밧줄을 매달아 놨어요." 피노키오가 말했다. "신데렐라가 그걸 붙잡고 올라가는 모습을 봤어야 하는데! 건물 부술 때 쓰는 둥근 쇳덩어리처럼 밧줄에 매달려서 벽에 쿵쿵 부딪치더라고요. 계속 휘파람을 불어서 새들한테 도움을 청했지만, 아무리 꽥꽥거리고 욕을 해도 새들이 쳐다만 보고 도와주질 않는 거예요. 다 생긴 대로 살아야……."

"생긴 대로 살아야 했으면 당신은 진작 장작이 됐을 거예요." 신데렐라가 화를 내며 쏘아붙였다.

헨젤과 그레텔 역시 비슷한 전략을 썼다. 박물관은 아니지만 선인들의 방문지가 된 마녀의 과자 집으로 돌아갔던 것이다.

"좀비 마녀 멍청해. 하지만 우리를 찾으러 자기 집에 오면 그건 너무 멍청한 거야. 내가 생각했지." 헨젤이 설명했다. "그거 내 아이디어."

"오빠 아이디어? 오빠 지붕 반이나 뜯어 먹었어. 다른 거 한 거 없어." 그레텔이 버럭 화를 냈다.

아가사는 이야기에 귀를 기울이던 헤스터가 조용히 이를 악무는 모습을 발견했다……. 순간 아가사의 눈에서 불꽃이 화르르 타올랐다. 옛것의 학교에서 본 낙서투성이 초상화가 떠올랐다. "헤스터, 거기 너희 집이잖아!" 그녀가 나직이 속삭였다. "지금 말하는 마녀가 너희 엄마지? 엄마가 살아 계신 거야……. 숲 어딘가에……."

"살아 계신 거 아니야, 아가사. 그건 교장의 명령에 따르는 좀비일 뿐이야." 헤스터가 화난 목소리로 대답했다. "난 무덤에서 되돌아온 아무 생각 없는 그 빈 깡통을 엄마라고 생각할 만큼 멍청하거나 감정적인 사람이 아니야."

"헤스터, 네가 강한 사람이라는 걸 스스로 자랑스럽게 여기는 거 알아." 아가사가 걱정스러운 얼굴로 속삭였다. "하지만 어떻게 아무렇지 않게 저 사람들이랑 엄마에 대해 얘기할 수 있겠니? 저 사람들이 너희 엄마를 죽였는데!"

헤스터는 날카로운 눈으로 아가사를 바라보았다. "악당이 저지를 수 있는 가장 큰 실수는 바로 복수심에 휘말리는 거야. 헨젤과 그레텔은 어린아이였고, 숲에서 살아남으려고 발버둥 쳤어. 엄마는 과자에 환장하는 욕심꾸러기들이 또 걸려들었다고 생각했겠지만, 그건 이 둘을 너무 과소평가한 거였지. 헨젤과 그레텔은 자신들이 살기 위해 엄마를 죽였어. 개인적인 원한 때문이 아니야." 헤스터가 늙은 남매를 흘끗 돌아보았다. "물론 저 사람들이 예뻐 보인다는 뜻은 아니야. 하지만 저 사람들 이야기와 내 이야기를 연결 지어 생각할 필요도 없지."

도트와 아나딜이 경외심 가득한 눈으로 헤스터를 바라보았다. 아가사는 옛 영웅과 새 영웅이 모두 모여 있는 이 방에서 사실 가장 위대한 영웅은 헤스터가 아닐까 생각했다.

"쟤한테 너무 못되게 굴지 말았어야 했는데." 도트가 아가사에게 속삭였다. "나 같은 애랑 친구하려면 쟤도 꽤나 힘들었을 텐데. 난 솔직히 쟤네 엄마한테 잡아먹히기 좋은 그런 애잖아. 그날 헨젤과 그레텔이 아니라 내가 과자 집에 갔다면 쟤네 엄마는 아직 살아 있었을 거야. 그레텔은 오빠를 사랑하기 때문에 구해 줬지만, 난 혼자니 바삭하게 잘 구워질 때까지 아무도 찾지 않았겠지. 그래서 난 선인이 될 수 없나 봐. 날 사랑하고 구해 줄 사람이 아무도 없어서 말이야."

"그렇지 않아."

도트는 깜짝 놀라 헤스터를 바라보았다.

"말도 안 되는 소리라고."

헤스터가 도트를 똑바로 바라보며 다시 한 번 말하자, 도트의 양 볼이 발그스름해졌다.

아가사는 애써 눈을 돌리고 잭과 브라이어 로즈의 이야기에 귀 기울였다. 코를 훌쩍이며 우는 모습을 보이고 싶지 않았던 것이다.

영웅들의 이야기는 계속되었다. 빨간 망토, 우마 공주, 유바, 그 리고 하얀 토끼까지 모두 자신들의 고생스러운 생존기를 장황하게 늘어놓았다. 그리고 마지막 한 명의 차례가 되었을 때 드디어 식당 안은 조용해졌다.

사람들은 식탁 상석에 앉은 그 마지막 영웅을 향해 고개를 돌렸 다. 웃는 사람은 아무도 없었다.

멀린이 모자를 벗었다.

"7일입니다." 그의 이야기가 시작되었다. "유바의 계산에 따르면 태양은 앞으로 7일 동안 더 숲을 비출 거랍니다. 7일요. 그 이후에 도 살아 있으려면 우린 악의 학교를 공격하는 수밖에 없어요. 교장 도 그 사실을 잘 알고 있죠. 교장은 선이 언제나 생명을 위해 싸운 다는 사실을 아니까요. 우리에게는 선택의 여지가 없습니다. 교장 이 쳐 놓은 덫 안으로 걸어 들어가는 수밖에요." 마법사가 한숨을 내쉬었다. "또 하나! 이미 많은 영웅들이 숲에서 목숨을 잃은 탓에 독자 세계를 덮은 보호막이 위태로워졌어요. 우리 연맹 회원들 중 누구 하나라도 죽는 날에는 보호막도 무너져 내리고 말 겁니다. 그 러면 교장은 독자 세계로 쳐들어가서 그토록 원하던 비밀의 결말 을 이루겠죠. 그렇게 함으로써 선을 영원히 파괴할 수 있다고 믿으 니까요."

누구도 말이 없었다. 멀린이 한 말을 받아들이는 데 시간이 필요 한 것 같았다.

"이해가 안 되네요. 교장은 이 두 얼간이만 없애면 되는 거 아닌가요?" 신데렐라가 아가사와 테드로스를 가리키며 물었다. "얘네 동화잖아요. 교장이 대체 왜 숲 너머 마을에 가려고 하죠?"

"좋은 질문이에요. 나도 그 답을 알고 싶네요." 멀린이 대답했다. "교장은 때가 되면 아가사와 테드로스도 죽일 거예요. 그건 분명합니다."

아가사와 테드로스는 긴장한 표정으로 서로를 바라보았다.

"교장은 이 이야기를 아주 잔인하고 사악한 것으로 만들 작정이에요. 이 이야기가 끝난 후 선은 더 이상 아무 힘도 가질 수 없게 말입니다." 멀린이 다시 설명을 시작했다. "그는 지난 이야기 중 많은 것들을 이미 새로 썼어요. 이제 우리의 미래를 노리는 겁니다. 그가 계획한 결말이 그대로 이루어지기만 하면 악은 천하무적이 될 거라고 교장은 믿고 있어요."

"그 결말이 뭔지는 전혀 모르세요?" 우마가 재촉하듯 물었다.

"짐작 가는 게 있긴 하지만, 아직 말할 만한 것은 못 돼요." 멀린이 대답했다. "일단 지금은 소피를 잡아서 반지를 파괴하게 만드는 게 우리의 유일한 희망이죠."

아가사는 자신의 가장 친한 친구가 지금 적군을 지휘하고 있다는 생각에 속이 울렁거렸다.

"계획이 있나요?" 빨간 망토가 물었다.

"당연히 학교를 공격해야죠." 멀린이 미소 지으며 대답했다.

옛 영웅들은 주저하는 표정으로 서로를 바라보았다. "선인 왕국들 중에 우리 편이 있을까요?" 잭이 조심스럽게 말을 꺼냈다. "적어도 메이든베일, 길리킨, 애본데일 정도는 있어야 하는데……."

"없습니다." 멀린의 대답은 간결했다.

"뭐라고요?" 브라이어 로즈가 내뱉듯 말했다.

"우리와 함께 싸울 선인 왕국은 하나도 없어요."

무거운 침묵이 흘렀다.

"멀린." 피터 팬이 어렵게 다시 입을 열었다. "교장은 젊고 강해요. 옛 악당 200명을 거느리고 있는데, 그들은 불로 태우지 않는 한 죽지도 않죠. 거기에 젊은 학생들도……."

"그 문제는 나한테 맡겨요." 멀린이 말했다. "우리 연맹 회원들은 어린 영웅들을 도와주시면 됩니다. 아가사, 테드로스, 호트, 헤스터, 아나딜, 그리고 도트에게 악당들에 맞서는 방법을 최선을 다해 가르쳐 주세요. 여러분이 직접 싸워 본 악당들이니 제일 잘 알 겁니다. 딱 일주일 후 전쟁을 하러 가기로 하죠."

"하지만 우리 늙은이들이에요." 헨젤이 소리쳤다.

"쟤넨 젊지만 멍청하고! 전쟁 불가능해요." 그레텔도 거들었다.

"바보 같은 짓이지." 신데렐라 역시 같은 생각이었다.

"이건 자살행위예요. 결과는 보나마나 뻔해요." 빨간 망토가 덧붙였다.

"다른 방법도 있어요. 여기 가만히 있다가 죽는 거죠." 아가사가 자리에서 벌떡 일어서서 말했다.

모두 그녀에게 고개를 돌렸다. 테드로스는 특히나 더 놀란 얼굴로 아가사를 바라보았다. 그녀가 자신보다 훨씬 용기 있는 사람이라는 사실을 지금 이 순간만큼은 인정할 수밖에 없었다.

하지만 사실 아가사의 머리에서는 굵은 땀방울이 솟아나고 있었다. 큰소리를 치며 일어서기는 했지만 더 이상 할 말이 생각나지 않았다.

그때 구석에 있는 귀네비어가 그녀의 시선을 사로잡았다. 옛 왕비는 그녀를 향해 강한 미소를 지으며 고개를 끄덕였다.

"저희 엄마는 저를 살리기 위해 돌아가셨어요." 목소리를 되찾은 아가사가 입을 열었다. 그녀는 귀네비어가 자신에게 할 말을 일러 주기라도 하듯, 그녀에게서 시선을 떼지 않았다. "하지만 전 엄마에게 큰 실수를 저질렀어요. 엄마가 아무것도 모른다고 생각했거든요. 엄마는 늙어서 세상 변하는 것도 모르고 나 같은 젊은 사람의 삶이 얼마나 힘든지도 전혀 모른다고 생각했죠. 솔직히 엄마한테 별 관심도 없었어요. 저랑 테드로스가 연맹 동굴에 처음 갔을 때 여러분 모두를 무시했던 것처럼 말이에요."

"무시?" 피터 팬이 야유를 퍼붓듯 말했다. "네 남자 친구가 곧 죽을 사람들 모아 놓은 양로원이라고 말한 거 기억 안 나니?"

"솔직히 여러분도 저희를 그다지 좋게 바라보지는 않으셨어요." 아가사가 차분히 이야기를 이어 갔다. "저희 엄마가 그랬듯, 젊은 애들은 부주의하고 생각도 없고 그저 편한 것만 찾는다고 생각하셨잖아요."

늙은 영웅들은 투덜거리는 말투로 그녀의 말을 인정했다.

"하지만 저희 엄마는 저를 안전하게 지키는 방법을 아셨어요. 절 죽음에서 구하기만 하신 게 아니라…… 여러분에게 보내셨죠. 전사들의 왕국도 아니고, 젊은 기사 연맹도 아니고, 전설적인 옛 영웅들에게 말이에요. 엄마는 여러분이 절 보호해 줄 거라 믿었고, 그 믿음은 옳았어요. 그래서 전 여러분을 믿어요. 여러분은 저희나 자기 자신을 얼마나 믿는지 모르겠지만요. 엄마가 살아 계실 때 전 엄마 말에 귀를 기울이지 않았지만, 지금은 엄마 말을 듣거든요."

아가사는 연맹 회원들과 차례차례 눈을 맞추며 말을 이었다. "저와 제 친구들이 교장과 그의 새 학교에 대해 아는 걸 모두 말씀드릴 거예요. 여러분은 저희에게 옛 적을 물리치는 방법을 알려 주세요. 전쟁 계획은 마법사님에게 맡기고, 우리는 서로에게 귀를 기울이기로 해요. 군대라고 하기에는 너무 작은 규모지만 선인, 악인, 젊은 사람, 늙은 사람 할 것 없이 서로의 이야기를 듣는 거예요. 이 군대가 싫은 사람은 지금 여기를 떠나면 돼요. 숲에서 혼자 잘 살아 보라고 하죠."

멀린이 자리에서 일어서자 모두의 시선이 그에게 향했다.

"맙소사! 떠나려는 게 아니라 엉덩이가 뻐근해서 그래요."

멀린의 말에 잔잔한 웃음소리가 퍼져 나갔다.

아가사는 부드러운 표정으로 자신을 향해 미소 짓는 테드로스를 마주 보았다. 어머니에 대한 아가사의 연설이 자신에게도 큰 의미가 있다고 말하는 것 같았다.

"우리 새 왕비께서 큰 그림을 그리셨으니, 이제 일을 시작해 봅시다." 멀린이 손가락을 획 휘두르자 방 안에 있는 사람들의 모습을 본뜬 작은 대리석 조각상이 식탁 위에 나타났다. "젊은 학생들은 늙은 영웅과 한 명씩 짝을 지어 훈련하고……."

아가사는 헤스터와 호트 사이 틈을 비집고 들어가 식탁을 바라보았다. 멀린이 조그만 조각상들을 움직이며 훈련 팀을 발표했다. 도트와 빨간 망토가 한 팀이었고, 아나딜은 잭과 브라이어 로즈의 팀이 되었다…….

아가사는 왕관 쓴 부분이 가려워 죽을 것만 같아서 집중을 할 수 없었다. 그녀는 슬쩍 고개를 들고 테드로스를 찾았다. 그가 먼 곳에 있으면 몰래 왕관을 벗어 버릴 생각이었다.

하지만 테드로스는 어디에도 보이지 않았다.

식당 구석구석을 좀 더 둘러본 아가사는 귀네비어도 그곳에 없다는 사실을 깨달았다.

그때 복도에서 현관문 닫는 소리가 들렸다. 그녀는 커튼이 쳐진 창을 통해 바깥을 바라보았다. 한 소년의 그림자가 어머니를 황야로 이끌어 가고 있었다.

"집중해야지." 헤스터가 아가사를 팔꿈치로 쿡 찔렀다.

아가사는 재빨리 식탁으로 시선을 돌렸다. 마법사가 아가사를 똑바로 바라보며 그녀를 훈련시킬 영웅과 전쟁에서 맡아야 할 임무에 대해 이야기하고 있었다.

하지만 아가사는 그저 미소 지을 수밖에 없었다. 짧은 순간이었지만, 그녀는 이미 전쟁에서 이긴 것 같은 기분이 들었다.

28
누가 누구를 돕나

　테드로스는 여자들이 늘 대화를 먼저 시작한다는 점이 좋았다. 대부분의 경우 그는 그저 잘 듣고 질문을 던지면서, 그 작은 머릿속에 어떤 복잡한 생각이 들어 있는지 이해하려고 노력하기만 하면 됐다. 사실 여자애들이 무슨 말을 하는지, 왜 모든 것들을 복잡하게 꼬아 버리는지 이해하는 일은 쉽지 않았지만 그럴 때는 과묵하고 강한 남자 행세를 하며 생각할 시간을 벌 수 있었다.

　하지만 이번 경우는 달랐다. 상대는 그의 어머니였고, 지금 머릿속이 터질 듯 복잡한 사람은 바로 그였다.

　따라서 대화를 먼저 시작해야 할 사람도 다름 아닌 그였다.

　잡초가 우거진 황야 위로 산들바람이 불어왔다. 꽤 차가운 바람에 귀네비어는 두툼한 스웨터를 꼭 여몄지만, 테드로스는 굵은 땀을 흘리며 당장이라도 셔츠를 벗어 던질 듯이 이리저리 잡아당겼다. 그의 가슴은 압력솥처럼 덜컹거렸고, 침묵이 길어질수록 그 소리는 더욱 커졌다. 테드로스는 어디로 가는지도 모른 채 계속 다리를 움직였다. 하지만 어디에서 이야기를 하든 어렵기는 마찬가지일 것이다. 결국 그는 성큼성큼 걸

다 말고 느닷없이 자리에 털썩 주저앉아 버렸다. 그리고 초조한 듯 소매를 계속 만지작거렸다.

귀네비어는 차분하게 아들 옆에 자리를 잡았다.

"호수의 정령을 만났을 때, 멀린 선생님은 우릴 좀 숨겨 달라고 부탁하시면서 예전에 다른 사람을 그런 식으로 숨겨 준 적 있다고 말씀하셨어요." 테드로스는 어머니를 바라보지 않고 입을 뗐다. "어머니가 저와 아버지에게서 도망치는 걸 멀린 선생님이 도와주셨다는 뜻이겠죠."

"마법사님은 내가 오랫동안 불행하게 살았다는 걸 아셨어." 귀네비어가 말했다.

"아버지는 어머니를 사랑했어요." 테드로스가 쏘아붙이듯 말했다. "어머니 초상화로 성을 장식하고, 외국에 다녀올 때는 가장 화려한 선물을 가져오셨죠. 늘 어머니에게 관심과 애정을 쏟으셨잖아요. 언성을 높인 적도 폭력을 행사한 적도 없고, 어머니를 구속하지도 않았어요. 그런데 어머니는 마치 아버지가 다락에 갇힌 정신병자인 것처럼 행동하시잖아요. 물론 아버지한테도 단점은 있었겠죠. 완벽한 관계가 어디 있겠어요? 저랑 아가사만 해도……."

"아가사는 널 사랑하잖아. 그게 나와 다른 점이야."

어머니의 대답에 테드로스는 할 말을 잃은 듯 크게 숨을 내쉬었다. "어머니, 자기 아들을 버리고서 행복해질 수는 없어요."

"알아. 그래서 네 아버지 곁에 그렇게 오래 머물렀던 거야." 귀네비어가 대답했다. "난 선의 가치에 대해 누구보다 많은 교육을 받았어. 너희가 학교 다닐 때보다 훨씬 보수적인 학장님이 왕과 왕국이 나 자신보다 우선이라는 생각을 내 머릿속에 깊이 심어 주셨지. 기사와 사랑에 빠져 왕의 궁전에서 도망쳐 나간 왕비를 용서할 사람은 아무도 없다는 거 알아. 설사 랜슬롯이 내 진정한 사랑이라 해도, 둘이 같이 사라져 버리는 건 유치하고 이기적이고 악한 행동이지. 내게는 가정을 지킬 의무가 있었으니까."

"그러니까요!" 테드로스가 대꾸했다.

"널 데려갈 수도 없는 상황이었어." 귀네비어가 말을 이었다. "너나 너희 아버지, 더 나아가 미래의 왕이 필요한 왕국 전체에 못할 짓이지."

"못할 짓 정도가 아니라 부도덕한 짓이에요." 테드로스가 한술 더 떠 말했다.

"그래서 난 이런 생각들을 마법사님한테 털어놨어. 나의 사악한 생각들을 꾸짖고, 내가 꿈꾸는 삶이 아닌 실제 선택한 삶에 집중하도록 이끌어 주기를 바랐지." 귀네비어가 잠시 말을 멈췄다. "그런데 마법사님은 그렇게 카멜롯을 떠나고 싶으면 대체 왜 안 떠나고 있느냐고 물으시더라."

테드로스는 이해할 수 없다는 듯이 두 눈을 크게 뜨고 어머니를 바라보았다.

"왜냐고요? 아들이 있으니까요! 남편이 있고요! 어머니이자 아내로서 당연히 해야 할 일이잖아요! 선생님은 어쩜 그런 바보 같은 질문을 하실 수가 있죠? 이건 옳고 그름의 문제라고요!"

"난 너보다 더 강하게 반발했단다." 귀네비어가 맞장구치며 대답했다. "여자는 의무감도 없다고 생각하는 거냐고 따졌거든. 그런 걸 개인의 선택이라고 생각하는 건 너무 무책임하잖아. 난 그냥 예전의 삶을 버리고 새 삶을 시작할 수 있는 처지가 아니었으니까. 아들을 버리고 도망친 후 내가 과연 사람답게 살 수나 있겠니? 내 아들, 내 새끼를 버리고서?"

"아들에게는 어머니가 필요해요." 테드로스가 거들었다.

"아들에게는 어머니의 도움이 필요하지." 귀네비어가 이야기를 마무리 지었다.

두 사람은 한동안 서로를 바라볼 뿐 아무 말도 없었다.

"선생님은 뭐라고 하셨어요?" 테드로스가 긴장한 얼굴로 물었다.

귀네비어는 두 눈을 반짝였다. "날 빤히 바라보시더니 이렇게 말씀하셨어. '누가 누굴 돕는 걸까요?'"

테드로스는 고개를 흔들었다. "무슨 뜻인지 모르겠어요……."

하지만 그는 알았다. 테드로스의 영혼은 그 말의 의미를 이해하고 있었다. 눈이 따가워지더니 눈물이 샘솟아 그의 분노를 씻어 내렸다.

"너희 아버지와 함께했다면 내 삶은 망가졌을 거야. 그러면 네 삶 또한 무너졌겠지. 아서는 백성들에게 훌륭한 왕이었고, 네게는 사랑 넘치는 아버지였고, 나에게는 충실한 남편이었어……. 하지만 난 다른 사람을 사랑했단다, 테드로스. 내 사랑은 늘 그 사람 하나였어. 내가 널 위해 불행한 결혼 생활을 붙잡고 있다는 사실을 네가 알았다면, 넌 그 짐을 평생 짊어져야 했을 거야. 네 어머니가 널 위해 자신의 행복을 포기했다는 뜻이니까. 내 삶을 포기하고 네 곁에 머물겠다는 생각을 수도 없이 했지만, 그건 널 위하는 게 아니었어. 너처럼 용기와 동정심이 많은 아이에게 그런 선택은 득이 될 수 없었지. 그렇게 해서 네 삶의 여정에는 어머니의 진정한 모습을 찾아가는 게 포함됐단다. 겉으로 보이는 모습이 아닌 진짜 모습 말이야. 다른 아이였다면 분노를 이기지 못하고 결국 괴로움에 무릎 꿇었을 테지만, 넌 다르다는 걸 마법사님은 알고 있었어. 내 운명을 위해서뿐만 아니라 널 위해서도 이별이 필요하다고 말씀하셨지. 그게 네 운명을 꽃피울 씨앗이 될 거라고 말이야. 넌 더 섬세한 시선을 가지고 진정한 사랑을 찾게 될 거고, 모두가 우러러 보는 왕이 될 거라고 하셨어. 내가 떠나는 게 당장은 우리 둘에게 씻을 수 없는 상처를 남기겠지만…… 언젠가 네가 날 용서할 거라고 했단다."

테드로스의 얼굴은 눈물로 뒤범벅이 되었다. "어머니…… 어머니는 제 삶의 전부였어요……. 어머니가 떠나셨을 때 전 죽고 싶었다고요……."

"하지만 넌 죽지 않았어. 나도 내가 죽을 줄 알았지만 그러지 않았지. 널 떠난 후 몇 개월 동안 난 황야에 나와 바닥을 치고 하늘을 향해 소리 질렀어. 호수의 정령에게 날 돌아가게 해 달라고 간청했지. 하지만 마법사님은 절대 허락하지 않았어. 첫 한 해 동안 그분은 일요일마다 여기 와서 날 달래고 네가 어떻게 지내는지도 얘기해 주셨어. 네가 고문 회의에 참석해서 왕의 고문들에게 왕국에 대해 질문한 이야기, 유모 눈을 속이기 위해 빵 밑에 채소를 숨긴 이야기, 내가 떠난 후 아무 말도 없는 아버지 곁을 밤마다 지켰다는 이야기도 해 주었지……. 그리고 네 아버지가 돌아가신 후 몇 주 동안 나에게 저주를 퍼부었다는 이야기도 들었단다. 난 마법사님께 아주 사소한 것까지 다 말해 달라고 했어. 그러고는 울다가 지쳐 잠이 들었지."

귀네비어가 슬픈 미소를 지었다. "시간이 흐르면서 방문은 뜸해졌고, 결국 크리스마스에만 마법사님을 볼 수 있게 됐어. 그날이 되면 난 다시 아이가 된 기분이었단다. 어머니가 없어 스스로 더 훌륭한 사람이 되고자 열의를 불태우는 내 아들이 점점 용감해지고 강해지는 이야기를 들었지. 그러다 보니 어느새 나도 용감해지고 강해졌어. 의무감에 의한 사랑이 아니라 마음에서 우러나는 진정한 사랑을 느끼게 된 거야. 랜슬롯과 내가 평생 외딴곳에 숨어 살아야 하고, 불명예스러운 사람들로 기억된다 해도 상관없었어. 우린 거짓이 아닌 진정한 사랑을 찾았고, 우리 이야기의 진실을 지켜 냈으니까. 매년 마법사님이 전해 주는 네 소식을 들으면서 난 마치 너와 함께 있는 기분이 들었단다. 네가 커 갈수록 내 내면은 점점 젊어지는 것 같았지. 그렇게 선의 축복을 받아 성장한 우리 두 사람은 여기에서 다시 만나게 됐어. 두 개의 이야기가 다시 하나로 연결됐지. 이제와 생각해 보니 마법사님 말씀이 옳았어. 너희 아버지가 널 강하고 책임감 있는 아이로 키운 것처럼, 내가 카멜롯을 떠났다는 사실 또한 지금의 너를 만드는 데 일조했지. 넌 감성적이고 독립적이고 내적으로 강한 남자가 되었고, 그 덕분에 완벽한 왕비를 만났어. 물론 거칠고 고집스러운 면도 있고……."

"아버지를 닮았죠." 테드로스가 훌쩍이며 말했다.

"아니." 귀네비어가 딱 잘라 말했다. "네 아버지였다면 절대 지금 너처럼 이렇게 나랑 앉아 있지 못했을 거야. 깊이 있게 볼 수 있는 사람은 아니었거든. 난 우리 모두에게 진정한 행복을 찾을 기회를 주기 위해 나름의 결정을 내렸어. 그런데 그 사람이 생각하는 행복은 내가 생각한 것과는 많이 달랐어. 그는 좀 다른 사람…… 다른 왕이었지. 하지만 넌 네 아버지가 보지 못하는 것을 본단다, 테드로스. 네 아버지와 나는 내면 깊은 곳에 흠이 있는 사람들이지만, 우리 이야기의 결합은 감사하게도 세상에서 가장 완벽한 아이를 탄생시켰어. 그 정도면 고통도 겪을 가치가 있지."

테드로스는 더 이상 아무 말도 하지 못했다. 어머니는 울고 있는 아들을 가슴에 꼭 끌어안으려 했지만, 테드로스는 그녀의 손길을 거부하듯 밀쳐 냈다. 하지만 잠시 후 아들은 온몸의 힘을 풀고 어린 아이처럼 어머니의 품에 폭 안겼다. 아들은 울음으로 들썩이는 어깨가 진정될 때까지 가만히 어머니의 품에 자신을 맡겼다.

"그 촌뜨기가 어머니께 잘해 줘요?" 테드로스가 코를 훌쩍이며 쉰 목소리로 물었다.

귀네비어는 웃음을 터뜨렸다. "촌뜨기치고는 꽤 잘하지."

"잘 못하면 제가 눈을 파내 버릴 거예요." 테드로스가 가슴을 쫙 펼치며 말했다.

"기사도를 발휘해 주는 건 고맙지만……."

"어머니를 쳐다보는 눈빛이라도 이상한 날에는 바로……."

"날 죽이겠다는 협박을 대체 얼마나 여러 번 할 셈이냐?" 익숙한 목소리가 들려왔다.

테드로스는 빙글 몸을 돌려 랜슬롯을 바라보았다. 집 밖에 나온 선인과 악인 군대는 멀리 한곳에 모여 있었고, 랜슬롯 혼자 그들을 향해 다가오고 있었다.

"그런데 정말 죽일 생각이라면 계획을 좀 미뤄야 할 것 같구나." 랜슬롯이 말했다. "마법사님이 늙은 사람과 젊은 사람을 연결해서 훈련 팀을 만들어 줬는데, 내가 네 훈련 지휘자가 됐거든."

테드로스가 인상을 찌푸렸다.

"자, 젊은이 실력 좀 볼까?" 랜슬롯이 능글맞게 웃으며 다른 사람들이 있는 곳으로 테드로스를 불렀다. "그 대단한 학교에서 배운 것들 우리한테도 좀 보여 다오."

귀네비어가 미소 지었다. "랜슬롯, 살살해."

"그건 기대하지 마." 랜슬롯이 눈을 찡긋하며 대답했다.

테드로스는 어머니 곁에 서서, 다른 사람들 쪽으로 걸어가는 기사의 뒷모습을 바라보았다.

"어서 가 보렴." 귀네비어가 재촉하듯 말했다. "너랑 너의 왕비는 전쟁에서 이겨야 하잖니. 늙은 주부 아줌마랑 노닥거릴 시간이 없지."

테드로스가 어머니에게 고개를 돌렸다. "제가 돌아올 때까지 집에 계실 거죠?"

바보 같은 질문이었다……. 하지만 그의 어머니는 빤한 질문에 숨겨진 진짜 의미를 이해하고 있었다.

"난 아무 데도 안 가." 귀네비어가 딱 잘라 대답했다.

테드로스는 시선을 돌리며 고개를 끄덕이고는, 자리에서 벌떡 일어나 랜슬롯을 향해 달리기 시작했다. 하지만 잠시 후 걸음을 멈추고 어머니를 향해 고개를 돌렸다.

"사랑해요, 어머니."

그는 말을 마치자마자 귀네비어가 대답할 시간조차 주지 않고 냅다 달렸다.

하지만 그녀는 대답할 필요가 없었다.

그가 그 말을 한 것만으로 두 사람 모두에게 충분했다.

얼마 지나지 않아 첫 사망자가 발생했다.

레소 부인은 어린 학생들을 피에 굶주린 옛 좀비들과 싸우게 하는 것이 무모할 정도로 어리석은 짓이라고 처음부터 경고했지만, 소피는 학생들이 너무 융숭한 대접을 받고 있다는 생각을 지울 수 없었다. 첫째, 라팔은 다가오는 전쟁에서 그들이 최전선에 서지 않도록 보호해 주었다. 뿐만 아니라 전쟁 준비도 새것의 학교에서 하도록 했는데, 이는 옛 선의 학교가 더 따뜻하고 밝기 때문이었다.

이것으로 끝이 아니었다. 라팔은 파멸의 방을 없애고 꾸밈방을 모든 학생에게 개방했으며, 학생들을 세 그룹으로 나누는 절차를 일시 중단시켰다. 키코처럼 반쯤 변신이 진행된 멍청한 학생들도 전쟁이 끝날 때까지는 인간 형태를 유지할 수 있게 해 준 것이다.

'더 이상은 안 돼.' 소피가 두 눈을 날카롭게 치떴다. 그녀는 훈련 지휘자였고, 누가 뭐라고 하든 훈련은 일정대로 진행되어야만 했다. 옛 악당들이 새 학생들을 고문하고 다치게 하더라도 상관없었다. 악은 전쟁에서 이겨야 하고, 괴로움과 고통을 통해서만 진정한 악이 되는 법을 배울 수 있기 때문이다.

소피는 그렇게 해서 악의 왕비가 되었으니, 새 학생들 역시 그렇게 악을 배워야 할 것이다.

훈련 계획은 하나부터 열까지 그녀의 손에서 탄생했다. 앞으로 엿새 동안 옛 악당과 새 악당 400명은 여러 악인 교수와 교실에 배정될 것이다. 강의나 시험, 과제를 위해 반을 나누는 것이 아니었다. 옛 좀비 악당과 젊은 학생이 각 수업 주제에 맞게 일대일 대결을 펼치면 교수들은 그 싸움을 관리하고 감독해야 했다.

수업이 시작되자 젊은 선인들과 악인들의 비명이 복도를 가득 채웠다. 〈무기 대결〉 시간에는 오거 하나가 도끼를 들고 리나의 뒤를 쫓았고, 주문 대결 중에는 마녀가 벡스의 허벅지에 불을 붙여 구멍을 냈다. 〈탤런트 대결〉 시간에는 잭 이야기의 거인이 채딕을 계단 아래로 집어 던지는 사건이 벌어졌고, 빨간 망토 이야기의 늑대는 몸이 반쯤 깃털로 덮인 키코를 잡아먹었다가 폴룩스가 목을 조르는 바람에 뱉어 냈다. 한편 애릭의 육박전 훈련 중에는 뇌진탕, 골절, 자상 환자가 너무 많이 발생해서 요정들은 로비에 임시 의무실을 만들고 베아트릭스에게 그 관리를 맡겼다. 베아트릭스는 수

악의 군대 훈련 시간표

과목	담당 교수
1. 무기 대결	카스토르
2. 주문 대결	빌리어스 맨리 교수
3. 탤런트 대결	시바 식스 교수
4. 속임수 대결	폴룩스
5. 점심 식사	
6. 정신력 대결	레소 부인
7. 육박전	애릭 경

업 내내 정신없이 이곳저곳을 돌아다니며 낡은 도서관 책에서 배운 치료 묘약과 주문을 환자들에게 전달해야 했다.

시간이 흐를수록 소피는 괴로운 학생들을 보는 일이 즐거워졌다. 의무실의 학생 수가 늘수록 그녀의 기쁨도 커졌다. 사랑과 희망에서 힘을 얻던 그녀의 마음이 이제는 다른 사람의 고통을 통해서만 기쁨을 느낄 수 있게 된 것 같았다. 그녀는 매일 아침 첫 비명이 울려 퍼지기를 기대하며 눈을 떴고, 훈련이 모두 끝나 학생들이 절뚝거리며 각자 방으로 돌아가면 마음이 텅 빈 듯 쓸쓸해졌다. 세 번째 밤이 되자, 그녀는 급기야 다음 날 일대일 대결의 대진표까지 직접 작성하기에 이르렀다.

"베아트릭스랑 후크 선장을 붙여 볼까 봐요." 소피가 창턱에 걸터앉아 담황색 종이에 메모를 하며 말했다.

방 안에서 셔츠를 갈아입던 라팔이 그녀를 바라보았다. "지금 훈련은 어둠의 군대가 전쟁에서 이기게 하려는 거지, 젊은 학생들을 두드려 패기 위한 게 아니야. 그 아이들은 어차피 전선에 나서지도 않을 텐데."

"누가 그러자고 했나?" 소피가 혼잣말을 중얼거렸다.

"학생들은 악의 미래다, 소피. 그 아이들을 보호하면서 충분히 훈련시키고……."

"지금 그렇게 하고 있잖아요. 내가 걔들을 훈련시키고 있다고요."

"사기를 꺾고 뼈를 부러뜨리면서? 그 아이들도 그걸 훈련이라 생각할지 모르겠네."

"지들이 뭐라고 생각하든 내가 알게 뭐람." 소피가 또다시 중얼거렸다.

"다른 사람이 자신을 어떻게 생각하는지에 한없이 집착하던 소녀가 이제 그런 말도 하는군."

"내가 신경 쓰는 건 당신 의견뿐이에요."

젊은 교장은 미소 지었다. "너도 한때 저들과 같은 처지였다는 걸 벌써 잊은 모양이구나."

소피는 미간을 찌푸리며 담황색 종이로 시선을 돌렸다. "이제 당신 의견도 신경 안 쓸 거예요."

라팔은 할 말이 더 있는 듯했지만 소피가 재빨리 순서를 가로챘다. "당신이 나한테 훈련 지휘를 맡겼잖아요." 소피는 고개도 들지 않고 딱 잘라 말했다. "내가 미덥지 못하면 지휘자를 바꿔요."

교장은 한숨을 내쉴 뿐 아무 말도 하지 않았다.

사실 소피도 예전 친구들을 보며 자신의 마음이 아프기를 바랐다. 하지만 그런 일은 일어나지 않았다. 그녀의 마음 한부분이 전원이 나가듯 완전히 기능을 잃은 것 같았다. 언제 그런 일이 일어났는지는 알 수 없었다. 테드로스의 키스에서 아무 느낌도 받지 못했을 때였나? 아가사가 왕자와 가까워지기 위해 자신을 이용했다는 사실을 깨달았을 때였을까? 아니면 마침내 악의 왕관을 쓴 자신의 모습을 보고 난생처음 모든 것을 장악한 강력한 존재가 되었다고 느꼈을 때인가? 셋 다 맞을 것이다. 그리고 그것이 다는 아닐 것이다. 그녀는 살아오는 내내 선에게 거절당했고, 그럴 때마다 조금씩 닫히던 마음이 마침내 단단한 돌이 되어 버린 것일 테니……

과연 날이 갈수록 소피의 피부는 창백해지고, 목소리는 차가워졌으며, 근육은 단단해졌다. 피부 밖으로 파르스름하게 비치는 정맥은 꽁꽁 얼어붙은 그녀의 내면을 그대로 보여 주는 것 같았다. 겉모습은 여전히 젊음을 유지했지만, 그녀의 내면은 인간적인 모든 것이 빠져나가 텅 비어 버린 늙은 좀비와 다를 바 없었다. 라팔과의 키스도 예전 같지 않았다. 그의 입술은 더 이상 차갑게 느껴지지 않았다.

다섯 번째 날, 소피는 임시 의무실을 폐쇄해 버렸다. 학생들이 일대일 대결을 피하기 위해 아픈 척을 하기 시작했던 것이다. 가장 용감무쌍한 악인 학생조차도 두 손을 든 채 터덜터덜 대결장에 입장했다. 좀비 악당들은 아무 저항도 하지 않는 그들을 때리고, 칼로 베고, 성 밖으로 내던졌다. 처음 이런 장면을 보았을 때 소피는 화가 났다. 하지만 그녀는 어린 학생들이 비겁한 선택의 대가를 치르게 될 것이라고 믿었다.

얼마 후 그 대가가 베아트릭스의 입을 통해 전해졌다. 그날 오후 베아트릭스가 눈물범벅이 된 얼굴로, 복도를 걷고 있는 그녀에게 다가왔다. 그리고 학생 한 명이 죽었다고 비명을 지르듯 말했다. 소 피는 당연한 일이 벌어졌다는 생각을 떨칠 수 없었다.

"창으로 봤는데 오거 하나가…… 종탑에서 사람을 던져서…… 하프웨이 베이에 떨어뜨렸어……." 베아트릭스는 말을 제대로 잇지 못했다.

"맞서 싸울 생각도 안 하고 가만히 있으니 그런 일이 벌어지지." 소피는 계속해서 걸음을 옮기며 대꾸했다.

베아트릭스가 그녀의 팔을 움켜잡았다. "가서 누군지 확인해야 하지 않아? 카스토르 교수님 수업이었는데……."

"하프웨이 베이에 떨어졌으면 시체는 못 찾을 거야. 독성 물질이 다 녹여 버렸을 테니까." 소피는 대수롭지 않다는 듯이 말했다. "장례식은 안 해 줘도 되겠네."

베아트릭스는 입을 떡 벌리고 온몸을 부들부들 떨며 그녀를 바라보았다. "너 그 누구보다 선해지고 싶어 했잖아. 그런데 이제 보니 너…… 그 사람만큼이나 악하구나."

소피는 자신을 붙잡은 베아트릭스의 팔을 밀쳐 내고 다시 걸음을 옮겼다. "칭찬으로 생각할게."

나중에 밝혀진 일이지만 종탑에서 떨어진 사람은 학생이 아니라 비즐이었다. 라반과 대결을 벌이는 오거를 응원하러 간 비즐은 발을 헛딛는 바람에 상대를 향해 돌격 중인 오거와 부딪쳐 종탑 난간 너머로 날아가 버렸다. (카스토르가 다음 날 첫 수업 시작 전에 짧은 추모식을 진행했지만, 누구도 눈물 한 방울 흘리지 않았다.)

베아트릭스와 헤어져 평소처럼 학교 안을 순시하던 소피는 한 가지 새로운 사실을 발견했다. 새 학생들의 실력이 전보다 향상되었다는 점이었다. 비즐의 죽음에 겁을 먹고 행동을 취하기로 한 것인지, 아니면 계속 지다 보니 마침내 생존 본능이 깨어난 것인지 모르겠지만 젊은 선인과 악인 학생들은 늙은 악당들을 상대로 맹렬히 싸움에 임했다. 그들은 소피가 한 번도 보지 못한 흑마법도 사용했다. 벡스는 유독성 바람을 일으켜 늑대를 물리쳤고, 키코는 바닥의 일부를 강한 산성으로 바꿔 마녀의 발에 구멍을 냈으며, 채딕은 치명적인 세균으로 변신해 상대 트롤을 감염시켰다. 이 세 학생은 결국 대결에서 졌지만 여섯 번째 날 아침, 드디어 새것의 학교에 첫 승자가 등장했다. 베아트릭스가 까마귀 떼를 불러들여 신데렐라의 새언니들 눈을 파낸 것이다. 좀비 자매는 결국 이 성가신 새들에게서 눈을 되찾고 머지않아 베아트릭스에게 복수할 것을 다짐했지만…… 그럼에도 불구하고 신기한 일이었다. 학생들이 대체 어디에서 이런 흑마법을 배웠을까? 교장은 분명히 아니었다. 그는 새것을 위한 학교에서 마법을 가르치는 일을 엄격히 제한하고 있었다. 젊은 선인과 악인 들이 아직 마법을 감당하지 못할 것이라고 생각하거나, 그런 마법을 배우는 것 자체가 자신에 대한 직접적인 위협이라고 여겼기 때문일 것이다.

'그렇다면 교수 중 하나겠군.' 소피는 그렇게 짐작했지만 학생들의 실력 향상이 자기 덕이라고 나서는 교수는 아무도 없었다. 교수들은 오히려 소피에게 이 공을 돌리고 있었다. 처음에는 그녀의 훈련 방식을 의심했던 교수들이 이제는 모두 인정하는 눈빛으로 그녀를 바라보았다.

하지만 그중에도 예외는 있었다.

소피는 쉬는 시간이 되자 더비 교수가 사용하던 교실 문을 두드렸다. 잠긴 문이 스르륵 열리고, 예전 선의 학교 시절부터 자리를 지켰던 호박 당밀 벽이 모습을 드러냈다. 하지만 벽은 금방이라도 산산조각 나 버릴 거울처럼 끝에서 끝까지 금이 가 있었다.

레소 부인은 더비 교수가 쓰던 자두 책상에 앉아 두루마리 종이 하나를 들여다보고 있었다. 싱싱했던 자두는 어느새 다 썩어 걸쭉해져서 시큼한 냄새마저 풍겼다.

"이 교실을 선택하시다니 흥미롭네요." 소피는 학생 책상 하나를 골라 자리에 앉으며 주변을 둘러보았다.

그때 콧물을 들이마시는 소리가 들려왔다. 소피가 이상한 눈으로 바라보자 레소 부인은 재빨리 코를 닦고 자세를 바로잡았다.

"제가 고른 게 아닙니다." 레소 부인이 종이에 시선을 고정한 채 대답했다. "교수진 중 제가 선임이라 다른 분들에게 먼저 선택권을 드렸죠. 다 고르고 하나 남은 게 이 교실이었습니다."

"더비 교수가 그리우시죠? 가장 친한 친구셨잖아요." 소피가 부드러운 목소리로 물었다.

레소 부인은 자주색 눈으로 그녀를 바라보았다. "학장을 '님'자도 없이 교수라고 부르시는 게 적절한지 모르겠습니다."

"예전 학장이죠." 소피가 대답했다. "그리고 난 학장보다 높은 사람이에요. 누구를 어떻게 부르든 내 마음이죠. 당신을 레소 부인이라 부르든, 교수라 부르든, 혹은 또 다른 이름으로 부르든 내 선택이에요. 난 당신 제자가 아니거든요. 당신의 고용주죠."

"맙소사." 소피의 창백한 얼굴과 뻣뻣하게 굳은 표정을 유심히 바라보던 레소 부인이 싱긋 미소 지었다. "꼭 젊은 시절 내 모습을 보는 것 같네요. 말하는 것조차 어쩜 이리 닮았는지!"

말을 마친 레소 부인은 다시 두루마리 종이를 쳐다보더니 이상한 콧소리를 한 번 더 내고 자세를 고쳐 바로 앉았다. "다 상관없어요. 더비 교수님은 지하 감옥 얼음 속에 갇혀 있고 난 무슨 이름으로 불리든 신경 쓰지 않으니까요. 전부 쓸데없는 얘기들이었네요. 그런데 얘기를 하다 보니 문득 더비 교수님이 부럽다는 생각이 들어요. 젊은이와 늙은이, 선인과 악인이 모두 뒤섞인 400명이나 되는 학생들이 한 성안에 우글우글 모여 있는데, 그 관리 감독을 맡지 않아도 되니 말이에요. 말씀 다 끝나셨으면 전 이만 다음 수업이 있어서……."

"말이 나왔으니 말인데요, 학생들한테 정확히 뭘 가르치는 거죠?" 소피가 물었다. "수업 중 교실 문을 잠그는 사람은 교수님뿐이에요. 제가 불시에 들르지 못하게 하려는 거죠?"

"제 아들 애릭 때문이에요. 교장 선생님께서 애릭이 절 죽이게 놔두겠다고 분명히 말씀하셨는데, 제가 문을 잠그는 건 당연한 반응 아닌가요? 수업은 왕비님께서 지시하신 것처럼 전쟁을 준비하는 내용으로 진행하고 있습니다."

"그래요? 제가 수업 끝나는 시간에 맞춰 문밖에서 기다려 봤는데, 일대일 대결을 한 것처럼 보이는 학생이 단 한 명도 없던데요."

"아이들에게 싸우는 법을 가르친다는 건 곧 스스로를 보호하는 법을 가르친다는 뜻이죠." 레소 부인이 소피를 노려보며 대답했다. "부당한 싸움일 경우에는 더욱 그런 태도가 필요하거든요."

소피는 학장을 향해 차가운 미소를 지었다. "역시 교수님이었군요. 학생들에게 흑마법을 가르쳐서 악당들과 싸우게 했죠?" 그러다가 혼란스러운 표정으로 잠시 말을 멈췄다. "그런데 교실 안에는 옛 악당들도 내내 같이 있었는데……."

"학생들을 가르치는 동안 악당들은 잠을 재웠어요." 레소 부인이 대답했다. "잠자는 버드나무 액을 조금만 뿌려 주면 되거든요. 잠에서 깬 후에는 수업에 들어온 것조차 기억이 안 날 거예요. 1학년 때 동화 경연 대회에 참여해 보셨으니 그 효과는 잘 아시겠죠."

소피가 이를 악물었다. "내 명령을 거역했군요!"

"결과는 좋잖아요?" 레소 부인이 재빨리 소피의 말을 가로챘다. "젊은 학생들 사이에서 자신감이 차오르기 시작했어요. 늙은 악당들은 학생들이 진지하게 싸움에 임한 후, 더욱 실력을 끌어올려야만 했죠. 교수님들은 이제 왕비님을 자신들의 리더로 인정했어요. 교장 선생님도 사랑에 눈이 멀어 실수를 저지른 사람이라는 누명을 벗었고요."

소피는 아무 말도 하지 않았다.

레소 부인은 길게 한숨을 내쉬고 다시 입을 열었다. "소피 왕비님, 악이 이기도록 돕는 게 내 평생의 업이었는데, 내가 왕비님에게 불리한 일을 한다고 생각하다니요! 이 학교 안에 선의 스파이가 있다고 귀띔해 준 사람도 나였잖아요. 왕비님은 학교에 돌아온 후 감정이 불안정해 보이더군요. 우리 군대를 이끌 수 있을지 걱정됐어요. 학생들도 왕비님을 존경하지 않고 반항하려 했죠. 젊은 애들한테는 악에 대한 믿음을 억지로 강요할 수는 없어요. 악이 싸워서 지켜야 할 것을 보여 주면 그제야 악에 대한 믿음을 가지게 되죠. 난 학생들이 맞서 싸울 수 있게 도왔고, 아이들은 이 학교에 발을 들인 후 처음으로 힘을 느꼈어요. 선인이든 악인이든 악을 믿는 것만이 생존을 위한 유일한 희망이라는 사실을 깨닫게 해 준 거예요."

소피가 못미더운 눈으로 그녀를 바라보았다. "그게 정말이라면, 왜 나한테 말하지 않았어요?"

레소 부인이 소피를 향해 몸을 기울였다. "다른 교수들이랑 교장 선생님이 학생들 실력이 갑자기 향상된 것이 모두 왕비님 덕분이라고 믿게 하려고요."

소피는 레소 부인을 빤히 바라보았다.

"내 연구실에서 나눴던 얘기 기억하죠?" 학장의 이야기가 이어졌다. "난 당신이 전설적이 왕비가 되기를 바라요. 악의 위대함을 되찾아 주기를 원하죠. 하지만 무엇보다도 난 왕비님이 행복해지면 좋겠어요. 왕비님에게는 내게 허락되지 않았던 삶을 살 자격이 있으니까요. 진정한 사랑을 누릴 자격 말예요." 그녀의 자주색 눈이 온기로 반짝였다. "왕비님은 날 더 이상 교수로 생각하지 않을지 모르겠지만, 나에게 소피 왕비는 언제까지나 학생이에요. 학생이 길을 잃으면 난 어둠 속에서 악의 요정 할머니가 되어, 바람이 돛을 밀듯 학생이 자신의 운명을 향해 가도록 등을 밀어 주죠. 왕비님이 자신의 운명의 길을 잃어버리더라도 말이에요."

레소 부인은 할 말이 더 있는 듯했지만 거기서 입을 다물었다. 두 사람은 조용히 서로를 바라보았다. 소피는 목이 메어 오는 것 같았다. 오랜만에 느껴 보는 감정이었다.

그때 복도에서 수업을 알리는 요정들의 비명이 들려왔다.

소피는 남은 불씨를 꺼뜨리듯 가슴속에서 타오르려던 감정을 밟아 뭉개 버렸다. "교수님 도움은 필요 없어요." 그녀가 문을 향해 걸어가며 말했다. "난 '요정 할머니' 같은 거 필요 없거든요. 여긴 내 학교예요. 교수님 것이 아니라요. 젊은 학생들이 흑마법을 사용해서 싸운다면 악당들에게는 무기를 허용해야겠네요. 그래야 공평하잖아요? 학생들의 비명이 들리기 시작하면 교수님이 무슨 짓을 했는지 깨닫게 되……."

"소피 왕비님!"

소피가 걸음을 멈췄다. "왜 그러시죠, 레소 교수님?"

"아가사랑 테드로스가 왕비님을 구하러 왔을 때 왕비님은 두 사람을 죽이지 못했어요." 레소 부인이 조용히 말했다. "이제 와서 두 사람을 죽일 수 있을 거라고 생각하는 이유가 뭐죠?"

소피는 얼음처럼 차가운 표정으로 몸을 돌렸다. "내가 악의 품에 다시 돌아온 것과 같은 이유죠. 마음은 바람을 끌어안는 법을 배운 후에는 그에 맞서 싸울 수 없습니다."

레소 부인은 소피의 뒷모습을 바라보았다. 검은 드레스 자락이 뱀처럼 그녀의 뒤를 스르륵 따라가고 있었다.

"말 한번 잘했다, 내 제자야." 학장은 미소 지으며 다시 두루마리 종이로 시선을 돌렸다. "맞는 말이고말고."

얼마 지나지 않아 학생들의 비명이 다시 복도로 쏟아져 나오기 시작했다. 상황은 예전보다 훨씬 심했다.

소피가 자신의 말을 실행에 옮겼기 때문이었다.

29

실패한 팀 배정

저 멀리 따뜻한 햇살이 비치는 안전한 피난처에서는 아가사가 신데렐라를 죽일 방법을 찾기 위해 머리를 쥐어짜고 있었다.

멀린은 젊은 학생과 늙은 영웅을 한 명씩 짝지어 팀을 만들었는데, 그가 선택한 아가사의 짝이 바로 이 끔찍한 공주였다. 아가사는 립스틱을 떡칠하는 이 골칫덩어리 노인과 짝이 될 것을 이미 알고 있었다. 헤스터, 아나딜, 호트가 그녀와 짝이 되면 단번에 도끼로 그녀의 머리를 박살 낼 것이기 때문이었다. (도트는 아예 고려 대상도 아니었다. 신데렐라는 그녀를 파리처럼 한 방에 으깨 죽여 버릴 것이다.)

아가사는 팀 배정에 항의할 수도 없었다. 멀린은 그날 점심 회의 이후 집을 떠나서 아직 돌아오지 않았다. 처음에는 아가사도 이 늙은 공주에게 배울 점이 있을 것이라고 진심으로 믿었다. 첫째, 신데렐라는 다른 영웅들에 비해 나이가 많은 편이 아니었다. 둘째, 두 사람은 더비 교수를 요정 할머니로 두었다는 공통점이 있었다. 셋째, 신데렐라 이야기에 따르면 그녀도 아가사처럼 자신에 대한 의구심을 극복함으로써 진정한 사랑을 찾았다.

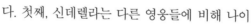

아가사는 열린 마음으로 자신의 멘토를 이해하기 위해 무척 노력했다. 하지만 일주일 가까이 훈련을 지속한 후 그녀가 배운 것이라고는 이 끔찍한 노인의 배를 갈라 버리고 싶은 충동이 들 때마다 10까지 숫자를 세며 마음을 다스리는 방법뿐이었다.

"**구제 불능 멍청이 같으니! 그건 마법 지팡이잖니!**" 신데렐라가 늘어진 턱살을 펄럭이며 고함을 질러 댔다. "**벌써 닷새나 연습을 했는데 똑바로 들지도 못하는 거냐?**"

"절 긴장하게 만드시니까 그러죠!" 아가사가 소리쳤다. 그녀는 더비 교수의 지팡이를 흔들림 없이 잡고, 느긋한 표정으로 나무에 기대 치즈 비스킷을 아작아작 씹는 하얀 토끼를 가리키려 애쓰고 있었다.

"**군대 전체가 널 죽이려고 달려들 텐데, 그 상황이 닥치면 얼마나 긴장이 될지 생각해 봐라!**"

"마법사님하고 잠깐만 얘기할 수 있으면, 제가 절대 이 임무를 맡으면 안 된다는 사실을 말씀드릴 수 있을 텐데……."

"**멀린은 없으니 그만 소리 집어치워!**"

"하지만 왜 제가 이걸 해야 하죠? 다른 사람이 하면 안 돼요?" 아가사가 말했다. 지팡이를 든 손이 너무 떨려, 머리에 쓴 왕관이 달그락거리는 소리가 들릴 정도였다.

"나도 도무지 이해할 수 없지만, 멀린은 소피가 반지를 파괴하게 만들 수 있는 사람은 너밖에 없다고 생각하더구나." 신데렐라가 소리치듯 말했다. "사실 내 생각은 전혀 달라. 난 네 살을 잘 저며서 튀긴 다음 악에게 화해의 선물로 보내야 한다고 생각한다."

두 사람은 말없이 씩씩대며 서로를 노려보았다.

"내 말 잘 들어, 이 꼴사나운 애송이야. 네가 반지를 파괴하게 만

선과 악의 학교 3

들 수 없으면 이 전쟁은 아무 의미가 없어." 신데렐라가 으르렁거리듯 말했다. "그리고 그 일을 해내는 방법은 하나뿐이야. 네 말을 안 들으면 죽을 수도 있다는 사실을 개한테 알려 줘야 해. 하지만 연습할 때 그런 마음을 먹지 않으면 실제 상황에서도 그런 마음이 생기지 않을 거야. 네 마음이 확고하지 않으면 그 아이는 금세 눈치챌 테고."

"하지만 그걸 연습하려고 토끼를 해칠 수는 없잖아요." 아가사가 나무에 기댄 하얀 토끼를 가리키며 말했다.

"아가사." 신데렐라는 차분한 말투를 유지하려 애쓰며 다시 입을 열었다. "토끼도 해칠 수 없는 사람이 가장 친한 친구를 어떻게 해칠 수 있겠니?"

"그냥 주문으로 기절시키면 안 돼요? 꼭 지팡이를 써야……."

"소피가 기절 주문 따위를 두려워하겠냐! 학교에서 배운 시시한 주문들은 개한테는 아무 효과가 없단 말이다!" 신데렐라가 결국 화를 참지 못하고 폭발했다. "개도 더비 교수의 지팡이를 보면 겁을 낼 거야. 네가 그걸로 자신을 쏠 거라고 생각한다면 말이다. 그리고 이 지팡이는 이 세상의 모든 마법이 그러하듯, 너의 의도와 신념에 반응한다. 멀린은 너에게 확고한 의도와 신념이 있다고 생각하던데, 내가 보기에는 그 사람이 틀린 것 같구나."

아가사는 이를 악물고 한숨을 내쉬었다. "딱 한 번이에요. 한 번만 하겠다고요."

신데렐라는 양손을 공중으로 내던지듯 휘둘렀다. "지금까지 아무것도 안 한 걸 생각하면 한 번은 엄청난 발전이지!"

아가사는 비아냥거리는 신데렐라를 애써 외면하고 하얀 토끼를 향해 천천히 지팡이를 들어 올렸다. 그녀는 군대가 격돌하는 모습을 머릿속에 그렸다. 이 전쟁의 운명이 그녀의 손에 달려 있다…….

아가사는 숨을 멈추고, 지팡이를 더욱 꼭 쥐었다.

'선을 위해서야. 선을 위해서 딱 한 번만!'

하지만 지팡이 끝에 보이는 얼굴은 토끼가 아니라 소피였다. 선이 되고자 그토록 노력했지만 결국 악이 되고 만 소피의 발그레한 얼굴과 에메랄드빛 눈이 그녀를 마주 보고 있었다.

두 사람의 결말은 이런 모습이 될 것이다. 소피를 죽이겠다고 마음먹은 아가사와 그녀를 바라보는 소피……. 정말 죽을 수도 있다고 소피가 믿어야 하는데……. 그래야 소피를 선으로 데리고 올 수 있는데…….

지팡이의 움직임 하나로 모든 것이 갈릴 것이다.

선과 악.

사랑과 증오.

친구와 적.

하지만 당장 아가사의 눈에 보이는 것은 친구뿐이었다.

"안 되겠어요." 아가사가 지팡이 든 손을 내리며 속삭였다. "소피를 해칠 수는 없어요."

하얀 토끼는 태연한 표정으로 비스킷을 입에 털어 넣었다.

신데렐라는 순식간에 아가사의 손에서 지팡이를 낚아채 토끼를 향해 하얀 빛을 쏘았다. 하얀 토끼는 나무에 부딪치면서 의식을 잃었다. 늙은 영웅은 무서운 눈으로 아가사를 노려보면서 지팡이를 돌려주었다.

"잠시라도 널 진짜 왕비로 생각한 내가 바보였어."

그녀는 아가사를 혼자 남겨 둔 채 집 쪽으로 저벅저벅 걸어갔다.

갈등이 깊어지는 팀은 또 있었다.

처음부터 도트는 빨간 망토와 한 팀이 된 것에 대해 화를 냈다. ("둘 다 케이크를 좋아한다고 해서 다른 것도 잘 맞으라는 법은 없다고." 도트가 아나딜에게 투덜댔다.) 그리고 빨간 망토가 그녀에게 가르쳐 줄 것이 아무것도 없다는 사실이 드러나는 순간, 상황은 더욱 악화됐다.

"늑대보다 빨리 뛸 수도 없고, 그렇다고 늑대를 때려눕힐 수도 없어. 얄은 속임수에 속아 넘어가지도 않을 거야." 빨간 망토가 깊은 생각에 빠진 얼굴로 중얼거렸다. "내가 네 나이 때 썼던 방법을 쓰는 게 제일인 것 같다. 도와 달라고 소리 지르는 거지. 근처에 나무꾼이 있으면 달려와 줄 수도 있거든."

"그게 다예요? 지나가는 나무꾼이 도와주기를 기대하라고요?"

추억에 잠긴 듯 아련한 표정을 짓는 빨간 망토의 양 볼이 발갛게 물들었다. "가죽과 흙냄새를 풍기는 잘생긴 나무꾼이……."

"저기요, 빨간 망토…… 선생님. 늑대는 선생님을 보는 즉시 달려들 거예요. 이야기의 결말을 다시 써야 하니까요. 그런 일이 일어나게 놔둘 순 없어요." 도트는 자신과 남자 고르는 취향이 비슷한 선생님과 친해지고 싶은 마음이 굴뚝같았지만, 충동을 억누르며 단호한 말투로 말했다. "늑대가 선생님을 죽이면 교장은 독자 세계를 보호하는 막을 부숴 버릴 거예요. 마법사님이 말씀하셨잖아요. 이곳에 있는 영웅 중 한 명이라도 죽으면 그렇게 될 거라고요."

빨간 망토는 손가락으로 입술을 톡톡 두드렸다. "초콜릿이라고 했나? 그게 네 탤런트지?"

"맙소사! 두꺼비나 쥐 한 마리를 초콜릿으로 바꾸는 데에 힘이 얼마나 들어가는지 아세요? 늑대 한 마리를 초콜릿으로 바꾸기는 불가능……."

도트는 싱긋 웃고 있는 빨간 망토를 발견하고 말을 멈췄다. "한 마리를 다 바꿀 필요는 없지."

유쾌한 멘토가 자신의 계획을 설명하자 도트의 입가에도 미소가 번지기 시작했다. 그녀는 그제야 멀린이 이렇게 팀을 짠 이유를 이해할 수 있었다. 빨간 망토의 계획은 진심으로 훌륭했다. 도트는 그후 나흘 동안 군소리 없이 계획을 연습했고, 심지어 그것이 자신과 멘토의 공동 아이디어인 척 자랑하기까지 했다.

한편 헨젤과 그레텔과 한 팀이 된 헤스터는 더없이 어색한 분위기에 속앓이를 하고 있었다.

"저 둘한테 별 감정 없다고 했잖아." 아나딜이 먼저 입을 열었다.

"한집에서 지내도 죽이진 않겠단 뜻이었지! 그게 같이 훈련할 수 있다는 말은 아니잖아." 헤스터가 꽥 소리 질렀다.

휠체어 신세를 지는 두 남매도 자신들을 잡아먹으려 했던 마녀의 딸을 돕는다는 사실이 불편하기는 마찬가지였다. ("얘도 어린애들 잡아먹나?" 헨젤은 그레텔에게 이렇게 묻기도 했다.)

하지만 시작이 불안했음에도 불구하고 세 사람은 의외의 지점에서 공통점을 발견했다.

"우리 친구 아니야. 맞지?" 헨젤이 헤스터에게 말했다. "하지만 우리 원하는 거 같아. 너희 엄마 다시 무덤으로 가야 해."

"다시 말씀드리는데요, 그건 제 엄마가 아니라고요." 헤스터가 쏘아붙였다.

"음……." 무언가를 골똘히 생각하던 그레텔이 입을 열었다. "넌 엄마 아니라고 해도 그쪽은 너 딸이라고 생각해……."

그레텔의 말을 단번에 이해한 헤스터가 눈을 휘둥그렇게 뜨고 그녀를 바라보았다.

선과 악의 학교 3

"뭐? 그래서 어쩌자고?" 헨젤이 어리둥절한 표정으로 두 여자의 얼굴을 번갈아 바라봤다.

하지만 그레텔과 헤스터는 아무 말 없이 서로를 향해 싱긋 미소 지었다. "무슨 말인지 알지, 어린 마녀?" 그레텔이 물었다.

"당연하죠." 헤스터가 대답했다.

그레텔은 그제야 헨젤을 바라보며 활짝 웃음 지었다. "멀린이 똑똑한 애 우리 팀 해 줬어."

하지만 헨젤은 여전히 멍한 표정으로 동생을 바라볼 뿐이었다.

"제가 선생님 오빠보다는 똑똑한 것 같네요." 헤스터가 깔깔 웃으며 말했다.

그레텔은 손을 뻗어 그녀에게 하이파이브를 청했다.

오크나무 수풀 너머에서는 아나딜이 머리를 쥐어뜯고 있었다. 잭과 브라이어 로즈와 한 팀이 되었기 때문이었다. ("둘은 사랑하는 사이잖아. 마법사님이 둘을 붙여 놓은 걸 뭐라고 할 순 없지." 도트가 말했다. "그 사람들 화장실 갈 때도 안 떨어진다고!" 아나딜이 버럭 소리 질렀다.)

멘토가 둘인 것으로 끝나는 문제가 아니었다. (쭈글쭈글한 노인들이 코앞에서 애정 행각을 벌이는 것도 괴롭지만) 더 큰 문제는 아나딜 혼자서 악당 둘, 즉 잭의 거인과 브라이어 로즈의 사악한 요정을 상대해야 한다는 점이었다. 하지만 헤스터의 부하 이미지에서 벗어나기 위해 지금껏 부단히 노력해 온 아나딜에게 사실 이러한 부담은 견딜 가치가 있는 것이기도 했다. 잉꼬 커플 멘토쯤은 참아 줄 수 있었다. 남들보다 두 배 더 오래, 더 열심히 훈련해야 한다면 그것도 받아들일 수 있었다. 그녀가 악당 둘을 해치우기만 하면 다시는 누구도 그녀를 헤스터의 부하라고 말 못 할 것이다.

최악의 짝을 만난 사람은 단연 호트였다. 그는 지난 몇 주 동안 소피의 마음을 얻는 데에만 정신이 팔려, 이 집 안을 돌아다니는 늙은이들 중 하나가 자신의 철천지원수라는 사실을 까맣게 잊고 있었다.

피터 팬이 있었던 것이다.

'피터 팬!'

처음 그를 보았을 때, 호트는 자기 눈을 믿을 수 없었다. 피터 팬은 영원히 늙지 않기로 맹세한 소년인데, 눈앞에 나타난 사람은 늙기만 한 것이 아니라 대머리에 피부는 쭈글쭈글하고 기력도 쇠한 노인이었다. 하지만 노인의 어깨에 걸터앉은 팅커벨을 발견한 순간 호트는 가슴이 철렁 내려앉았다.

해적 깃발 전투 때 자신의 아버지를 살해한 영웅, 여섯 살인 자신을 고아로 만들어 버린 영웅, 평생 꿈에서 결투를 벌였던 바로 그 영웅과 한 팀이 되다니…… 호트는 심장이 멎을 것만 같았다. 하지만 충격이 조금 가라앉자 분노 대신 공허한 절망이 그의 가슴을 채웠다. 그가 꿈속에서 본 피터 팬은 젊고 자신만만한 꼬마였다. 건방진 데다 모욕적인 말도 서슴지 않는 그를 호트는 공정한 결투를 통해 아무 죄책감 없이 처단할 수 있었다. 하지만 평범한 노인이 되어 버린 피터 팬을 보자 싸우고 싶은 생각이 들지 않았다.

바로 그 순간, 호트는 자신들이 맞서 싸워야 하는 교장과 자신의 차이점을 발견했다. 교장과는 달리 호트는 한 이야기가 끝나고 다음으로 넘어가야 할 때를 알았다.

훈련 첫날, 호트와 피터 팬은 칼로 손바닥을 그어 피의 맹세를 했다. 그것은 서로에 대한 존중의 표현이었다. 호트는 후크 선장의 목을 베어 그를 무덤에 돌려보내겠다고 약속했고, 피터 팬은 전쟁이 그들의 승리로 끝나면 호트와 함께 그의 아버지 무덤을 찾겠다고 약속했다.

여섯째 날, 신데렐라와 아가사는 훈련 장소에 나타나지 않았다.

다른 사람들은 모두 아침을 먹은 후 오크나무 숲으로 나왔지만, 늙은 공주는 잠옷 차림으로 서재 벽난로 앞에 쭈그려 앉아 마시멜로를 구웠다. 아가사는 몸을 동글게 웅크리고 침대에 누워 창문 너머 넓은 황야에서 서로에게 칼을 휘두르는 랜슬롯과 테드로스의 모습을 바라보았다.

왕자는 어머니와 둘만의 시간을 보낸 후 조금씩 그녀와 가까워졌다. 식사 시간에는 옆자리에 앉고, 설거지를 돕기도 했으며, 밤이 되면 정원에서 단둘이 산책을 즐겼다. 아가사는 왕자의 이런 다정한 모습에 감동받았지만, 그런 말을 입 밖에 냈다가 테드로스가 멋쩍어 태도를 바꿀까 봐 아무 말도 하지 않았다. (남자아이들은 무엇인가 잘했다고 칭찬을 하면 오히려 그 행동을 하지 않으려고 엄청나게 노력한다는 사실을 그녀는 경험을 통해 알고 있었다.) 하지만 오래된 분노를 내려놓고 어머니와 새로운 관계를 만들어 가는 그에게서 아가사는 훌륭한 왕자이자 애정 어린 아들의 모습을 보았다. 뿐만 아니라 그가 멋진 왕이 될 것이라는 확신도 생겨났다.

이런 왕자가 랜슬롯과 한 팀이 되었으니, 기사에게도 마음을 열고 어머니에게처럼 상냥한 모습을 보여 줄 것이라는 기대는 아가사 입장에서는 당연한 것이었다.

하지만 그녀의 생각은 틀렸다.

테드로스는 얼굴이 벌겋게 달아오른 채 랜슬롯을 향해 아버지의 검을 미친 듯 휘둘렀다. 하지만 승리는 늘 기사의 것이었다. 테드로스는 패배뿐 아니라 굴욕까지 맛보아야 했다. 랜슬롯이 이길 때마다 칼로 그의 귀를 슬쩍 긋거나, 머리카락을 잘라 내거나, 혹은 칼날의 납작한 면으로 엉덩이를 탁 때렸던 것이다. 멀린은 테드로스가 이 위대한 기사의 검술을 배우기를 바라며 둘을 한 팀으로 엮었을 것이다. 하지만 훈련 엿새째가 되자 왕자는 정신 나간 짐승처럼 툴툴거리고 침을 흘리며 기사를 향해 엑스칼리버를 마구 휘둘렀다. 그는 자신의 자존심뿐 아니라 아버지와 그의 왕국을 지키기 위해 싸우는 사람 같았다.

랜슬롯은 전보다 더 가차 없이 왕자를 무릎 꿇렸다.

몇 번의 대결에서 진 왕자가 마침내 말똥 거름에 얼굴을 처박으며 쓰러진 후, 아가사가 마침내 자리에서 일어났다. 그녀는 천천히 목욕을 하고, 먹을 것이 남아 있기를 바라며 느릿느릿 부엌으로 향했다.

"훈련 안 하니?" 귀네비어가 시금치 오믈렛과 차가 담긴 머그잔을 내려놓으며 물었다.

아가사는 파르스름한 머리에 롤러를 잔뜩 끼우고 서재에 느긋하게 앉아 구운 마시멜로를 치즈 비스킷에 얹고 있는 신데렐라를 바라보았다. "테드로스랑 기사님 사이가 어떤지 아시죠?" 그녀가 귀네비어에게 시선을 돌리며 말했다. "저희 사이에 비하면 둘은 연인이에요."

"비스킷 하나만 더 다오. 이건 부서져 버렸어." 신데렐라가 쩌렁쩌렁 울리는 목소리로 말했다.

아가사는 못들은 척 귀네비어를 향해 말을 이었다. "마법사님과 얘기를 좀 해야겠어요. 벌써 엿새나 됐잖아요. 마법사님 어디 계신지 아시면……."

"너도 봐서 알겠지만, 마법사님은 자기 계획이나 행방에 대해서 말씀을 잘 안 하셔." 귀네비어가 대답했다.

아가사는 고개를 돌려 창밖을 바라보았다. 저 멀리 오크나무 숲에서 훈련 중인 노인과 젊은이 들의 실루엣이 보였다. "마법사님은 우리가 어떻게 이 전쟁을 이길 수 있을지도 말씀 안 하셨어요. 교장 편에는 어둠의 군대와 학생들이 있어요. 우리보다 인원이 스무 배나 많다고요."

"마법사님이 젊은 학생들까지 전쟁에 참여시키는 건 확실한 계획이 있다는 뜻이야." 귀네비어가 미소 지으며 대답했다.

"아니면 그만큼 절망적이라는 뜻일 수도 있죠." 아가사의 말에 귀네비어의 얼굴에서 미소가 사라졌다. 그녀는 아가사에게 차를 더 따라 주었다. "그래도 모자는 우리한테 주고 가셨잖아!" 귀네비어가 기운을 내보려는 듯이 쾌활한 목소리로 말했다. "안 그랬으면 나 혼자 이 많은 사람 음식을 어떻게 준비했을지 모르겠어. 불쌍한 녀석! 지쳐 쓰러져 버렸네." 그녀는 화초 위에 축 늘어져 낮게 코를 골고 있는 모자를 흘끗 바라보았다. "다들 전쟁 준비에 힘을 보태고 있는데 나만 아무것도 안 하는 것 같아."

"스무 명이나 되는 사람들을 이 집에서 건사하고 계시잖아요. 그중에는 심지어 까다로운 노인 영웅들이 여섯 분이나 계신데 말예요. 식사 준비, 빨래, 설거지, 그 외의 다른 일들을 다 혼자 하고 계신데요. 그건 힘을 보태는 정도가 아니라 이끌어 가는 수준이라고 봐요." 아가사가 말했다. "전쟁 준비에 도움이 안 되는 사람은 사실 저예요. 마법사님이 절 믿고 제일 중요한 임무를 맡기셨는데 못 하고 있잖아요. 마법사님하고 얘기라도 할 수 있으면, 저는 소피가 반지를 파괴하게 만들 수 없고 그 일을 저에게 맡기면 우린 이 전쟁에서 질 거란 사실을 말씀드릴 텐데."

귀네비어가 눈썹을 둥글게 치켰다. "이런 상황에 사라져 버리다니, 참 속편한 사람이네."

아가사도 같은 생각이었다.

하지만 둘을 제외한 다른 사람들은 멀린이 사라진 것에 대해 별로 신경을 쓰지 않았다. 그저 막연히 어딘가에서 악에 맞설 완벽한 계획을 짜고 있다고 생각하는 것 같았다. 하지만 마법사가 없는 저녁 식사를 한 번 더 치른 후, 사람들 사이에서 불안이 싹트기 시작했다.

"이제 시간도 없는데 우리끼리 악을 모두 상대할 수는 없어." 호트가 초조한 표정으로 말했다. 아가사와 테드로스, 그리고 세 마녀와 함께 초콜릿 쿠키 밤참을 먹는 자리였다. (처음에는 생강 쿠키였지만 도트가 솜씨를 발휘했다.) "일단 우린 무기가 없어! 이곳에서는 무기 쓸 일이 거의 없다 보니 우리가 지금 쓸 수 있는 건 낡고 녹슨 연습용 칼 두 자루랑 고기 써는 칼 몇 개뿐이야. 쥐도 못 잡을 무기들을 가지고 불로 태워야만 죽일 수 있는 좀비들을 어떻게 막아? 대체 뭘 가지고 싸우란 말이야? 어떻게 악을 이기냐고?"

"이긴다고? 마법사님이 돌아와서 우릴 내보내주지 않으면 거기까지 가지도 못할 판이야." 헤스터가 대꾸했다.

호트는 입을 헤벌리고 그녀를 쳐다보다가 갑자기 아가사를 향해 고개를 홱 돌렸다. "이게 다 너 때문이야! 갑자기 고상한 척하면서 젊은 사람과 늙은 사람이 힘을 합치느니 어쩌니 해서 우리 모두 죄책감을 느끼게 했잖아. 마법사님은 계획에 대해 한 마디도 안 했는데 말이야."

"나 때문이라고?" 아가사가 곧바로 쏘아붙였다. "자기한테 다 맡기라고 한 사람은 마법사님이야. 어디에선가 거대한 군대를 구해

와서 우리 뒤를 든든히 받쳐 줄 것처럼 말이지. 일주일 후에 이렇게 우리끼리 남게 될 줄 내가 어떻게 알았겠어……."

"군대는 없어." 아나딜이 말했다. "선인 왕국들은 우리를 도와주지 않을 거야. 기억하지?"

"숫자만 문제가 아니야." 헤스터도 거들었다. "아가사랑 테드로스가 학교에 몰래 들어갈 때, 마법사님이랑 우리는 몇 주씩 시간을 들여서 준비했어. 지금은 그때보다 더 위험한 상황인데 마법사님이 안 계시잖아."

"다치셨으면 어쩌지?" 도트의 얼굴이 창백해졌다. "돌아가신 거 아냐?"

"바보 같은 소리 하지 마!" 테드로스가 씩씩거리며 소리쳤다. "곧 오실 거야. 아무 문제 없을 거라고."

하지만 왕자는 초콜릿 쿠키를 세 개째 먹고 있었다. 그것은 분명 문제가 있다는 뜻이었다. 아가사는 왕자를 위로하기 위해 그의 손을 꼭 쥐었다. 테드로스는 땀에 흠뻑 젖은 손을 들키기 싫었는지 황급히 잡아 뺐다.

"여기 좀 덥네." 테드로스가 말했다. 사실과 전혀 다른 말이었다.

아가사는 그의 마음을 편하게 해 주기 위해 고개를 끄덕였다.

"난 두렵지 않아." 테드로스가 다시 큰 소리로 말했다. "선생님이 안 돌아오시면, 내가 호수의 정령에게 명령해서 비밀 통로를 열게. 나 혼자서도 충분히 전쟁을 지휘할 수 있어!"

"기사님한테 져서 또 똥 더미에 처박히지나 마." 호트가 코웃음 쳤다.

테드로스는 아무 말 없이 네 번째 쿠키를 집어 들었다.

아치형 복도 너머 식탁에는 옛 영웅들이 둘러앉아 있었다. 식탁 위에는 짝지어진 대리석 조각상들이 그대로 놓여 있었다. 연맹 회원들도 젊은이들과 마찬가지로 멀린이 사라진 것에 대해 이야기하는 것 같았다.

"이제 자러 가자." 도트가 하품했다. "잠을 잘 자면 문제도 잘 풀리는 법이야."

아무도 토를 달지 않았다.

몇 시간이 지났지만 담요를 둘둘 말아 덮고 손님방 바닥에 드러누운 아가사는 잠들지 못하고 깨어 있었다. 집 안 곳곳에서 온갖 희한한 코골이와 쿵쿵거리는 소리가 울리며 집 전체를 흔들었다. 그녀는 도트와 아나딜, 헤스터에게 침대를 양보했다. 아기 강아지들처럼 서로 뒤엉켜 잠든 세 마녀는 아가사의 머리 위로 베개를 떨어뜨리기도 했다.

아가사는 복잡한 생각들로 잠을 이룰 수 없었다. 그녀와 테드로스를 이렇게 오랫동안 은신처에 숨겨 두다니, 멀린이 치명적인 실수를 저지른 것은 아닐까? 호수의 정령이 그들을 이곳에 숨긴 지도 3주가 다 되어 간다. 그동안 그들은 귀네비어와 랜슬롯이 일궈 놓은 느긋하고 평온한 삶 속에 녹아들어, 저 바깥 숲에서는 전설의 영웅들이 죽어 가고 독자들은 선에 대한 믿음을 잃어 가고 있다는 사실을 잊어버렸다. 이곳 황야에서 태양은 여전히 강렬하게 빛났고, 음식은 풍부했으며, 그들은 악으로부터 안전했다……. 하지만 사실 그들의 삶에는 어둠이 내리고 있었다. 악의 군대가 일어나고, 그녀의 가장 친한 친구는 교장의 편에 서서 그들과 싸우려 하고 있었다. 비밀 통로 바깥의 세상은 어떤 모습일까? 그녀와 테드로스는 변해 버린 바깥세상을 마주할 준비가 되어 있을까?

물론 바깥에 나갈 수 있을지조차 확실치 않았다.

멀린이 돌아와야 가능한 일이니까.

아가사의 심장이 더욱 거칠게 요동쳤다. 지금 잠들지 않으면 결국 뜬눈으로 밤을 새우고 말 것이다. 아가사는 반대쪽으로 돌아눕기 위해 담요를 바짝 끌어당겼다.

순간 담요에서 무언가 이상한 점이 느껴졌다. 평소보다 두껍고, 보송보송하고, 부드럽고, 오래된 캐비닛 냄새가 났던 것이다. 그 사이 어둠에 익숙해진 눈으로 그녀는 담요 이곳저곳을 훑기 시작했다. 보라색 솔기…… 은색 별들이 박힌 안감…….

아가사가 숨을 헉 들이마셨다.

그녀는 두근거리는 가슴을 진정시키며 마법사의 망토를 머리 위로 홱 잡아당겼다. 그녀의 몸은 보라색 하늘을 둥둥 날아 곧 구름 위에 가볍게 착지했다.

멀린이 그녀를 기다리고 있었다.

아가사는 하얀 안개 속에 책상다리를 하고 앉았다. 멀린과는 어깨가 닿을 만큼 가까운 거리였다. 두 사람은 잠시 아무 말 없이 셀레스티움의 거대한 침묵에 흠뻑 젖어들었다. 마법사는 전보다 많이 야위어 보였지만, 아가사는 그가 곁에 있다는 사실만으로도 이미 마음이 편안해진 것을 느낄 수 있었다.

"어디 계셨어요?" 마침내 아가사가 입을 열었다.

"오랜 친구를 만났지."

"엿새 동안이나요?"

"시간만 있었으면 훨씬 더 오래 있었을 거다." 멀린이 아쉬운 듯이 말했다. "모자가 없는 건 좀 아쉽더구나. 마법의 힘 없이 괜찮은 식사를 준비하는 게 그렇게 어려울지 정말 몰랐다. 사람들이 이래서 인생의 동반자를 찾나 보다 싶더구나. 둘이 있으면 음식 준비하는 부담을 나눌 수 있잖니? 하지만 혼자 사는 것에도 좋은 점이 있지. 자립심을 키울 수 있고, 마음 내킬 때 여행을 갈 수도 있고, 머리는 일주일에 한 번만 감아도 되고."

아가사는 마법사가 본론을 꺼내기를 조용히 기다렸다.

"여긴 참 놀라운 곳이지?" 마법사가 별이 총총한 허공을 물끄러미 바라보며 한숨을 내쉬었다. "여기만 오면 내가 본 것들을 잊게 된단다. 목이 잘리고 더럽혀진 선의 옛 영웅들, 숲에 남겨진 채 썩어 가는 그들의 시체 같은 것들 말이다. 엄지공주나 알라딘처럼 유명한 이들도 있고, 이름 대신 '영리한 재단사'나 '약삭빠른 거지 소년'으로 알려진 이들도 있어. 난 할 수 있는 한 많은 이를 묻어 주었단다. 하지만 때가 되면 선과 악의 정원에 적절한 무덤을 마련해 줘야겠지."

슬픔의 그림자가 그의 얼굴을 덮었다. 그는 숲에서 본 것들을 생각하느라 더 이상 말을 잇지 못했다. 아가사는 자신 역시 죽은 영웅들을 위해 슬퍼해야 한다는 것을 알았지만, 사실 그녀의 머릿속에는 어떻게 하면 그들과 같은 운명을 피할 수 있을까 하는 생각뿐이었다.

"마법사님." 아가사가 부드러운 목소리로 입을 열었다. "저희를 이곳에 두고 떠나시면서, 저희보다 스무 배나 수가 많은 악의 군대를 어떻게 이길 수 있을지 전혀 설명을 안 해 주셨잖아요……."

"그랬지. 하지만 지금 내게 제일 중요한 건 네가 소피를 설득해 반지를 파괴하는 임무를 얼마나 충실히 준비했느냐 하는 거란다."

"전 못 해요, 마법사님. 소피가 자기 의지로 반지를 파괴해야 한다고 말씀하셨잖아요. 죽이겠다고 협박하는 건 선택권을 주는 게 아니에요. 선한 행동도 아닌 것 같고요."

"신데렐라가 그렇게 하라더냐? 소피를 협박해서 반지를 파괴하게 하라고?" 멀린이 경악한 표정으로 되물었다.

"지난 닷새 내내 저한테 하얀 토끼를 괴롭히게 하셨어요."

멀린이 끙 신음을 내뱉었다. "더비 교수의 지팡이를 달라고 할 때 알아봤어야 했는데! 그 사람이 좀 거친 면이 있어. 어릴 때 환경 때문일 거야. 원하는 걸 얻기 위해 친구를 협박하는 건 도덕적으로 문제가 있을 뿐 아니라 아무 효과도 없다. 이미 말했듯이 교장을 쓰러뜨리려면 소피가 반지를 파괴해야만 해. 그런데 만약 소피가 반지를 파괴하지 않고 죽으면, 교장은 육체적인 면에서는 진정한 사랑을 잃겠지만 영혼의 측면에서는 그렇지 않다. 다시 말해서 교장은 지금 같은 모습으로 영원히 살 수는 없지만 여전히 팔팔하게 살아서 악당들의 군대를 지휘할 테고, 그를 죽이는 건 불가능한 일이 되겠지. 그건 우리가 원하는 결말이 아니야."

마법사는 잠시 말을 멈추고 생각에 잠겼다. "하지만 신데렐라의 접근 방식에서 배울 점도 있는 것 같구나. 소피는 악의 왕비가 되었어. 그 아이의 선한 면에 호소해서는 반지를 파괴하도록 설득할 수 없을 거다. 반대로 그 아이 내면 가장 깊은 곳의 악을 마주하고, 반지를 파괴해야 하는 이유가 있음을 증명해야 해."

아가사가 멀린을 쳐다보았다.

"하지만 기회는 한 번뿐이니 현명하게 활용하렴."

아가사는 마법사가 말한 단 한 번의 기회를 어떻게 써야 할지 생각해 보았지만…… 여전히 방법이 떠오르지 않았다.

"마법사님, 떠나시기 전에 교장이 가발돈에서 무엇인가를 찾고 있다고 말씀하셨잖아요. 선을 영원히 파괴할 수 있는 무엇인가가 있다고요. 그게 뭔지 아직 모르세요?"

"안타깝게도 나 역시 너처럼 임무를 제대로 수행하지 못했단다."
마법사가 건조한 말투로 대답했다. "하지만 우리가 아발론으로 오
는 길에 네가 나에게 했던 말이 자꾸 떠오르기는 해. 교장이 결국
선을 파괴하는 사람은 자신이 아니라…… 소피라고 했다는 말 말
이다."

아가사는 악의 전시관에서 라팔이 했던 말을 기억해 냈다. "교장
은 동화에서 가장 위험한 사람은 사랑을 위해 뭐든 할 수 있는 사람
이라고 했어요."

멀린이 턱수염을 쓸어내리는 동안 그의 안경이 콧등을 따라 주
르륵 흘러내렸다.

"혹시 소피 엄마랑 관계된 말일까요?" 아가사가 슬쩍 마음속에
담아 두었던 말을 꺼냈다. "시체도 아직 못 찾았잖아요. 교장한테
있는 것 아닐까요?"

"관계가 있을 수도 있지. 어쩌면 그보다 훨씬 더 큰 것과 연관되
어 있을지도 몰라." 멀린이 대답했다. "지난번 여기 왔을 때 내가 한
말 기억하지? 수백 년 동안 사랑이 선의 편에 있었기에 악은 선을
이길 수 없었어. 하지만 왜였을까? 교장이 권력을 위해 자기 형제
를 죽였고, 그건 악이 결코 사랑할 수 없다는 증거가 되었기 때문이
지. 그 끔찍한 짓의 균형을 맞추기 위해 이야기꾼은 모든 이야기에
서 선에게 승리를 주었어. 다만 진정한 사랑이 선에게 있어야 했지.
그런데 이제 교장은 소피를 왕비로 맞이했고, 그녀의 사랑으로 자
기 형제를 죽인 행위를 만회할 수 있다고 믿는 거야."

"그건 말이 안 되는데요." 아가사가 반박했다. "교장이 소피의 사
랑을 얻었다고 해서 자기 형제를 죽인 사실이 사라지지는 않잖아
요."

선과 악의 학교 3

"맞아." 멀린이 대답했다. "그러니까 질문은 그대로 남지. 교장은 이 이야기의 결말에서 소피가 그를 위해 무엇을 하기를 바라는 걸까? 소피가 자신의 원죄를 없애 줄 거라고 생각하나? 만약 그렇다면…… 그게 애초에 소피를 자신의 진정한 사랑으로 선택한 이유일까?"

아가사는 속이 울렁거렸다. "마법사님, 교장의 계획이 뭐든 우린 못 이겨요. 혹시 어디서 도움이라도 받을 수 있다면 모르지만요. 학생 몇 명이랑 금방 쓰러질 것 같은 노인들이 어떻게 전쟁에서 이길 수 있겠어요?"

아가사가 소리쳤지만, 멀린은 골똘히 생각에 잠겼다. "아가사, 우리가 이야기를 애초에 잘못 이해한 것은 아닐까?" 마법사가 낮은 목소리로 입을 열었다. "교장이 자기 형제를 죽인 것이 아예 죄가 아니라는 사실을 증명하면 어떻게 되지? 사랑은 가장 위대한 선이 아니라 가장 위대한 악이라는 걸 증명해 낼 수 있다면? 그럼 어떻게 되겠니?" 마법사가 상체를 벌떡 일으켰다. "그러면 선은 악이 되고, 악은 선이 되는 거야. 교장이 말한 것처럼……."

아가사는 고개를 흔들었다. "마법사님, 그건 말이 안 돼요……."

멀린은 아가사가 옆에 있는 것을 깜빡 잊었다는 듯이 그녀의 목소리에 움찔했다. "내가 참 생각이 부족했구나. 한밤중에 널 이런 데 데려오다니! 앞으로 할 일이 많은 애를 한숨도 못 자게 붙들고 있으면 안 되지. 어서 자라……. 잠시라도 눈을 붙여……."

아가사가 얼굴을 찡그렸다. "잠깐만요. 교장하고 어떻게 싸워야 할지 말씀해 주셔야죠. 우리가 어떻게 해야……."

하지만 아가사의 입에서는 이미 하품이 나오고 있었다. 마법사가 그녀에게 마법을 쓴 것이 분명했다. 그녀는 몸에 힘이 풀리고 머리가 무거워지는 것을 느꼈다. 잠시 후 닻이 바닥을 향해 떨어지듯 그녀의 몸이 구름을 뚫고 떨어져 내리기 시작했다. 그녀는 멀린을 향해 손을 뻗었다. 잠을 몰아내고 그를 움켜잡으려 발버둥 쳤지만 그녀의 두 손에 닿는 것은 하얀 별들뿐이었다. 그녀는 따스한 하늘의 맛이 입안에 퍼지는 것을 느끼며 어둠 속으로 빠져들었다.

텅 빈 어둠 속에서 뒤엉킨 여러 목소리가 점점 커지면서 아가사의 잠을 깨웠다.

그녀는 귀네비어의 낡은 파란색 담요를 덮고 손님방 바닥에 큰 대자로 누워 있었다. 마녀들이 사라진 침대는 이미 말끔히 정리되었고, 바깥은 깜깜했다. 시커먼 하늘에는 태양도 보이지 않았다.

아가사는 목소리를 따라 서재로 향했다. 젊은 친구들과 늙은 영웅들이 오트밀을 떠먹으며 삼베 가방에 크래커와 과일, 물통을 집어넣고 있었다. 모두 두꺼운 검정색 망토를 입고 낮은 목소리로 대화를 나눴는데, 귀네비어만은 잠옷 차림으로 랜슬롯의 짐을 대신 싸고 있었다. 자신의 검을 닦는 기사를 바라보며 서재에 들어선 아가사는 새로운 사실을 한 가지 발견했다. 젊은 학생들과 늙은 영웅으로 늘 갈라져 있던 사람들이 이제는 팀별로 모여 있었다. 호트는 피터 팬과 함께였고, 아나딜은 잭과 브라이어 로즈 곁에 있었으며, 헤스터는 헨젤과 그레텔 옆에, 도트는 빨간 망토 옆에 있었다. 아가사가 다가오는 것을 본 호트와 피터 팬은 말을 멈추었고, 곧 다른 팀들도 입을 닫았다.

그때 멀린이 식당에서 커피가 담긴 머그잔을 들고 느릿느릿 서재로 들어섰다.

"너 좀 쉬라고 다들 조용히 했어."

아직 잠이 덜 깨 몽롱한 아가사의 어깨를 누군가가 부드럽게 잡았다.

아가사는 고개를 들어 테드로스를 바라봤다. 깨끗하게 씻고 검정색 망토를 두른 아름다운 소년은 등에 엑스칼리버를 메고 있었다. 그는 두려움 섞인 미소를 지으며 아가사의 손을 꽉 쥐었다.

"때가 됐어." 그가 말했다.

30
사과와 고백

아가사는 불행한 결말을 확신했다. 테드로스가 랜슬롯에게 어머니와 함께 그곳에 남으라고 말하는 장면을 보았기 때문이다. 테드로스는 전쟁을 하려면 그들의 군대에 기사가 필요하다는 사실을 누구보다 잘 알고 있었다. 그런 그가 랜슬롯에게 집에 남으라고 말하는 것은 그들의 군대가 모두 죽으리라고 예상한다는 뜻이었다. 왕자는 이 망나니 기사를 경멸할지언정, 어머니가 그를 잃고 혼자가 되는 상황은 견딜 수 없을 것이다.

물론 그의 제안은 받아들여지지 않았다. 귀네비어가 그의 말을 들을 리 없었다.

귀네비어는 달빛이 비치는 황야에 나와 랜슬롯에게 작별 인사를 했다. 다른 손님들과도 하나하나 포옹을 나눴다. 마치 잠시 시내에 나갔다가 점심시간이면 돌아올 사람들을 배웅하듯 가볍고 건조한 인사였다.

하지만 아가사의 차례가 되자 전 왕비는 더 이상 마음을 숨기지 못했다. 그녀의 입술이 파르르 떨리고 눈가는 촉촉이 젖었다.

"테드로스를 잘 돌봐 다오." 귀네비어가 속삭였다.

"그럴게요." 아가사가 울음을 참으며 대답했다.

그때 차가운 것이 그녀의 머리에 와 닿았다. 아가사는 고개를 들어 왕자를 바라보았다.

"이거 방에 두고 나왔더라." 그녀의 머리에 왕관을 씌운 왕자가 짓궂은 미소를 지었다. "일부러 그런 건 아니겠지?"

왕자는 고개를 돌려 어머니를 바라보았다.

두 사람 모두 감정이 북받쳐 쉽게 입을 열지 못했다. 긴 고통의 시간을 보내고 마침내 함께하게 된 어머니와 아들……. 하지만 두 사람은 다시 헤어져야만 했다.

"나도 같이 갈게, 테드로스." 귀네비어가 애원했다. "나도 싸울 수 있어……. 우리 같이……."

"안 돼요." 왕자가 단호하게 그녀의 말을 잘랐다. "기사님과 제가 유일하게 의견 일치를 본 부분이에요."

귀네비어가 눈물을 흘리며 고개를 저었다.

테드로스는 그녀를 가슴에 안았다. "잘 들으세요, 어머니. 우리는 제 대관식에 함께 가게 될 거예요. 아가사와 제가 이 이야기를 끝맺고 교장이 죽고 나면요. 어머니의 이야기는 그렇게 끝날 거예요. 여기가 아니라 카멜롯에서 말예요. 그곳에서 어머니는 할머니가 되고…… 평생 사랑만 받으며 사실 거예요……. 저 못생긴 기사도 데려오게 해 줄게요."

귀네비어가 훌쩍이며 웃음을 터뜨렸다. "약속해 다오, 테드로스. 돌아오겠다고 약속해 줘."

"약속해요, 어머니." 테드로스가 잠긴 목소리로 대답했다.

하지만 아가사는 그것이 거짓말이라는 사실을 알고 있었다.

그때 테드로스의 등 뒤에서 무엇인가를 발견한 귀네비어가 아들의 품에서 몸을 떼어 냈다.

아가사와 테드로스는 그녀의 시선을 따라 고개를 돌렸다. 멀린이 젊은이와 늙은이 연맹을 이끌고 언덕 꼭대기에 둥둥 떠서 하얗게 빛나는 비밀 통로를 향해 걷고 있었다.

랜슬롯이 제일 먼저 빛 속으로 들어가 사라졌다. 뒤를 이어 옛 영웅들과 새로운 영웅들도 햇빛에 들어서는 그림자처럼 하나씩 사라지기 시작했다. 잠시 후 홀로 남겨진 멀린이 아가사와 테드로스를 향해 고개를 돌렸다. 그는 그곳을 떠나야만 하는 두 연인을 안타까운 눈으로 바라보았다.

"지금쯤 아침이 돼야 하는데." 테드로스가 아가사에게 말했다. 그들은 어두운 숲을 뚫어지게 바라보며 앞서간 팀들을 부지런히 따라가고 있었다.

"해가 왜 안 보이지?" 아가사가 지평선을 살피며 물었다. 빠르게 움직이는 검은 구름 사이로 맥박이 고동치듯 작은 빛줄기가 간간이 삐져나오고 있었다. "북극성이랑 먹구름밖에 안 보이네……."

하지만 잠시 후 아가사는 그것이 구름이 아니라는 사실을 깨달았다.

그것은 연기였다. 멀린이 그들을 이끌어 가는 길 위 어딘가에서 엄청난 양의 연기가 솟아오르고 있었다. 아가사는 검은 망토를 여미며 발끝으로 서서 짝지어 가는 사람들 너머 저 앞을 바라보았다. 하지만 아무리 고개를 빼고 봐도 연기가 어디에서 시작되는지는 알 수 없었다.

"나 좀 들어 봐." 아가사가 테드로스를 쿡 찌르며 말했다.

"뭐라고?"

"어깨에 좀 올라가게."

테드로스는 얼굴을 찡그렸다. "왕관 쓰고 있다고 나한테까지 명령을……."

"어서!"

왕자는 한숨을 내쉬었다. "비위 맞추기 힘든 사람은 소피가 아니었어."

왕자는 끙 하는 신음과 함께 아가사를 번쩍 들어 어깨에 앉혔다. 그녀는 왕자의 목에 양팔을 두르고 두 발로 가슴을 찍어 몸을 지탱했다. 그들 앞에 호트와 피터 팬의 모습이 보였고, 저 뒤에서는 신데렐라와 피노키오가 두 사람의 모습을 보고 농담을 주고받는 소리가 들렸다.

"저 정도면 노예 아닌가?" 피노키오가 말했다.

"이제 지 애비랑 키가 비슷하겠네." 신데렐라가 투덜거렸다.

테드로스는 아가사의 무게를 견디느라 이를 악물었다. "얼마나 더 있어야 돼?"

아가사는 앞으로 몸을 쑥 내밀었다. 나뭇가지들이 왕관을 스쳤지만 그녀는 개의치 않고 어둠 속을 열심히 살펴보았다.

연기는 저 멀리 불에서 피어오르고 있었다.

검은 지평선 너머 노란 불꽃이 거대한 탑처럼 하늘을 향해 솟아올랐다. 불꽃은 점점 더 높은 곳을 향해 벌건 혀를 날름거리며 주변을 대낮처럼 밝혔다. 구부정한 시계탑과 광장의 가게들, 작은 탑이 있는 오두막집 옥상과 그 외의 다른 마을 풍경이 너덜너덜 찢어진 보호막 아래에서 모습을 드러냈다.

가발돈이었다.

마을이 불에 타고 있었다.

그때 악의 전시관에서 본 그림이 아가사의 머릿속에 떠올랐다. 어거스트 새더 교수의 마지막 예언……. 마을 중심에서 타오르는 거대한 모닥불…….

"마을이 불타는 게 아니라, 사람들이 동화책을 태우고 있는 거야." 아가사가 테드로스를 꼭 붙잡으며 속삭였다. "새더 교수님은 사람들이 책을 태울 걸 알고 계셨어."

가발돈을 둘러싼 보호막은 작은 구멍이 숭숭 뚫려 금방이라도 무너져 내릴 듯 파르르 떨고 있었다.

"사람들이 새로운 결말을 믿게 된 거야, 테드로스. 마법사님 말씀이 옳았어. 마을 사람들은 선에 대한 믿음을 잃고……."

"선생님은 대체 우릴 어디로 데려가시는 거지?" 테드로스는 아가사의 말에 귀를 기울이지 않고, 불평을 쏟아 냈다. "학교는 동쪽이고 너희 마을은 서쪽이잖아. 이 길로 쭉 가면 둘 사이에 있는 스팀프 숲인데."

"스팀프 숲?"

"스팀프들 고향 같은 곳이지. 학교에 있던 그 뼈만 있는 새들 알지? 크로그들이 다 잡아먹기 전에 말이야." 테드로스가 땀을 뻘뻘 흘리며 짜증 섞인 투로 말했다. "진짜 거기 가는 거면 선생님이 제정신이 아닌 건데. 거기 들어가면 1분도 안 돼 다 죽을 게 분명하거든. 생각이 있는 사람이라면 절대 그 숲에는 안 들어가. 그 새들은 교장이 조종하고 있으니까."

"스팀프는 악당을 싫어하는 줄 알았는데." 아가사가 말했다.

"교장이 악인을 찾아내도록 훈련시켜서 그래. 스팀프 숲 근처에 사람들이 가까이 가는 건 4년에 한 번뿐이야. 11월 11일인데, 새 악인을 찾아서 학교에 데려가는 날이지. 가족들이 숲 근처에 모여 소풍을 즐기면 스팀프들이 숲에서 갑자기 튀어나와 아이들을 납치해 악의 학교로 데려간대."

테드로스의 어깨에 앉은 아가사는 희미한 윤곽만 보이는 악의 학교와 가발돈을 양쪽으로 갈라놓은 길게 뻗은 어두운 숲을 발견했다.

그녀는 그 숲에 들어가 본 적이 있었다.

2년도 더 지난 그날 밤, 교장은 그녀와 소피를 가발돈에서 데려와 영원의 숲으로 끌고 들어갔다. 그리고 검은 알에서 부화한 스팀프는 그들을 입에 물고 날아가 각자의 학교에 떨어뜨렸다.

하지만 멀린은 왜 그들의 이야기가 시작된 그 장소로 사람들을 데려가는 것일까? 악의 학교에 쳐들어가서 소피를 찾고 반지를 파괴하도록 설득해야 하는데…….

물론 아가사가 그 일을 해낼지는 모를 일이지만.

아가사는 절대 해내지 못할 것 같은 그 임무를 머릿속에서 지우기 위해 고개를 들어 하늘을 바라보았다. 숲이 완전히 어둠에 잠길 때까지 시간이 얼마나 남았을까? 아침 해가 뜰 시간이 한참 지났는데 해는 왜 안 보이지?

그녀는 짙은 연기구름 뒤에 갇힌 작은 점 같은 빛줄기를 다시 바라보았다. 좀 더 자세히 보니 연기에 까맣게 그을린 오렌지색 불꽃이 뚝뚝 녹아내리다가 공중에서 사라지고 있었다.

"테드로스, 저거 북극성이 아니라…… 해야." 아가사가 거친 목소리로 말했다.

테드로스는 짜증스러운 표정으로 하늘을 흘끗 올려다보았다. "바보 같은 소리 하지 마. 해가 저렇게 작을 리가……." 순간 그의 얼굴이 굳었다. "그런가?"

아가사가 어젯밤 깨달았던 사실을 테드로스도 이제 알아챈 것 같았다. 그들이 숲을 떠난 지 너무 오래됐다는 사실이었다.

테드로스는 천천히 아가사를 바닥에 내려놓았다. "그때 멀린 선생님이 7일이라고 하셨지?"

"오늘 밤 태양이 지면…… 그걸로 끝이야." 아가사가 대답했다.

"동화가 오늘 밤 끝난다는 뜻이네. 어떤 결말이 됐든 말이야." 테드로스가 말했다.

두 사람은 창백한 얼굴로 서로를 바라보았다.

"너한테 아무 일 없게 내가 지킬 거야." 테드로스가 맹세했다.

"알아."

아가사는 고개를 끄덕였지만, 그것은 거짓말이었다. 아무리 왕자라도 앞으로 다가올 일을 막을 수는 없었다.

테드로스는 씩씩한 얼굴로 미소를 지으며 그녀를 옆으로 끌어안았다. "이 넓은 숲 수많은 왕국의 수많은 이야기 중에서, 넌 나에게 와 주었어."

아가사도 애써 미소를 지어 보이며 그를 꼭 끌어안았다. 두 사람은 멀린과 다른 선인 군대들과 함께 어두운 스팀프 숲을 향해 걸음을 옮겼다.

비밀 통로를 지나 숲으로 들어간 순간 제일 처음 느낀 것은 바로 추위였다. 따뜻한 봄 날씨의 은신처에서 3주를 보내고 다시 해가 없는 겨울 날씨로 돌아가니, 두꺼운 망토를 입고 있어도 저절로 몸이 떨렸다. 하지만 추위보다 끔찍한 것은 고약한 냄새였다. 죽은 나무와 썩어 가는 동물들이 풍기는 악취 때문에 아가사와 테드로스는 처음 한 시간 동안 소매로 코를 가리고 다녀야 했다.

사람들은 제대로 된 아침을 맞지 못한 채 추위와 어둠 속에서 계속 걸었다. 대부분 젊은 사람과 늙은 사람으로 이루어진 한 쌍의 팀으로 이동했지만, 테드로스와 아가사는 각자의 멘토를 피해 둘이 함께 다녔다. 처음 얼마 동안은 숲에 아무도 없다는 사실에 모두 안도하는 분위기였다. 멀린이 예상한 대로 선인 왕국은 국경을 봉쇄해 버렸고, 레이븐보우나 네더우드 같은 악인 왕국들은 악이 승리할 수 있다는 사실을 교장이 증명하기 전까지는 섣부르게 선의 군대를 공격하려 들지 않았다.

하지만 그런 안도감은 오래가지 않았다.

그들은 걸어가는 길 양쪽에 임시로 만들어진 무덤들을 보았다. 무덤 꼭대기에는 연기가 피어오르는 하얀 별이 있었다. 멀린은 그위에 죽은 영웅의 이름을 적어 놓았다. 유바는 하얀 토끼와 함께 걸어가며 작은 노트에 그들의 이름을 적고 낮은 목소리로 기도했다. 몇 시간 후 바싹 말라 버린 연못에 이른 그들은 점심 식사를 위해 걸음을 멈췄다. 자신들의 무덤에 조금씩 더 가까워져 가고 있음을 알기에 모두가 어두운 표정이었다.

하지만 여전히 그들의 마음 한구석에는 자신들의 리더에게 기막힌 계획이 있을 것이라는 희망이 있었다. 멀린이 연못 바닥에 불을 피우고 칠면조 샌드위치를 하나씩 나눠 주자 사람들은 군소리 없이 흙바닥에 앉았다. 늙은 영웅들과 어린 학생들로 이루어진 이 작은 무리가 스무 배나 수가 많은 악의 군대를 이길 수 있는 방법이 드디어 그들의 리더 입에서 나오리라는 기대가 점점 커져 갔다.

"가끔씩 궁금할 때가 있어요." 멀린이 윗입술에 묻은 머스터드를 핥으며 이야기를 시작했다. "이 음식이 어디에서 오는 걸까요? 모자가 어떤 사차원의 세계로 가서 가져오는 건가? 아니면 그냥 칠면조랑 빵을 만들어 내는 건가? 만약 후자라면 이 샌드위치는 대체 뭘로 만들어진 걸까요?"

40개의 눈동자가 침묵 속에 그를 바라보았다.

"마법사님." 랜슬롯이 참지 못하고 입을 열었다. "지금 우리 스팀 프 숲으로 가는 거죠? 아니면 벌써 몇 시간 전에 동쪽으로 방향을 돌렸을 테니까요. 학교가 아니라 숲으로 가는 이유가 있나요?"

"당연하죠." 멀린이 모자에 손을 넣어 이쑤시개를 꺼내면서 대답했다.

하지만 더 이상은 말이 없었다.

"그래서 그 이유가 뭔데요?" 피터 팬이 꽥 소리 질렀다.

"교장이 그곳에서 우리를 공격하려고 하기 때문이죠." 멀린은 태연하게 이쑤시개로 이를 쑤셨다. "커피도 좀 줄래? 스무 명한테 다 돌리려면 좀 힘들긴 하겠지. 다들 크림 달라, 설탕 달라, 주문이 제각각일 테니……"

"멀린, 속 시원히 말 좀 해 봐요!" 잭이 으르렁거리듯 말했다.

"계획은 나한테 맡기라고 말했잖아요." 마법사가 톡 쏘아붙였다. "모두 신경 쓸 일이 많을 테니 복잡한 계획 같은 건 나한테 맡기라고요. 이 유명한 영웅들 중 단 한 명이라도 죽으면 이 전쟁은 아무 의미가 없어져요. 독자 세계 보호막도 거의 부서졌고요. 피터 팬, 신데렐라, 잭, 잠자는 숲속의 미녀, 빨간 망토, 헨젤과 그레텔, 피노키오, 당신들은 우리가 아는 모습 그대로의 선과 교장 사이를 막고 있는 유일한 장애물이에요. 그러니 우리 영웅들과 젊은 제자들은 어떻게든 살아남는 것에만 신경 써 줘요. 전쟁 계획일랑 나한테 맡기고."

테드로스와 아가사가 날카로운 시선을 교환했다. 멀린에게 계획을 맡기는 것이 과연 현명한 선택인지 의심하는 눈초리였다.

아가사가 먼저 헛기침을 하며 입을 열었다. "마법사님, 좀 전에 교장이 우릴 스팀프 숲에서 공격할 것이기 때문에 우리가 그곳으로 가는 거라고 말씀하셨죠? 그런데 스팀프는 교장이 조종하잖아요. 조금 더 자세한 설명이 필요한 것 같은데요."

"자세한 설명?" 멀린이 못마땅한 듯이 입술을 오므렸다. "이렇게만 말해 두죠. 교장은 우리가 학교에 도착하기 전에 옛 악당들을 이끌고 우리를 기습할 계획이에요. 난 이 계획을 미리 알았기 때문에 기습이 일어날 장소를 선택해야 했어요. 그리고 스팀프 숲이 최적이라고 판단했죠."

사람들이 웅성거리기 시작했다.

"정신이 나간 거야." 테드로스가 아가사에게 속삭였다.

"마법사님, 스팀프 숲은 교장의 조종을 받는 곳이기 때문에 우리한테는 가장 불리합니다……." 랜슬롯이 코웃음을 치며 말했다.

"지금 스팀프가 문제예요?" 헤스터가 불쑥 끼어들었다. "교장이 200명의 좀비 악당을 데리고 우릴 기습한다고요!"

"악당들 우리 기습하는 거 마법사가 어떻게 알아?" 헨젤이 조롱하듯 말했다.

"오빠 말 맞을 때도 있네." 그레텔이 맞장구쳤다. "기습 뜻 갑자기 공격한다는 거야. 미리 알면 기습 아니야……."

"여러분과 달리 내가 걱정하는 건 따로 있어요. 우리의 승리에 가장 결정적인 역할을 해야 할 우리 왕비께서……." 멀린이 아가사에게 시선을 고정한 채 우렁찬 목소리로 말했다. "소피가 반지를 파괴하게 할 방법을 아직 못 찾았답니다."

웅성거림이 뚝 그쳤다.

아가사가 천천히 고개를 들어 멀린을 바라보았다.

"교장이 죽지 않으면 우리가 죽는다, 아가사." 마법사가 강조했다. "그러니 내가 너라면 스팀프 대신 소피 문제에 온 정신을 집중할 거야."

멀린의 목소리가 조용한 숲에 잔잔히 퍼져 나갔다.

테드로스는 아가사를 뚫어지게 바라보았고, 다른 사람들도 입을 꼭 다문 채 찌푸린 얼굴로 그녀를 흘끗거렸다.

"우리 다 여기서 자살하는 편이 낫겠군." 신데렐라가 비꼬는 말투로 말했다.

순간 아가사가 그녀를 향해 빙글 몸을 돌렸다. "다 죽을 필요 없이 당신만 죽이는 게 더 좋을 것 같은데요. 음흉하고 불쾌한 할망구는 아무도 좋아하지 않으니까요!"

신데렐라의 얼굴이 홍당무처럼 빨개졌다.

숲은 숨소리 하나 들리지 않을 정도로 고요했고, 사람들은 서로 눈길을 피해 고개를 돌렸다.

아가사는 슬쩍 눈을 돌려 테드로스를 보았지만, 왕자 역시 그녀의 시선을 피해 버렸다.

잠시 후 멀린이 손에서 빵부스러기를 털어 내며 천천히 자리에서 일어나 다시 길을 나서며 말했다. "이래서 내가 평생 결혼을 안한 거야…… . 밥은 혼자 먹는 게 제일 마음 편하거든."

"사과 안 해!" 아가사가 단호하게 소리쳤다.

테드로스는 사과를 우걱우걱 씹으며 그녀 곁을 따라 걸었다.

"안 한다고. 맞는 말 했는데, 뭐!" 아가사는 한참 뒤에서 따라오는 신데렐라와 피노키오를 쳐다보지 않으려 애쓰며 더욱 강한 어조로 말했다. "너도 그렇게 말했을 거잖아."

테드로스는 아무 말도 하지 않았다.

"좋아, 네가 그렇게 중요하게 생각한다면 내가 사과할게. 하지만 저쪽에서 먼저 사과하면 그때 하겠어."

테드로스는 사과를 속까지 알뜰하게 갉아 먹고 남은 부분을 옆으로 휙 내던졌다. "신데렐라 선생님이 너한테 뭘 사과해야 하는데?"

"테드로스, 그분은 처음 만난 날부터 우릴 괴롭히기만 했어."

"전에는 아무 말 안 했잖아. 10분 전까지만 해도 저분이 그러거나 말거나 넌 예의를 갖춰서 행동했어."

"참는 데에도 한계가 있다고!"

"너 자신에 대한 의심을 다른 사람 탓으로 돌리려는 거 아니고?"

"뭐라고?"

"아가사, 우리 1학년 때 더비 교수님 선행 수업 들었던 거 기억나니? 그때 네가 나한테 멍청하다고 해서……."

"네가 날 죽여 버리겠다고 했지."

테드로스가 손가락으로 자신을 가리켰다. "난 스스로를 의심했고……." 그가 손가락을 아가사에게로 돌렸다. "그걸 너한테 뒤집어씌웠어."

왕자가 입술을 뒤틀어 미소를 지었다. "내가 경험해 봐서 알아."

아가사는 팔짱을 꼈다. "그때 넌 나한테 사과 안 했잖아. 그런데 나한테는 왜 사과하라고 해?"

"그야 넌 나보다 훨씬 훌륭한 사람이니까!"

"그거 우리 말싸움할 때마다 써먹을 셈이야?"

"반박 못 하겠지?"

아가사의 입에서 신음이 흘러나왔다. "알았어. 지금은 다른 사람들이랑 같이 있으니까 나중에 적당한 때를 봐서 내가……."

"저기요, 피노키오 할아버지!" 테드로스가 피노키오를 향해 소리쳤다. "잠깐 저랑 얘기 좀 하실래요?"

피노키오가 얼굴을 찌푸렸다. "그렇게 명령하듯 말하는 게 마음에 안 들어서 가기 싫지만, 워낙 위아래가 없는 녀석이라 말 안 들으면 죽을 때까지 날 놀릴 것 같아. 그러니 선택의 여지가 없지." 그는 발을 질질 끌며 왕자에게 다가갔다.

테드로스는 피오키오를 향해 눈을 찡긋해 보였다. "늘 그렇게 맞는 말씀만 하시려면 힘드시겠어요."

"그래서 내가 결혼을 안 하잖니!" 피노키오가 왕자와 함께 걸음을 옮기며 말했다.

그렇게 아가사와 그녀의 멘토는 둘만 남게 되었다.

아가사는 늙은 공주가 그녀를 잡아먹을 듯 달려들어 난리를 피울 것이라고 생각했지만, 신데렐라는 느릿느릿 걸어갈 뿐이었다. 굽은 등에 흔들리는 눈동자까지, 신데렐라는 오히려 잘못을 저지른 어린아이 같았다.

"저, 잠깐만요." 아가사는 예상치 못한 상황에 약간 당황하며 조심스럽게 입을 열었다. "사과드릴게요. 제가 아픈 데를 공격당하니까 다른 사람한테 화풀이를……."

"넌 내가 나쁜 사람이라고 생각하지?" 신데렐라가 중얼거렸다. "다들 날 나쁘다고 생각해. 독한 소리나 하고 쌀쌀맞고 무례하다고 말이야. 하지만 여기 있는 누구도 날 이해하지 못할 거다. 넌 특히나 더!"

"그렇지 않아요. 저도 예전에는 무례하다는 말 많이 들었어요.

사실 사람들한테 비난 받는 게 싫어서 그런 거였는데, 지금 생각해 보니……."

"됐다. 네가 무슨 생각을 하든 관심 없어." 신데렐라가 투덜거렸다. "네 생각은 어차피 다 틀렸으니까. 난 다른 사람들의 비난이나 너 같은 애가 두려워서 그러는 거 아니다. 내가 한 말 다 잊으렴. 사과했으니 됐다. 이제 가 봐라."

신데렐라는 입을 꼭 다물고 팔짱을 끼더니 고개를 돌려 버렸다.

아가사는 한숨을 내쉬었다. "알겠어요."

아가사가 다시 걸음을 옮기는 순간…… 마음속에서 작은 목소리가 들려왔다.

'가지 마!'

하지만 그것은 그녀의 목소리가 아니었다.

신데렐라의 목소리였다.

옛날 옛적, 아가사는 어려움에 처한 영혼의 소원을 들을 수 있었다. 그 후 그녀는 그 탤런트를 잃어버린 줄로만 알았다.

하지만 알고 보니 아니었다.

그녀가 귀를 기울이지 않았을 뿐, 탤런트는 사라지지 않았다.

아가사는 천천히 몸을 돌려 늙은 공주를 바라보았다.

"말씀해 보세요."

아가사의 말에 신데렐라가 깜짝 놀라 그녀를 바라보았다. "왜 안 가고 거기 있니?" 신데렐라는 성가시다는 표정을 지어 보였다.

"마법사님은 저희가 서로 도움을 줄 수 있을 거라고 생각하세요. 왜 그렇게 생각하시는지 선생님은 아시죠?"

신데렐라는 고개를 숙이고 바닥을 바라보며 기운 없는 목소리로 말했다. "다 의미 없는 짓이다."

"말씀해 주세요."

두 사람은 아무 말 없이 한참을 걸었다.

"난 내가 선의 학교에 들어갈 거라고는 꿈에도 생각을 못 했어."
늙은 공주의 이야기가 시작되었다. "날 길러 준 새어머니는 나에게
늘 못생기고 멍청한 배불뚝이라고 했다. 선인이 될 자격은 고사하
고 자기 화장실을 청소할 자격도 없다고 했어. '신데렐라'라는 이름
도 새어머니가 붙여 준 거야. 재투성이라는 뜻이지. 새어머니의 관
심은 오로지 두 딸들뿐이었어. 선의 학교를 졸업한 후 훌륭한 왕자
를 만나 결혼할 거라고 믿었지. 그래서 새언니들은 받지 못한 꽃동
산 출입증을 나 혼자 받았을 때 난 너무 부끄러웠어. 엄청난 실수라
고 생각했거든. 그곳에 가야 할 사람은 내가 아니라 언니들이라는
사실을 누가 눈치챌 것만 같았어. 하지만 학교에서 교복과 시간표
를 받고 벽에 걸린 초상화도 보고 나니…… 나도 다른 사람들처럼
진짜 그곳 학생이라는 사실을 알게 됐어. 재투성이 신데렐라가 아
니라 관용의 탑 24호실 선인 학생 엘라가 된 거야.

하지만 학교에서 난 행복하지 않았어. 1학년이 끝날 즈음, 끔찍
한 향수병에 걸려 버렸지. 다들 모르는 사실이 있는데 사실 난 새언
니들을 너무 사랑했어. 언니들도 날 사랑했지. 동화책에는 절대 그
런 내용이 나오지 않아. 이야기가 엉망이 되어 버릴 테니까. 좀 멍
청하고 버릇없고 왕자라면 사족을 못 쓰는 사람들이었던 건 맞아.
하지만 언니들은 나처럼 잔꾀가 많고 대담하고 멋을 부릴 줄도 알
았어. 그리고 내 목숨을 살려 주기도 했지. 아버지가 돌아가신 후,
새어머니는 날 파란수염에게 팔려고 했단다. 당시 새 신부를 찾고
있었거든. 하지만 언니들은 파란수염이 신부를 죽인다는 소문을
듣고 날 파는 대신 하녀로 쓰자고 새어머니를 설득했어. 내가 자기

들 속옷을 빠는 걸 보고 미안해했지만, 난 사실 행복했다. 언니들이 날 죽음에서 구해 준 걸 알았으니까. 게다가 내가 청소나 요리를 할 때 언니들은 늘 내 곁에 있어 줬어. 꽃동산 출입증을 받으면 얼마나 좋겠냐며 전설적인 선의 학교에 대한 얘기를 끝없이 늘어놨지. 마을 사람들에 대한 자잘한 소문이나 괴물 같은 어머니에 대한 험담도 물론 빠질 수 없었단다. 우리 셋은 정말 가까웠어. 그렇게 친한 사람들에게서 갑자기 떨어져서, 늘 그들이 갈 거라고 생각한 학교에 나 혼자 덩그러니 있게 되었으니……. 두 번째 달이 되면서 난 아예 아이스크림 통을 끼고 잠자리에 들게 됐어. 어떻게 해서든 집으로 돌아가고 싶었지."

신데렐라가 잠시 말을 멈추고 깊이 숨을 들이마셨다. "기다리던 졸업식 날, 다른 아이들은 자신들의 동화를 찾아 숲으로 뛰어들었지만 난 메이든베일에 있는 새어머니 집으로 쏜살같이 달려갔다. 언니들은 처음에는 나한테 말도 하지 않았어. 내가 자기들 자리를 빼앗았다는 생각에 화가 나 있었지. 하지만 내가 학교생활에 대한 이야기를 한 마디도 꺼내지 않자, 어느 순간부터 언니들이 다시 나에게 집안일을 맡기기 시작하더구나. 한편 새어머니는 학교 친구들에게서 온 편지를 모두 찢어 버리고 내 교복과 교과서도 다 불태웠어. 선의 학교와 관련된 모든 것이 그렇게 사라져 버렸지만, 난 사실 더 마음이 놓였다. 예전처럼 언니들과 함께 웃을 수 있어서 행복했거든.

하지만 새어머니는 질투심이 많고 비열한 사람이었어. 딸들에게 나와 가까이 지내지 말라고 말했지. 내가 양의 탈을 쓴 늑대이고, 그들이 못 간 선의 학교에 나 혼자 간 것처럼 언젠가 그들을 배신할 거라고 경고했단다. 친자매가 아니니 우리 관계는 절대 오래가지 못할 거라고도 했지. 물론 언니들은 어머니 말을 믿지 않았어. 언니들에게 난 이미 가족이었거든. 사실 난 내 자신보다 언니들이 행복해지는 모습을 더 보고 싶었어. 난 아버지가 악마 같은 여자와 결혼하는 것도 보았고, 선인 여자애들이 남자애들한테 잘 보이려고 한심할 정도로 많은 노력을 쏟는 장면도 수없이 보았지. 그래서 결혼이니 사랑이니 왕자니 하는 것들은 모두 언니들에게 넘기고 난 그저 그 그늘에서 살고 싶었어. 함께 있을 수만 있다면 더 바랄 게 없었지."

신데렐라는 잠시 말을 멈추었다. "그러니 더비 교수님이 내 소원을 들어주려고 우리 집에 찾아왔던 그날 밤, 내가 정말 원한 게 뭐였을지 한번 생각해 보렴. 교수님뿐 아니라 내 이야기를 아는 모든 사람이 내가 왕자를 만나고 싶어서 무도회에 가려 했다고 생각했지. 하지만 난 왕자 따위는 만나고 싶은 생각이 눈곱만큼도 없었어! 난 언니들이 왕자를 만나는 모습을 보고 싶었다고! 언니들은 킬란 왕자가 왕국에서 신붓감을 고르는 날 하루를 바라보며 평생을 살아왔어. 왕자를 만나면 무슨 말을 할지, 무슨 옷을 입고 어떻게 왕자님 마음을 훔칠지 틈만 나면 내 앞에 와서 얘기하던 사람들이 드디어 왕자를 만나게 된 거야. 그러니 내가 그 광경을 놓칠 수 있겠니? 언니들도 내가 그 자리에 함께 있길 원했지만 차마 새어머니에게 말씀드리지는 못했다. 내가 무도회장에서 두 사람을 구석진 곳으로 데려가 마법으로 만든 드레스랑 구두를 보여 줬을 때 언니들 표정은 가관이었지! 내가 언니들과 친하게 지내기 위해서 학교생활에 대해 한 마디도 하지 않았을 때처럼, 이번에도 언니들은 내가 자신들을 얼마나 사랑하는지 두 눈으로 똑똑히 확인했어. 언니들이 왕자 만나는 걸 보려고 소원을 쓴 게 그 증거였지."

늙은 공주의 눈이 조금씩 반짝이기 시작했다. "킬란 왕자가 날 선택했을 때 언니들은 충격에 빠졌어. 그동안 새어머니 말을 듣지 않은 걸 후회하는 표정이었지. 그 많은 사람들 앞에서 언니들이 나에게 쏟아 냈던 험한 말들은 평생 잊지 못할 거야. 난 왕자를 원하지 않는다고 언니들에게 설명하고 싶었어. 내 말을 증명하려고 무도회장에서 뛰쳐나가기까지 했지. 하지만 왕자는 공주가 원하든 원하지 않든 자신의 공주를 늘 찾아낸다. 왕자는 염탐꾼처럼 날 찾아내, 내가 떨어뜨리고 간 유리 구두를 내 발에 신겼지. 왕자가 청혼했을 때 난 한 가지 조건을 걸었어. 언니들도 나와 함께 궁전에서 살게 해 준다면 승낙하겠다고 했지. 잘 알지도 못하는 남자랑 결혼하는데 가장 친한 친구들이랑 화려하게 살 수라도 있어야 하지 않겠니? 하지만 왕자는 무도회장에서 언니들이 내게 어떻게 행동하는지 다 봤어. 유리 구두를 들고 집에 왔을 때에도 언니들은 왕자에게 좋은 인상을 주지 못했지. 결국 왕자는 내게 둘 중 하나를 선택하라고 하더구나. 그의 아내가 되어 둘만 궁전으로 가거나, 아니면 영원히 언니들과 그 집에서 살거나. 왕자는 다음 날 아침까지 생각할 시간을 주고 부하들과 함께 집을 떠났어."

신데렐라가 잠시 말을 멈추었다. "그날 밤, 새어머니는 내가 침대에서 자고 있을 때 도끼로 날 죽이려고 했다. 하지만 왕자는 내가 위험할 것을 알고 창밖에 숨어 있었지. 그는 그 자리에서 새어머니를 죽이고 날 납치하듯 데려가 버렸단다. 언니들은 자기들이 꿈꾸던 왕자와 내가 함께 말을 타고 떠나는 뒷모습을 지켜봐야 했어. 새어머니는 바닥에 쓰러져 죽어 있었고."

늙은 공주의 눈에 눈물이 고였다. "난 언니들이 가고 싶어 하던 학교에 갔고, 언니들이 꿈꾸던 왕자와 결혼했어. 어머니도 나 때문에 죽었지. 그러니 언니들이 날 선하다고 생각할 수 있겠니? 당연히 적으로 볼 수밖에 없지 않았겠어?" 공주가 잠긴 목소리로 말을 이었다. "그 후 수년 간 언니들은 날 죽일 음모를 꾸몄고, 결국 왕자의 손에 죽고 말았어. 물론 난 그 사실도 몰랐지. 나중에 왕자가 한 짓을 알고 난 그를 떠났단다. 이제 언니들에게 말해 줄 방법은 없지만, 난 왕관을 포기하고 집에 남을 생각이었어. 내게 행복한 결말이란 언니들과 함께하는 것이었으니까. 어떤 남자도 그 자리를 대신할 순 없었지. 언니들과 결말을 함께하기 위해 평생 남자 없이 살아야 한다면 난 충분히 그럴 수 있었단다. 하지만 이제 너무 늦었지."

신데렐라가 고통스러운 표정으로 아가사를 바라보았다. "너에게 지팡이로 소피의 머리를 겨누고 협박해서 네가 원하는 걸 하게 만들라고 가르친 건 다 이런 이유 때문이란다. 내 이야기가 남긴 교훈이야. 뚱뚱한 불량배가 될지언정 원하는 걸 얻으면 그만이지, 사랑은 결국 아무 의미가 없어. 남자가 불쑥 끼어들어 모든 걸 망쳐 버리니까."

"아, 엘라 할머니." 아가사가 눈물을 흘리며 속삭였다.

"이래서 난 행복할 수가 없어." 엘라가 흐느끼며 말했다. 심술궂은 모습은 깨끗이 사라지고 없었다. "내 이야기가 요정 할머니와 드레스와 왕자를 찾는 얘기라고 다들 알고 있으니까. 난 그런 것들을 원한 적이 없어! 난 언니들이 행복하기만을 바랐다고! 나의 가장 친한 친구들을 지키고 싶었을 뿐이야!"

아가사는 말없이 걸으며, 늙은 공주가 마음껏 울 수 있게 그녀의 등을 부드럽게 쓰다듬어 주었다.

"너 정말 소피를 사랑하니?" 엘라가 마침내 입을 열었다. "걔가 지금까지 한 짓을 보고도?"

아가사는 갑자기 감정이 복받치는 것을 느끼며 고개를 끄덕였다. "할머니가 언니들을 사랑하는 것처럼, 저도 소피를 사랑해요."

엘라가 걸음을 멈췄다. 그녀는 무엇인가를 깨달은 듯 두 눈을 반짝거렸다. "멀린이 우리를 팀으로 만든 이유가 이거구나. 난 내 이야기를 그냥 내던져 버렸어. 절망과 분노에 휩싸여 스스로 내 삶을 망가뜨렸지. 하지만 네가 네 이야기를 바로잡으면 내 이야기도 같이 고쳐질 거야. 아가사, 소피를 위해 싸우렴. 아직 늦지 않았으니 네 친구를 위해 싸워라."

아가사가 고개를 저었다. "소피 안에 진짜 제 친구가 남아 있는지 모르겠어요."

엘라는 아가사의 뺨을 부드럽게 쓰다듬었다. "아가사, 포기하면 안 된다. 아직은 아니야. 내가 하지 못한 것을 넌 해내야 해. 남자의 사랑만큼이나 중요한 또 다른 사랑, 피보다 더 강한 사랑을 전 세계에 증명해 보이는 거야. 우리 둘 모두를 위해 그렇게 해 다오."

아가사는 엘라를 물끄러미 바라보았다. 짙은 두려움을 뚫고 밝은 빛줄기가 새어 나오고 있었다.

하지만 그녀의 표정이 금세 바뀌었다.

아가사는 몸을 돌려 다른 사람들을 바라보았다. 그들은 사자와 토끼가 데이트하는 모습을 발견하기라도 한 듯, 모두 걸음을 멈추고 그녀와 그녀의 멘토를 얼빠진 표정으로 보고 있었다.

"맙소사, 저 바보들이 내가 물러 터졌다고 생각하겠네." 신데렐라가 으르렁거렸다.

"제가 용서해 달라 간청했다고 말할게요."

"영원히 내 노예가 되겠다고 맹세했다는 말도 하지 그러냐!" 신데렐라가 톡 쏘아붙였다. "여기서 나 창피 주지 말고, 어서 망할 왕자한테나 가 봐라."

신데렐라는 눈을 찡긋하며 제자의 엉덩이를 가볍게 발로 차 밀
어냈다. 아가사는 비틀비틀 앞으로 걸어가며 자기도 모르게 미소
지었다. 좀 더 자주 사과를 했더라면 그녀의 삶은 지금과 얼마나 달
라졌을까?

선과 악의 학교 3

31

스팀프 숲의 스파이

스팀프 숲 근처에 이르자 힘을 잃은 누런 태양이 동쪽 하늘에 뚜렷이 나타났다.

"몇 시간 후면 해가 질 거야." 테드로스가 초조한 표정으로 말했다. 그는 엑스칼리버가 있는 것을 확인하듯 한 손으로 허리춤을 만지작거렸다. "랜슬롯 기사님도 계속 해를 쳐다보시네. 끝이 다가온 걸 아시는 거야."

"랜슬롯 기사님? 아까는 못생긴 기사라더니 무슨 일이야?"

아가사가 웃음을 터뜨리자 왕자가 그녀를 흘끗 바라보았다.

"웃을 일이 아니야." 왕자는 길 앞에 놓인 스팀프 숲 입구를 바라보았다. "이제 탈출구는 없어. 어둠이 다가오고 있어, 아가사. 이게 우리의 끝이야. 진짜 결말……."

"알아." 아가사가 그의 손을 꼭 잡았다. 신데렐라에게 받은 감동이 아직 가슴에 그대로 남아 있었다. "그러니까 남아 있

는 마지막 빛 한 줄기까지 꼭 붙잡아 보자."

테드로스가 그녀를 뚫어지게 바라보았다. "너 그런 로맨틱한 말도 할 줄 알아? 이제 와서 갑자기?"

아가사의 얼굴에서 미소가 사라졌다. "마법사님이 계획이 있다고 하시잖아. 믿어 보자는 말이지."

앞서가던 팀들이 속도를 늦추고 천천히 숲 입구에 다가섰다. 입구에는 성만큼이나 키가 큰 거대한 느릅나무 두 그루가 서 있었다. 몸통은 서로를 향해 기울어졌고, 죽은 가지들은 잔뜩 화가 난 검은 백조 모양으로 뒤엉켜 있었다. 부리를 크게 벌리고 깃털을 곤두세우고서 금방이라도 상대를 공격할 것 같은 모습이 너무 실감 나서, 아가사는 그 아래를 지나갈 때 자기도 모르게 테드로스의 팔을 꼭 움켜잡았다.

잠시 후 두려움에서 벗어난 아가사가 다시 입을 열었다. "그러니까 내 말은 그분이 마법사님이니까, 전설과 신화 속 바로 그 멀린이니까 이런 위기 상황에서 선을 실망시키는 일은 절대……."

"우리를 엿새 동안 방치해 두고, 군대를 소집하지도 않고, 아무 무기도 없이 우릴 교장의 영역으로 끌고 오고, 200명이나 되는 좀비 악당이 우리를 잡아먹으려고 하는데 그들을 죽일 주문 하나 제대로 가르쳐 주지 않은 그분 말하는 거니?"

아가사는 침을 꼴깍 삼켰다.

두 사람은 더 이상 아무것도 볼 수 없었다. 키 큰 느릅나무들이 숲에 빽빽하게 들어차서 그나마 남아 있던 작은 햇빛마저 깨끗이 가려 버렸기 때문이다. 아가사는 누가 횃불을 켜거나 손가락 불을 밝힐 것이라고 생각했지만 누구도 나서지 않았다. 나무 뒤에 숨어 있는 것들을 보느니 차라리 어둠 속에 있는 편이 낫다고들 생각하는 것 같았다. 꽁꽁 뭉친 열아홉 명의 영웅들은 마법사 뒤에 바짝 붙어서 모자의 하얀 별빛에 의지해 조심조심 걸음을 옮겼다.

숲 안으로 깊이 들어갈수록 가발돈의 모닥불에서 피어오른 매캐한 연기 냄새도 짙어졌다. 젊은 영웅들은 늙은 멘토들을 온몸으로 감싸 보호했다. 그들을 살리고 독자 세계의 보호막을 지켜 내는 것이 자신들의 임무라는 사실을 모두 기억하고 있었다. 아나딜의 쥐들은 아나딜과 잭과 브라이어 로즈의 어깨에 퍼져 앉아 보디가드처럼 그들을 지켰고, 헤스터와 랜슬롯은 헨젤과 그레텔이 울퉁불퉁한 자갈길을 지날 수 있도록 휠체어를 밀어 주었다. 유바는 어둠 속에서도 앞을 잘 보는 하얀 토끼 옆에 바짝 붙었고, 도트와 빨간 망토는 〈동물과 대화하기〉 수업을 가르친 교수는 스팀프도 잘 다룰 수 있을 것이라고 우기며 우마 공주를 뒤따랐다. ("스팀프는 그냥 동물이 아니라 짐승이에요." 우마가 투덜거리며 말했다.) 호트는 피터 팬과 팅커벨을 지키기 위해 녹슨 연습용 칼을 앞으로 쭉 내밀었다.

주변을 두리번거리던 그들의 눈이 점점 나무에 고정되었다. 잠시 후 눈이 어둠에 익숙해지자 그 속에 숨어 있던 존재들이 모습을 드러내기 시작했다……. 비쩍 마른 독수리 모양 그림자들이 소름 끼치도록 꼼짝도 않고 아무 소리 없이 나뭇가지에 앉아 있었다.

"우릴 지켜보고 있어." 랜슬롯이 중얼거렸다.

그때 멀린이 갑자기 걸음을 멈췄다. 그 뒤를 바짝 붙어 따르던 사람들 사이에서 낮은 신음과 불평이 터져 나왔다. 마법사는 그 자리에 선 채 허공을 물끄러미 바라보았다.

"그레텔, 마법사가 왜 갑자기……." 헨젤이 입을 열었다.

"쉿! 들어 봐……." 그레텔이 재빨리 대꾸했다.

아가사도 그 소리를 들었다.

행진을 하듯 딱딱 맞는 발소리가 숲 전체에 낮게 울려 퍼지고 있었다.

저 멀리에서 초록색 불빛이 반짝이는 별처럼 어둠을 뚫고 깜빡였다. 처음에는 몇 개에 지나지 않던 초록 불빛은 곧 열 개가 되고…… 백 개가 되었다……. 불빛은 다 같이 환하게 밝아졌다가 어두워지기를 반복했다. 깜빡이는 초록 불빛은 시간이 지날수록 가까워졌고, 발자국 소리는 불빛에 맞춰 점점 커졌다. 왼발, 오른발, 왼발, 오른발. 아가사는 불빛이 발소리를 따라가는 것인지, 아니면 발이 불빛에 따라 움직이는 것인지 구분할 수 없었다. 불빛이 점점 크고 밝아지자, 그녀는 초록 불빛이 불꽃놀이처럼 폭발하는 순간 빛을 받아 드러난 저 먼 곳의 나무들과……

그들을 향해 다가오는 자들을 보았다.

어둠의 군대가 도끼와 창과 칼을 들고, 줄을 맞춰 스팀프 숲으로 살금살금 들어오고 있었다. 그들의 머리 위에는 검은 좀비 요정들이 먹구름처럼 잔뜩 몰려서, 군대의 걸음에 맞춰 초록색 꼬리 불빛을 계속해서 깜빡였다. 불이 꺼졌다 밝혀질 때마다 군대는 마치 시간을 뛰어넘듯 성큼성큼 그들에게 가까워졌다. 얼마 지나지 않아 아가사는 그들의 텅 빈 눈과 너덜너덜하게 꿰맨 피부, 악명 높은 얼굴들을 알아볼 수 있었다.

피터 팬과 팅커벨은 후크 선장과 날카로운 그의 갈고리 손을 보자 몸을 떨며 나무에 찰싹 붙어 버렸고, 신데렐라는 녹슨 도끼를 든 사악한 새어머니를 보자마자 아가사의 팔을 꼭 움켜잡았다. 잭은 몽둥이를 든 거인과 단검을 휘두르는 요정을 발견하고 브라이어 로즈를 옆으로 바싹 끌어당겼고, 헨젤과 그레텔은 좀비 마녀를 피해 무리의 제일 뒤쪽으로 휠체어를 굴렸다. 빨간 망토는 군침을 흘

선과 악의 학교 3

리는 늑대를 피해 호트의 뒤에 숨었다가 다시 랜슬롯의 등 뒤로 자리를 옮겼다.

"마법사님! 이제 마법사님한테 맡기라던 그 계획 좀 말씀해 보세요." 호트가 마법사를 불렀다.

마법사의 목소리는 들리지 않았다. 설사 그가 답을 했다 하더라도 악당들의 발소리에 묻혀 들리지 않았을 것이다. 아가사는 하얀 별이 박힌 마법사의 모자를 찾아 두리번거렸지만, 숲은 어두웠고 영웅들은 서로 너무 바짝 붙어 있었다.

"그날 우리 할머니 잠옷 입었을 때랑 똑같아. 하나도 안 변했어." 빨간 망토가 제일 앞줄에 서 있는 늑대를 바라보며 거친 목소리를 냈다. 둘 사이의 거리는 50미터밖에 되지 않았다. "그때는 날 한입에 삼켜 버렸지. 하지만 이제는 내가 커져서 이로 씹어야 삼킬 수 있을 거야……."

"그래도 난 후크의 갈고리에 당하느니 늑대 이빨을 택할래요." 피터 팬이 불안한 표정으로 말했다.

"우리 새어머니는 도끼를 들고 있어!" 신데렐라가 우렁찬 목소리로 말했다.

"지금 경쟁해?" 헨젤이 말했다.

"저건 선생님의 새어머니가 아니에요. 아시겠어요? 저 사람들 모두 예전 그 악당들이 아니라고요." 헤스터가 말했다. "저들은 진짜 사람이 아니라 좀비예요."

"내 눈에는 충분히 진짜 같은데." 랜슬롯이 으르렁거리며 칼을 뽑았다.

테드로스 역시 떨리는 손으로 엑스칼리버를 들었다. 어둠의 군대는 더욱 가까워지고 있었다. "앞장서시죠, 랜슬롯 기사님!"

"갑자기 존칭까지 써 주는 거니?" 랜슬롯이 코웃음 쳤다. "일주일 내내 내 도움 없이도 전쟁에서 이길 수 있다고 땅땅 큰소리쳐 놓고!"

"아직 절 잘 모르시네요. 전 인생의 반은 멍청한 소리를 하면서 보내고, 나머지 반은 그 말에 대해 사과하면서 살아요." 테드로스가 대답했다. "랜슬롯 기사님, 당신은 역사상 가장 위대한 기사시잖아요. 이보다 더 힘든 전투도 겪어 보셨겠죠……. 이건 그렇게 힘든 전쟁은 아니지 않아요?"

아가사와 다른 영웅들은 모두 기대에 찬 표정으로 기사의 입을 쳐다보았다.

기사는 30미터 앞에서 무기를 휘두르고 있는 악당 200명을 바라보았다……. 그리고 다시 고개를 돌려 아무런 무장도 하지 않은 선인들과 악인들을 보았다. 짜증을 달고 사는 늙은 영웅들과 세상에서 가장 위대한 검을 들고도 아직 어떻게 써야 할지 잘 모르는 어린 왕자가 그의 군대였다.

"그렇게 힘든 전쟁은 아니지." 기사가 마침내 대답했다. "최악으로 힘든 전쟁이야."

어둠의 군대는 기사에게서 20미터쯤 떨어진 곳에서 걸음을 멈췄다. 요정들은 꼬리 불빛을 최대한 환하게 밝혔고, 악당들은 벌건 눈으로 숲 이곳저곳을 조롱하듯 바라보았다. 일자로 굳게 다문 입에서는 생명이 느껴지지 않았다. 그들은 요정들의 초록 불빛을 받으며 무기를 치켜들고 돌격 명령을 기다렸다.

"나 방금 오줌 싼 거 같아." 사람들 틈 사이로 악당들을 바라보던 헨젤이 말했다.

"마, 마, 마법사님?" 아가사가 좀비에게 시선을 고정한 채 더듬더들 멀린을 불렀다. "어떻게 해야 할지 말씀해 주세요!"

"그건 좀 힘들겠는데. 마법사님은 여기 안 계시거든." 호트의 대답에 모두 고개를 돌렸다.

과연 마법사는 자리에 없었다.

아가사와 테드로스는 공포에 휩싸여 서로를 꼭 붙잡고 숨을 헐떡였다. "우린 다 죽었어."

그때 하늘에서 강한 한 줄기 바람이 불어왔다. 서로를 끌어안은 두 사람이 하늘을 날아 나무 사이로 내려오고 있었다.

먼저 바닥에 내려온 남자아이의 하얀 머리카락은 그가 품에 안은 여자아이가 쓴 검정색 왕관만큼이나 뾰족뾰족했다. 소매 없는 검정색 셔츠를 입은 남자는 도자기같이 하얀 피부와 군살 없이 탄탄한 팔 근육을 드러냈다. 검정색 반바지는 골반에 걸려 복근이 선명하게 잡힌 배를 슬쩍 드러내 보였다. 여자 역시 남자만큼이나 창백했다. 입술이나 볼에도 아무 색깔이 없어서 마치 대리석 조각상을 보는 것 같았다. 온몸의 곡선과 골격이 그대로 보일 정도로 꽉 끼는 검정색 가죽 캣슈트를 입은 그녀는 남자의 품에서 벗어나 천천히 아가사를 향해 다가왔다. 금색 머리카락은 뾰족한 왕관 아래에서 찰랑거렸고, 피부는 핏줄이 다 비칠 정도로 팽팽했으며, 입술은 심술궂은 미소로 뒤틀려 있었다.

하지만 아가사는 그녀의 초록색 눈동자, 그녀를 둘러싼 동화만큼이나 밝고 사악한 그 에메랄드빛 눈동자를 보는 순간 그 여자가 누구인지 알 수 있었다.

"안녕, 내 친구!" 소피가 입을 열었다.

아가사는 목이 조여 와 말을 할 수 없었다. 눈앞도 뿌예져 소피의 모습이 흐릿하게 보였다. 아가사의 온몸이 지금의 현실을 거부하고 꿈의 결말을 찾아 헤매는 것 같았다. 그녀의 귀에는 요란하게 울리는 벨 소리 외에는 아무것도 들리지 않았고, 시야는 가장자리부터 점점 어두워졌다. 아가사는 의식을 잃어 가고 있었다. 다리에 힘이 빠지고, 심장은 열기가 식어 가고, 세상은 점차 암흑 속으로 빠져들었다…….

그때 한 줄기 황금 불빛이 등대처럼 어둠을 뚫고 비쳐 왔다…….
그녀가 어려움에 처할 때면 늘 손가락에서 빛나던 바로 그 황금 불빛과 같은 색…….

하지만 그것은 그녀의 손가락 불빛이 아니었다.

불빛은 악의 왕비에게서 시작되고 있었다.

'반지다.'

'소피가 반지를 파괴하게 만들어야 해.'

아가사는 다리에 다시 힘이 들어가는 것을 느꼈다. 발아래에 뿌리 덮개가 밟히고, 절망적인 밤공기가 폐에 들어오고, 시야는 또렷해졌다.

드디어 그 아이가 보였다. 소피였다. 자신이 선택한 남자만큼이나 악하고 차가운 소피…….

하지만 여전히 소피였다.

"숲 너머 마을에서 온 아가사. 절대 공주가 되고 싶지 않다고 했지. 그런데 지금은 왕관을 쓰고 있네." 소피가 말했다.

"악에 왕비가 생겼으니 선에도 있어야지." 아가사도 물러서지 않았다.

"내가 왕자를 원하니까 너도 원하고, 내가 왕관을 쓰니까 너도 쓰고. 난 그래서 네가 좋아, 아가사. 늘 내 뒤를 졸졸 쫓아오잖아."
소피는 겁먹고 숨을 헐떡이고 있는 테드로스를 바라보고, 다시 시

선과 악의 학교3

선을 돌려 요정 불빛 아래에 당당하게 서 있는 라팔을 보았다. "그런데 내가 고른 쪽이 더 좋아."

테드로스가 아가사의 손을 잡고 소피를 노려보았다. "저런 사람을 보고 잘 골랐다고 말하는 거야? 악마를 골라 놓고?"

"아, 테드로스! 속 들여다보이는 소리 하지 마. 종이 왕관이라도 하나 만들어 주면 기분이 풀리겠니? 진짜 남자가 되지 못한 소년, 왕이 되지 못한 왕자, 그게 너잖아."

소피의 말에 테드로스의 얼굴이 붉게 달아올랐다. "넌 왕관만 쳐다보느라 너희 군대 반이 없어진 것도 모르나 보구나!" 테드로스가 위협적인 목소리를 내려 애쓰며 소피를 조롱하듯 말했다. "나머지는 어디 갔어? 오는 길에 잃어버렸니?"

날카로운 웃음이 울려 퍼지고, 라팔이 앞으로 느릿느릿 걸어 나왔다. "꼬맹이 왕자, 잘 들어라. 나의 왕비는 모든 군대를 끌고 너희를 공격하고 싶어 했어. 왕비가 왕관을 쓰고 나니 나보다 더 무서운 사람이 되더구나. 하지만 우리 학생들은 악의 미래야. 난 그들의 목숨을 하나라도 위험에 빠뜨리고 싶지 않다. 악의 과거들만 가지고도 너희를 충분히 무너뜨릴 수 있으니까."

아가사는 어둠의 군대를 바라보았다. 그들은 이를 갈며 교장의 공격 신호만 눈이 빠지게 기다리고 있었다. 아가사는 리나, 채딕, 라반 등등 지금 악의 학교에 갇혀 있을 학생들을 생각했다. 그들도 라팔 아래에서 결국 전쟁에 굶주린 이 좀비 악당들처럼 어둡고 무자비한 사람이 되고 말 것이다.

하지만 키코는…… 사랑스럽고 다정한 그 소녀, 모두에게 행복과 사랑이 있기만을 바라는 그 소녀는 누가 무슨 짓을 하더라도 결코 악인이 되지 못할 것이다.

"악에는 미래가 없어." 아가사가 상냥한 선인 친구를 생각하며 말했다. "선인이 되고자 하는 사람들이 있는 한 악의 미래는 없다고!"

"아가사, 선한 사람이 되기를 나보다 더 바란 사람은 없어." 소피가 말했다. "하지만 악한 마음을 선으로 바꾸려고 아무리 노력해도, 그런 일은 일어나지 않아. 너도 잘 알잖아. 그래서 너의 그 소중한 왕자를 나한테 넘기는 척한 거 아니니? 결국 내가 웃음거리가 될 걸 다 알면서 그런 거잖아!" 소피의 두 눈이 희미하게 번뜩였다. "반대로 선을 악하게 만드는 일은…… 완전히 식은 죽 먹기야, 아가사. 선한 마음은 푹신한 아랫배 같아서 악이 쑥 뚫고 들어가면 그만이거든. 키코한테 한번 물어봐. 듣자 하니 어젯밤에도 '가장 친한 친구' 아가사와 얘기라도 할 수 있으면 얼마나 좋겠냐며 울었다고 하던데. 너 학교 다닐 때 애들한테 인기가 꽤 있었나 보다. 그런데 어쩌지? 너의 '가장 친한 친구'는 얼마 후면 말을 못 하게 될 거야. 악의 학교 수업이 다시 시작되면 변신 과정이 마무리되고, 그 아이는 아주 못된 거위가 될 예정이거든."

"이런 말이 있지." 라팔이 능글맞게 웃으며 끼어들었다. "가장 선한 사람도 자신이 저녁 식탁에 오를 신세가 될 거라 생각하면 악보다 더 악해진다."

두 사람은 마주 보며 웃음을 터뜨렸다.

진심으로 신이 난 듯이 웃는 두 사람의 모습에 아가사는 긴장했다. 유령 같은 피부, 파르스름한 핏줄, 날카로운 광대뼈까지 두 사람은 너무나 닮아 있었다.

"거위로 변하는 일도 없을 거고 식사거리가 되는 사람도 없을 거야. 오늘 밤 우리가 승리할 테니까." 테드로스가 엄포를 놓듯 소리쳤다.

"그래?" 라팔이 날카롭게 그의 말을 받아쳤다. "너희의 그 무시무시한…… 19인 연맹으로 승리를 하겠다고? 마법사는 사라졌지만, 너희와 뜻을 같이한 동지가 너무 많아서 다 셀 수가 없구나. 맙소사! 보호막을 부수려면 영웅 하나를 죽여야 하는데 대체 어떻게 해야 할지 난감하네." 말을 마친 교장이 나무에 등을 대고 모여 있는 선의 군대를 하나하나 훑어보았다. 두려움에 떨고 있는 여덟 명의 늙은 영웅과 네 명의 악인 변절자, 힘없이 축 늘어진 하얀 토끼, 배가 볼록 나온 초록색 요정, 동물 언어 교수와 비실비실한 늙은 땅속 요정…… 그리고 긴 칼을 손에 쥐고서 혼란스러운 표정으로 젊은 두 쌍의 대화를 듣는 랜슬롯이 있었다.

라팔의 얼굴이 어두워졌다. "상황이 복잡해졌군."

"넌 누구냐!" 랜슬롯이 머리가 새하얀 소년을 가는눈으로 바라보며 고함치듯 물었다. "교장은 대체 언제 오는 거지?"

"저 사람이 교장이라니까요. 젊어졌다고 말했잖아요." 호트가 낮은 목소리로 대답했다.

충격을 받은 랜슬롯은 두 눈을 휘둥그레 떴다. "뭐라고? 왜 아무도 말을 안 해 준 거야?"

그는 눈 깜짝할 사이에 땅을 박차고 뛰어올라 마치 손도끼를 던지듯 라팔의 머리를 향해 칼을 던졌다. 너무 갑작스러운 공격에 교장은 미처 대처하지 못했고, 소피는 깜짝 놀라 비명을 질렀다.

라팔의 이마에 부딪친 칼날은 그대로 그의 머리 가운데에 꽂혀 버렸다.

악당들은 얼어붙었고, 영웅들은 숨을 죽였다.

스팀프 숲 전체가 쥐 죽은 듯 고요해졌다.

랜슬롯은 일이 너무 쉽게 끝나 놀란 듯 귀를 긁적이더니 자랑스러운 미소를 활짝 지어 보였다. "와! 봤지? 한 방에 보내 버렸어! 교장이 죽었다고. 동화도 끝난 거야. 이제 곧 해가 환하게……."

랜슬롯의 얼굴에서 미소가 사라졌다.

라팔이 머리에 칼을 꽂은 채 그 자리에 꼿꼿이 서서 미소를 지었다. 흘러내리던 피가 천천히 다시 상처 안으로 들어가고, 교장은 손을 올려 칼자루를 쥐더니 자신의 머리에서 칼을 뽑아냈다. 그의 머리에 길게 난 상처는 금세 다시 깨끗하고 젊은 피부로 메워졌다. 교장은 랜슬롯에게 시선을 고정한 채 맨손으로 칼에 묻은 피를 쓱 닦아 냈다.

소피 역시 미소 지으며 자신의 진정한 사랑을 살아 있게 해 준 금반지를 쓰다듬었다.

"우리 기사님이 칼 간수를 제대로 못 하시네." 젊은 교장이 소피를 바라보며 말했다.

"다른 사람들 일에 참견을 많이 하는 편이에요, 저 사람." 소피가 대답했다. "나한테도 그랬거든요."

"아, 그러면 우리 왕비께서 직접 기사에게 무기를 돌려주면 되겠군."

소피는 칼자루를 받아 쥐었다. "기꺼이 그러지요."

소피는 천천히 고개를 들어 차가운 눈으로 랜슬롯을 바라보았다. 그녀의 손가락이 핑크색으로 빛나고 있었다. "너 전부터 마음에 안 들었어."

그녀는 핑크색 불빛을 칼에 쏘아 기사를 향해 칼을 날렸다.

랜슬롯은 숨 쉴 시간조차 없었다. 칼은 기사의 어깨를 뚫고 나무 기둥에 깊이 박혀 버렸다. 기사는 고통스러운 울음을 내지르며 고

깃덩어리처럼 느릅나무에 고정되었다.

"복잡한 상황 해결됐네요." 소피가 라팔에게 다정한 목소리로 말했다.

아가사와 테드로스는 온몸의 피가 빠져나간 듯 창백해졌다. 다른 영웅들은 모두 나무 뒤에 몸을 숨기고서 가장 위대한 전사가 자신의 무기에 꽂혀 낑낑대는 모습을 지켜보았다.

라팔은 소피의 뺨을 어루만졌다. "나의 왕비에 비하면 난 천사처럼 보이겠어."

소피의 얼굴에는 어두운 기쁨이 가득했고, 그녀의 눈은 고양이 눈처럼 노랗게 빛났다. 아가사는 그런 소피를 설득해 반지를 파괴한다는 것이 멍청하고 순진한 생각이었다는 사실을 깨달았다. 멀린도 영원한 행복으로 가는 길이 결코 쉽지 않을 것이라고 경고했다. 이제 소피는 무슨 말을 들어도 저 반지를 파괴하지 않을 것이다……. 아가사가 무슨 말을 해도 소피는 선으로 돌아올 수 없다…….

소피 안에는 더 이상 선이 남아 있지 않았다.

"나 좀 도와 다오! 이것 좀 빼 줘."

랜슬롯이 테드로스에게 소리쳤지만, 테드로스는 꼼짝도 하지 않았다.

그는 그저 나무에 꽂힌 기사를 유심히 바라볼 뿐이었다. 칼은 그의 어깨 윗부분을 뚫고 지나가 중요 장기는 건드리지 않았다. 상처 주위 피가 응고되어 더 이상 피를 흘리지도 않았다. 랜슬롯은 그곳에 있는 이상 고통스럽기는 하겠지만…… 적어도 안전할 것이다. 테드로스가 랜슬롯을 나무에서 빼내는 순간 기사는 다시 라팔을 공격할 것이고, 그 순간 죽을 것이 분명했다. 악당들은 결코 두 번

자비를 베풀지 않는다. 그리고 테드로스는 이곳에서 무슨 일이 생기든 꼭 지켜야 할 것이 하나 있었다. 선을 위해 자신의 목숨을 포함해 어떤 희생을 치르더라도, 랜슬롯만큼은 반드시 어머니에게 살려 보내야 한다는 것이었다.

기사는 테드로스의 표정이 변하는 것을 눈치챘다. "테드로스, 그러지 마! 저들과 혼자 싸우면 안 돼!"

하지만 왕자는 고개를 돌려 아가사를 바라보았다. 그녀는 이를 악물고 그의 손을 꼭 잡았다. 왕자 혼자 악과 싸우는 일은 결코 없을 것이라는 뜻이었다.

그는 아가사와 함께 싸울 것이다.

"테드로스…… 제발!" 랜슬롯이 간청했다.

왕자의 두려움은 강철처럼 단단해졌다. 그는 아가사의 손을 잡고, 소피와 라팔을 향해 돌아섰다. 두려움에 떠는 소년의 모습은 어느새 사라지고 없었다.

라팔은 무척이나 즐거워 보였다. "저 둘은 아직도 이 이야기가 옛날식인 줄 아나 보네. 손을 맞잡고, 사랑을 위해 싸우고, 뭐든 선이 원하는 대로 풀리고……."

"적어도 악은 품위 있게 사랑을 할 줄 알아." 소피가 두 사람이 맞잡은 손을 보며 조롱하듯 말했다. "너희 둘은 크림 덩어리 케이크 같아. 크림이 덕지덕지 쌓여서 상한지도 모르는 케이크 말이야."

"네가 무슨 짓을 해서라도 그 케이크를 먹으려고 했던 건 기억 안 나?" 아가사가 평정심을 잃고 소리쳤다.

"결국 먹긴 먹었지." 소피는 차가운 목소리로 대답하고 테드로스를 향해 미소 지었다. "그런데 맛이 없더라."

"넌 마녀야!" 테드로스가 낮은 소리로 외쳤다. "무사마귀투성이에 대머리였을 때보다 더 추한 마녀야. 너만큼이나 속이 빈 괴물을 만났으니 잘됐네. 너희는 영혼을 빨아들이는 블랙홀 같은 존재야."

왕자의 독설에 놀란 듯 소피의 볼이 붉어졌지만, 그녀는 금방 창백한 얼굴색을 되찾았다. "하지만 우린 너랑 너의 공주처럼 서로를 사랑해, 테드로스. 네가 무슨 말을 하든지, 우리 사랑의 의미는 변하지 않아. 넌 우리 해피엔딩을 빼앗을 수 없어."

소피가 라팔을 더욱 바짝 끌어당기자, 라팔은 그녀의 이마에 가볍게 입을 맞추었다.

"너희 둘은 사랑이 아니라 증오로 연결되어 있어. 증오는 결코 이길 수 없고!" 아가사가 두 사람을 보며 말했다.

"못 이긴다고?" 라팔이 눈썹을 둥글게 치켰다. "충직한 너희 마법사는 우리 군대를 보자마자 도망갔고, 믿음직한 너희 기사는 아무짝에 쓸모없는 존재라는 걸 스스로 보여 줬는데…… 아직도 뭔가 가능성이 있는 척하는 것이냐?"

아가사를 바라보는 소피의 얼굴에 분노가 서리기 시작했다. "그게 선의 문제야. 선은 늘 희망과 믿음을 붙잡으라고 하지만, 사실 그것들은 모두 허상일 뿐이거든. 악은 진실을 믿으라고 말하지. 아무리 두렵더라도 눈앞에 분명히 드러난 그 진실을 믿어야 해. 너희에게도 내가 진실을 말해 주지. 라팔은 내가 늘 꿈꿨던 사람이야. 난 애초에 나한테 맞는 학교에 들어갔고. 내가 다른 사람이 되려 하지 않고 날 있는 그대로 받아들였다면 난 처음부터 행복했을 거야. 내가 진짜 내 모습을 인정했다면 네 친구가 되는 일도 없었겠지. 내가 쿠키 바구니를 들고 미소를 지으며 널 찾아간 건 교장한테 선한 아이로 보이고 싶었기 때문이거든. 아가사, 내가 널 이용한 거야. 난 너에게 '선행'을 해서 원하는 걸 얻으려 했어. 네가 날 이용해

서 왕자랑 가까워진 것처럼 말이야. 그러니 나와 라팔의 관계가 사
랑이 아니라는 말은 집어치워. 사랑이 아닌 건 바로 너와 나의 관계
야. 우리 사이는 처음부터 거짓이었다고."

아가사는 자신의 숨소리 외에는 아무것도 들리지 않았다. 불덩
이 같은 소피의 두 눈이 그녀를 파고들어 왔다.

"하지만 너희에게는 희망과 믿음이 있잖아. 절대 실패하지 않는
무기지." 소피가 비꼬듯 말했다. "우리한테는 도끼와 군대와 젊음
밖에 없어."

"우리한테 정말 그것들뿐인가?" 라팔이 장난기 가득한 말투로
물었다.

"제가 잊을 리 있겠어요?"

교장의 표정을 읽은 소피가 핑크빛 손가락을 하늘로 들어 올리
자, 요정 무리가 나무 위로 올라가 더 높은 곳에서 숲을 비추었다.

살점 하나 없이 뼈만 남은 스팀프 수천 마리가 가지에 앉아 텅 빈
눈구멍으로 교장과 새 왕비를 바라보며 날카로운 소리로 깍깍 울
어 댔다.

아가사와 영웅들은 괴로워하며 귀를 막았지만, 라팔은 아름다운
음악을 감상하듯 콧노래를 흥얼거렸다.

"아무리 무섭게 소리를 질러도 소용없어." 테드로스가 괴성을 견
뎌 내며 으르렁대듯 말했다. "스팀프는 선인을 공격하지 않으니까.
악인만 공격하도록 훈련됐거든."

라팔이 웃음을 참으며 입을 열었다. "너희 아버지가 학생이었을
때 내가 제일 마음에 들었던 부분은 자기 수준을 잘 안다는 점이었
어. 자기가 그리 똑똑하지 않다는 걸 알았기에 그냥 예쁘장한 얼굴
로 미소 지을 뿐 입은 꼭 다물었거든."

불안에 떠는 테드로스의 얼굴이 붉게 달아올랐다.

"그런데 넌 아서보다 멍청하면서, 그 작은 머리로 뭔가 대단한 걸 생각하는 것처럼 착각하고 있구나." 라팔이 달콤한 목소리로 말했다. "네 어미를 닮은 것이겠지. 늘 잘난 척하는 아이였으니까."

"너를 낳은 사람은 자식이 너 같은 존재라는 걸 알았으면 그 자리에서 자살했을 거다! 난 우리 어머니 아들인 게 자랑스러워!" 테드로스가 소리쳤다.

하지만 라팔의 시선은 그를 뼛속까지 얼어붙게 만들었다. "오늘 밤이 지나면 네 어미는 자식 잃은 부모가 되겠지."

아가사는 자신과 맞닿은 테드로스의 몸이 굳는 것을 느꼈다.

"스팀프는…… 악을 공격하도록 훈련된 게 맞다." 라팔이 음흉한 눈으로 왕자를 바라보며 말을 이었다. "하지만 이곳은 예전에 네가 알던 숲이 아니란다, 꼬맹이 왕자. 예전에는 해피엔딩이 선의 것이었지. 진정한 사랑의 키스도 선의 편이었고, 그것을 위해 싸우는 선인들도 다 선의 편이었어. 그런데 이제 악이 그것들을 모두 차지했다. 악이 새로운 선이 되었어."

라팔이 사악한 미소를 지으며 스팀프를 향해 손을 들어 올렸다. "따라서 저들에게는…… 선이 새로운 악이지."

젊은 교장이 이를 드러냈다. **"모두 죽여라!"**

어둠의 군대가 살기 가득한 눈으로 포효하며 영웅들을 향해 돌진했다.

바로 그 순간, 라팔이 손을 들어 그들을 멈춰 세웠다.

그는 스팀프를 바라보고 있었다. 새들이 더 이상 깍깍거리지도 않고 나뭇가지에 가만히 앉아 있었기 때문이다.

"내가 명한다……. 저들을 죽여라!"

라팔이 우렁찬 목소리로 다시 명령했지만, 새들은 꼼짝도 하지 않았다.

숲 전체에 적막이 흘렀다.

"여어! 여기야!" 경쾌한 목소리가 울려 퍼졌다.

라팔은 천천히 고개를 들어 높은 느릅나무 위 스텀프에 올라탄 멀린을 바라보았다. "속상하겠지만 악은 새로운 선이 아니란다. 너의 선인들과 악인들이 모두 선의 편에 있기 때문이지."

순간 숲속 모든 나무 뒤에서 활과 화살을 든 그림자들이 슬그머니 미끄러지듯 등장했다. 멀린이 손을 휙 내저어 모든 화살 끝에 불을 붙이자 숲 전체가 환해지며 활을 든 사람들의 얼굴이 드러났다. 아가사와 테드로스는 한눈에 그들을 알아보았다. 채딕, 모나, 아라크네, 벡스, 리나, 밀리센트, 라반, 거위 털에 반쯤 덮여 버렸지만 여전히 활짝 웃고 있는 키코, 그리고 200명에 가까운 다른 선인과 악인 학생들이 어둠의 군대를 향해 불화살을 겨누고 있었다.

"나 또 찔끔해 버렸네." 헨젤이 넋이 나간 표정을 짓고 있는 연맹 회원들에게 속삭였다.

소피는 잿빛이 된 얼굴로 라팔을 바라보았다. 교장 역시 충격에 빠져 정신을 차리지 못하고 있었다. "이럴 순 없어……." 그가 나직이 속삭였다.

"학생들은 학교에 있어야 하는데……. 레소 교수님이 아이들을 붙잡아 둔다고……." 소피가 더듬더듬 말했다.

"그랬지. 지난주 내내 레소 교수는 자기 교실에 학생들을 붙잡아 두고 선을 위해 싸우는 법을 가르쳤어." 멀린이 기운 넘치는 목소리로 대꾸했다. "내가 그 자리에 있었으니 누구보다 잘 알지. 나와 레소 부인은 악당들을 재우고 학생들을 가르쳤다. 잠자는 주문은 물론 내 몫이었지. 여기 악당들이 말해 주겠지만 뭐든 잠재우는 게 내 특기거든. 학교 정문 바깥에 있는 가시 달린 나무든 내 셸레스티움에 들어온 사람들이든 피에 굶주린 좀비 군대든 내 주문을 피할 순 없지. 너는 레소 부인이 그 바보 같은 전쟁 훈련을 위해서 아이들에게 흑마법을 가르친다고 생각했지? (참! 주문을 가르쳐 준 것은 베아트릭스였다. 그 아이가 임시 의무실을 관리하는 동안 오래된 도서관 책에서 주문을 찾아냈지.) 네가 학장을 의심해서 그녀의 교실에 찾아갔을 때, 레소 부인은 너의 바보 같은 의심을 이용해서 자신이 진짜 하는 일을 감추었어. 하지만 레소 부인이 거짓말을 한 것은 아니야. 레소 부인은 실제로 학생들이 옛 악당에 맞서 싸우도록 가르쳤지. 다만 교실 안에서 벌이는 의미 없는 싸움보다 훨씬 더 중요한 싸움에서 이길 수 있도록 가르쳤을 뿐이다. 난 네가 교실에 왔을 때 내내 책상 아래 숨어 있었다. 신 자두 알레르기가 있어서 자꾸 콧물이 나는 바람에 그걸 숨기느라 고생을 좀 했지."

소피는 숨을 쉴 수 없었다. "당신이었어……. 그 소리 들었는데……."

아가사와 테드로스도 소피 못지않게 멍한 표정이었다. '일주일 내내 사라졌던 이유가 이거구나. 오랜 친구를 만났다더니 그 사람이 바로…….' 아가사는 머릿속에서 부지런히 퍼즐 조각을 맞췄다.

헤스터와 아나딜, 도트는 진짜 스파이가 아니었다.

"레소 부인이었군요." 소피도 퍼즐을 다 맞춘 듯 입을 열었다. "그동안 스파이 짓을 한 게……."

"누구보다 충실한 악인이자 너의 멘토 역할을 하고 있었지. 그러다가 네가 악으로 돌아가고 숲에 어둠이 깔리면서, 그녀가 움직여야 할 때가 온 거다." 멀린이 말했다.

"멍청한 늙은이 같으니! 아무 힘도 없는 학장 하나로 운명을 바꿀 수 있다고 생각하다니 한심하군." 라팔이 조롱하듯 말했다.

"레소 부인은 악의 가장 위대한 학장인데, 한심한 게 과연 나일까?" 멀린이 교장의 말을 받아쳤다. "레소 부인은 악이 선 없이 존재할 수 없고, 이 둘은 균형을 이루어 서로를 정의하고 개선하면서 계속 긴장 관계를 유지해야 한다는 점을 잘 알고 있어. 선을 지우려고 하면 할수록 균형은 선 쪽으로 기울 뿐이다. 너희가 아무리 노력해도 악을 새로운 선으로 만들 수는 없다는 뜻이야……. 악은 더 낡은 악이 되어 버렸다."

마법사가 라팔을 향해 미소를 지었다. "그리고 스팀프 말이야. 훈련을 아주 잘 시켜 놨어."

마법사가 날카로운 휘파람을 불자 200명의 학생들이 함성과 함께 새 위에 올라탔다. 새가 추락하듯 땅을 향해 돌격하자, 학생들은 옛 악당들을 향해 불화살을 쏘아 댔다.

화살촉은 표적을 정확히 뚫고 좀비들의 몸에 불을 붙였다.

채딕은 스팀프를 둥글게 회전시켜 날아가 화살 하나로 오거 셋을 뚫었고…… 베아트릭스는 롤러코스터처럼 공중에서 거꾸로 한 바퀴를 돌아 백설공주 마녀의 목에 화살을 맞추었고…… 아라크네는 다이빙하듯 땅으로 날아 내려가 화살 한 방으로 키클롭스의 눈을 뽑아 버렸다.

아가사는 입을 떡 벌린 채 악인 군단이 좀비들을 향해 화살을 날리는 모습을 지켜보았다. 스팀프를 타거나 화살 쏘는 법을 학교에서 배운 적이 없는데 브론, 모나, 밀리센트 같은 어리숙한 학생들이 어떻게 일주일 만에 나는 새 위에서 무기를 휘두르는 전사가 되었을까?

하지만 키코를 보는 순간 아가사는 상황을 이해할 수 있었다. 키코는 새 위에 올라타서 갈팡질팡 날아다니며 흔들리는 손으로 아무 데로나 화살을 쏘아 대고 있었다. 그런데 갑자기 그녀의 새가 방향을 잡고 화살이 정확하게 트롤의 목구멍을 뚫어 불을 붙였다.

아가사는 천천히 고개를 들어 멀린을 바라보았다. 높은 나무에 선 마법사는 교향악단 지휘자처럼 손을 이리저리 휘두르며, 마법의 힘으로 선인과 악인 군대의 스팀프와 화살을 조종하고 있었다. '나에게 맡겨라.' 마법사는 줄곧 그렇게 주장했다. 교장이 자신의 군대를 만들어 냈으니, 멀린도 자신의 힘으로 조정할 수 있는 군대를 탄생시킨 것이다.

멀린이 다시 한 번 팔을 쌩 휘두르자, 사람이 올라타지 않은 스팀프 네 마리가 활과 불붙은 화살을 입에 물고 땅으로 내려와 헤스터, 아나딜, 도트, 그리고 호트를 등에 태웠다. 네 사람은 즉시 무기를 받아 들고 좀비들을 향해 화살을 날렸다.

"아빠가 지금 내 모습을 보셔야 하는데!" 도트가 머리 없는 기마병의 가슴을 화살로 뚫으며 환호성을 질렀다.

"악인이 왜 선을 위해 싸우고 있냐고 물으실걸!" 아나딜이 하피 둘을 쓰러뜨리며 찬물을 끼얹었다.

"쟨 꼭 저렇게 분위기를 깨더라." 헤스터가 화살로 좀비들에게 불을 붙이며 말했다. 그녀의 악마도 그 곁에서 입으로 불덩어리를 쏘고 있었다.

"선이 늘 승리하는 이유가 있었네." 호트가 세 사람 위를 날아가며 소리쳤다. 그는 멀린이 마녀들의 화살을 마법으로 조종하는 모습을 보고 있었다. "이런 속임수를 쓰니 승리할 수밖에!"

아가사는 마법사가 선의 군대 전체를 지휘하자 마침내 안도했다. 하지만…… 전부는 아니었다. 늙은 영웅들은 싸움에 참여하려 했지만 우마 공주, 유바, 하얀 토끼와 팅커벨이 그들을 가로막았다. 그들 중 하나만 죽어도 독자 세계 보호막이 무너져 내리기 때문이었다. 한편 랜슬롯은 마법사에게 자신을 나무에서 풀어 달라고 외쳤지만, 군대를 조종하는 데 정신이 팔린 멀린은 손가락을 잘못 튕겨 칼을 더 깊이 박아 버리고 말았다. 랜슬롯이 고통에 소리치자 아가사가 그를 향해 달리기 시작했다.

'테드로스!'

달리던 아가사가 갑자기 걸음을 멈추었다.

테드로스는 어디 있는 것일까?

아가사는 불길한 마음으로 홱 몸을 돌렸다. 엑스칼리버를 손에 쥔 테드로스가 자신에게 등을 돌리고 서 있는 라팔을 향해 돌진하고 있었다. 아가사는 터져 나오려는 비명을 누르며 그가 칼을 들어 올리는 모습을 지켜봤다…….

라팔은 재빨리 몸을 돌려 검은 빛 폭탄을 쏘았고, 테드로스는 아슬아슬하게 칼로 그 빛을 쳐 냈다.

"항상 이렇게 충동적이네, 꼬맹이 왕자." 젊은 교장이 코웃음 쳤다. "죽일 수 없는 사람을 죽이겠다고 싸움에 끼어들다니!"

"죽일 수 없다고? 그럼 내가 널 수천 조각을 내줄 테니 어디 한번 붙여 보시지!" 테드로스가 소리쳤다.

두 사람은 다시 격렬하게 맞붙었다. 교장이 죽음의 주문을 쏠 때마다 테드로스가 칼로 그것들을 쳐 냈지만 얼마 지나지 않아 교장에게 밀리기 시작했다. 교장이 재빨리 주문을 쏘아 엄청난 힘으로 나무를 태워 버리자, 테드로스는 불을 피해 그루터기 뒤로 몸을 숨겼다.

선과 악의 학교 3

아가사는 숨이 멎을 것 같았다. 왕자가 곧 죽을지도 모르는 상황이었다. 그녀가 도와야 했다. '하지만 어떻게 하지?' 교장을 이길 수 있는 사람은 없었다. 테드로스를 구할 방법은…….

'반지!'

아가사는 다급히 고개를 들어 소피를 바라보았다. 분노로 붉게 달아오른 그녀는 스팀프들에게 주문을 쏘아 그 위에 올라탄 학생들과 함께 추락시키고 있었다. 그러다가 문득 이상한 낌새를 느낀 소피가 몸을 돌려 아가사를 바라보았다. 결연한 표정으로 입을 굳게 다물고…… 그녀의 반지를 노려보는 아가사……. 두 친구는 서로의 눈을 피하지 않고 마주 보았다.

소피가 먼저 자리를 박차고 달아나기 시작했다.

아가사가 재빨리 그 뒤를 쫓았지만 고통에 찬 테드로스의 울음 소리에 다시 몸을 돌렸다. 화염 속에서 불에 탄 다리를 붙잡고 기어 나온 왕자는 라팔이 던지는 주문을 아슬아슬하게 피하고 있었다.

어둠의 군대도 전열을 정비해 기세를 올리기 시작했다. 잭 이야기의 거인은 맨주먹으로 스팀프들을 때려눕혔고, 후크 선장은 갈고리 손을 휘둘러 학생들을 새에서 떨어뜨렸다. 정신없이 두 손을 움직이는 멀린의 얼굴에 초조한 기색이 역력했다. 학교에서 요정 가루 기차를 몰고 나오다가 실수를 저질렀을 때와 똑같은 표정이었다.

아가사는 다시 테드로스가 있는 쪽을 바라보았다. 부서진 스팀프 뼈를 주워 들고 저항하는 왕자를 향해 라팔이 저벅저벅 다가가고 있었다. 아가사는 겁에 질려 다시 고개를 돌렸다. 소피의 뒷모습이 점점 멀어져 갔다.

테드로스를 돕든지 반지를 쫓든지, 둘 중 하나를 선택해야 한다.

아가사는 고개를 들어 하늘 속으로 점점 사라져가는 태양 빛을 바라보았다. 시간이 얼마 없었다.

"날 풀어 줘!" 그때 랜슬롯의 목소리가 난리 통을 뚫고 그녀의 귀에 꽂혔다. "내가 없으면 저 녀석 죽을 거야."

아가사는 나무에 고정되어 버둥거리는 기사를 바라보았다. 짐승처럼 엉망이 된 머리에 피범벅이 된 기사가 고통에 찬 얼굴로 그녀를 바라보고 있었다.

"내가 싸울 테니 넌 소피를 쫓아가!" 기사가 다시 소리쳤다.

다른 방법이 없었다. 아가사는 더 생각할 것 없이 불타는 시체들을 뛰어넘어 기사에게 다가가 그의 어깨에서 칼을 뽑았다.

랜슬롯은 고통과 안도감이 뒤섞인 비명을 내지르더니, 비틀비틀 자리에서 일어나 그녀의 손에 들린 칼을 낚아채듯 가져갔다.

"어서 소피를 잡아 와라!" 기사가 헐떡이며 아가사의 팔을 꽉 잡았다.

"하지만 테드로스…… 테드로스는 어떻게……."

"저 아이는 무사할 거다. 엑스칼리버를 들고 기다리고 있을 테니 어서 반지를 가져와. 내가 약속하마, 아가사. 저 아이는 반드시 내가 지켜 낼 거야. 넌 소피를 데려와야 해. 실패하면 안 된다. 나도 절대 실패하지 않으마. 알겠지?"

절박한 랜슬롯의 얼굴을 보며 아가사는 고개를 끄덕였다.

기사가 밀어내자 아가사는 소피를 찾아 나무 사이로 달리기 시작했다. 흘끗 뒤를 돌아보니 테드로스는 여전히 부서진 스팀프 뼈로 교장의 죽음 주문을 쳐 내고 있었다. 그리고 랜슬롯은 영웅들을 모아 그들 앞에 서서 교장을 향해 돌격할 태세를 갖추었다.

"우리는 숨지 않는다! 우리는 싸운다!" 랜슬롯이 외쳤다.

"우리는 싸운다!" 연맹이 그의 말을 받아 소리쳤다.

그리고 기사의 뒤를 따라 전쟁터에 뛰어들었다. 아가사는 달렸다. 선의 마지막이자 유일한 희망을 쫓아, 그녀는 그들에게서 점점 멀어져 갔다.

32

악의 의미

검은 요정들의 꼬리 불빛과 불화살의 불빛이 길을 환하게 밝혀 주었다. 아가사는 스팀프 숲 끄트머리를 향해 동쪽으로 달아난 소피의 뒤를 쫓아 달렸다. 소피는 30미터 가까이 앞서 있었지만, 전장에서 멀어질수록 빛이 약해져 곧 어둠 속에서 비틀거리기 시작했다. 검정색 가죽 캣슈트를 입은 왕비는 숲에서 빠져나가기 위해 사력을 다했다.

"기다려!" 아가사가 소리쳤다. 소피의 모습은 어둠에 묻혀 보이지 않았다. 여기에서 소피를 놓치면 해 질 때까지 절대 그녀를 찾지 못할 것이다. "소피……."

그때 핑크색 불빛이 아가사의 머리를 겨냥했고, 그녀는 몸을 숙여 공격을 피했다. 다시 고개를 들어 보니 소피는 이미 저 멀리 내달리고 있었다.

'어디 가는 거지?' 아가사는 금색 불빛을 밝힌 손가락을 들어 올려 주위를 살폈다.

앙상한 나뭇가지들 사이로 무엇인가가 언뜻언뜻 보였다⋯⋯. 두 학교 건물이었다.

아가사는 그대로 걸음을 멈추었다.

소피는 악의 왕비이니 다른 교수들과 마찬가지로 학교 정문을 열고 닫을 수 있다. 소피가 학교 안으로 들어가 정문을 닫아 버리면 그녀를 잡을 방법이 없다는 뜻이었다.

아가사는 멀어져 버린 소피를 따라잡기 위해 미친 듯이 달렸다. 두 사람은 곧 스팀프 숲을 벗어나 거대한 가시가 달린 자주색 나무 숲에 들어섰다. 선과 악의 학교와 스팀프 숲 사이에 위치한 이 나무숲은 깊은 잠에서 깨어나듯 날카로운 가시들을 휘적휘적 흔들었다. 몇 초 후면 아가사를 발견해 공격할 것이 분명했다. 소피가 점점 학교 정문에 가까워져 가는 사이, 갑자기 커다란 가시들이 아가사 앞에 종유석처럼 꽂히며 앞길을 가로막았다. 그녀는 더 이상 소피를 볼 수 없었다.

"소피!"

아가사가 가시를 뛰어넘으며 소리쳤다. 가시들이 땅에 꽂혀 구멍을 만들자 주변의 땅이 무너져 내렸다. 아가사는 왼쪽에서 날아온 가시를 가까스로 피했지만, 오른쪽에서 돌진해 온 가시에 그만 팔을 찔리고 말았다. 그녀는 아픔을 참고 계속 앞으로 나아갔다. 소피는 마법으로 정문을 열고 그 안으로 들어가 문을 닫으려 하고 있었다. 아가사는 도저히 그 문을 통과할 수 없었다. 정문은 이미 닫히기 시작했는데 그녀는 아직 문에서 10미터나 떨어져 있었다.

그때 뒤에서 또 다른 가시가 커다란 파도처럼 밀려들었다. 가시는 아가사를 정문에 그대로 꽂아 버릴 듯이 위협적인 속도로 다가 왔다.

이제 남은 방법은 하나뿐이다.

아가사는 숨을 한 번 들이쉬고 가시를 향해 몸을 돌렸다. 그리고 가시가 그녀의 심장을 찌르려는 순간 몸을 살짝 비틀어 어수룩한 타잔처럼 그 옆에 매달렸다. 가시는 아가사의 등 뒤에서 갑자기 나타난 학교 정문에 놀란 듯 하늘을 향해 치솟아 올랐고, 아가사는 딱딱한 자주색 가시 줄기에 대롱대롱 매달리는 신세가 되었다. 그녀의 발아래에는 칼처럼 뾰족한 정문이 있었고, 가시 줄기는 그녀를 떼어 내기 위해 몸을 둥글게 말았다가 펼치며 더욱 높은 곳으로 몸을 뻗었다. 지금이 마지막 기회다…….

아가사는 손톱에 힘을 꼭 주고 다리로 줄기를 힘껏 밀어냈다. 순간 줄기에서 떨어져 나온 그녀의 몸이 정문 위를 지나 소나무 수풀에 곤두박질쳤다. 아가사는 두 손으로 머리를 감쌌지만, 바닥에 먼저 닿은 것은 그녀의 엉덩이였다. 살았다는 기쁨을 느낄 사이도 없이 아가사는 욱신거리는 엉덩이를 문지르며 수풀을 빠져나왔다. 다시 소피를 쫓아가야만 했다…….

하지만 아가사는 더 이상 움직이지 않았다.

소피가 하프웨이 베이 기슭에 서서 그녀를 노려보고 있었다.

아가사가 움직이기도 전에 핑크색 주문이 날아와 가슴을 때렸고, 그녀는 바닥에 쓰러지고 말았다.

가장 친한 친구에게 기절 주문 공격을 받았다는 것도 충격이었지만, 그보다 끔찍한 것은 바로 육체적 고통이었다. 코끼리가 가슴을 짓밟거나 혜성이 날아와 가슴에 부딪친 것 같은 느낌이었다. 자신이 누구이고 그곳이 어디인지도 잊을 정도로 고통은 심했다. 그녀의 머릿속에는 공기를 들이마셔야 한다는 생각뿐이었지만, 폐조차 마비된 듯 그녀에게 숨을 허락하지 않았다. 아가사는 입을 벌려 공기를 마시려 했지만, 귀청을 찢을 듯이 날카로운 소리가 계속 귀에서 울려 이를 악물고 두 눈을 감을 수밖에 없었다. 소리는 사라지기는커녕 점점 커졌고, 어느새 속이 울렁거리기 시작했다. 귀신의 집처럼 매 순간 새로운 문제가 터졌지만, 가장 크고 분명한 문제는 그녀가 움직일 수 없다는 점이었다.

아가사는 눈을 뜨고 뒤를 보려 했지만, 그녀의 머리는 마치 도끼에 찍혀 깨진 것만 같았다. 눈앞은 흔들리고, 보이는 것은 위아래가 뒤바뀐 데다, 눈물이 너무 많이 나와서 모든 것이 흐릿하기만 했다. 떨리는 어둠 속에서 그녀가 유일하게 알아볼 수 있는 것은 하프웨이 베이의 흐릿한 초록색과…….

그곳을 지나 옛 악의 성을 향해 가는 거꾸로 된 검정색 그림자뿐이었다.

아가사는 심장이 더 이상 근육에 피를 보내지 못하고 있음을 느꼈다. 소피…… 소피를 쫓아가야 하는데…….

하지만 그녀의 몸은 바닥에 쓰러진 채 꼼짝하지 못했다.

'기절 주문이 얼마나 가더라?'

그녀는 유바 교수 수업과 지난 두 번의 동화 경연 대회에서 기절 주문에 쓰러진 학생들이 쉽게 회복하는 모습을 보았다. 그래서 교수들은 반격 주문도 가르쳐 주지 않았다. 기절 주문이 워낙 무해한지라 신입생의 경우 아무리 공격적으로 주문을 던져도 큰 피해를 입힐 수는 없다고 판단한 것이다. 그런데 소피의 기절 주문은 어째서 이렇게 독하고 위협적이 되었을까…….

'마법은 감정을 따라간다.'

아가사의 호흡이 가빠졌다. 소피는 분노, 좌절, 복수심 등 마음 속에서 끓어오르는 모든 감정을 담아 그녀에게 주문을 던진 것이 다……. 그녀는 평범한 주문을 증오의 미사일로 바꿔 버렸다.

그 증오에 대한 반격 주문은 오직 하나뿐이었다.

'마법은 감정을 따라간다.'

아가사는 스팀프 숲에서 교장과 맞서 싸우던 아름답고 용감한 왕자를 떠올렸다. 진정한 사랑이 기다리는 집으로 돌아가고픈 용맹한 기사 랜슬롯과, 기세를 올리는 옛 악당들을 물리치기 위해 전장에 뛰어든 제멋대로이지만 고귀한 옛 영웅들을 생각했다. 하늘에는 가발돈 보호막에서 피어오른 희미한 연기 기둥이 보였다. 보호막이 무너져서는 안 되는데…….

'내가 막아야 해. 내가 반지를 파괴해야 해.'

아가사의 손끝에 금빛 열기가 모이고, 가슴에는 공기가 밀려들었다. 그녀는 고통의 함성과 함께 아기처럼 동그랗게 몸을 말았다가 휘청거리며 무릎을 꿇고 앉았다.

처음 몇 걸음은 기어갈 수밖에 없었다. 눈앞이 너무 뿌예서 하프웨이 베이의 독성 점액질에 빠질 뻔도 했지만 그녀는 정신을 집중하고 옛 악의 학교 건물을 바라보았다. 소피가 문을 통과하는 모습이 보였다. 악의 학교는 넓다. 소피가 너무 멀어지면 해가 지기 전에 결코 그녀를 찾아낼 수 없을 것이다.

아가사는 공포에 사로잡혀 하프웨이 베이 위 하늘을 올려다보았다. 점처럼 작은 빛들이 동쪽으로 사라지고 있었다.

그녀에게 남은 시간은 기껏해야 두 시간이었다.

아가사는 온 힘을 다해 다리를 움직였다. 손과 팔은 여전히 굳어있고 두 다리는 고통에 경련을 일으켰지만, 그녀는 절뚝절뚝 하프웨이 베이를 지나 진흙투성이 언덕을 올라갔다. 마침내 성 입구에 도착한 아가사는 활짝 열린 문을 통해 비틀거리며 안으로 들어갔다. 소피를 찾아낼 것이다……. 그래야만 한다…….

비틀거리며 로비에 들어선 아가사는 결국 힘이 빠져 옛 초상화 벽에 쓰러지고 말았다.

성안은 쥐 죽은 듯 조용해, 초상화 액자를 타고 바닥에 떨어지는 물방울 소리만 규칙적으로 울려 퍼지고 있었다.

소피는 어딘가로 사라져 보이지 않았다.

아가사는 머리가 지끈거렸지만 로비 구석구석을 살펴보았다. 좁은 복도와…… 계단방…… 탑으로 이어지는 계단들…….

'못 움직이겠어. 더 이상은 안 돼. 하지만 소피는 어떻게 찾지?'

아가사는 벽에 기대 숨을 골랐다. 당황해서는 안 된다. 정신을 집중해야 한다…….

그때 목소리가 들렸다.

계단방 끝의 커다란 문 뒤에서 목소리들이 들려오고 있었다.

아가사는 극심한 고통에 속이 울렁거렸지만, 물개처럼 배로 몸을 밀며 조금씩 앞으로 나아갔다. 손과 팔은 마비되어 쓸 수 없었다. 그녀는 비 오듯 땀을 흘리며 머리로 문을 밀고 살짝 벌어진 틈으로 그 안을 들여다보았다.

어두운 동화의 전당 안에서 레소 부인과 더비 교수가 무릎을 꿇고서 돌 무대 위 거대한 틈 주변을 서성이고 있었다. 틈 아래 깊은 바닥에는 배신자들을 구금하는 얼음 감옥이 있었고, 감옥에서 피어오른 반짝이는 파란빛의 짙은 안개가 두 학장의 얼굴을 은은하게 밝혀 주었다. 아가사가 있는 서쪽 문에서 보니 더비 교수는 마법 지팡이로 지하 감옥 벽의 얼음 무덤 하나를 녹이는 중이었고, 레소 부인은 뾰족한 구두 끝으로 얼음을 부서서 아네모네 교수를 구출하려 하고 있었다.

"입 쪽을 제일 마지막에 빼 줄래요, 레소 부인?" 이미 우물우물 소리를 내기 시작한 아네모네 교수를 보며 더비 교수가 말했다. "아네모네 교수님 말씀은 꼭 필요한 때만 들었으면 해서요."

둥글게 말아 올린 더비 교수의 은발과 딱정벌레 날개가 그려진 그녀의 초록 드레스가 흠뻑 젖어 있었다. 얼음 무덤에서 막 풀려났기 때문일 것이다. 하지만 그녀의 미소는 그 어느 때보다 밝았다. 그녀는 자신의 친구이자 동료 학장인 레소를 다시 만난 순간 그동안의 고통을 깨끗하게 잊은 것 같았다.

한편 파란 안개가 자욱한 얼음 감옥 가장 안쪽에 새로운 구금자가 한 명 추가된 것이 보였다. 입에 재갈을 문 애릭이 눈 쌓인 바닥에서 몸을 허우적거리고 있었다. 애릭은 키가 크고 덩치도 좋았지만, 차가운 바닥에서 바들바들 떨며 낑낑대는 모습은 전혀 위협적이라 할 수 없었다. 이마의 '변태 새끼' 글자도 여전히 상처로 남아 있었다.

"어머니, 제발요!" 애릭이 재갈을 문 입으로 힘겹게 웅얼거렸지만 레소 부인은 눈길조차 주지 않았다.

"그냥 기숙사 방에 가두면 안 될까요? 다른 악인 교수님들처럼 말예요." 더비 교수가 털털대는 지팡이를 못마땅한 눈으로 바라보며 말했다. "전쟁에서 이길 때까지 우리를 방해 못 하게 가둬 두기만 하면 되는데……."

"애릭은 얼음 감옥에 두기로 해요." 레소 부인이 짧게 대답했다.

"어머니, 제가 잘못했어요!" 애릭이 재갈을 이로 물어뜯으며 소리쳤지만 레소 부인은 여전히 아들을 바라보지 않았다.

"용서하기 힘들겠지만, 당신 아들이잖아요." 더비 교수가 호소했다. "아들을 여기 혼자 두는 건 아무래도……"

"교수님을 괜히 풀어 줬나 하는 생각이 들기 시작하네요." 레소 부인이 톡 쏘듯 대꾸했다.

더비 교수는 입을 꾹 다물고 다시 무덤 녹이기에 열중했다. "맙소사! 멀린이 내 지팡이에 대체 무슨 짓을 한 걸까요?" 그녀는 쉭쉭 소리를 내는 지팡이를 바라보며 짜증스럽게 말했다. "얼어서 꼼짝 못 하는 신세만 아니었으면 그 쥐새끼한테 지팡이를 뺏기는 일은 없었을 텐데……"

"그럼 내가 직접 빼앗아 갔을 거예요." 레소 부인이 머리를 매만지며 말했다.

더비 교수가 레소 부인을 빤히 바라보았다.

"쥐를 얼음 감옥에 들인 게 누구일 거 같으세요? 교수님이 어디 갇혔는지 알려 준 사람이 누굴까요?" 레소 부인이 신음을 흘리며 말했다. "나이가 들어도 교수님처럼 머리가 흐리멍덩해지지는 않으면 좋겠네요."

"아, 그리 되면 제가 알려 드리죠. 방금 하신 말씀 그대로 해 드릴게요."

"교수님 돌아가시기 전에는 절대 그럴 일 없을 거예요."

장난스럽게 티격태격하는 두 교수의 목소리를 듣는 순간, 아가사는 당장 달려가 그들을 끌어안고 싶었다. 하지만 팔에는 여전히 아무 감각이 없었고, 몸은 바닥에 쓰러진 상태였으며, 너무 힘이 없어 문을 활짝 열거나 세게 두드릴 수도 없었다. 그녀는 소리를 지르려 했지만 목구멍이 꽉 막힌 듯 작은 소리조차 나오지 않았다.

아가사가 속절없이 두 사람을 지켜보는 사이, 구덩이 경사면 위로 허리를 숙이고 있던 그녀의 요정 할머니와 레소 부인은 마침내 아네모네 교수를 얼음 무덤에서 구해 냈다. 애릭은 여전히 구덩이 가장 안쪽에서 발버둥 치고 있었다.

"〈아름다운 외모 만들기〉 교수가 우리 전쟁에 무슨 도움을 줄 수 있다는 건지 난 아직도 모르겠네요." 레소 부인이 헐떡이며 말했다. 그녀는 더비 교수와 함께 아네모네 교수를 돌 무대 위로 끌어올리고 그대로 바닥에 쓰러져 버렸다.

"아네모네 교수는 친구예요." 더비 교수가 땀을 닦으며 가쁜 숨을 몰아쉬었다. "둘만 있을 때는 서로 이름을 부르고 말도 편하게 하는 친구라고요."

"난 아들이랑도 그런 건 안 해요. 앞으로도 그럴 생각 없고요." 레소 부인이 말했다. "자랑할 정도로 예쁜 이름이나 되면 한번 생각해 볼 수도 있죠."

더비 교수가 깔깔 소리 내어 웃었다.

머리가 엉망으로 흐트러진 〈아름다운 외모 만들기〉 교수는 질척한 물구덩이에 앉아 손거울부터 꺼내 들고는 줄줄 흘러내린 화장과 누르께한 얼굴색을 확인했다. "결국 이렇게 되는 건가요? 위대한 선이 그 자신의 그림자로 전락하는 거예요?"

"우린 그 그림자를 위해 싸워야 해요, 아네모네 교수님." 더비 교수가 단호하게 말하며 그녀를 끌고 동쪽 문으로 향했다. 아가사가 있는 곳과는 반대 방향이었다. "서둘러요. 스팀프 숲으로 가서 멀린을 도와줘야 해요. 해가 질 때가 거의 다……."

"잠깐만요." 레소 부인이 그들을 멈췄다.

레소 부인은 얼음 감옥 가장자리에 서서 손발이 묶인 채 눈 쌓인 바닥에서 버둥거리는 아들을 바라보았다. "악의 학교 학장만 지하 얼음 감옥을 열 수 있는 거 확실해요, 더비 교수님?"

"악의 학교 학장하고 교장만요. 그것도 밖에서만 열 수 있어요. 나나 선인 교수님들은 열지 못해요." 더비 교수가 슬픈 표정으로 애릭을 바라보았다. "당신이 닫아 버리면, 우린 열고 싶어도 못 열어요."

애릭은 재갈을 뱉어 내고 흐느끼며 발버둥 쳤다. "제발요, 어머니! 해치려고 하지 않을게요! 또 혼자 두고 가지는 마세요! 이제부터 말 잘 들을게요……. 착한 아들이 될게요……."

겁에 질린 아들의 얼굴을 바라보는 레소 부인의 눈빛이 살짝 흔들렸다.

"정말 이렇게 하셔야겠어요?" 더비 교수가 다시 물었다. "아들이 바뀔 수도 있잖아요. 어머니 사랑을 충분히 받고……."

"더비 교수님, 그게 바로 선과 악의 차이예요." 악인 학장이 낮은 목소리로 말했다. "우린 사랑이 해피엔딩을 보장하지 않는다는 사실을 알고 있거든요."

그녀는 아들을 바라보며 이를 악물었다.

"어머니, 안 돼요!" 그녀의 표정에서 모든 것을 알아챈 애릭이 절규하듯 소리쳤다.

레소 부인이 손가락을 앞으로 찌르자 얼음 감옥의 천장이 닫히기 시작했다. 애릭은 공포에 질려 비명을 질렀고, 동화의 전당은 절망에 찬 그의 통곡으로 가득 찼다.

잠시 레소 부인의 몸이 떨리고, 두 눈은 눈물로 반짝였다. 그때 더비 교수가 부인의 손을 꼭 잡았다. 악의 학교 학장은 마음을 진정시키고 뺨 위로 흐른 눈물을 닦았다.

"자, 갑시다." 레소 부인이 애릭을 등지고 걸음을 옮기며 결의에 찬 목소리로 말했다. "멀린을 도와주러……."

그때 핑크색 불빛이 레소 부인을 지나 얼음 감옥을 쳤다. 움직이던 벽은 그 자리에 그대로 멈춰 버렸고, 그 충격으로 아네모네 교수가 들어 있던 무덤에서 얼음 한 덩어리가 애릭의 머리 위에 떨어졌다. 울부짖던 애릭은 기절하고, 동화의 전당은 무거운 침묵에 휩싸였다.

레소 부인과 더비 교수, 아네모네 교수는 모두 깜짝 놀라 동쪽 문을 바라보았다. 손가락에 핑크색 불을 밝힌 소피가 서 있었다.

"아무 데도 못 가요." 소피가 차갑게 말했다.

서쪽 문에서 이를 지켜보던 아가사는 숨이 막힐 지경이었다.

친구의 손가락에서 금반지가 반짝이고 있었다……. 왕자를 구하기 위해 저 반지를 파괴해야만 하는데……. 그녀는 왕자를 생각하며 문손잡이를 향해 몸을 뻗어 보았다. 어떻게든 동화의 전당 안으로 들어가야…….

'하지만 나 때문에 교수님들이 놀라시면 어쩌지? 소피가 그 틈을 타서 교수님들을 공격할 수도 있잖아.'

일이 잘못되더라도 그녀는 교수님들을 도울 힘이 없었다. 아가사는 체념한 듯이 몸에 힘을 빼고 바닥에 축 엎드렸다.

"더비 교수님, 아네모네 교수님과 함께 스팀프 숲으로 가세요." 레소 부인이 말했다.

"하지만……."

더비 교수가 입을 열었지만, 레소 부인은 그녀의 말을 가로채 명령하듯 말했다. "어서요!"

더비 교수는 더 이상 아무 말도 하지 않았다. 그녀는 아네모네 교수의 손을 잡고 서둘러 동쪽 문을 통해 동화의 전당을 빠져나갔다.

둘만 남은 소피와 레소 부인은 초록색 횃불 아래에서 서로를 노려보았다.

"내가 전설적인 왕비가 되기를 바란다고 했잖아요." 소피가 분노로 몸을 떨며 입을 열었다. "내가 악을 다시 위대하게 만들고, 행복해지기를 원한다면서요."

"맞아." 레소 부인이 대답했다.

"그러면서 어떻게 나와 날 행복하게 해 주는 유일한 남자를 배신할 수 있죠?" 소피가 레소 부인을 향해 슬금슬금 다가가며 으르렁거렸다.

"이유를 말해 줄까? 네가 학교 다니는 동안 널 행복하게 만든 사람이 딱 한 명 있었지." 레소 부인은 조금도 물러서지 않고 차분한 목소리로 대답했다. "그 사람은 라팔이 아니었어."

"교수님이 잘못 보신 거예요. 테드로스는 저랑 안 맞아요……."

"테드로스를 말하는 게 아니야."

소피가 걸음을 멈추었다.

"넌 아가사와 함께일 때 행복했다, 소피. 넌 그 아이 없이는 결코 편안해질 수 없어."

문틈으로 두 사람을 지켜보던 아가사의 눈이 휘둥그레졌다. 소피 역시 마찬가지였다.

"하지만 아가사는 제 운명의 적이라고 하셨잖아요." 소피가 코웃음을 치며 대꾸했다. "할 수 있으면 죽이라고 해 놓고……."

"네가 그러지 못 할 걸 알았기 때문에 그렇게 말한 거야. 아가사는 네 운명의 적이 맞다. 하지만 그건 네가 자신이 누려야 할 해피엔딩을 그 아이가 누리고 있다고 믿었기 때문이야. 네가 지금껏 동화에서 해 온 일들은 모두 그 해피엔딩을 가져오기 위한 것이었어.

테드로스를 차지하려 했던 것도, 테드로스 대신 라팔을 선택한 것
도 모두 같은 이유였지. 하지만 네가 처음부터 이야기를 잘못 이해
한 것이었다면 어떨까? 너의 해피엔딩에 남자가 필요하지 않다면?
해피엔딩이 늘 네 마음속에 있었다면 어떻겠니?"

학장이 소피를 똑바로 바라보았다. "그런 경우라면 아가사는 네
운명의 적이 아니지. 운명의 적은 네가 약해질 때 더 강해져야 하
는데, 너랑 아가사는 서로를 강하게 만들어 주잖니. 서로에게 사랑
을 가르쳐 주기도 했지. 네가 없었다면 아가사는 절대 테드로스에
게 마음을 열지 못했을 거다. 너 역시 아가사 없이는 이야기의 진정
한 결말에 이를 수 없고. 그러니 아가사가 테드로스와 함께 카멜롯
에 가게 해 주렴. 그 아이의 행복이 결국 네 행복이기도 하단다. 아
직도 모르겠니, 소피? 네 이야기 속 운명의 적은 너 자신이야. 아가
사처럼 다른 사람과 진정한 사랑을 하기 위해서는 먼저 자신 안에
서 그 사랑을 발견해야 해. 다른 누군가와 해피엔딩을 맞이하기 위
해서는 먼저 자기 혼자 그것을 찾아야 한단다. 아가사도 널 만나기
전에 그런 과정을 겪었어."

소피는 고개를 흔들었다. 다시 분노가 끓어오르고 있었다. "혼자
라고요? 혼자가 되는 게 제 해피엔딩이에요? 전 저랑 교수님이 비
슷하다고 생각했어요. 교수님도 악하다고 생각했단 말이에요."

"맞아. 난 너보다 더 악하단다." 레소 부인이 말했다. "하지만 난
너랑 달라. 악이 무엇을 의미하는지 알고 있거든."

"선을 위해 스파이 노릇을 하는 건가요?" 소피가 능글맞게 웃으
며 부인을 조롱했다.

"선을 대등한 상대로 받아들이는 거지."

레소 부인의 말에 소피의 얼굴에서 웃음기가 사라졌다.

"그게 바로 악의 사랑이란다, 소피." 학장의 말이 계속되었다. "선에게도 우리와 마찬가지로 행복을 위해 싸우고 번창할 권리가 있다는 사실을 받아들이는 것, 그게 사랑이야. 결국 선과 악은 같은 이야기의 양면이기 때문이지. 모든 선은 악에서 나오고, 모든 악은 선에서 나오거든. 네 어머니가 돌아가셨기 때문에 넌 진정한 행복을 찾아 나섰잖니. 아가사와 왕자의 해피엔딩은 네가 스스로 행복해질 수 있는 길을 보여 줄 거다. 그게 바로 이 세상을 지탱하는 균형이야. 그 균형 덕분에 교장은 오랜 세월 동안 젊음을 유지할 수 있었어. 선한 형제가 자신의 적이기는 해도 그를 동등한 상대로 사랑했기 때문에……. 하지만 그는 그 사랑의 힘을 잃어버렸지. 너도 마찬가지란다."

"교수님이 사랑에 대해 뭘 알아요? 아들에게 이런 짓을 해 놓고 사랑을 말한다고요?" 소피가 붉게 달아오른 얼굴로 학장을 조롱하듯 말했다. "아들이 자기를 죽일까 봐 이런 곳에……."

"아니." 레소 부인이 슬픈 미소를 지으며 소피의 말을 가로챘다. "저 아이가 날 죽일까 봐 두려운 게 아니야. 이 세상에서 내가 유일하게 사랑하는 사람을 죽일까 봐 두려웠던 거다."

소피는 분노가 싹 사라진 얼굴로 레소 부인의 얼굴을 빤히 바라보았다.

"내가 왜 멀린의 스파이 노릇을 했겠니? 그래야 때가 되었을 때 클라리사 더비를 구출할 수 있기 때문이었어. 나의 가장 친한 친구, 너에겐 아가사 같은 그 사람을 구하기 위해서였단다."

소피의 얼굴은 잿빛이 되었다. "친구…… 친구를 위해 악을 배신했다고요?"

"너도 때가 되면 그렇게 해야 해." 레소 부인이 말했다. "네가 혼

자서도 행복해질 수 있다는 사실만 받아들이면, 그 친구의 해피엔
딩이 곧 너의 해피엔딩이 될 것이기 때문이지. 이 동화는 그렇게 끝
이 날 거다. 그게 진정한 결말이야. 이것이야말로 우리가 싸워서 지
킬 가치가 있는 악인의 해피엔딩 아니겠니?"

소피의 얼굴에는 아무 표정이 없었다. 그녀의 긴 속눈썹이 파르
르 떨리고 있을 뿐이었다.

서쪽 문에서 두 사람을 지켜본 아가사는 점점 머리가 맑아지고
근육에 힘이 들어가는 것을 느꼈다. 레소 부인의 말이 그녀의 고통
을 씻어 준 것만 같았다. 그녀는 학장을 바라보는 소피의 커다란 에
메랄드빛 눈동자 속에서 옛 친구의 모습을 볼 수 있었다.

하지만 소피의 눈동자는 금세 다시 굳어 버렸다. 노란 불빛을 되
찾은 그녀의 두 눈이 레소 부인을 비웃듯 바라보았다. "난 친구가
없어요." 소피가 화난 목소리로 말했다. "나에게는 사랑이 있죠. 영
원히 변하지 않을 진정한 사랑이에요. 난 절대 혼자되지 않을 거예
요."

"네가 지금의 네 모습을 있는 그대로 볼 수 있으면 좋으련만." 레
소 부인이 어머니처럼 다정한 목소리로 말했다. "넌 철저하게 혼자
야."

소피는 이를 드러내며 학장의 머리를 향해 핑크색 빛을 발사했
다. 하지만 레소 부인은 오히려 빛의 방향을 바꾸어 소피를 공격했
다. 비틀거리며 구덩이 근처로 밀려난 소피는 뒤로 넘어가지 않기
위해 레소 부인을 향해 손을 뻗었다.

하지만 레소 부인은 그 손을 받아 주지 않았다.

소피는 안개 낀 얼음 감옥으로 거꾸러져 눈 쌓인 차가운 바닥에
쓰러지고 말았다.

둥글게 몸을 말고 옆으로 누운 그녀의 귀에는 차가운 자신의 숨소리와, 동쪽 문을 지나 멀어지는 레소 부인의 구두 소리 외에는 아무것도 들리지 않았다.

잠시 후 소피는 조심스럽게 몸을 일으켜 얼음벽을 바라보았다. 위에서 들어온 따뜻한 공기 때문에 얼음 표면이 뿌옇게 흐려져 있었다. 학장과의 언쟁으로 아직 마음이 진정되지 않은 그녀는 돌 무대 아래 깊은 심연의 오른쪽과 왼쪽으로 쭉 늘어선 얼음 무덤을 가는눈으로 바라봤다. 그리고 아네모네 교수의 무덤에서 얼음이 떨어져 나간 부분에 손을 얹고 발끝으로 서서, 고개를 길게 빼고 바깥으로 나가는 길을 찾아보았다. 하지만 벽은 족히 2.5미터는 되어 보였다.

"도, 도와줘⋯⋯." 그때 낑낑거리는 목소리가 들려왔다. "살려줘⋯⋯."

소피는 고개를 돌렸다. 손발이 묶인 애릭이 얼음 감옥 가장 구석진 곳에 쓰러져 버둥거리고 있었다. 얼음 덩어리를 얻어맞은 머리에서 피가 흘러 그의 관자놀이를 타고 흘렀다.

"제발⋯⋯." 애릭이 쉰 목소리로 애원했다. "내가 나가는 법 가르쳐 줄게⋯⋯. 나 좀 풀어 줘⋯⋯."

소피는 애릭이 마음에 들지 않았지만, 지금은 선택의 여지가 없었다.

소피는 지체 없이 애릭에게 다가가 허리를 숙여 손가락 불빛으로 묶인 줄을 태워 버렸다. 애릭은 고통에 으르렁거리며 다리를 쭉 뻗었다.

"저쪽 부서진 무덤에서 나 좀 무대 위로 올려 줘. 내가 올라가면 너 끌어 올려 줄게." 애릭이 말했다.

"아니, 네가 날 밀어 올려 줘. 내가 먼저 올라갈 거야."

"네 힘으로 어떻게 날 끌어 올리냐?" 애릭이 쏘아붙였다.

"애릭, 너……."

"이럴 시간 없어, 소피."

소피는 화가 난 듯 크게 숨을 내쉬었다. 그녀는 아네모네 교수가 있던 얼음 무덤에 신발 끝을 깊이 박아 넣고 다리에 힘을 주었다. "다리 밟고 올라가. 어서!"

애릭은 발뒤꿈치로 그녀의 허벅지를 밟고 부서진 얼음 조각을 손으로 잡은 뒤 힘차게 얼음벽을 타고 올랐다. 소피는 이를 악물고서 허벅지에 전해지는 그의 무게를 온 힘을 다해 견뎠다. 그는 단숨에 얼음벽을 넘어 돌 무대 위로 기어올랐다.

"나 좀 올려 줘! 서둘러!" 소피가 소리쳤다.

애릭은 허리를 숙여 그녀를 바라보고는 손가락 불빛으로 얼음 감옥 천장을 쏘았다. 천장은 아까보다 더 빠른 속도로 닫히기 시작했다.

"뭐 하는 거야?" 소피가 비명을 질렀다.

애릭은 안개 너머에서 보라색 눈을 번쩍였다. "너만 아니었으면 내가 전쟁 훈련을 지휘했을 거야. 그러면 지금쯤 전쟁은 우리 승리로 끝났을걸."

그가 껑충 뛰어 시야에서 사라지고, 잠시 후 동쪽 문이 닫히는 소리가 들려왔다.

소피는 두려움에 손끝이 달아오르는 것을 느꼈다. 그녀는 감옥 천장을 향해 불빛을 쏘았지만 양쪽 천장이 움직이는 속도가 너무 빨랐다. 그녀는 다시 한번 불빛을 쏘아 보려 했지만 좀처럼 감정을 집중할 수 없었다. 레소 부인의 말 때문에 마음이 진정되지 않았다.

공포와 의심으로 그녀의 손가락 불빛은 속절없이 흔들렸다…….

"넌 철저하게 혼자야."

그 한 문장이 소피의 머릿속을 지배했다.

"살려 줘요! 좀 도와주세요!"

몇 초 후면 천장이 닫히고 그녀는 무덤 속에 갇힐 것이다. 그녀가 어디에 있는지는 라팔조차 알 수 없을 것이다…….

"살려 줘! 사람 살려! 제발 살려 줘요!"

그때 갑자기 그림자 하나가 나타났다.

파란 연무에 휩싸인 형체는 지하 감옥을 향해 팔을 쑥 내밀었다.

"날 꽉 잡아!" 익숙한 목소리가 소리쳤다.

소피는 깜짝 놀라 입을 떡 벌린 채 아가사를 바라보았다.

"어서, 소피! 천장이 닫히겠어!"

소피가 손을 잡자 아가사는 즉시 그녀를 위로 끌어 올렸다.

하지만 손이 미끄러져 소피는 다시 바닥으로 떨어졌다. 공포에 휩싸인 소피가 벌떡 일어나 아가사에게 달려가서 그녀의 손을 꽉 쥐었지만, 때는 이미 늦었다. 갈라진 틈이 닫히기 직전이었다.

아가사는 소피를 꺼낼 방법이 없다는 사실을 깨달았다. 소피의 손을 놓지 않으면 그녀가 두 천장 사이에 끼어 으깨지고 말 것이다…….

"날 두고 가지 마! 제발!" 소피가 그녀의 손을 잡고 쉰 목소리로 애원했다.

아가사는 자신의 손을 꼭 붙잡은 소피의 손을 내려다보았다. 교장의 반지가 목숨을 걸고 싸우는 왕자에게 비치는 마지막 햇살처럼 희미하게 빛나고 있었다.

"실패하면 안 된다. 나도 절대 실패하지 않으마." 랜슬롯의 목소리가 귓가에 울렸다.

　절대 실패하면 안 된다.

　아가사는 숨을 깊이 들이마시고 소피의 손을 꼭 잡은 뒤 반짝이
는 파란 연무 속으로 뛰어들었다. 그리고 친구를 차가운 얼음 감옥
으로 다시 끄집어 내렸다. 순간 두 사람의 머리 위에서 천장이 쾅음
을 내며 닫혔다.

33
뜻밖의 역사 강의

철장이 닫히고 동화의 전당에서 스며들던 온기마저 끊기자 지하 감옥은 냉동고처럼 순식간에 차가워졌다.

두 소녀는 비틀비틀 바닥에서 일어나 차가운 파란 빛으로 밝혀진 맞은편 벽으로 각각 뒷걸음질 쳤다. 그들은 불을 밝힌 손가락을 서로에게 내밀고 상대를 똑바로 노려보면서 숨을 골랐다.

"이제 어쩔 거야? 나 죽일 거야?" 아가사가 헐떡이며 물었다. 그녀는 두꺼운 검은 망토를 입고서도 추위에 바들바들 떨고 있었다. "날 죽여도 여기서 살아나가지는 못해."

"그러는 넌 나갈 수 있고?" 소피가 아가사를 노려보며 대꾸했다. 그녀의 손끝은 차가운 공기를 만나 하얀 김을 피워 올리고 있었다. "넌 내 반지를 파괴하기 위해서 무슨 짓이든 할 사람이야. 날 쫓아

오고, 괴롭히고, 해칠 수도 있지…….주머니에 마법 지팡이 있지? 틈을 노리다가 내 머리를 겨눌 생각일 텐데, 어디 한번 해 봐. 협박해 보라고. 말 안 들으면 죽이겠다고 한번 해 보시지. 널

위해 이 반지를 파괴하느니 그냥 죽어 버리겠어!"

아가사는 아무 말도 하지 않았다. 기절 주문에서 완전히 회복되지 못한 데다 추위까지 겹쳐 기운이 없었다. 그녀는 소피의 등 뒤 얼음벽을 바라보았다. 무덤이 어둠 속까지 길게 이어지고 있었다. 아가사는 이 아이러니한 상황에 갑자기 코웃음이 터졌다.

"내 말이 웃겨?" 소피가 화를 내며 소리쳤다.

"그게 아니라…… 나랑 테드로스도 너 구하러 이 세계에 돌아왔을 때 딱 이렇게 시작했거든. 무덤 속에서 말이야."

"지금은 왕자를 구하기 위해 나랑 여기 갇혀 있고." 소피가 비아냥거리며 말했다. "구하는 사람은 항상 너야. 넌 늘 착한 애지. 나 같은 게 어디 상대나 되겠니?"

"우정은 경쟁이 아니야."

"먼저 시작한 사람이 누군데 그래!" 소피가 손가락 불빛으로 아가사의 심장을 겨누며 발끈했다. "너랑 네 조무래기 부하들은 내가 나의 진정한 사랑을 파괴하기를 원하잖아. 그래야 네가 네 사랑을 지킬 수 있으니까. 그래서 내가 널 파괴해 버리려고!"

"그 사람은 네 진정한 사랑이 아니야." 아가사가 흥분하지 않으려고 애쓰면서 말했다. "그 사람은 자기가 원하는 결말을 얻으려고 널 이용하고 있어."

"너도 네 결말을 위해서 날 이용하려 하잖아. 내가 혼자가 될 걸 알면서도 말이야!" 소피의 손가락 불빛이 더 뜨겁게 달아올랐다.

아가사는 시선을 피하지 않고 소피를 바라보았다. "내 결말에는 네가 있어, 소피. 테드로스와 함께 있다 해도 널 버리는 일은 절대 없을 거야. 네가 아무리 악해도 이건 변하지 않아. 우리가 나이가 들거나 다른 남자들이 우리 사이에 끼어든대도 마찬가지야. 우리는 선과 악, 남자와 여자, 늙음과 젊음, 그 모든 것보다 강해. 가장 친한 친구잖아."

소피의 얼굴에서 분노가 사라졌다. "하지만 우리는 아무리 노력해도 둘 모두를 위한 해피엔딩을 찾을 수 없어. 어느 길로 가든 덫이 놓여 있다고." 그녀가 한층 부드러워진 목소리로 말했다.

아가사는 신데렐라가 해 준 말을 떠올렸다. "우리를 포기하지 말자, 소피."

"아가사, 너 지금 무슨 말을 하고 있는지 알기나 해?" 소피의 손가락 불빛이 희미해지고, 그녀의 두 눈은 잘 세공된 에메랄드처럼 반짝였다. "너의 해피엔딩을 위해서 내 해피엔딩을 내던지라는 거잖아. 그러고서도 행복할 수 있다고 말이야. 나한테 우리 엄마처럼 되라는 거지. 사실 엄마보다 내가 더 비참해. 나한테 너희 둘과 함께 살자고 하다니! 그건 신데렐라의 새언니들이 신데렐라와 왕자가 사는 궁전에서 서로 사랑하며 영원히 행복하게 살았다는 이야기처럼 괴상망측하다고. 그런 동화가 왜 없는지 아니? 그런 일은 절대 일어나지 않기 때문이야."

아가사는 이미 식어 버린 손가락을 내리고 소피를 똑바로 바라보았다.

소피의 얼굴이 다시 굳어 가고 있었다. "하지만 지금 널 죽이는 것도 멍청한 일이긴 마찬가지야." 소피가 차가워진 말투로 말했다. "내가 여기서 나갈 수 있게 도와줘. 그럼 너도 왕자를 다시 만날 수 있을지도 모르잖아."

소피는 반지를 손가락 끝까지 꾹 밀어 끼우고, 얼음 감옥 안으로 걸어 들어갔다.

아가사는 파란 안개 속으로 멀어지는 소피의 뒷모습을 보았다.

잠시 피어났던 희망이 시들어 가고 있었다.

테드로스는 지금 어디 있을까? 살아 있기는 한 것일까?

해는 이제 거의 다 녹아내렸을 것이다. 이제 한 시간도 채 남지 않았을 텐데…….

'아냐. 이렇게 생각하면 안 돼. 영웅은 늘 난관을 돌파하잖아. 테드로스는 방법을 찾아낼 거야.'

아가사는 가볍게 숨을 들이마시고 소피의 뒤를 따라 걸음을 옮겼다.

"어딘가 비밀 문이 있을 것 같은데." 소피의 목소리가 얼음벽에 부딪쳐 메아리쳤다.

아가사는 소피의 속도를 따라갈 수 없었다. 다리는 아직도 욱신거렸고, 이는 추위에 딱딱 맞부딪치기 시작했다. 소피보다 뒤처진 그녀는 반대편 벽에 파묻힌 관들을 훑어보았다. 악에 대한 의무를 저버린 배신자들의 무덤이었다. 검술을 가르치는 에스파다 교수…… 남학생들에게 기사도 정신을 가르치는 루카스 교수…… 꾸밈방을 관리하는 안경 쓴 딱따구리 앨버마를……. 모두 젊은 교장의 새로운 학교에서 강의하기를 거부해 이곳에 파묻혔다. 레소 부인과 더비 교수가 구출할 시간이 없어 그냥 떠났지만, 이들은 전부 건강하게 살아 있었다. 심지어 유리관 속에 갇힌 인형처럼 얼음 안에서 커다란 눈을 깜빡이는 사람도 있었다. 아가사는 자신 역시 시간이 없어 그들을 구하지 못하는 것에 죄책감을 느꼈지만, 이번 전쟁에서 살아남는다면 반드시 돌아와 살리리라 다짐하며 살금살금 얼음 감옥 안쪽으로 걸어 들어갔다. 하지만 그들은 적어도 살아 있으니 다행이었다. 거미줄이 치고 표면도 뿌옇게 변해 버린 오래된 얼음 무덤 속에는 이미 썩어 가는 시체들이 들어 있었다. 무덤 밖에는 이름 없이 텅 빈 강철 명판들이 붙어 있었다.

계속 걸음을 옮기던 아가사는 색다른 명판 하나를 발견했다. 검정색 곱슬머리 소년의 무덤이었는데, 명판에 무엇인가가 새겨져 있었다.

바늘 끝처럼 작은 점들이 가지런히 줄을 맞춰 올록볼록 솟아오른 것이 보였다.

아가사의 심장이 두근거렸다. 앞이 보이지 않는 어거스트 새더 교수는 다른 역사학자들처럼 글로 역사를 기록하지는 못했다. 하지만 그는 다른 방식으로 역사를 보았고, 학생들에게도 그것을 보여 줄 수 있는 자신만의 방법을 찾아냈다. 그것이 바로 아가사가 지금 보고 있는 작은 마법의 점들이었다. 그녀는 숨을 멈추고 손끝으로 점들을 쓰다듬었다.

순간 명판에서 은색 공기가 쌩 솟구쳐 나와 요정 크기의 인간 형체를 삼차원으로 만들어 냈다. 새더 교수는 늘 입던 초록색 양복 차림으로 아가사를 향해 미소 지었다. 은색 머리카락은 단정하게 손질되어 있었고, 적갈색 눈동자는 생기 있게 빛났다. 아가사는 깜짝 놀라 환하게 웃음 지었다. 그리운 교수가 자신을 바라보고 있다고 생각한 것이다. 하지만 잠시 후 교수의 눈동자는 더 많은 청중을 향하듯 그녀를 지나쳐 버렸다.

"다음 배신자는 샤자바의 파와즈다. 그는 사악한 술탄의 부하로, 아무도 찾지 못할 곳에 마법 램프를 숨기라는 명령을 받았지만 자기가 램프를 차지할 욕심에 술탄의 명령을 어겼다. 술탄은 그 부하를 잡아 죽이고 이곳 얼음 감옥에 넣어 영원히 사람들 앞에 전시되도록 했다. 파와즈가 배신한 술탄이 누구인지는 2학년 시험에 나오지 않는다. 하지만 알라딘이 마법 램프를 찾는 데 결정적인 역할을 한 파와즈를 눈여겨보고…….”

‘당연히 날 보고 계신 게 아니지.’ 아가사는 한숨을 내쉬고 다시 걸음을 옮겼다. 새더 교수는 이미 돌아가신 분이고, 살아 계실 때도 앞을 보지 못했다. 그녀가 본 것은 이미 녹음된 내용을 기계적으로 반복하는 유령일 뿐이었다. 교수는 자신의 죽음을 예견한 후 교과서에 자신의 부고를 포함시켰던 것처럼, 미래에 역사 수업을 들을 학생들을 위해 이 명판들을 남겨 놓았을 것이다.

아가사는 짙은 안개에 갇혀 더 이상 소피의 모습을 볼 수 없었다.

‘새더 교수님이라면 뭐라고 말씀하셨을까?’

해는 지고…… 보호막은 무너지고…… 테드로스는 사투를 벌이고…… 이 모든 것을 해결할 방법은 친구 손에 끼워진 금반지뿐…….

‘해피엔딩은 네 코앞에 있단다.’

새더 교수라면 그렇게 말했을 것이다.

아가사의 눈에 눈물이 차올랐다. 새더 교수는 그녀에게 아버지 같은 존재였다. 그녀는 꿈에서 교수를 보기도 했다. 은발의 교수가 세상에서 가장 다정한 미소를 지으며 밝은 눈동자로 그녀를 내려다보는 꿈이었다. 하지만 잠에서 깨어나면 교수가 진짜가 아니라는 사실을 새삼 깨달았다. 명판에서 나온 삼차원 영상도 가짜고, 지금 코앞에 있는 것은 해피엔딩이 아니라 어둠과 눈뿐이었다.

아가사는 빠른 걸음으로 무덤들을 지나치며 명판을 손가락으로 훑었다. 그럴 때마다 명판에서 새더 교수의 얼굴이 떠오르면서 무덤의 주인을 설명하는 그의 목소리가 들려왔다. 얼마 지나지 않아 지하 무덤은 여러 겹으로 울리는 새더 교수의 목소리로 가득 찼다. 그가 진짜가 아니라도 상관없었다. 아가사는 그의 목소리를 듣는 것만으로도 마음이 편안해졌다. 그가 이야기하고 있는 동안만큼은 안전하게 보호받는 기분이 들었다.

그때 저 앞 한 무덤 앞에 서 있는 소피의 모습이 보이기 시작했다. 아가사는 심장이 오그라드는 것 같았다.

"나가는 길 찾았어? 거기가 비밀 문……."

아가사가 다그치듯 물었지만 소피는 대답이 없었다.

소피는 하얀색 실크 드레스를 입은 아름다운 여자를 보고 있었다. 두 눈을 감고 관 속에 누운 그 여자는 왕자의 키스를 기다리는 공주처럼 평화로운 얼굴을 하고 있었다. 썩어 가는 주변 시체들과 달리 그녀의 모습은 흠 잡을 데가 없었다. 피부는 매끈하고, 입술은 도톰하고, 머리카락은 금실처럼 길고 탐스러웠다. 창백한 입술과 밀랍 같은 낯빛으로 판단컨대, 여자는 죽은 후 미라 처리되어 이곳 얼음 무덤에 묻힌 것 같았다.

"누구야?"

아가사가 물었지만, 소피는 여전히 말이 없었다.

얼음 무덤 안에 울려 퍼지던 새더 교수의 목소리들이 하나씩 잠잠해졌다.

아가사는 눈살을 찌푸렸다. "소피, 이럴 시간 없어. 너랑 닮은 여자를 발견했다고 그렇게 넋 놓고 보다가는……."

순간 아가사의 가슴이 철렁 내려앉았다. '그럴 리가!'

"혹시…… 이분이? 설마……." 아가사가 더듬더듬 말을 이었다.

"우리 엄마야." 소피가 단조로운 목소리로 대답했다. "엄마 시체는 늘 이곳 영원의 숲에 있었어. 죽음의 산등성이에 있는 무덤은 실수가 아니었던 거지. 누군가가 여기로 시체를 옮겼어."

"하지만 그건 불가능하잖아!" 아가사는 바네사를 올려다보고, 다시 고개를 돌려 그녀와 꼭 닮은 소피를 바라보았다. "아닌가?"

"밝혀낼 방법은 하나뿐이야." 소피가 거친 목소리로 대답했다.

그녀는 바네사의 무덤에 걸린 금속 명판을 바라보고 있었다. 명판에는 은색 점들이 오돌토돌 박혀 있었다.

"엄마 이야기가 이 점에 기록되어 있을 거야." 소피의 목소리가 떨렸다. "왜 무덤은 죽음의 산등성이에 있고 시체는 악의 지하 감옥에 있는지, 이 점들이 대답해 주겠지."

소피는 친구를 바라보았다. "우리가 왜 이 이야기에 들어오게 되었는지에 대한 답도 있을지 몰라."

소피는 떨리는 손을 앞으로 뻗어 손가락 끝으로 작은 점들을 쓰다듬었다.

은색 구름이 명판에서 쏟아져 나오더니, 이번에도 새더 교수의 형체를 만들어 냈다. 하지만 이번에 나온 새더 교수는 미소를 짓지 않았다. 뻣뻣한 어깨, 굳게 다문 턱 등 오히려 불편한 기색이 역력했다. 교수는 유리같이 멀건 적갈색 눈으로 두 사람을 똑바로 바라보았다.

"얘들아, 시간이 없다. 너희가 이걸 보고 있다면 내가 본 환영이 현실이 되었다는 뜻이니 이야기의 결말이 다가오고 있단다."

아가사의 얼굴이 붉어졌다. "하지만 새더 교수님, 대체 무슨 일이……."

"아가사, 네가 내게 질문하는 미래를 보았기에 지금 내게 질문을 할 것을 알고는 있지만, 죽은 예언자들도 질문에는 대답할 수 없단다. 대신 지금부터 내 말을 끊지 말고 잘 들어라. 시간이 없으니 내 말을 멈추면 안 돼."

아가사와 소피는 서로를 흘끗 바라보았다.

선과 악의 학교 3

'모든 게 행복하게 끝날 건가 봐.' 아가사의 마음은 희망으로 부풀어 올랐다. '교수님은 미래를 보시잖아……. 우리가 살아 나갈 걸 아시는 거야…….'

"너희 동화가 어떻게 끝나는지 나는 모른다." 새더 교수가 냉정한 말투로 이야기를 시작했다.

아가사는 무슨 말인가를 꺼내려는 듯이 그를 향해 몸을 기울였지만, 새더 교수는 곧장 말을 이어 갔다. "내가 본 환영은 너와 소피가 내 앞에 서서 이 메시지를 듣는 장면에서 끝이 난단다. 이후에 너희가 살지 죽을지, 친구가 될지 적이 될지, 해피엔딩을 맞을지 그러지 못할지 난 전혀 몰라."

아가사의 마음에서 피어나던 희망이 순식간에 사라졌다.

"하지만 이것 하나는 분명히 알고 있지. 너희 이야기가 어떻게 시작되었는지를 모르면 결코 결말도 찾을 수 없을 거라는 점이다. 이 이야기는 너희가 선과 악의 학교에 오기 한참 전에 이미 시작되었단다. 모든 옛 이야기는 일련의 사건을 거쳐 새 이야기로 이어지고, 새 이야기는 모두 옛 이야기에 그 뿌리를 두고 있어. 너희 이야기는 유독 그러하단다."

새더 교수는 요정만 한 자기 몸보다 두 배는 큰 동화책을 만들어 소녀들에게 둥실 띄워 보냈다. 지금 교장의 타워에서 이야기꾼이 쓰고 있는 《소피와 아가사의 이야기》처럼 빨간색 체리나무로 표지를 만든 책이었다. 하지만 가까이에서 보니, 그것은 소피와 아가사의 동화가 아니라 다른 이의 것이었다.

갤리스와 비네시아 이야기

소피는 온몸이 굳은 사람처럼 꼼짝하지 않았다.

"엄마는 동화 속 사람이었어." 소피가 숨을 헉 들이마셨다.

새더가 동화책 첫 페이지를 펼치자, 연무가 훅 뿜어져 나오면서 평범한 오두막집의 모습이 나타났다. "이제 안으로 들어가 봐라."

새더의 말에 아가사와 소피는 혼란스러운 표정으로 조그마한 이미지를 빤히 들여다보았다.

"난 내 여동생 에블린의 주문들을 그다지 좋아하지 않지만, 하나만큼은 마음에 들더구나." 새더가 활짝 웃음 지으며 말했다. "사람들이 에블린을 어떻게 평가하든, 그 아이가 이야기를 하면…… 마치 그곳에 있는 것 같은 기분이 들거든."

새더가 책을 살짝 들어 올리고 유령 같은 오두막집 이미지에 숨을 불어 넣었다. 쉭 소리와 함께 이미지는 수백만 조각으로 부서지더니 반짝이는 모래 폭풍처럼 두 소녀를 덮쳤다. 아가사는 눈을 가린 채 공중에 붕 떴다가 잠시 후 소피 옆에 사뿐히 내려앉았다. 두 사람은 천천히 고개를 들었다.

그들은 조금 전 보았던 오두막집 안에 들어와 있었다. 주변은 마치 수증기가 가득 찬 것처럼 뿌예서 그곳이 현실이 아님을 알려 주었다. 예전에 에블린이 자기 마음대로 왜곡한 이야기 속으로 학생들을 데려갔을 때에도 이와 비슷했다. 이번에는 어거스트 새더가 존재하는지도 몰랐던 이야기 속으로 그들을 데려온 것이다.

아가사는 주변을 둘러보았다. 익숙한 부엌과 하얀색 둥근 식탁…….

"잠깐……." 아가사가 먼저 입을 열었다.

"여기 우리 집이잖아." 소피 역시 같은 생각을 한 듯 아가사의 말을 가로챘다.

아가사는 미간을 찌푸렸다. "여기가 너희 집이면, 저 사람은 누구야?"

소피가 아가사의 시선을 따라 고개를 돌렸다. 비쩍 마른 검은 머리 소녀가 구석진 곳에서 창밖을 노려보고 있었다. 코는 날카롭고, 핑크색 입술은 얇고, 갈색 두 눈은 커다란 이 소녀는 기껏해야 열여섯 살 정도로 보였다.

"저 사람…… 너 같은데……. 그런데 넌 아니잖아." 소피가 여자를 유심히 바라보며 더듬더듬 말했다.

'난 절대 아니야.' 아가사도 같은 생각이었다. 검은 머리 소녀는 입가에 잔인한 미소를 띠고, 눈빛에는 악랄한 기운을 담고 있었다. 아가사는 그 소녀가 환영에 불과하다는 사실을 알면서도 그 어둡고 원한에 찬 분위기가 무섭게 느껴졌다. 아가사는 그녀를 한 번도 본 적이 없었다. 그녀가 누구인지, 왜 소피의 집에 있는지도 알 수 없었다. 하지만 분명한 것이 하나 있었다. 그 소녀는 지금 창을 통해 자신이 가장 경계하고 경멸하는 대상을 바라보고 있다는 사실이었다.

"옛날 옛적 숲 너머 마을에 바네사라는 소녀가 살았다." 새더 교수의 이야기가 시작되었다.

소피와 아가사는 동시에 돌처럼 굳어 버렸다. 눈은 점점 휘둥그레지고 입에서는 뿌연 안개 입김이 흘러 나왔다.

두 사람은 아무 말도 할 수 없었다. 서로를 쳐다볼 수도 없었다.

조금 전 얼음 무덤에서 보았던 아름다운 금발 여인과 너무나 다르게 생긴 검정 머리 소녀를 그저 얼빠진 얼굴로 바라볼 뿐이었다.

만약 이 사람이 바네사라면, 그들은 이 이야기를 처음부터 잘못 알고 있던 것이다.

"바네사는 못되고 성격이 고약한 아이였어. 자신은 이 마을에 어울리지 않는 대단한 사람이라고 생각했지." 새더가 이야기를 계속했다. "악의 학교에 갔다면 아주 훌륭한 학생이 될 수도 있었겠지. 하지만 사실 그녀의 어두운 마음 한가운데에는 밝은 빛 한 줄기가 있었단다……."

장면이 확대되자 소피와 아가사는 검은 머리 소녀가 창을 통해 바라보는 대상을 볼 수 있었다…….

청록색 눈을 가진 젊고 건장한 10대 소년이 풍성한 금발을 찰랑거리며 거들먹거리듯 걷고 있었다. 키가 크고 어깨가 넓은 소년은 쾌활한 미소를 짓고 있었다.

'스테판 아저씨야.' 아가사는 깜짝 놀랐다. 젊은 스테판의 모습이 어거스트 새더와 너무 닮았던 것이다.

하지만 바네사가 노려본 사람은 스테판이 아니었다. 그와 손을 잡고 걸어가는, 머리는 들쭉날쭉하고 포동포동한 귀여운 여자아이였다.

"오노라 아줌마야." 소피가 낮은 목소리로 말했다.

새더의 설명이 다시 시작되었다. "바네사는 스테판을 처음 본 순간부터 사랑에 빠졌어. 둘은 아는 사이도 아니었지만, 바네사는 스테판이 자신을 이 지루한 삶에서 구해 줄 것이라는 환상을 마음속에 품었지. 스테판은 그녀의 유일한 행복이었어. 하지만 두 사람은 모든 면에서 반대였단다. 바네사는 타산적이고 제멋대로고 다른 마을 사람들을 경멸했지만, 스테판은 쾌활하고 사교적이고 원로회가 가장 예뻐하는 소년이었거든. 스테판에게도 물론 단점은 있었지. 근심 걱정 없는 한량 스타일이라 딸 가진 부모들은 그를 경계하기도 했단다. 하지만 그런 점 때문에 스테판이 결국 자신을 선택하게 될 것이라는 바네사의 생각은 보기 좋게 틀려 버렸지. 스테판이 오노라라는 여자아이와 사랑에 빠졌기 때문이야. 오노라는 외모는 평범했지만, 스테판처럼 쾌활하고 낙천적인 아이였어. 스테판에게 는 오직 오노라뿐이었지."

바네사는 스테판의 머리카락을 장난스럽게 흐트러뜨리는 오노라를 매섭게 노려보았다. 오노라가 이상한 낌새를 느끼고 창 쪽을 바라보자, 바네사는 재빨리 설거지를 하는 척 시선을 돌렸다.

"바네사는 당연히 오노라의 장점을 보지 못하고 그 아이를 그저 사악한 마녀라고 생각했다. 바네사는 하루 종일 마녀와 스테판을 갈라놓을 생각만 했고, 마침내 완벽한 계획을 찾아냈지. 자신의 진정한 사랑과 가까워지기 위해 마녀와 친구가 되기로 한 거다."

두 사람을 둘러싸고 있던 오두막이 사라지고 마을 광장이 나타났다. 바네사와 오노라는 손을 잡고 좁은 길을 걷고 있었고, 스테판은 그 옆에서 터벅터벅 걸음을 옮겼다.

"스테판만큼이나 사람 사귀기를 좋아한 오노라는 친구가 되고자 내민 손을 선뜻 받아들였단다. 바네사로서는 마침내 사랑하는 남자의 마음을 얻을 기회가 생긴 거였지……."

바네사는 스테판 곁으로 다가가 그를 향해 미소 지었다. 하지만 스테판은 바네사를 못 본 척 고개를 돌려 버렸다.

"하지만 그녀의 계획에는 문제가 하나 있었어. 스테판이 그녀를 좋아하지 않는다는 점이었지. 그건 바네사가 어떻게 해도 바꿀 수 없는 부분이었어."

새더 교수의 말이 멈추자, 마을 광장이 녹아 사라지고 또 다른 장면이 등장했다. 깜깜한 밤, 바네사가 숲 가장자리 근처 묘지에 무릎을 꿇고 앉아 두 손을 꼭 쥐고 기도하고 있었다.

"그래서 바네사는 동화책에서 사랑하는 사람의 마음을 얻지 못할 때 쓰는 방법을 써 보기로 했단다. 진정한 사랑을 얻는 마법의 주문을 가르쳐 달라고 영원의 숲에 소원을 빌었지."

두 소녀를 둘러싼 장면이 다시 한번 증발하듯 사라졌다.

"그런데 이 이야기에는 바네사 말고도 사랑에 빠진 사람이 또 있었어."

새더의 말과 함께 뿌연 색들이 사라지고 교장의 탑이 나타났다. 마스크를 쓴 교장이 젊고 아름다운 여자를 팔에 안고 창문을 통해 탑으로 들어오고 있었다. 짧은 갈색 머리에 두 눈이 크고 아름다운 여자는 구릿빛의 긴 팔다리를 힘없이 흐느적거렸다.

"바네사가 스테판의 마음을 얻기 위해 기도할 때, 교장은 캘리스의 사랑을 얻으려고 애쓰는 중이었다."

아가사는 혀가 목에 걸린 듯이 숨을 쉴 수 없었다. "캘리스?" 아가사는 여자의 우아한 자태와 황갈색 머리채, 주근깨로 덮인 밝은 피부를 의심 가득한 눈으로 바라보았다. "저 사람 우리 엄마 아닌데. 하나도 안 닮았……."

그때 여자의 검은 드레스에서 무엇인가가 바닥으로 폴짝 뛰어내렸다.

작고 주름진 대머리 고양이였다.

'리퍼잖아!'

아가사의 얼굴이 핼쑥해졌다.

멀린이 캘리스의 이야기를 해 준 적은 있었다. 교장이 그녀의 사랑을 얻으려 했다는 내용이었다. 하지만 교장의 팔에 안긴 저 여자는 아무리 봐도 그녀의 엄마가 아니었다…….

'맞나?'

아가사는 혼란스러웠다. 넓고 또렷한 눈과 긴 코를 가만히 보고 있자니, 일부러 모양을 바꿔 놓은 조각상을 보는 듯 드문드문 엄마의 모습이 보이는 것 같기도 했다.

아가사는 문득 처음 셀레스티움에 갔을 때 멀린이 했던 말이 떠올랐다……. 캘리스가 굉장한 미인이었다고 그가 말하자, 테드로스는 믿을 수 없다는 듯 코웃음을 쳤다…….

아가사는 교장이 여자를 방 안으로 데려오는 모습을 지켜보았다. 리퍼는 얌전히 여자의 곁을 따랐다.

'진짜 엄마잖아. 그런데 왜 모습이 저렇게 다르지?'

깊은 생각에 빠진 아가사는 다시 시작된 새더 교수의 목소리에 퍼뜩 정신을 차렸다.

"교장은 네더우드에서 온 캘리스라는 새 교수에게 관심이 많았다. 그녀가 학교에서 〈추한 외모 만들기〉 수업을 맡은 직후, 이야기꾼이 그녀의 이야기를 쓰기 시작했기 때문이었지. 이야기꾼에 따르면 캘리스는 악의 학교 교수임에도 불구하고 오래전부터 진정한 사랑을 꿈꿨다. 사실 캘리스는 자신이 정말 악인인지 의심스러워했어. 그래서 교장이 자신에게 관심을 보이자 그 의심을 확인할 기회를 잡았다고 생각했지. 당시에는 모두 교장을 두 형제 중 선한 쪽이라고 믿었으니까. 캘리스는 교장을 통해 선이 되고 진정한 사랑을 찾고 싶었어."

마스크 쓴 교장이 주머니에서 금반지를 꺼내더니 그녀 앞에 한쪽 무릎을 꿇었다. 그녀는 천천히 반지를 향해 손을 뻗다가…… 갑자기 돌처럼 굳어 버렸다.

가까이에서 자세히 들여다본 금반지 속에는 새까만 소용돌이가 있었다. 그것은 반지를 낀 사람에게 찰싹 들러붙기 위해 주인을 기다리는 독 같았다.

"캘리스는 결국 교장의 정체를 알게 되었다."

새롭게 바뀐 장면 속에서 캘리스는 주름진 대머리 고양이를 감싸 안고 비를 맞으며 어두운 숲을 지나 도망치고 있었다.

"캘리스는 하루만 생각해 보겠다고 대답한 뒤 다음 날 수업이 끝나자마자 그곳을 탈출했지. 그녀는 멀린에게 이 사실을 알려야 했어. 멀린이 생각했던 대로 교장은 악이었고, 그녀를 선에 대항할 무기로 이용하려 한다고 말이야. 캘리스는 진정한 사랑을 원했는데, 그 사랑을 이용해서 전쟁을 시작하려는 악당을 만난 거지. 그녀는 멀린이 학교로 찾아와 만나자고 했을 때 그의 도움을 거절한 것을 후회했다. 이제는 멀린을 찾을 시간이 없었어. 그녀가 탈출한 걸 교장이 알아채면 즉시 찾아 죽이려 할 테니 말이야. 교장이 마스크 뒤에 꽁꽁 숨겨 온 비밀을 그녀가 발견했기 때문이지. 하지만 교장의 눈을 피해 숨을 수 있는 곳은 없었어. 그의 힘이 미치지 않는 곳은……."

캘리스가 갑자기 걸음을 멈추었다. 다급한 속삭임이 바람에 실려 그녀에게 전해지고 있었다.

'소원이 있어. 소원을 들어줘.'

"캘리스도 다른 마녀들처럼, 어떤 대가든 지불할 준비가 되어 있는 절박한 사람들의 간청을 들을 수 있었다. 그런데 그녀에게 들린 그 소원은 숲이 아니라 그 너머에서 시작된 것이었어. 교장의 힘이 미치지 못하는 곳이었지. 캘리스는 무조건 이 소원을 들어주기로 결심했어. 대가도 받지 않을 생각이었지. 악을 벗어나 새로운 삶을 시작하는 계기로 삼고 싶었던 거야. 이 소원을 들어줌으로써 처음으로 선행이라는 것을 시작해 보려 했지. 결국 진정한 사랑을 꿈꾸던 마녀는 소원이 들려오는 곳으로 향했고…….""

캘리스가 도착한 곳은 죽음의 산등성이었다. 언덕 꼭대기에 오르니 아무 표시도 없는 텅 빈 무덤이 있었다. 그녀는 빈 무덤의 바닥을 파기 시작했다. 리퍼도 그녀를 도왔다. 바닥이 점점 깊어졌다…….

"결국 캘리스는 또 다른 진정한 사랑을 꿈꾸는 독자 세계의 소녀에게 이르렀다.""

무덤의 반대편으로 나온 캘리스는 가발돈의 묘지에서 잡초 위에 무릎을 꿇고 앉은 검은 머리 소녀와 마주쳤다. 바네사는 천천히 고개를 들어 캘리스를 바라보고 미소 지었다. 자신의 소원이 이루어졌음을 깨달은 것이다.

소피와 아가사는 순식간에 교장의 탑으로 다시 이동했다. 마스크를 쓴 교장은 테이블 위에 펼쳐진 동화책을 뚫어져라 바라보았고, 이야기꾼은 그 위에서 꼼짝도 하지 않았다.

"지금까지 캘리스의 동화를 썼던 이야기꾼이 그녀가 사라진 후 이야기를 멈춰 버렸다. 그녀와의 연결이 완전히 끊긴 것 같았어. 교장은 캘리스가 자신을 배신했다 생각하고 스팀프에게 그녀를 산 채로 잡아 오라고 명령했지. 하지만 스팀프들이 그녀를 데려오지 않고 멀린에게 간 흔적도 찾을 수 없자, 교장은 캘리스가 죽었다고 생각하게 되었어. 이야기꾼마저 그녀의 이야기를 포기하고 다른 이야기를 시작하자 교장은 자신의 짐작이 옳다고 확신했지. 곧 교장은 캘리스의 이야기를 기억 속에 묻어 버렸어.""

장면이 사라지고 두 소녀는 칠흑 같은 어둠에 휩싸였다. 공중에 붕 뜬 작은 새더 교수의 이미지가 다시 입을 열었다.

"하지만 교장과 달리 나에게는 볼 수 있는 능력이 있었다. 난 이야기꾼이 이야기를 멈춘 이후 벌어진 일들을 보았지. 교장은 몰랐지만 캘리스는 죽지 않았어. 그녀의 이야기도 끝나지 않았지. 오히려 그 반대였다."

소피와 아가사가 충격에 빠진 얼굴로 서로를 바라보았다.

"학교를 떠난 뒤, 캘리스는 악이나 마녀들의 마술과 다시는 얽히고 싶지 않았어. 하지만 진정한 사랑에 대한 꿈만은 포기할 수 없었다. 가발돈이 숨어 있기에는 기발하고도 안전한 장소라고 생각한 그녀는 그곳에서 모든 것을 새로 시작하고 싶었어. 독자로서 완전히 새로운 삶을 시작하겠다는 희망에 부풀었지. 하지만 그녀는 바네사의 소원을 들어주어야 했어. 그 소원을 따라온 덕에 교장으로부터 안전한 은신처를 얻게 되었으니까. 캘리스는 마지막으로 딱 한 번만 마법을 사용하고, 그 후에는 평범한 삶을 살겠다고 결심했다. 그리고 바네사가 그토록 원하던 사랑의 물약을 만들어 주었지. 하지만 캘리스는 그 약의 효과가 하루밖에 지속되지 않으며, 더 장기적인 목표를 위해 사랑 주문을 사용하면 불행한 결말에 이를 것이라고 분명히 경고했다. 마법에는 늘 대가가 따르기 마련이니까."

두 소녀 주위로 다시 새로운 장면이 펼쳐졌다. 복잡한 술집에서 스테판이 친구들과 흥청거리고 있었다.

"바네사는 캘리스의 경고를 귀담아 듣지 않았어."

스테판이 마시던 술을 테이블에 내려놓자, 두건을 뒤집어쓴 그림자가 슬쩍 그 옆을 지나가면서 연기가 피어오르는 빨간 물약을 술 안에 부었다. 잠시 후 스테판은 아무 의심 없이 다시 술병을 들어 올렸다.

"바네사는 스테판을 속여 약을 마시게 했고, 그는 즉시 바네사와 사랑에 빠졌어. 약효는 캘리스 말대로 곧 사라졌지만, 약이 가져온 또 다른 결과가 있었지. 얼마 후 바네사가 스테판에게 가서 그의 아기를 임신했다고 말한 거야. 가발돈의 원로원 법에 따라 스테판은 바네사와 결혼해야 했다."

새로 바뀐 장면은 오노라의 집 현관에서 격렬한 말다툼을 벌이는 오노라와 스테판의 모습을 보여 주었다.

"오노라는 화가 나서 다시는 스테판을 보지 않겠다고 선언했어. 어떻게 그가 그녀를 배신할 수 있지? 그것도 그녀의 친구와 바람을 피우다니! 스테판은 자신이 흑마법에 당했고 바네사에게는 아무 감정이 없다고 말했어. 그리고 바네사에게 따질 생각으로 그녀 집에 갔지. 그런데 그곳에는 낯선 손님이 있었어. 스테판은 오노라에게 즉시 그 사실을 알렸지. 바네사 집에 있는 낯선 여자가 자신에게 마법을 걸었다고 말이야. 그는 캘리스의 눈에서 죄책감을 읽고 마녀가 자신에게 주문을 걸었다고 확신했지. 바네사는 어떻게 이런 비열한 짓을 할 수 있을까? 아이를 인질 삼아 결혼을 요구하다니! 아이는 무슨 죄가 있단 말인가? 스테판은 이 흑마법이 언젠가 역효과를 일으킬 거라고 했어……. 하지만 오노라는 그의 말을 듣지 않았다. 스테판이 제발 자신을 포기하지 말아 달라고 간청했지만 소용없었어. 그가 무슨 말을 하든 오노라는 그의 이야기를 믿지 않았고, 그와 깨끗이 헤어지기만을 바랐지. 결국 스테판은 원로회를 찾아갔어."

두 소녀를 둘러싼 장면이 마을의 광장으로 바뀌었다. 깜깜한 밤, 마을 사람들이 모여 횃불이 밝혀진 장작더미에 묶인 캘리스를 바라보았고 화형대 위에는 수염을 길게 기른 원로들이 서 있었다.

"원로들은 스테판의 말을 믿었다. 그는 늘 사랑받는 아이였기 때문이지. 게다가 원로들은 오랫동안 마녀 사냥을 주도했어. 4년마다 마을 아이들이 납치되자 범인을 찾아야 했던 거야. 그러던 차에 스테판이 결혼도 하지 않은 낯선 여자가 마을에 나타났다며 캘리스를 지목하자, 원로들은 기다렸다는 듯이 그녀를 마녀로 받아들였지."

사형 집행인이 장작더미 위 횃불을 향해 손을 뻗었다. 스테판은 화형대 한쪽 구석에서 캘리스를 바라보았고, 사형 집행인은 캘리스가 묶인 나무 막대기 아래쪽에 횃불을 가져다 댔다. 캘리스는 공포와 후회의 눈물을 쏟아 냈다. 선하게 살면서 진정한 사랑을 찾기 위해 마지막으로 딱 한 번 마법을 썼는데, 그녀는 지금 사악한 마녀로 화형을 당할 처지에 놓이고 말았다. 캘리스가 자신의 실수를 한탄하며 눈물 흘리는 사이 불꽃은 그녀의 발아래에서 점점 퍼져 나갔다. 그 순간, 그녀를 바라보던 스테판의 표정에 변화가 생기기 시작했다.

"스테판은 캘리스가 자신과 똑같은 마음을 가진 인간이라는 것을 느꼈지. 그는 다른 사람을 죽음으로 몰아넣는 사람이 되고 싶지는 않았어. 그는 캘리스가 마녀라고 믿었지만, 자기 이야기를 철회하고 바네사와 결혼하는 것에 동의했다. 캘리스의 목숨을 살리기 위해서였지. 원로회는 캘리스를 살려 주는 대신 묘지에 살면서 마을 사람들과 어울리지 못하게 했어. 마을 사람 중 누군가와 결혼해서도 안 되고, 광장에 가게를 낼 수도 없고, 마을 오두막집에서도 살 수 없게 했지……. 사랑이 없는 삶이었지만 캘리스는 결국 목숨을 부지했다. 그리고 스테판도 같은 처지가 되었지. 캘리스를 살리기 위해 바네사와 사랑 없는 결혼 생활을 하기로 약속했으니까."

아가사는 스테판이 캘리스를 장작더미 위에서 풀어 주는 모습을 바라보았다. 숨이 막히는 것 같았다. "저거였어. 엄마가 아저씨한테졌다는 빛이 저거야." 아가사가 나직이 중얼거렸다.

"하지만 저 사람은 너희 엄마랑 너무 다르게 생겼어, 아가사." 소피가 고개를 저으며 말했다.

"너희 엄마도 그래." 아가사가 말했다.

두 소녀는 다시 이야기가 펼쳐지는 곳으로 고개를 돌렸다. 햇살 따뜻한 마을 교회에서 성대한 결혼식이 펼쳐졌다. 스테판이 세상 누구보다 비참한 표정으로 임신한 바네사와 함께 제단 앞에 서 있었다.

"스테판은 바네사와 결혼했고, 오노라의 부모는 그녀를 끔찍한 정육점 아들에게 시집보냈다. 바네사는 원하던 걸 모두 가지게 되었지. 진정한 사랑과 그를 곁에 잡아 둘 아기까지 말이야. 그가 사랑했던 여자는 다른 남자와 결혼해 두 사람 곁을 영영 떠나 버렸으니 그야말로 완벽한 해피엔딩이었어. 하지만 그건 그녀의 착각이었다. 바네사가 생각하지 못한 게 하나 있었거든⋯⋯."

교회가 사라지고 깜깜한 묘지가 나타났다. 스테판이 어두운 얼굴로 작은 두 무덤에 흙을 덮었고, 바네사는 그를 지켜보며 흐느끼고 있었다.

"스테판이 염려했던 마법의 역효과가 실제로 나타났다. 바네사는 두 남자아이를 낳았지만 둘 다 죽고 말았어."

장면이 바뀌어 소피와 아가사는 이야기가 시작되었던 곳으로 돌아왔다. 해 질 녘 소피의 오두막집에서 바네사가 부엌 창을 통해 바깥을 노려보고 있었다. 모자 달린 코트를 입고 신이 난 듯 길을 걷던 스테판이 오노라의 집으로 몰래 숨어 들어갔다.

"그 후 몇 년 동안, 바네사는 스테판과 아이를 가지려고 모든 노력을 다 해 봤지만 번번이 실패했다. 그렇게 시간이 흐르자 오노라는 스테판이 처음에 했던 말이 사실이 아닌가 생각하게 되었지. 바네사가 그를 속여 자신과 결혼하게 만들었다는 말을 조금씩 믿게 되었어. 스테판만큼이나 결혼 생활이 불행했던 오노라는 결국 몰래 그를 만나기 시작했다."

장면이 번쩍 밝아지더니 그레이브스힐에 있는 아가사의 집으로 바뀌었다. 두 소녀는 캘리스에게 불같이 화를 내는 바네사를 지켜보았다.

"바네사는 가발돈의 의사란 의사는 다 만나 보았지만, 모두 그녀가 아이를 가지지 못할 거라고 말했다. 격분한 그녀는 캘리스에게 가서 스테판의 아이를 가질 수 있는 마법의 약을 만들어 달라고 했지. 그들의 사랑이 진짜라는 걸 증명할 아이가 없으면 스테판은 결코 이 결혼을 받아들이지 않을 거라고 말이야. 캘리스는 당연히 거절했다. 더 이상 마법을 쓰지 않고 원로회 명령대로 마을 사람들 일에는 일체 관여하지 않겠다고 주장했어. 하지만 바네사는 캘리스를 협박했다. 캘리스가 자신에게 저주를 걸어 아이를 가지지 못하게 만들었다고 원로회에 말하겠다고 했지. 캘리스가 다른 마을 여자들에게도 저주를 걸 것이고, 4년마다 일어나는 납치도 캘리스 때문이라고 말할 거라고 했단다. 캘리스는 바네사를 막을 수 없다는 사실을 깨닫고 결국 그녀를 도와주기로 했지."

다시 새로운 장면이 나타났다. 나무 그릇에 거품이 보글거리며 김이 올라오는 액체가 담겨 있고, 바네사가 그것을 들어 마시는 장면이었다.

"캘리스는 이번에도 바네사에게 경고했다. 마법은 진정한 사랑을 강요할 수 없기에, 사랑의 결합으로 태어나는 아기를 마법으로 만들어 내는 일은 심각한 부작용을 초래할 거라고 했지. 마법으로 두 영혼을 결합하려 하면 오히려 둘은 더 멀어지게 된다고 말이다."새더가 말했다. "하지만 바네사는 이번에도 그 말을 듣지 않고 스테판의 아기를 가지기로 결심했지. 곧 그녀의 몸 안에서 건강한 아이가 자라나기 시작했어."

밤이 오고 어둠이 내렸다. 캘리스가 진통에 괴로워하는 바네사를 돌보는 모습이 펼쳐졌다.

"의사들은 '기적의 아이'라고 말했지. 바네사는 스테판에게 그 사람처럼 잘생긴 아들을 낳을 거라고 장담했어. 스테판은 자신의 아이를 임신한 바네사가 너무나 행복해하는 모습을 보고 아내에게 다시 한번 기회를 주기로 했지. 몰래 오노라를 만나는 게 나쁜 짓이라는 걸 그 사람도 마음 깊은 곳에서는 알고 있었어. 둘은 각각 다른 사람과 결혼한 상태였으니까. 게다가 아이가 태어나고 가족이 생길 판에 바네사가 과거에 무슨 일을 했는지는 더 이상 중요하지 않았지. 중요한 건 바네사가 앞으로도 영원히 그의 아내일 것이고, 스테판은 그녀가 낳은 아이와 그 아이의 어머니를 진심을 다해 사랑해야 한다는 것이었어. 스테판은 아기가 태어나기도 전에 아버지 이름을 따 '필립'이라고 이름까지 지어 주었지. 시간이 흘러 바네사의 출산일이 되었다. 모두 캘리스의 마법의 힘이었지. 그런데 아이는 아들이 아니었어. 스테판처럼 하얀 피부에 금발인 여자아이였다."

땀에 흠뻑 젖은 바네사가 힘없는 손으로 아름다운 금발 아기를 받아 쓰다듬었다. 순간, 날카로운 고통이 다시 시작되었다.

"하지만 마녀가 경고한 대로 스테판과 바네사의 영혼은 하나로 합쳐지지 못했다. 둘 사이에는 사랑이 없었기 때문이지. 결국 두 사람의 영혼은 각각의 아이를 탄생시켰어. 바네사의 배 속에서 두 아이가 자라고 있던 거야. 그런데 두 번째 여자아이는 스테판과 전혀 달랐어. 엄마를 빼다 박은 듯 똑같았지."

캘리스가 아기를 내밀자 바네사는 숨이 막히는 듯 몸을 움츠렸다. 머리는 새까맣고, 눈은 툭 튀어나오고, 얼굴은 흉측한 그 아이를 바네사는 역겨운 표정으로 밀어내 버렸다.

"바네사는 캘리스에게 아기를 숲에 버려 달라고 했다. 그렇게 못생긴 아기를 스테판에게 데려갈 수는 없다고 했지. 그런 다음 그녀는 예쁜 금발 아기를 감싸 안고 서둘러 그 집을 떠났단다. 앞으로 남편과의 사이가 완전히 달라질 거라 기대했지. 하지만 캘리스는 바네사가 버린 아이를 자신이 기르기로 했어. 그녀의 눈에는 그저 사랑스럽기만 한 아이였지. 캘리스는 아기에게 '선한 영혼'이라는 뜻으로 아가사라는 이름을 붙여 주었다. 긴긴 외로움 끝에 네더우드의 캘리스가 마침내 진정한 사랑과 만난 거야."

캘리스는 벌레같이 툭 튀어나온 아기의 두 눈을 빤히 바라보다가, 다시 고개를 들어 거울 속 자기 얼굴을 보았다. 그리고 마법을 이용해 자신의 눈을 아기 눈처럼 커다랗게 바꾸었다.

"캘리스는 아기 엄마가 아니라는 의심을 피하기 위해 수년에 걸쳐 조금씩 자기 얼굴을 바꾸었어. 추한 외모 만들기 기술을 이용해 아가사의 얼굴과 비슷한 모습으로 변해 갔지. 얼마 후 사람들은 캘리스와 똑같이 생긴 어린아이가 그레이브스힐을 돌아다니는 광경을 종종 목격하게 되었어. 원로회가 당연히 캘리스를 불러 아이에 대해 물었지만 그녀는 아무 말도 하지 않았지. 시간이 흐르자 마을 사람들은 캘리스를 멀리했듯 그냥 어린 여자아이를 멀리하려 할 뿐, 더 이상 관심을 가지지 않았다."

다음 장면은 금방이라도 무너질 것 같은 창으로 아침 햇살이 흘

러 들어오는 집 안이었다. 검은 머리에 피부가 누렇고 머리는 들쭉
날쭉한 캘리스가 검은 머리에 피부가 누렇고 머리는 들쭉날쭉한
딸에게 동화책을 읽어 주고 있었다.

"가발돈에는 매년 새 동화가 도착했고, 캘리스는 매번 선이 승리
하는 동화를 보면서 자기 생각이 틀렸던 건 아닌지 의심하게 되었
다. 어쩌면 교장은 악이 아니었을지도 모른다는 생각이 들었지. 그
사람의 반지를 거절한 것이 실수일지 모른다는 생각도 하게 됐어.
시간이 흐르자, 그녀는 자기 딸이 선과 악의 학교에 가기를 바라게
됐어. 엄마 때문에 외롭고 평범한 삶을 사는 대신 마법과 모험과 사
랑으로 가득 찬 미래를 누리기를 바랐지."

장면이 번쩍 빛을 발하더니 스테판의 오두막집으로 변했다. 그
는 딸 소피와 바네사와 함께 식탁에 앉아 있었다. 세 살짜리 딸을
바라보는 그의 얼굴에는 애정보다는 걱정이 가득했다.

"한편 소피는 하루하루 커 갔지만 스테판은 아이에 대한 불편
함을 숨길 수 없었다. 물론 그는 아이를 사랑하려고 최선을 다했
어. 맛있는 과자도 사 주고, 자기 전에 동화책도 읽어 주고, 마을 사
람들이 딸이 아빠를 꼭 닮았다고 인사할 때에는 미소를 지어 보였
지……. 하지만 그가 아무리 노력해도 소피에게서는 바네사의 영
혼밖에 보이지 않았어."

새로운 장면에서 스테판은 방앗간으로 재목을 가져가던 중, 근
처 언덕의 잡초 사이에서 혼자 놀고 있는 다섯 살짜리 아가사를 발
견하고 걸음을 멈추었다. 아이가 고개를 들고 그를 향해 활짝 웃자
스테판도 아이를 향해 미소 지었다.

"그런데 그레이브스힐 근처에 숨어 살던 낯선 여자아이를 본 순
간, 스테판은 갑자기 아이에게 마음이 끌리는 것을 느꼈다. 방앗간

의 다른 일꾼들은 아이가 바네사와 놀랄 정도로 닮았다는 말도 했지." 새더 교수가 말했다. "바네사에게 태어난 두 아이 중, 바네사는 못생긴 아이를 버리고 예쁜 아이만 데려갔어. 그 아이가 스테판에게 사랑을 받으면 자신과 스테판의 관계도 가까워질 것이라고 믿었기 때문이지. 하지만 스테판의 마음을 사로잡은 것은 그녀가 버린 아이였다."

스테판의 장면이 사라지고, 두 소녀는 욕실에 혼자 앉아 있는 바네사를 보게 되었다. 그곳은 미용을 위한 물약과 크림들로 가득 차 있었다. 바네사는 특별한 연고로 입술을 도톰하게 하고, 약초 물로 눈을 초록색으로 만들고, 집에서 만든 맥주로 머리를 금발로 염색했다. 일곱 살 난 소피는 엄마를 따라서 허니크림을 덜어 볼에 펴 발랐다.

"바네사는 소피가 태어났는데도 스테판이 여전히 자신에게 차가운 이유를 이해할 수 없었다. '소피가 더 예쁘지 않아서 그런가?' 그녀는 그런 생각까지 했지. '아니면 내가 부족한 걸까?' 그런 생각이 들 때면 바네사는 불안감에 휩싸여 외모를 아름답게 가꾸는 데에 더욱 집착했어. 그녀의 딸 역시 마찬가지였지. 하지만 그녀가 어떻게 해도 스테판은 두 사람을 밀어내기만 했어."

장면이 휙 돌면서 바뀌었다. 바네사와 열 살이 된 소피가 부엌 창문으로 밖을 바라보고 있었다. 두 사람 모두 금발에 얼굴 또한 아름다웠다. 그들은 오노라의 집 앞뜰에서 스테판이 어린 두 소년과 놀고 있는 모습을 지켜보았다. 바네사의 표정에 분노는 사라지고 없었다. 패배의 고통이 어려 있을 뿐이었다.

"결국 바네사는 외롭게 혼자 죽음을 맞이했다. 그녀의 진정한 사랑은 그녀가 못생긴 마녀라고 생각했던 여자에게 떠나 버렸지. 그녀가 살아 있는 동안, 오노라에게는 두 아이가 생겼어. 바네사는 죽는 날까지 그 두 아이를 스테판의 아들이라고 생각했다. 물론 오노라는 아닌 척했지만 스테판이 아이들을 바라보는 모습만 봐도 바네사는 알 수 있었어. 오노라의 남편이 방앗간 사고로 죽어 장례식에 참석했을 때에도 스테판은 두 아이를 따뜻하게 안아 주었지. 집에 있는 자기 딸 소피에게는 그토록 무뚝뚝하던 사람이 말이야."

오노라의 아들들과 놀아 주던 스테판이 고개를 들어 아가사를 바라보았다. 비쩍 마른 몸에 등까지 굽은 까만 머리 여자아이가 혼자 그레이브스힐을 성큼성큼 올라가고 있었다. 스테판은 다정한 표정으로 미소를 지었다.

"그런데 스테판은 묘지에 사는 여자아이를 잊지 못했단다. 근처를 지날 때면 늘 찾아보았지. 그 아이야말로 세상 누구보다 자신의 아이처럼 느껴졌기 때문이었어."

이야기 장면이 비에 씻긴 그림처럼 사라지고, 광활한 어둠이 두 사람을 감쌌다. 두 사람의 숨소리 외에는 아무 소리도 들리지 않는 적막한 곳이었다.

"이것은 두 자매의 이야기다." 다시 새더 교수의 목소리가 시작되었다. "하지만 이름만 자매일 뿐, 두 사람은 사랑으로 잉태되지 않았기에 거울에 비친 상처럼 영원히 결합할 수 없는 존재들이었어. 선한 영혼과 악한 영혼으로 분리되어 있었지. 만약 운명이 둘을 한자리에 모이게 한다면, 마음은 서로를 갈망할지언정 둘은 서로에게 치명적인 적이 될 거다. 그들의 부모에게 행복한 결말의 가능성이 없었듯 이 두 영혼에게도 행복으로 가는 길은 없어. 옛 영혼이 새롭게 태어난 것일 뿐, 스테판과 바네사처럼 끊임없이 서로를 해치고 배신하다가 결국 영원히 헤어지고 말 운명을 타고난 거지. 이 두 소녀가 주어진 결말을 거역하고 함께 해피엔딩을 찾을 거라고 생각하는 사람이 있다면…… 그건 동화에서나 가능한 일 아니겠니?"

교수가 말을 멈추자, 두 소녀 주변에 지하 감옥이 나타나기 시작했다. 그들은 잿빛이 된 얼굴로 기운 없이 축 늘어진 채 얼음 감옥에 갇혀 있었다. 바네사의 무덤 앞에 둥둥 떠 있는 새더 교수가 그들을 바라보며 다시 한번 입을 열었다.

"내가 너희의 결말을 볼 수 없다고 해도, 난 희망을 버리지 않는다. 그동안 너희 두 사람이 모든 어려움을 극복하고 여기까지 온 것을 봐라. 내게는 희망이 있기에, 너희에게 이 이야기의 진실을 알리려고 너희 어머니를 이곳으로 옮겨 왔다. 너희 두 사람을 위해 내 목숨을 희생한 것도 같은 이유에서지. 이 세계의 모든 규칙을 깨야만 가장 필요할 때 너희가 이 세계를 구할 수 있을 테니까. 선과 악사이에 다리를 놓고, 상대가 남자든 여자든 사랑을 제일 중요하게 여기고, 부모의 옛 이야기와 너희 두 사람의 새 이야기를 잇는 사슬을 부숴야 한단다. 너희가 성공할지 실패할지는 아무도 모르지. 나도 마찬가지야. 하지만 이야기꾼이 너희를 선택한 데에는 이유가 있을 거다. 이제 그 운명을 받아들이렴. 더 이상 도망치지 말고, 숨지도 마라. 나가는 방법은 오직 하나, 동화를 통해서란다."

교수의 적갈색 눈이 눈물로 반짝였다. "이제 가서 문을 열어라."

새더 교수는 마지막으로 두 소녀를 향해 미소 짓고, 태양의 마지막 눈물처럼 어둠 속으로 완전히 사라졌다.

34
모든 것을 건 전쟁

두 사람은 서로를 보지 못하고 그저 얼음 무덤 속 아름다운 바네사의 모습을 뚫어지게 바라보았다.

"우리는 자매야." 소피의 목소리는 이상할 정도로 차분했다.

"아니, 자매 아니야." 아가사가 낮은 목소리로 대꾸했다. "가족이지만 가족이 아니고, 혈육이지만 혈육이 아니야. 우린 함께이지만 따로야." 아가사는 가슴에 들어가지 못할 정도로 크고 강한 감정이 한꺼번에 밀려드는 것을 느꼈다. "새더 교수님이 내 꿈에서 자꾸 아빠처럼 나오신 이유가 이건가 봐." 그녀가 헛소리를 냈다. "교수님을 보면 늘 너희 아빠가 생각났거든. 내 마음 일부는 내가 아저씨 딸인 걸 알고 있었던 것 같아."

두 사람은 다시 입을 다물었다. 얼음 무덤에 비친 뿌연 상대의 모습을 바라볼 뿐이었다.

"소피?" 아가사가 마침내 고개를 돌려 소피를 바라보았다. "우리 가야 해. 지금 당장 가야 한다고."

하지만 소피는 아가사를 보지

않았다. 온몸의 신경이 곤두선 듯 뻣뻣하게 굳은 모습이었다.

"내 말 들려? 가야 한다니까……." 아가사가 다시 한 번 다급하게 말했다.

"그래 봤자 바뀌는 건 없어, 아가사." 소피가 여전히 무덤 속 엄마를 바라보며 차갑게 말했다.

"뭐라고? 소피, 바뀌는 게 왜 없어? 모든 게……."

"아니야." 소피가 단칼에 그녀의 말을 잘랐다. "그건 내가 처음부터 악했다는 걸 증명하는 거잖아. 우리 엄마는 선이 아니고, 그 엄마 덕에 난 비참하고 시시한 삶을 물려받았고, 우리 아빠가 오노라 아줌마와 함께 행복한 것처럼 너랑 테드로스가 해피엔딩을 맞이할 때 난 혼자 쓸쓸이 죽어 없어진다는 뜻이잖아! 선은 선과 함께하고 악은 빈손이라는 거지. 난 그러지 않을 거야. 내게는 내 결말을 바꿀 기회가 있으니까. 라팔은 이제 정말 내가 혼자가 되지 않을 수 있는 유일한 희망이야. 저 여자처럼 끝나지 않을 수 있는 희망이라고!"

소피가 아가사를 치고 지나가더니, 얼음 무덤들을 하나씩 마구 밀기 시작했다. "이런 제기랄! 어딘가에 문이 있을 텐데."

아가사는 어안이 벙벙한 표정으로 소피를 바라보았다. "소피, 모르겠니? 라팔을 선택하면 넌 정말 엄마처럼 되는 거야. 너희 엄마는 사랑을 강요하기 위해 악한 짓을 했어. 그 결과가 어떤지 보란 말이야! 라팔을 선택하면 넌 결국 더 외로워지고 말 거야……."

"아가사, 내가 네 생각 따위 신경이나 쓸 것 같아?" 소피가 계속 무덤들을 두드리며 말했다. "새더 교수님 말씀 들었잖아. 우리 사이에 사랑은 없어. 우린 각자라고. 넌 선하고 난 악하고. 어디 누가 먼저 결말에 이르는지 한번 보자. 너랑 테드로스가 카멜롯에 가든 라팔과 내가 결말에 이르든, 둘 중 한쪽이 이기는 걸로 끝날 테니까."

"새더 교수님은 우리를 믿는다고도 하셨어." 아가사가 소피에게 다가가며 말했다. "그래서 우릴 위해 목숨까지……."

"우리 엄마도 돌아가셨어. 결코 사랑을 찾지 못할 걸 아셨기 때문이지." 소피가 팔꿈치로 아가사를 밀어냈다. "악한 영혼은 사랑을 찾지 못해. 악의 학교에서 제일 처음 배우는 거지. 악한 영혼은 영원히 혼자라고."

"난 절대 널 혼자 두지 않아." 아가사가 반박했다.

"그래? 너랑 테드로스랑 나 셋이 다 같이 행복할 수 있으니까? 날 못된 애완동물로 삼을 생각이니?" 소피가 무덤을 때리며 낮은 목소리로 씩씩거렸다. "모르겠어? 내 영혼은 이미 망가졌다고! 난 엉망이야. 머릿속에는 역겨운 생각만 가득하고, 마음속 깊은 곳까지 다 썩었어! 난 다 부서져 버렸어. 난 네가 했던 것 같은 사랑을 결코 찾지 못할 거야. 내 마음은 절대 행복하지 못할 테니까. 난 지금까지 내가 생각했던 엄마의 모습이 되고 싶었어. 선과 빛의 천사 말이야. 그런데 이제 보니 난 이미 엄마랑 똑같았어. 영혼 깊은 곳까지 혐오스러운 인간이었다고!"

"넌 너희 엄마가 아니야!" 아가사가 소피의 뒤를 따라가며 외쳤다. "네 내면 깊은 곳은 전혀 다른 사람이라고……."

"너 귀 먹었니? 방금 그 이야기 못 들었어?" 무덤을 두드리는 소피의 손이 점점 빨라졌다. "나 왕자 만나려고 너랑 친구했어. 우리 엄마가 아빠랑 결혼하려고 오노라 아줌마랑 친구한 거랑 똑같잖아. 엄마가 사랑을 찾으려고 쓴 속임수들 나도 다 해 봤어. 주문도 쓰고, 물약도 써 보고, 별에 소원도 빌고……. 그런데 더 미움만 받고 혼자가 됐지. 내 친구는 모든 걸 얻었는데 말이야. 나도 엄마처럼 이 얼음 감옥에 갇히게 될 거야. 자신이 악하다는 걸 받아들일 용기도 없는 이 비겁한 겁쟁이들이랑 같이!"

소피가 휙 몸을 돌려 아가사를 보았다. 그녀의 얼굴은 분노로 얼룩져 있었다. "그러니까 내 말 믿어. 여길 나가면 난 내 진정한 사랑을 지키기 위해 뭐든 다 할 거야. 악하든 말든 상관없어! 난 뭐든 할 거야!"

그때 날카로운 '땡' 소리가 얼음 감옥 전체에 울려 퍼졌다.

무덤마다 붙어 있는 금속 명판에 깜빡깜빡 불이 들어왔다. 명판들은 밝은 파란색 화살표가 되어 환하게 밝혀진 무덤 하나를 가리켰는데, 잠시 후 그 관 뚜껑이 저절로 활짝 열렸다.

그때 레소 부인의 녹음된 목소리가 요란하게 울리기 시작했다. "학생 출구가 열렸습니다. 다른 학생들과 함께 지하 감옥에서 나와 학교로 돌아가기 바랍니다. 학생 출구가 열렸습니다. 다른 학생들과 함께 지하 감옥에서 나와 학교로 돌아가기 바랍니다."

아가사는 입을 떡 벌린 채 뚜껑 열린 관을 바라보았다.

"이제 가서 문을 열어라."

새더 교수의 마지막 말이었다. 두 사람이 지하 감옥에서 충분히 시간을 함께 보낸 후에 나가게 하려고 교수가 문에 마법을 걸어 놓았던 것이다.

아가사는 더 이상 생각을 이어 갈 수 없었다. 소피가 이미 빛나는 무덤을 향해 달리고 있었다.

"소피, 기다려!" 아가사가 뒤를 쫓아가며 소리쳤다. 소피가 라팔에게 가게 둘 수는 없다…….

하지만 소피는 이미 빈 관 속으로 들어가 가짜 눈 벽을 거칠게 밀어젖혔다. 아가사는 뒤에서 소피를 붙잡으려 했지만, 소피가 그녀

를 밀어내는 바람에 오히려 균형을 잃고 휘청거리고 말았다. 아가
사는 자세를 가다듬고 바로 소피 뒤를 따라 새하얀 눈 벽 속으로 뛰
어들었다.

벽 반대편으로 나온 아가사는 얼굴과 머리에서 눈을 털어 내고
주변을 둘러보았다. 그곳은 어둡고 물이 새는 가파른 오르막 터널
이었다. 앞서 나온 소피는 이미 터널 끝의 문에 다가가고 있었다.
아가사는 그녀를 향해 돌진했다. 소피는 힘겹게 숨을 헐떡이고 가
죽옷을 부스럭거리면서 문손잡이를 붙잡고 씨름했다. 하지만 문이
열리지 않자 그녀는 어깨로 있는 힘껏 문을 밀었다. 그때 아가사가
달려와 그녀를 덮쳤고, 꼼짝 않던 문이 끽 소리와 함께 활짝 열렸
다. 두 소녀는 문 밖으로 튕겨져 나갔다.

돌바닥에 머리를 세게 부딪친 아가사가 뒤뚱거리며 무릎을 꿇고
흐릿한 눈으로 주변을 살폈다. 소피가 보이지 않았다. 아가사는 비
틀거리며 두 발로 일어섰다. 그곳은 희미한 초록색 횃불이 밝혀진
커다란 빈 방이었다. 아가사는 분명 그곳에 와 본 적이 있었다.

악의 전시관이었다.

아가사는 전시관 출구를 향해 걸음을 재촉했다. 소피를 놓치면
안 되었다.

그때 날카로운 소리가 적막을 찢고 방에 울려 퍼졌다. 아가사는
깜짝 놀라 그 자리에 멈춰 섰다.

조심스럽게 주변을 두리번거리던 그녀는 새더 교수의 마지막 가
발돋 그림 아래 바닥에 웅크리고 앉아 있는 작은 그림자 하나를 발
견했다.

"리퍼?"

쭈글쭈글한 대머리 고양이가 그녀를 향해 다시 한 번 캭 소리를

내고 노란 눈으로 새더 교수의 그림을 올려다보았다.

아가사는 재빨리 다가가 두 팔로 고양이를 안아 올렸다.

하지만 리퍼는 그녀의 손목을 물었고, 아가사가 꽥 소리를 지르며 바닥에 내려놓자 다시 노란색 두 눈으로 새더 교수의 그림을 뚫어지게 바라보았다.

그녀의 고양이가 어떻게 학교에 들어왔고, 지난 몇 주 동안 어디에 있었으며, 왜 지금 악의 전시관에 있는지 등등 아가사의 머릿속을 어지럽히던 질문들이 서서히 잦아들었다. 지금 리퍼가 그녀에게 원하는 것은 바로 벽에 걸린 그림을 보는 것이었다. 그림을 향해 허리를 숙인 아가사는 곧 그 이유를 알 수 있었다.

그림 속 장면이 전과 달라져 있었다.

그림 위쪽 끄트머리에 바늘구멍처럼 작은 빛이 보일 뿐, 그림은 전보다 훨씬 어두웠다. 예전 그림에서는 가발돈 사람들이 악당들의 그림자에 둘러싸여 공포에 떨며 책을 불태웠는데, 이제는 악당들이 모습을 드러내 젊고 늙은 선인 영웅들과 싸움을 벌이고 있었다. 악당으로부터 가발돈을 보호하는 구멍 숭숭 뚫린 얇은 보호막은 금방이라도 무너질 것 같았다.

아가사는 깜짝 놀라 몸을 세웠다. 새더 교수의 그림은 그가 본 미래에 대한 기록이었지만, 마법의 힘으로 현재 상황을 그대로 그려내고 있었다. 그녀가 보는 것은 선과 악이 벌이는 현재의 전쟁 상황이었다. 그리고 지금 지고 있는 쪽은 바로 선이었다.

아가사는 테드로스의 얼굴을 찾아 그림 구석구석을 살폈다. 하지만 새더 교수는 늘 인상주의 화가처럼 흐릿하고 모호하게 형체를 그렸기에 사람 얼굴을 알아보기는 불가능했다.

'소피를 찾아야 해. 하지만 어떻게 찾지?' 아가사는 당황했다. 소피는 이미 앞서갔는데…….

그때 리퍼가 그녀를 부르듯 야옹 소리를 냈다. 대머리 고양이는 모든 답이 그 속에 있다는 듯, 계속 그림을 뚫어지게 바라보았다.

그녀가 놓친 것이 무엇일까?

아가사는 그림에 얼굴을 바싹 가져다 대고 손끝으로 그림 표면을 더듬었다……. 그리고 드디어 무엇인가를 발견했다.

그녀가 엑스칼리버를 빼내 간 텅 빈 모루가 전장에서 멀리 떨어진 도빌 씨네 서점 차양 아래에 보관되어 있었다.

리퍼가 그녀를 재촉하듯 낮게 으르렁 소리를 냈다.

'맞아!' 아가사는 마침내 알 것 같았다.

교장은 새더 교수의 그림에 마법을 걸어 칼을 숨겼다…….

그러려면 모루에도 마법을 걸어야 했을 것이다.

모루도 마법에 걸린 상태라면…… 그럼 혹시…….

아가사는 가슴을 두근거리며 팽팽하고 축축한 그림 표면으로 오른손을 쑥 밀어 넣었다. 그러자 그림에 그녀의 손가락이 나타났다…….

차갑고 단단한 진짜 모루의 촉감이 손바닥에 느껴졌다.

아가사의 손은 그냥 그림 속에 들어간 것이 아니었다. 그녀의 손은 지금 가발돈에 있었다.

'비밀 통로야.'

리퍼는 몸으로 그녀의 다리를 둥글게 감쌌다. 그녀와 함께 가겠다고 말하는 것 같았다. 아가사는 슬픈 미소를 지으며 고양이를 내려다보았다.

"도와줘서 고마워, 리퍼." 그녀가 고양이를 떼어 내며 속삭였다. "안전해지면 널 데리러 올게. 약속해."

리퍼가 낑낑거렸지만, 아가사는 모루를 꽉 잡고 팔을 굽혀 머리부터 그림 속으로 들어갔다. 곧 뜨겁고 축축한 어둠이 아가사의 몸을 집어삼켰고, 잠시 후 그녀의 얼굴이 팽팽하고 축축한 또 다른 장벽을 뚫고 차가운 밤공기 속으로 나왔다. 아가사는 땅과 평행인 상태로 다른 한쪽 손을 뻗어 모루를 잡고 다시 한 번 몸을 끌어당겼다. 그녀의 발꿈치가 비밀 통로를 통과하는 순간, 가로로 늘어져 있던 그녀의 몸이 그을음 낀 자갈밭 위로 툭 떨어졌다.

아가사가 고개를 들자 비명을 지르며 피할 곳을 찾아 도망치는 한 무리의 사람들이 보였다. 아가사는 갑자기 달려든 사람들에 휩쓸려 도빌 씨네 가게 차양 아래로 통나무처럼 굴러 들어갔다. 사람들에게 밟힐 위기를 가까스로 넘긴 그녀는 재빨리 모루 뒤로 가 몸을 숙였다. 고개를 빼꼼히 내밀고 보니 마을 사람들이 교회로 쏟아져 들어가고, 가게로 들어가 덧문을 잠그고, 각자 집에 숨어 사슬로 몸을 묶고 있었다. 옛날 옛적에 아가사는 똑같은 모습을 본 적이 있었다. 부모들이 교장에게 아이들이 납치되는 것을 막기 위해 이런 행동을 했다. 하지만 지금 위험에 처한 사람은 아이들뿐만이 아니었다.

아가사는 모루 뒤에서 일어나 800미터 정도 떨어진 숲을 바라보았다.

새더 교수의 그림에서 본 것과 똑같은 일이 벌어지고 있었다. 나무 사이사이로 불꽃이 피어오르고, 환하게 밝혀진 숲에서는 좀비 악당들이 늙고 젊은 영웅들과 싸움을 벌이며 그들을 가발돈을 둘러싼 투명 보호막 쪽으로 몰아내고 있었다. 마을 안에서는 숲에서처럼 보호막을 볼 수 없었다. 하지만 오거 하나가 가까운 나무에서 날아든 스팀프를 보호막 쪽으로 밀쳐 내자, 스팀프가 보호막에 맞고 튕겨 나와 바닥에 떨어지면서 등에 타고 있던 학생이 나동그라지는 광경이 보였다. 아가사는 보호막의 존재를 짐작할 수 있었다.

아가사는 사람들 얼굴을 알아보기 위해 눈을 가늘게 떴다. 하지만 사람들의 형체는 새더 교수의 그림에서처럼 흐릿하기만 했다. 아가사는 두려운 마음으로 해를 찾아보았지만 연기구름이 자욱하게 하늘을 가리고 있었다.

'시간이 얼마나 남았을까? 20분? 15분?'

갑자기 공포가 밀려왔다. 그녀는 절대 시간 안에 소피를 찾아내지 못할 것이다. 반지를 파괴시키는 일은 이제 불가능해졌다. 그녀는 결국 아무것도 하지 못하고 이곳 서점 앞에서 몸을 웅크린 채 죽고 말 것이다. 공포가 더욱 거칠게 그녀를 파고들었다.

"포기하면 안 된다."

신데렐라의 목소리가 심장박동처럼 그녀의 귀에 들려왔다.

"우리 둘 모두를 위해 그렇게 해 다오."

아가사는 조금씩 정신을 차렸다. 그녀의 멘토가 옳았다. 그녀는 선인 친구들이 전쟁에 이길 수 있도록 돕든가…….

아니면 그들과 함께 죽음을 맞이할 것이다.

하지만 지금은 저 보호막을 통과하는 것이 우선이었다.

아가사는 마음을 단단히 먹고 숲을 향해 달리기 시작했다. 마을을 통과하는 동안, 그녀는 아내와 아들을 사다리로 올려 보내 굴뚝에 숨기는 아버지와 커다란 통 속에 몸을 숨기는 어머니와 딸을 보았다. 원로 한 명은 아이들을 작은 학교 건물에 들여보내고 있었는데, 아가사는 그 속에서 유리 어항을 조심스럽게 꺼안고 종종걸음을 치는 래들리를 발견했다. 그녀는 스테판과 오노라를 찾아보았지만 두 사람의 모습은 보이지 않았다.

방앗간과 호수를 지나 풀밭에 접어들자 역겨운 전쟁의 함성이 들리기 시작했다. 금속이 맞부딪치는 소리, 스팀프의 뼈가 바스러지는 소리, 사람들의 비명이 어지럽게 뒤섞였다. 그녀는 곧 불꽃으로 환하게 밝혀진 몇몇 얼굴을 알아볼 수 있었다. 베아트릭스는 스팀프에 올라타 화살을 쏘고, 라반은 맨손으로 트롤과 싸우고, 키코는 좀비 마녀에게 쫓기고 있었다. 하지만 대부분은 아직 나무와 검은 하늘에 가려 보이지 않았다. 나무에 조금 더 가까워지자, 공중에 포도 알보다 작은 수백 개의 구멍이 보이기 시작했다. 가발돈 안에서는 누구도 보호막을 볼 수 없었다. 마법의 힘이 사람들의 접근을 막았기 때문이다. 하지만 아가사는 이제 구멍들의 위치를 바탕으로 보호막이 정확히 어디 있는지 알 수 있었다. 그녀는 구멍을 향해 더욱 힘차게 달렸다. 보호막 바깥의 색깔은 보호막 안보다 훨씬 밝고 강렬했다. 동화 세계와 평범한 삶이 이렇게 가까이 붙어 있다는 사실이 새삼 놀라웠다.

보호막에 이른 아가사는 손을 뻗어 구멍들 사이에 남아 있는 보이지 않는 표면을 더듬었다. 전쟁이 일어나기 전, 악이 자신들의 승리로 다시 쓴 동화들은 선에 대한 독자들의 믿음에 구멍을 낸 것처럼 독자 세계를 보호하는 이 투명 막에도 구멍을 뚫어 놓았다. 하지만 가장 위대한 선인 영웅들이 살아 있기에 아직 구멍은 보호막을 무너뜨릴 만큼 커지지 못했고, 따라서 악은 이 보호 구역 안으로 침입하지 못했다. 이제 남은 질문은 하나다…….

'여길 어떻게 지나가지?' 아가사는 막막했다.

보호막 너머, 어둠의 군대에 밀리지 않기 위해 사투를 벌이는 영웅들의 모습이 나무 사이로 언뜻언뜻 보였다. 악당들이 조금만 더 전진하면 영웅들은 보호막까지 밀리게 될 것이다.

그때 어깨가 넓은 금발의 형체가 그녀의 시선을 사로잡았다.

'테드로스인가?'

하지만 그는 금세 사라지고 말았다.

지금은 왕자를 생각할 때가 아니다. 그를 돕고 싶다면 이 보호막을 지나 소피를 찾아야 한다.

아가사는 다시 정신을 집중하고 구멍으로 손을 넣어 보호막의 가장자리를 더듬어 보았다. 장벽을 통과하는 것은 분명 그녀의 장기 중 하나였다. 하프웨이 베이의 투명 장벽도 매번 통과했으니 이번에도 성공할 것이다. 하지만 이번에는 장벽을 지키는 존재가 없으니 속임수를 쓸 수도 없고, 구멍이 너무 작아 그 사이를 빠져나갈 수도 없다…….

그때 무엇인가가 그녀의 손가락을 할퀴었다.

깜짝 놀라 몸을 움츠린 아가사는 보호막 바깥쪽에서 자그마한 발톱으로 구멍의 가장자리를 움켜잡고 있는 검은 쥐 한 마리를 발견했다. 아나딜의 쥐 세 마리 중 '3번 쥐'라는 것을 금방 알아볼 수 있었다. 나머지 두 마리는 초콜릿 안개 집라인을 만들고 더비 교수의 지팡이를 찾아오는 임무를 수행한 후 아직 몸이 회복되지 않았기에 지금 활발하게 활동할 수 있는 것은 이 3번 쥐뿐이었다. 쥐는 아가사에게 집중하라고 다그치듯 근엄하게 찍찍 소리를 내고는, 구멍을 통해 가발돈으로 넘어오기 시작했다.

하지만 검은 쥐의 코가 숲과 독자 세계 사이의 보호막 면을 넘는 순간, 쥐는 강한 전기 충격이라도 받은 듯 튕겨 나가 바닥에 떨어지고 말았다.

마법 충격파의 공격을 받은 것이다. 검은 쥐는 다행히 죽지 않았지만 흙바닥을 뒹굴며 괴로워했다.

'보호막에 구멍이 있어도 통과할 수 없구나.' 아가사가 구멍 사이로 쏙 손을 밀어 넣었지만 아무 일도 일어나지 않았다. '나는 왜 되지?'

아가사는 고개를 흔들었다. '그게 뭐가 중요해? 구멍이 작아서 어차피 난 통과할 수도 없는걸……'

그때 무엇인가가 다시 그녀의 손을 깨물었다.

아나딜의 쥐가 고통을 참고 다시 보호막을 기어올라 그녀를 똑바로 쳐다보고 있었다. 아가사는 쥐를 바라보았다. 이 조그마한 녀석은 대체 무엇을 바라는 것일까…….

순간 아가사가 숨을 헉 들이마셨다.

'작아져야 해! 나한테 구멍을 통과하는 방법을 가르쳐 주려는 거였구나. 변신이야. 작은 동물로 변신해야 해.'

아가사가 변신할 수 있는 동물은 단 하나였다.

그녀는 즉시 눈을 감고 주문을 떠올렸다. 손가락이 금색 불빛을 발하기 시작했다. 눈 깜짝할 사이에 그녀의 몸이 줄어들고, 입고 있던 옷이 그 위로 풀썩 떨어져 내렸다. 비쩍 마른 검은 바퀴벌레가 된 아가사는 옷더미에서 재빨리 기어 나왔다. 바퀴벌레 아가사는 옷을 뒤에 남겨 둔 채 더듬이를 바들거리며 보호막을 기어 올라갔다. 그리고 서둘러 구멍을 통과한 뒤, 쥐를 따라 보호막을 내려가 숲으로 들어갔다.

아가사가 첫 번째 나무를 지나치자마자, 초록색 불덩이가 그녀를 휙 스쳐 지나갔다. 불에 타 죽을 뻔한 아가사는 잔뜩 겁에 질린 채 쥐의 뒤를 따라 한창 싸움이 벌어지고 있는 전쟁터 한가운데로 들어갔다. 하지만 바퀴벌레가 된 그녀는 너무 작아서 서로 부딪치는 발들과 쓰러지는 몸들, 화살의 불꽃과 머리 위로 날아다니는 마법 주문들밖에 볼 수 없었다. 소피를 찾아야 했지만, 이렇게 복잡한 곳에서 벌레의 몸으로 그녀를 찾을 방법은 없어 보였다…….

그때 화살 하나가 자그마한 그녀의 등딱지 위를 스치듯 지나갔다. 깜짝 놀란 아가사는 쥐 뒤에 바짝 붙어 소나무 덤불을 향해 빠르게 움직였다. 덤불에 들어서자 바늘처럼 뾰족한 잎들이 그녀를 찔러 댔지만, 아가사는 걸음을 멈추지 않고 그곳을 통과했다. 마침내 덤불 반대편으로 나온 그녀는 갑자기 돌처럼 굳어 버렸다.

구릿빛 피부의 잘생긴 니콜라스가 뿌리 덮개 위에 얼굴을 처박고 쓰러져 있었다. 그의 머리에는 큰 상처가 나 있었다. 아가사는 소나무 덤불 너머에서 울려 퍼지는 전쟁의 함성을 들으며 이 젊은 선인 학생을 가만히 바라보았다. 가슴이 무너져 내리는 것 같았다. 용맹하고 다정한 니콜라스가…… 죽다니! 이게 다 그녀의 동화 때문이란 말인가? 슬픔과 죄책감이 밀려와 커다란 두 눈에 눈물이 고였다.

그때 아나딜의 쥐가 그녀를 부르듯 소리를 냈다.

아가사가 고개를 돌리자, 쥐는 그녀를 똑바로 바라보며 니콜라스의 교복을 발톱으로 꼬집었다.

'이 교복을 입으라는 거구나.'

아가사는 아무리 생각해도 그런 일은 할 수 없을 것 같았다. 하지만 선택의 여지가 없었다.

'생각하지 말자. 아무 생각도 하지 마.'

아가사는 속이 뒤틀리는 것 같았지만, 인간의 모습으로 돌아온 뒤 소나무 덤불 뒤에 쪼그리고 앉아 니콜라스의 교복을 입었다. 그녀가 그의 커다란 부츠를 신고 망토를 몸에 걸치는 동안, 3번 쥐는 그 옆에 놓인 활과 화살 통을 쿡쿡 찔렀다. 아가사는 몸을 기울여 떨리는 손으로 니콜라스의 까만 머리를 쓰다듬었다.

'소피를 찾아야 해.' 그녀가 이를 악물었다.

'당장 찾아야 해.'

아가사는 3번 쥐의 지시대로 그의 무기를 손에 들고, 턱을 굳게 다문 채 덤불 뒤에서 벌떡 일어섰다. 검은 옷으로 바꿔 입은 그녀의 두 눈에는 어둠이 서려 있었다. 아가사는 숨을 깊이 들이마시고 전장으로 뛰어들었다.

불화살이 날아다니는 그곳은 불타는 좀비 시체에서 뿜어져 나온 연기 때문에 어둡고 뿌예서 그림자만 겨우 알아볼 수 있었다. 아가사는 급히 나무 뒤로 몸을 숨기고 주변을 살피기 시작했다. 6미터쯤 떨어진 곳에서 호트와 피터 팬이 나뭇가지, 돌 등 바닥에서 찾을 수 있는 것이면 무엇이든 손에 쥐고 후크 선장의 공격을 막아 내고 있었다. 팅커벨은 미친 듯 요정 가루를 뿌려 후크 선장을 공중에 띄우려 했지만 그가 휘두른 갈고리에 날개가 잘려 바닥에 곤두박질치고 말았다. 팅커벨이 숨을 곳을 찾아 바닥을 기어가자, 후크는 그 틈을 타 더욱 맹렬하게 피터 팬과 호트를 공격했다. 그러던 중 호트가 피터 팬을 보호하려다가 그의 발에 걸려 휘청거리자, 후크 선장은 그를 옆으로 밀쳐 내고 피터 팬을 향해 돌진했다.

나무 뒤에 숨어 지켜보던 아가사는 그를 살릴 수 있는 기회가 단한 번뿐이라는 사실을 잘 알고 있었다. 그녀는 손가락 불빛으로 화살에 불을 붙이고 곧장 후크의 심장을 겨눴다. 후크가 피터 팬의 목을 노리고 갈고리를 높이 쳐든 순간, 아가사가 그에게 화살을 날렸다…….

화살은 후크의 심장에 꽂히지는 못했지만 그의 뺨을 뚫고 얼굴에 불을 붙였다.

후크가 깜짝 놀라 뒷걸음치며 불을 꺼 보려 허우적거리는 동안, 호트와 피터 팬은 자신들의 목숨을 구한 이가 누구인지 찾아볼 생각도 하지 않고 재빨리 자리를 떠났다. 아가사는 후크가 결국 불에 타 흙바닥에 쓰러지는 모습을 끝까지 지켜보았다.

'하나 처리했어.' 계획대로 되지는 않았지만, 어쨌든 성공이었다.

아가사는 새 화살 하나를 활시위에 걸고 나무 뒤에서 걸어 나왔다. 그녀는 소피를 찾아 주변 나무들을 살펴보았지만, 그곳에는 좀비 악당들과 싸우는 학생과 멘토들뿐이었다. 악당들은 이제 유명한 영웅들만 집중 공격하고 있었다. 그레텔과 헤스터는 마녀에 맞서 싸웠고, 빨간 망토와 도트는 늑대의 공격을 받았으며, 잭과 아나딜은 거인을 상대했다……. 시간이 갈수록 선인 영웅들은 악당들의 공격을 감당하지 못하고 숲 밖으로 밀려나 보호막에 가까워졌다. 전장은 부러진 스팀프 뼈와 죽은 악당, 상처 입고 팔다리가 부러져 신음하는 학생들로 가득했다.

갑자기 저 멀리에서 애릭이 삐죽삐죽한 칼을 들고 더비 교수를 향해 달려왔다. 늙은 학장이 그에게 주문을 쏘려 했지만, 젊은 학장은 너무 빨랐다. 그는 더비를 바닥에 쓰러뜨려 기절시킨 후, 축 늘어진 그녀 옆에 무릎을 꿇고 앉아 은색 머리채를 움켜잡았다.

아가사는 온몸의 피가 빠져나간 듯이 창백해졌다. 그 자리에서 애릭에게 화살을 쏘려면 매우 정확해야만 했다. 조금만 벗어나도 더비 교수가 다칠 것이기 때문이다. 하지만 그녀는 겨우 6미터 거리에 있는 후크 선장도 제대로 못 맞추지 않았던가! 아가사는 본능적으로 애릭을 향해 달리기 시작했다. 손으로 화살을 더듬거리며, 한 걸음이라도 그에게 가까이 다가가려 했다. 하지만 너무 늦었다. 애릭은 더비 교수의 목을 향해 칼을 들어 올리고 있었다. 그가 교수의 목숨을 끊으려는 순간, 아가사는 비명을 질렀다.

그때 뒤에서 레소 부인이 나타나 애릭을 덮치며 그를 더비 교수에게서 떼어 냈다. 아가사는 잠시 안도감을 느꼈지만 애릭이 곧바로 레소 부인 위에 올라탔고, 두 사람은 바닥에 떨어진 단검을 먼저 잡기 위해 거칠게 뒤엉켰다. 아가사는 활을 쏠 수 있는 거리 안으로 들어가기 위해 더 빨리 달렸다…….

레소 부인이 단검을 손에 쥐자 애릭은 부인의 목 뒷덜미를 때리고 그녀의 몸을 휘감았다. 쓰러진 레소 부인은 가까스로 몸을 돌려 애릭의 귀를 붙잡았다. 얼굴이 붉게 달아오른 어머니와 아들은 단검을 잡기 위해 다시 뒤엉켰고, 그들이 몸을 움직일 때마다 날카로운 금속 날이 이쪽저쪽으로 빛을 발했다. 애릭은 칼을 발로 차 멀리 보내 버렸고, 아가사는 먼 거리에서 애릭의 머리를 향해 활을 겨누어 보았다. 하지만 두 사람은 서로를 팔꿈치로 밀어 가며 미친 듯이 단검을 향해 기어갔다. 레소 부인이 먼저 칼을 손에 쥐었지만, 애릭은 또다시 그녀 위에 올라탔다. 레소 부인이 몸을 홱 뒤집어 아들의 목을 붙잡자 두 사람은 칼을 가운데 두고 바로 코앞에서 서로를 마주 보았다…….

그때 애릭이 두 눈을 커다랗게 뜨더니 괴성을 내질렀다.

더비 교수가 그의 뒤로 다가와 부러진 스팀프 뼈로 등을 찌른 것이다.

탄탄하던 애릭의 몸이 힘없이 축 늘어졌다. 그는 입에서 피를 쏟으며 어머니의 몸 위로 쓰러졌다.

레소 부인은 애릭을 밀쳐 내고 숨을 쌕쌕 몰아쉬었다. 등을 대고 누운 악의 학장은 더비 교수의 손목을 잡고 가장 친한 친구를 향해 희미하게 미소 지어 보였다.

아가사는 활을 내리고 레소 부인과 더비 교수를 향해 달렸다. 두 사람이 무사하다는 사실에 감사할 따름이었다…….

그때 무엇인가가 아가사를 나무 뒤로 홱 잡아당겼다.

"걔 어디 있어?" 헤스터가 큰 소리로 물었다. "소피 어디 있냐고?"

아가사는 고개를 저었다. "나도 몰라!"

헤스터는 아가사의 어깨를 잡았다. "잘 봐."

아가사는 헤스터의 시선을 따라 나무 사이로 눈을 돌렸다. 얼룩덜룩 희미한 해가 이미 지평선에 반쯤 잠겨 있었다.

"10분이야. 이제 10분 남았어. 당장 소피를 찾아야 해……." 헤스터가 명령했다.

"테드로스는 어디 있어?" 아가사가 속삭이듯 물었다.

"마법사님이 아이들을 최대한 살려 내려고 애쓰고 계셔." 헤스터가 마법사를 손가락으로 가리켰다. 그는 학생들 사이를 바쁘게 오가며 모자에서 꺼낸 마법 가루로 부상을 치료하고 있었다.

"테드로스 어디 있냐고?"

아가사가 다급하게 다시 묻는 순간, 날카로운 비명이 울려 퍼졌다. 피노키오가 스무 마리 정도의 오거와 트롤들에게 쫓겨 숲 사이를 달리고 있었다. 악당들이 그를 막 낚아채려는 순간, 동물 무리가 숲에서 뛰어나와 좀비들을 들이받고 피노키오를 그들 손에서 구해 냈다. 동물 군대가 좀비와 싸우는 동안, 나무 위에 있는 우마 공주가 피노키오를 얼른 끌어 올려 유바와 하얀 토끼와 함께 안전한 가지에 머물게 했다.

또 다른 곳에서 비명이 터졌다. 아가사가 고개를 돌려 보니 랜슬롯이 라팔과 숲의 끄트머리에서 결투를 벌이고 있었다. 기사는 어깨가 피로 흠뻑 젖은 채 고통의 괴성을 지르면서도 젊은 마법사의 주문을 교묘하게 쳐 냈다.

아가사의 얼굴이 갑자기 창백해졌다.

테드로스가 기사 곁에 없었다.

"아가사, 내 말 잘 들어." 헤스터가 다시 낮은 목소리로 말했다. "후크 선장은 죽었어. 아나딜이 브라이어 로즈의 사악한 요정을 죽였고 난 내 좀비 엄마를 죽였어. 엄마를 다시 만나 행복한 척 연기하면서 말이야. 이제 남은 건 잭의 거인과 빨간 망토의 늑대, 그리고 신데렐라의 새어머니야. 우리가 어떻게 해서든 저 보호막이 사라지지 않게 지킬 테니까 넌 어서 소피를 찾아서……."

"**테드로스 어디 있냐니까?**" 아가사가 소리쳐 물었다.

"**무사해. 찌질이 왕자는 무사하다고!**" 헤스터가 폭발하듯 대답했다. "기사님이 걔가 교장이랑 붙지 못하게 막고 있어." 헤스터가 손가락으로 가리킨 곳에 과연 테드로스가 있었다. 그는 예전에 황야에서 랜슬롯에게 덤볐던 것처럼 엑스칼리버를 마구 휘두르며 오거를 향해 달려들고 있었다. 반면 채딕은 스팀프에 올라타 낮게 공중을 날며 불화살로 오거를 죽였다. "넌 쟤 도와주거나 걱정할 시간이 없어. 근처에 가서도 안 되고. 그런 생각 하지도 마." 헤스터가 아가사를 꾸짖듯 진지하게 말했다. "넌 소피를 찾아야 해. 10분 남았어, 아가사."

아가사가 마침내 헤스터의 눈을 똑바로 바라보았다. "10분."

"그래. 서둘러." 헤스터는 간청하듯 말하고, 곧장 도트와 빨간 망토를 돕기 위해 자리를 떴다.

아가사는 숨을 한 번 들이마신 뒤 반대 방향으로 달리기 시작했다. 그녀는 쓰러진 학생들과 좀비들을 뛰어넘으며 소피를 찾아 고개를 두리번거렸다. 그때 그녀의 등 뒤에서 쾅 소리가 들려왔다. 잭의 거인이 바닥에 쓰러져 있었다. 아나딜과 잭과 브라이어 로즈가 땅에서 거인의 주의를 흐트러뜨릴 동안 나무 위에서 키코와 베아트릭스와 리나가 화염 폭탄을 던져 그를 쓰러뜨린 것이다. 그 뒤에서는 늑대가 빨간 망토를 향해 달려들고 있었다. 도트는 부상을 입고 쓰러진 듯했다. 하지만 늑대가 빨간 망토의 머리를 날카로운 이로 물어뜯으려는 바로 그 순간, 도트가 반짝이는 손가락을 앞으로 쭉 뻗어 늑대의 턱 전체를 초콜릿으로 바꾸었다. 초콜릿 이는 빨간 망토의 머리에 닿자마자 잇몸까지 모조리 바스러져 내렸고, 늑대가 놀라 움찔하는 사이에 헤스터가 그의 머리를 향해 불꽃 화살을 날렸다.

아가사는 안도의 한숨을 내쉬며 다시 소피를 찾아 주변을 살폈다. 늙은 영웅들은 일단 안전하니 보호막은 무너지지 않을 것이다…….

그때 그녀의 두 눈이 휘둥그레졌다.

보호막 근처에서 신데렐라가 돌처럼 굳어 있었다. 그녀는 되살아난 새언니들을 처음 만나 행복에 빠진 표정을 짓고 있었다. 그들은 신데렐라가 세상 누구보다 사랑한 사람들이었다. 그들이 좀비가 되어 그녀를 향해 창을 휘두르든 악의 편에 서서 그녀를 죽이려 하든, 그녀에게는 아무 상관 없었다. 불에 뛰어드는 나방처럼, 엘라는 아무런 경계 없이 그들을 향해 달려갔다. 그녀가 가까워질수록 으르렁거리던 새언니들의 표정은 조금씩 부드러워졌고, 창을 잡은 그들의 손에서는 힘이 빠졌다. 그들도 사랑하는 동생에 대한 옛 기억이 조금씩 되살아나 그녀를 죽이라는 새 명령을 잊어버린 것 같았다. 신데렐라는 그들을 향해 천천히 팔을 내밀었다. 그녀의 얼굴에 아름다운 광채가 번지고 있었다.

하지만 그녀는 새어머니가 도끼를 들고 뒤에서 다가오는 소리를 듣지 못했다.

"안 돼!" 아가사가 앞으로 뛰어나가며 소리쳤다.

신데렐라도 뒤를 돌아보았지만 때는 이미 늦었다.

도끼가 번뜩이며 아래로 휙 내려갔다.

늙은 공주가 바닥에 쓰러지자 아가사의 눈에는 눈물이 고이고, 그녀의 심장은 멈춰 버렸다.

지옥의 불구덩이 같던 숲에서 일시에 전쟁이 멈췄다.

랜슬롯과 라팔조차도 싸움을 멈추고 가발돈 보호막 1미터 앞 흙바닥에 쓰러진 신데렐라를 바라보았다.

멀린은 라반을 치료하다 말고 고개를 돌려 온몸이 뻣뻣하게 굳은 채 아가사를 바라보았다.

두 사람은 충격에 빠진 얼굴로 다시 보호막 쪽을 보았다.

어린 남자아이가 보호막 안에서 그들을 바라보고 있었다.

일곱 살이나 여덟 살 정도 되어 보이는 그 아이는 손에 동화책을 펴 들고 있었다.

아가사는 아이 얼굴을 금방 알아보았다.

'제이콥.'

오노라의 막내아들이었다.

아이는 얇은 보호막 너머에 쓰러져 있는 신데렐라를 보았다. 그가 들고 있는 동화책의 마지막 페이지 그림이 새로운 결말에 맞게 변하고 있었다.

새로 쓰인 책은 아이의 손에서 미끄러지듯 빠져나와 풀밭에 툭 떨어졌다.

뒤쪽에서는 키가 크고 어깨가 넓은 남자가 이끄는 마을 사람들의 무리가 광장에서 이 남자아이를 향해 다가오고 있었다. 스테판은 제이콥의 이름을 부르며 어서 달아나라고 소리쳤다…….

하지만 이제 소용없었다.

보호막의 구멍들이 점점 커지더니 합쳐져 더 큰 구멍을 만들고, 또다시 커졌다…….

한순간 고막을 찢는 굉음과 함께 보호막이 폭발하여 새하얀 빛을 내뿜으며 숲 전체를 뒤흔들었다. 영웅들은 바닥에 쓰러졌고 스팀프들은 허둥지둥 숲으로 숨어들었다. 아가사는 새하얀 불빛을 피해 몸을 돌리고 두 눈을 가린 채 바닥에 쓰러졌다.

잠시 후 빛이 점점 약해졌다.

아가사는 손가락 사이로 주변을 살폈다. 독자 세계 위로 하얀 반짝이들이 별처럼 쏟아져 내리고 있었다.

숲과 가발돈 사이의 보호막이 사라졌다.

좀처럼 자리에서 일어나지 못하는 영웅들과 달리 좀비들은 재빨리 정신을 차리고 자세를 가다듬었다. 아가사는 이곳저곳을 둘러보았지만 테드로스를 찾을 수 없었다. 멀린과 랜슬롯도 마찬가지였다.

아가사는 다시 보호막이 있던 자리를 바라보았다. 제이콥은 이제 그를 구하러 온 마을 사람들 사이에 섞여 있었다. 오노라는 둘째를 허리춤에 꼭 붙들고 큰 아들 아담을 다른 한 팔로 감싸 안은 채, 좀 더 안전한 군중 속으로 이동하고 있었다.

군중의 제일 앞줄에 서서 화염에 휩싸인 전쟁터를 목격한 원로들은 두려움에 떨었다. 그들은 누가 친구이고 누가 적인지 구분할 수 없어 그저 항복의 표시로 두 손을 들어 올렸다.

"4년마다 아이들을 납치해 우리 마을의 가정을 파괴해 놓고, 그 것으로 부족합니까?" 원로가 간청하듯 입을 열었다. "시키는 대로 할 테니 죽이지만 말아 주십시오……."

"너희를 죽일 생각은 없다." 차가운 목소리가 들려왔다.

아가사는 등골이 오싹해졌다.

그녀는 마을사람들과 함께 천천히 고개를 돌려 이미 독자 세계 안에 들어가 있는 라팔을 바라보았다.

"그런데…… 이자는 안 되겠어." 교장이 싱긋 웃으며 말했다.

젊은 교장이 옆으로 비켜서자 입에 재갈을 물고 풀밭에 무릎을 꿇은 스테판이 나타났다.

소피는 흔들림 없는 차가운 표정으로 아버지 옆에 서서 그를 바라보았다.

"사실 내가 죽이는 것은 아니야. 내 진정한 사랑이 직접 이 이야기의 결말을 맺기로 했다." 라팔이 소피의 손등에 부드럽게 입을 맞추자, 그의 반지가 화답하듯 희미하게 빛을 발했다. "사랑을 위해 아버지의 피를 제물로 바치는 거지."

아가사의 온몸에서 굵은 땀이 솟아나기 시작했다.

"동화에서 가장 위험한 사람은 사랑을 위해 뭐든 할 수 있는 사람이란다."

교장은 그렇게 말했다.

라팔이 가발돈에서 찾으려 한 사람은 독자들이 아니었다. 그가 원한 것은 오직 한 사람이었다. 그를 죽임으로써 형제를 죽인 자신의 잘못을 무효화하려는 것이다.

전쟁 바로 전날 셀레스티움에서 멀린이 했던 말들이 떠올랐다……. 그 당시에는 이해할 수 없던 많은 말들이……

"아가사, 우리가 이야기를 애초에 잘못 이해한 거 아닐까?"

라팔은 자기 형제를 죽임으로써 악이 사랑을 할 수 없다는 것을 증명했고, 그 후 악은 영원히 패배하는 운명에 갇혀 버렸다.

하지만 이제 그는 자신의 아버지를 죽일 왕비를 얻음으로써 악도 사랑할 수 있다는 사실을 증명하려 한다.

원죄가 사라지고, 악에 내린 저주가 걷히는 것이다.

이제 교장을 막을 사람은 아무도 없다. 그는 불멸이 되어 마지막 선인이 사라지는 순간까지 존재할 것이며, 선은 곧 사람들의 기억 속에만 남게 될 것이다.

그가 약속한 것들이 이루어졌다.

아가사는 공포에 휩싸여 소피를 바라보았다. 그녀는 하늘을 찌르는 고드름처럼 새하얀 머리를 뾰족하게 세운 라팔의 곁에 당당하게 서 있었다. 하지만 아름다운 자신의 사랑을 바라보는 그녀의 초록색 두 눈은 텅 비어 있었다.

무릎을 꿇은 스테판은 반항하지 않았다. 그는 자신의 패배를 알고 있었다.

아가사는 손끝이 달아오르는 것을 느꼈다. 테드로스가 근처 어딘가에 있을 것이다. 랜슬롯과 멀린도 어딘가에 숨어 있는 것이 분명하다. 그들이 도와주기만 하면 늦기 전에 스테판에게 갈 수 있을 것이다. 소피도 교장에게서 떼어 낼 수 있을 것이다. 마법사에게는 늘 계획이 있으니…….

하지만 아가사는 곧 자신을 향해 능글맞게 웃고 있는 라팔을 발견했다. 그녀가 이미 수 싸움에서 진 것을 비웃듯, 그는 자신만만한 얼굴로 그녀의 손가락 불빛을 바라보았다.

아가사는 공포에 떠밀려 주변을 둘러보았다. 라팔의 좀비 군대가 멀린의 군대를 제압하고 그들의 목에 무기를 들이대고 있었다. 좀비 트롤과 오거들은 영웅들의 활을 부러뜨리고, 마지막 스팀프 한 마리까지 모두 붙잡아 그 뼈를 분질렀다. 창과 칼이 목에 들어온 젊고 늙은 영웅들은 스테판처럼 무릎을 꿇고 싸움을 포기했다. 먼저 호트와 피터 팬이 항복했고…… 다음은 잭과 브라이어 로즈…… 그리고 우마, 유바, 피노키오…… 마지막으로 헤스터도 자신의 악마는 칼을 휘두르는 좀비의 상대가 되지 않는다는 사실을 인정하고 아나딜과 도트 옆에 풀썩 무릎을 꿇었다.

아가사는 더욱 당황하여 테드로스를 찾았지만 그는 어디에도 보이지 않았다. 그러던 중 저 멀리 수풀에서 트롤들이 죄인 두 명을 나무에 묶는 모습이 보였다.

아가사는 심장이 멎는 것 같았다.

두 죄수는 멀린과 랜슬롯이었다.

랜슬롯은 볼에 깊은 상처가 나고, 허벅지는 불에 타고, 어깨 상태는 더욱 안 좋아진 채로 정신을 잃었다 되찾았다 하면서도 고개를 숙이지 않으려고 애쓰고 있었다. 멀린은 모자와 망토를 빼앗겼고, 오거 하나가 그의 턱수염까지 잘라냈다. 지저분한 속옷 차림으로 흙바닥에 털썩 무릎을 꿇은 마법사는 나무 사이로 몇 분 후면 사라질 태양을 바라보았다. 아가사는 마지막 태양빛을 받아 반짝이는 그의 파란 눈에서 슬픔과 절망을 읽을 수 있었다. 그들은 소피의 반지를 파괴하지 못했다……. 보호막을 지키지 못하고…… 교장이 원하는 결말을 얻는 것을 막지 못했다. 그들은 그저 교장이 선을 완전히 파괴할 시간을 벌어 주고 말았다.

아가사는 멀린이 자신을 바라보기를 기다렸다. 눈으로 그녀에게 말해 주기를…… 이 난관을 돌파할 방법을 알려 주기를…….

하지만 멀린은 고개를 돌리지 않았다.

라팔은 절망에 빠진 마법사와 나머지 인질들을 음흉한 눈으로 바라보았다.

"왜 어떤 이들은 사랑을 할 수 없을까?" 젊고 관능적인 그의 목소리가 밤공기 속으로 퍼져 나갔다. "난 오랫동안 이게 궁금했다. 선은 모든 이야기에서 이기고 있는데 나 같은 영혼은 거기에 맞설 무기 하나 없이 계속해서 패배했으니까. 수많은 악인이 선처럼 사랑하려 했다. 우리 역시 해피엔딩을 찾을 수 있지 않을까 기대했지. 나 역시 그랬다. 악의 왕비가 선인 왕자를 사랑했듯 나 또한 내 선인 형제를 열렬히 사랑했지. 하지만 악은 아무리 노력해도 선처럼 사랑할 수 없어. 우리 영혼은 사랑으로 태어나지 않았기 때문이다. 우리는 버림받고 소외된 존재들이야. 우린 미움받고 따돌림 당하는 괴물들이지. 절망이 우리의 동력이고 고통이 우리의 힘이다. 영원한 행복을 이루어 내는 사랑은 우리에게는 충분하지 않아. 우리 가슴의 검은 구멍을 만족시킬 수 있는 것은 아무것도 없다. 그래서 우린 사랑의 의미 자체를 바꿔야 한다……."

교장은 매서운 미소를 지으며 아가사에게 시선을 돌렸다. "그래야 우리만의 해피엔딩을 찾을 수 있지."

교장의 말이 끝나는 순간, 뒤에서 갑자기 나타난 오거가 아가사를 붙잡고 허리를 묶었다.

동시에 둥글게 만 셔츠로 입에 재갈을 물린 테드로스가 손이 묶인 채 두 트롤에게 끌려와서 아가사 옆에 섰다. 그에게는 엑스칼리버가 없었다.

두 사람 가운데에 선 라팔이 허리를 숙여 그들의 귓가에 입술을 가져다 댔다.

"절대 잊지 못할 결말을 만들어 주겠다고 내가 약속했지?" 그가 속삭이자 차가운 입김이 아가사의 얼굴에 와 닿았다. "너희 동화의 마지막 결말이다."

트롤 하나가 소피에게 엑스칼리버를 건네자, 그녀는 즉시 그것을 스테판의 목에 가져다 댔다.

또 다른 트롤은 신데렐라의 시신에서 도끼를 뽑아 라팔에게 전달했다.

라팔은 아가사와 테드로스를 밀쳐 나란히 무릎 꿇린 뒤, 검은 부츠로 어깨 사이를 차서 두 사람을 쓰러뜨렸다. 둘은 부러진 나무 위로 얼굴을 박고 쓰러졌다. 두 오거가 꿈틀대지 못하게 그들을 붙잡았다.

젊은 교장은 아가사와 테드로스의 목 위로 조심스럽게 도끼날을 가져다 댔다. 도끼는 두 사람을 한 번에 처리할 수 있을 정도로 길었다. 아가사는 점점이 녹슨 날에서 피가 뚝뚝 떨어지는 것을 느낄 수 있었다.

"선은 키스로 영원한 행복에 이르고, 악은 살인으로 행복한 결말에 이른다." 라팔이 고개를 들어 소피를 바라보았다. 새하얀 그의 얼굴이 붉게 달아올라 있었다. "나의 왕비여, 넌 믿었던 모든 사람에게 상처 받았지. 이제 칼을 한 번 휘두르면 그들은 모두 사라질 것이다. 그리고 우리 사랑은 영원해질 거야."

그는 욕망과 격정으로 가득 찬 미치광이 같은 얼굴로 소피를 바라보았다. "왜냐하면 난 오늘 밤 소피 너를 나의 해피엔딩으로 맞을 것이기 때문이다. 오늘부터 어둠에서나 절망에서나, 악할 때나 더 악할 때나, 사랑할 때나 미워할 때나 넌 나의 해피엔딩이며, 죽음도 우리를 갈라놓을 수 없다. 이 죽음을 너에게 바치마. 단 하나뿐인 나의 진정한 사랑!"

교장이 아가사와 테드로스의 목에 도끼 날을 누르며 자리를 잡았다.

소피는 여전히 귀신 가면을 쓴 것처럼 딱딱하게 굳은 얼굴로 스테판의 목에 더욱 힘껏 엑스칼리버를 밀어 넣었다.

"나 역시 이 죽음을 당신에게 바쳐요. 단 하나뿐인 나의 진정한 사랑!"

"소피, 안 돼!" 아가사가 그녀를 바라보려 몸을 뒤틀며 소리쳤다. "그분은 네 아버지……."

라팔이 부츠 발로 그녀를 밟아 조용히 시켰다.

"잠깐만요." 소피가 채찍처럼 날카로운 말투로 젊은 교장을 막아섰다. "나 쟤랑 아직 할 말이 남았어요."

라팔은 다리에 힘을 빼고는 놀란 기색을 드러내며 왕비를 향해 능글맞게 웃었다. "사랑하는 나의 왕비…… 뜻대로 하여라."

소피가 아가사를 향해 고개를 돌렸다. 그녀의 얼굴은 더욱 차갑고 무섭게 변해 가고 있었다. "이 사람이 '아버지'란 말을 들을 자격이 있다고 생각하니? 날 그렇게 경멸했는데?"

스테판이 입을 열려 하자 소피는 칼을 쥔 손에 더욱 힘을 주었다.

"난 이 사람한테 사랑받기 위해 최선을 다했어. 진짜 내 모습을 보여 주려고 노력했지. 하지만 이 사람은 점점 더 날 미워했어. 테드로스랑 똑같아. 다른 선인들도 다 마찬가지야!" 소피가 아가사를 향해 소리쳤다. "난 엄마랑 같은 부류야. 뼛속까지 악하지. 이제부턴 그런 모습만 보여 주겠어."

아가사가 쓰러진 나무에서 머리를 들어 올렸다. "나한테는 그런 말 안 통해."

아가사의 목소리는 놀랄 정도로 차분했다. 그녀의 의지가 닿지 않는 깊은 내면에서 흘러나온 목소리 같았다.

아가사는 엑스칼리버의 칼날에 비쳐 반짝이는 마지막 햇살을 바라보았다.

멀린은 그녀에게 소피와의 기회가 단 한 번뿐이라고 경고했다.

"현명하게 활용하렴."

그녀는 늘 마법사의 말에 귀를 기울였고, 그에 따라 계획을 세우려고 노력했다…….

하지만 계획은 없었다.

그녀와 소피에 대해서는 계획이란 있을 수 없었다.

오직 진실이 있을 뿐이다.

아가사는 테드로스가 묶인 줄을 풀기 위해 몸부림치는 것을 느꼈다. 옛날 옛적 가발돈에서 장작더미 위에 묶여 있을 때에도 테드로스는 아가사를 돕기 위해 이렇게 몸부림을 쳤다. 하지만 이번에는 그녀가 발로 그의 다리를 부드럽게 누르며 진정시켰다.

지금 그녀를 도울 수 있는 사람은 없었다.

이것은 그녀와 소피의 동화였다.

그리고 그 동화는 이제 결말에 이르렀다.

아가사는 고개를 들어 친구를 바라보았다.

"난 진짜 네 모습이 어떤지 알고 있으니까. 넌 너희 엄마도 아니고 악도 아니야. 그것들을 넘어서는 진짜 네가 그 안에 있어."

"이게 진짜 나야. 진짜 내 모습은 언제나 이랬어." 소피는 칼을 더욱 힘껏 쥐며 아가사의 말을 반박했다. "이제 더 이상 선한 척할 필요가 없어졌어. 내가 부족하다고 생각할 필요도 없고. 이제 그런 고민은 하지 않아도 돼. 아가사, 난 이제야 비로소 행복해졌어."

"아니야. 넌 행복한 게 아니야." 아가사가 차분한 목소리로 반박했다.

소피는 발끈하며 다시 입을 열었다. "사랑하는 왕자가 곧 죽게된 마당에 아직도 내 생각을 하고 있니? 내 이야기는 너 없이도 계속될 거야. 너나 네 동정 따위 필요 없어. 난 쭈글쭈글한 네 고양이가 아니거든. 난 네 선행의 대상이 아니야!"

"하지만 난 너의 선행이잖아. 네 사랑이 없었다면 난 이런 사람이 되지 못했을 거야. 내가 죽는다 해도 네가 내게 베푼 선행이 없어지지는 않아, 소피. 세상 어떤 악도 그 사실을 지울 수는 없어."

소피의 볼이 핑크색으로 불타오르고, 그녀의 목은 침을 삼키는 듯 깐닥거렸다. "날 찾으러 오지 말았어야지. 그냥 넌 여기서 너대로 살고, 난 내 삶을 살게 놔뒀어야 했어. 그럼 이런 일은 일어나지 않았을 거야."

"과거로 돌아간다 해도 난 똑같이 할 거야."

"우리가 자매라서?" 소피가 감정을 억누르며 그녀를 조롱하듯 물었다.

혼란에 빠진 스테판이 재갈을 문 채 소리치자, 소피는 칼을 그의 목에 더 바짝 붙였다.

"우리는 자매 이상이니까." 아가사가 소피를 똑바로 바라보며 대답했다. "우리는 서로를 선택했잖아, 소피. 우린 가장 친한 친구야."

소피는 아가사의 시선을 피해 고개를 돌렸다. "공주와 마녀는 친구가 될 수 없어. 우리 이야기가 영원히 그 증거가 될 거야."

"아니, 우리 이야기는 공주와 마녀가 친구가 되어야 한다는 걸 증명할 거야. 우리 두 사람은 양쪽 모두가 되어 봤잖아." 아가사가 말했다. "우린 앞으로도 그럴 거야. 공주이기도 하고 마녀이기도 하고. 그게 바로 우리 모습이야. 그게 바로 우리가 우리 자신인 이유야, 소피."

소피는 여전히 그녀의 시선을 외면했다. "내가 원한 건 사랑받는 것뿐이었어." 그녀가 나직이 속삭이듯 갈라지는 목소리로 말했다. "나도 너처럼 해피엔딩을 맞고 싶었을 뿐이야."

"넌 이미 해피엔딩에 이르렀어, 소피. 늘 그랬다고." 아가사가 눈물을 흘리며 미소 지었다. "내가 네 해피엔딩이잖아."

소피가 마침내 아가사를 바라보았다.

순간 모든 소리와 공간이 사라지고 두 사람만 남았다. 서로를 바라보는 두 사람은 마치 상대의 거울 속 모습이 된 것만 같았다. 빛과 어둠. 선과 악. 영웅과 악당. 서로를 깊이 바라볼수록 그들은 누가 누구인지 점점 구분할 수 없었다. 상대의 눈 속에서 자신의 영혼이 던진 질문의 답을 보았기 때문이다. 그들은 거울에 비친 상이 아니라, 서로의 반쪽이었다.

소피의 볼 위로 눈물이 흐르고, 그녀의 입은 연약한 탄식을 토해냈다. 그녀 안에서 타오르던 불꽃이 꺼져 버렸다.

교장은 불안한 표정으로 도끼를 힘껏 움켜쥐었다. 그리고 발아래 죄수들과 자신의 왕비를 번갈아 바라보았다…….

소피가 눈을 깜빡이는 순간, 모든 것이 제자리로 돌아왔다. 소피는 다시 차갑고 멍한 얼굴로, 난생처음 보는 사람을 대하듯 아가사를 바라보았다. 그리고 천천히 고개를 돌려 라팔을 보았다.

"셋 세고 하기로 해요."

그녀의 말에 라팔은 잔인한 미소를 짓고 아가사의 머리를 나무에 처박듯 거칠게 밀었다.

"셋에 한다." 라팔이 아가사와 테드로스의 목 위에 도끼날을 올려놓으며 대답했다.

아가사는 이미 죽은 사람처럼 축 늘어졌다. 가슴이 찢어지는 것 같았다.

"하나." 소피가 말했다.

테드로스는 끝이 다가왔음을 받아들인 듯이 더 이상 몸부림을 치지 않았다. 그가 맨 어깨를 아가사의 몸에 대자 아가사도 그에게 바짝 몸을 붙였다. 죽는 순간 최대한 그를 가까이 느끼고 싶었다.

"둘." 라팔이 두 손으로 도끼를 잡았다.

아가사는 테드로스의 따스한 숨결을 맛보았다.

"영원히 함께." 왕자가 속삭였다.

"영원히 함께." 아가사가 대답했다.

라팔은 도끼를 높이 치켜들었고, 소피는 칼끝으로 스테판의 목을 겨눴다.

"셋."

소피의 말이 떨어지는 순간, 아가사는 도끼가 떨어지며 일으키는 바람을 목덜미에 느끼며 소피가 테드로스의 칼을 휘두르는 모습을 지켜보았다. 칼날에 비치던 태양빛은 어둠에 잠겨 버렸다. 하지만 엑스칼리버가 스테판의 피부에 닿아 그의 목을 찢으려는 순간, 소피는 갑자기 방향을 바꾸어 칼을 위로 들어 올렸다. 그녀의 오른손이 칼자루에서 떨어져 왼손을 훑듯이 쓸자, 교장의 반지가 그녀의 손가락에서 빠져나왔다. 공중에 붕 뜬 금반지는 하늘에 남아 있는 마지막 빛을 받아 새로운 태양이 된 듯 번쩍거렸다.

갑자기 쏟아진 빛에 잠시 눈이 먼 라팔은 깜짝 놀라 도끼를 내리찍지 못하고 몸을 돌려 왕비를 바라보았다. 반지가 소피를 향해 떨어지고 있었다. 그는 공포에 휩싸여 손바닥을 쭉 내밀고 그녀를 향해 번쩍이는 검은 빛을 쐈다.

소피는 다시 두 손으로 칼을 움켜잡고 교장을 똑바로 바라본 뒤, 온 힘을 다해 엑스칼리버를 휘둘렀다. 반지는 공중에서 수백만 조각으로 부서져 떨어졌다.

교장의 죽음 주문이 소피의 몸을 뚫으려는 순간, 금빛 가루들이 방패처럼 그녀를 감쌌다. 주문이 금빛 표면에 부딪치자 검은 구름이 폭발하듯 피어오르더니, 폭풍이 끝난 후 마지막 남은 안개처럼 저절로 사라져 버렸다.

라팔은 큰 충격에 빠진 표정으로 차갑게 식어 가는 반지의 마지막 모습을 지켜보았다. 젊고 아름다운 그의 얼굴이 배신감으로 붉게 달아올랐다…….

순간 그의 모습이 변하기 시작했다. 얼굴은 썩은 과일처럼 쪼글쪼글해지고, 숱 많은 하얀 머리카락이 우수수 떨어진 자리에는 얼룩덜룩한 피부가 드러나고, 등은 소름 끼치는 소리와 함께 둥글게 굽고, 몸은 괴상하게 일그러졌다. 피부에는 검버섯이 돋아나고, 파란 두 눈은 뿌연 회색으로 바뀌고, 근육이 탄탄하던 팔다리에는 앙상한 뼈만 남았다. 매 순간 그는 늙어 갔고, 수천 살은 되어 보였다. 그의 안에서는 분노의 비명이 터져 나왔고, 그의 살은 열이 올라 끓기 시작했다. 그가 입고 있던 옷이 타 없어지자 미라처럼 말라비틀어진 그의 피부 사이사이에서 연기가 새어 나왔다. 교장이 마침내 자신을 숨기던 마스크를 완전히 벗고 새까맣게 탄 혐오스러운 모습을 드러냈다.

라팔이 벌건 두 눈으로 소피를 바라보았다. 그는 복수심에 울부짖으며 휘청휘청 다가가 그녀의 얼굴을 향해 썩어 가는 손을 뻗었지만…….

라팔의 손은 소피의 얼굴에 닿자마자 바스러져 먼지가 되었다.

라팔은 소름 끼치는 괴성과 함께 폭발해 재가 되었다. 그리고 모래시계의 모래처럼 바닥으로 풀썩 쏟아져 내렸다.

나무 사이사이로 보이는 어둠의 군대 좀비 악당들 역시 부서져 내리고 있었다. 그들이 들고 있던 무기들이 뿌연 흙먼지 속에서 쨍그랑 소리를 내며 바닥에 떨어졌다.

바람이 한 번 불자, 숲을 채우고 있던 뿌연 연기가 싹 날아갔다.

밤은 무덤 속보다 조용했다.

넋이 나간 테드로스가 재갈을 뱉어 내고 까만 하늘을 바라보며 무릎을 긁었다.

"우리 살아 있네." 그가 주변을 둘러보며 말했다. "우리 아직 살아 있어, 아가사……. 동화가 끝난 거야……."

그의 공주는 나무에 머리를 기댄 채 꼼짝도 하지 않았다.

"아가사?"

아가사가 천천히 고개를 들어 그를 올려다보았다. "테드로스, 나 기절할 것 같아."

왕자는 미소 지었다. "넌 날 붙잡아. 난 널 잡을게."

아가사는 백짓장처럼 창백한 얼굴로 왕자의 두 팔에 쓰러지듯 안겼다.

겁에 질린 마을 사람들은 스테판을 풀어 주었다. 그는 눈물을 흘리며 오노라와 어린 두 아들을 끌어안았다. 젊고 늙은 영웅들도 숲 곳곳 뿌리 덮개에서 몸을 일으켜 주변을 두리번거렸다. 헤스터는 랜슬롯과 멀린을 풀어 주고, 호트는 마법사에게 모자와 별무늬 망토를 돌려주었다. 아나딜과 도트는 늙은 멘토들에게 다가가 그들을 일으켜 세웠다.

"우리가 새 날개 만들어 줄게, 팅커벨." 피터 팬이 우는 요정을 위로했다.

"새 휠체어도 만들어 줘." 헨젤이 부서진 휠체어 바퀴를 바라보며 인상을 찌푸렸다.

안경이 깨진 하얀 토끼는 유바의 안내를 받아 움직였고, 우마 공주는 전쟁 중 목숨을 잃은 동물들을 위해 조용히 기도했다.

"잭 본 사람 있나?" 피노키오가 물었다.

빨간 망토는 대답 대신 조용히 나무 뒤에서 키스하고 있는 잭과 브라이어 로즈를 손가락으로 가리켰다.

멀린은 부상당한 학생들을 돌보았고, 베아트릭스는 악의 학교 의무실에서 일하며 배운 기술을 활용해 랜슬롯의 어깨 상처를 붕대로 감싸 주었다.

"귀네비어가 다시는 집 밖에 못 나가게 하겠구나." 기사가 투덜거렸다.

정신이 돌아온 아가사는 자신의 머리를 부드럽게 쓰다듬는 테드로스의 손길을 느꼈다.

눈을 뜬 그녀가 제일 먼저 본 것은 신데렐라 옆에 쭈그려 앉아 망토로 그녀를 감싸는 멀린이었다. 늙은 공주는 너무나 밝고 평화로워 보였다. 마지막으로 새언니들을 보았을 때 표정 그대로였다.

마법사는 아가사와 눈이 마주치자 그녀에게 따뜻한 미소를 지어 보였다. 신데렐라는 비록 죽었지만 진정한 해피엔딩을 찾았다는 사실을 그녀에게 말해 주려는 것 같았다.

아가사는 호트와 채덕이 마법사를 도와 신데렐라를 옮기는 모습을 지켜보았다. 내일 장례식이 열리면 그 자리에서 작별 인사를 하리라……

'내일!'

"태양은?" 아가사가 어두운 하늘을 바라보며 물었다. "해 어디 있어?"

"아침에 다시 떠오를 준비를 하고 있겠지." 맨가슴을 드러낸 그녀의 왕자가 아가사를 일으키며 대답했다. "다 네 덕분이야."

아가사는 안도의 한숨을 내쉬었다. "해피엔딩은 혼자가 아니라 두 사람이 만드는 거지." 그녀는 친구를 찾아 주변을 두리번거렸지만 소피의 모습이 어디에도 보이지 않았다.

"도끼가 내려올 때 내 머릿속에 무슨 생각이 스쳤는지 알아? 우린 왜 다른 커플들처럼 애칭을 쓰지 않을까?"

"우린 다른 커플들이랑 다르니까." 아가사가 그를 바라보며 대답했다.

"그건 그렇지. 모든 왕이 자신보다 똑똑하고 강하고 모든 면에서 더 나은 왕비를 만나지는 않으니까." 그가 인정했다.

아가사는 금빛으로 물든 그의 뺨을 어루만졌다. "얼굴은 네가 더 예쁘잖아."

테드로스가 아가사를 향해 몸을 기울이며 미소 지었다. "그거 하나는 져 주겠단 말이지?"

그는 아가사의 입술에 부드럽고 길게 키스했다. 아직 기운을 다 차리지 못한 아가사의 다리가 다시 후들거리자 테드로스는 강한 두 팔로 그녀를 잡고 가슴에 꼭 끌어안았다. 왕자는 이 난리를 치른 후에도 그 어느 때보다 달콤한 향을 풍겼다. 아가사는 다시 그에게 키스했다. 두 뺨이 순식간에 붉게 달아올랐다…….

하지만 어느 순간 그녀의 얼굴에서 미소가 사라졌다.

테드로스는 그녀의 표정 변화를 눈치채고 고개를 돌렸다.

나무 사이로 소피의 모습이 보였다. 그녀는 등을 대고 누운 채 몸을 파르르 떨고 있는 레소 부인 곁에 무릎을 꿇었고, 더비 교수는 친구의 손을 꼭 잡았다.

악의 학장의 드레스는 피에 흠뻑 젖어 있었다.

"안 돼." 아가사가 낮게 신음했다.

소피는 레소 부인의 뺨을 부드럽게 쓰다듬으며 그녀의 보라색 눈동자를 바라보았다. 학장은 얕고 빠르게 숨을 쉬며 입술을 달싹였지만 아무 말도 하지 못했다.

"쉬. 아무 말 하지 말아요." 더비 교수가 침착하면서도 단호하게 말했다.

선의 학장은 애릭의 칼에 찔린 자국을 보는 순간 마법도 소용이 없다는 사실을 이미 알아챘다.

소피는 고개를 들어 아가사와 테드로스, 그리고 한데 모여 있는 다른 영웅들을 바라보았다. 모두가 진지한 표정으로 레소 부인의 마지막 순간을 함께하고 있었다.

"왜…… 그랬니?"

소피가 천천히 고개를 숙였다.

"말해 다오." 레소 부인이 힘겹게 말을 이었다.

소피는 미소 지었다. "교수님이 악에 등을 돌리게 된 것과 같은 이유였어요. 친구 때문이죠."

레소 부인은 소피의 손을 잡았다. 다른 한 손으로는 여전히 더비 교수의 손을 잡고 있었다. "옛 친구와 새 친구가 다 같이 있네." 그녀가 속삭이듯 말했다. "이제 둘 다 안전해."

소피의 뺨 위로 눈물이 흘렀다. "다 제 잘못이에요……."

"아니다." 레소 부인이 마지막 힘을 끌어모아 단호하게 말했다. "절대 그런 거 아니야. 넌 내 자식이나 다름없어. 넌 사랑받았다, 소피." 그녀의 목소리가 흔들렸다. "늘 기억해라. 넌 사랑받고 있다……."

더비가 그녀를 쓰다듬었다. "레소 부인, 제발……."

"레오노라예요."

레소 부인이 친구를 올려다보았다. "내 이름…… 레오노라예요."

천천히 학장의 두 눈이 감기고, 숨이 멈췄다.

더비 교수가 마침내 친구 위에 쓰러져 울음을 터뜨렸다.

소피는 조용히 자리를 피했다.

아가사가 가발돈 입구에서 소피를 기다리고 있었다.

두 소녀는 아무 말 없이 두 교수를 바라보았다. 더비 교수는 예전에 아가사가 죽은 소피를 끌어안았던 것처럼 레소 부인을 꼭 끌어안고 있었다.

소피의 손가락이 아가사의 손을 움켜쥐었다.

아가사도 부드럽게 그녀의 손을 맞잡았다.

"테드로스는 어디 있지?" 소피가 마침내 입을 열었다.

"학교로 가려고 사람들 모으고 있어." 아가사가 대답했다. 테드로스와 랜슬롯은 우마 공주의 동물 군대 중 살아남은 동물들의 등 위에 라반과 아네모네 교수 등 부상당한 사람들을 태우고 있었다. "다친 사람이 많아서 다른 교수님들 도움이 필요할 것 같아."

"그래. 우리 기운 내서 가 보자." 소피가 걸음을 떼며 말했다.

"아직…… 가기 전에 네가 만나야 할 사람이 있어."

소피는 친구의 어깨 너머로, 다른 마을 사람들로부터 멀리 떨어져 혼자 풀밭 위에 서 있는 스테판을 바라보았다.

소피의 마음은 그 순간 무너지고 말았다.

스테판은 아무 말 없이 딸을 꼭 끌어안았고, 두 사람은 하염없이 눈물을 흘렸다.

"죄송해요. 제가 잘못했어요, 아빠." 소피가 나직이 속삭였다.

"널 미워한 적 없다, 맹세코. 좋은 아빠가 되고 싶었는데…… 정말 열심히 노력했는데……." 스테판이 힘겹게 말을 이었다.

"좋은 아빠 맞아요. 좋은 아빠였어요." 소피가 훌쩍거리며 대답했다.

"널 세상 누구보다 사랑한다. 내 딸, 소피." 스테판이 속삭였다.

그는 자신과 소피를 바라보며 울고 있는 아가사에게 시선을 돌렸다.

"너를 볼 때면 늘 아가사도 내 딸인 것 같다는 생각이 들었지." 스테판이 부드러운 미소를 지었다.

"자, 아가사." 소피가 뺨 위의 눈물을 닦으며 스테판의 품에서 벗어났다.

아가사는 스테판에게 안겨 그의 가슴에 얼굴을 파묻었다. 그녀의 눈물이 스테판의 셔츠를 흠뻑 적셨다. 아가사는 모두 말하고 싶었다. 그에게 모든 진실을 말하고 싶었다. 하지만 소피의 표정을 보는 순간, 친구 또한 그녀와 같은 결정을 내렸음을 직감했다. 두 사람은 아무 말도 하지 않았다. 짧은 순간이었지만 그들은 그동안 원하던 모든 것을 얻었다. 더 이상 필요한 것은 없었다. 두 세계가 만나는 그 자리에서, 두 소녀는 아버지와 포옹을 했다. 그들은 떨어졌던 세 조각이 마침내 다시 하나가 된 것처럼 고요하고 평화로웠다.

아가사는 미소를 지으며 스테판을 바라보았다. 순간 그녀가 깜짝 놀라 그를 밀쳐 냈다.

스테판과 그의 뒤에 서 있던 다른 마을 사람들이 희미하게 일렁이고 있었다. 그들의 몸은 순식간에 투명해졌고, 가발돈은 새하얀 빛 속으로 사라지기 시작했다.

스테판도 깜짝 놀라 주변을 두리번거렸다. 하늘에서 두 세계를 가르는 보호막이 내려오고 있었다.

아가사는 소피가 자신의 손을 잡아당기는 것을 느꼈다.

"가지 마라, 소피. 우리와 함께 있어……." 점점 희미해져 가는 스테판이 애원했다. "가족과 함께 살자!"

"아빠, 난 아빠를 사랑하지만, 이제 아빠한테는 새 가족이 있잖아요." 소피의 두 눈이 눈물로 반짝거렸다. "아빠에게는 그런 가족이 있어야 했어요. 아빠도 이제 정말로 행복해질 거예요." 소피가 아가사를 더욱 바짝 끌어당겼다. "저한테도 새 가족이 생겼어요. 저도 이 가족 안에서 행복해질 거예요. 그러니 걱정하지 마세요, 아빠. 뒤돌아보지도 말고요. 절대 돌아보지 마세요."

"안 돼……. 소피, 가지 마라……." 스테판이 그녀를 향해 손을 뻗는 순간 보호막이 그들 사이를 날카로운 칼처럼 갈랐다.

"기다려!"

그의 손가락 사이로 하얀 빛이 새어 나갔다.

스테판은 사라졌다.

35
이야기는 계속된다

소피는 해를 보기 위해 아침 일찍 일어났다.

울 담요로 몸을 감싼 그녀는 멀린의 정원이 있는 옥상 발코니에 몸을 기댔다. 주변에는 그녀의 가장 친한 친구의 사랑 이야기를 표현한 산울타리 조각들이 가득했다. 그녀는 자주색 하늘 한가운데서 솟아오르는 강렬한 불덩이를 가만히 바라보았다. 그녀는 꽤 오랫동안 해가 어떻게 생겼는지 잊고 있었다. 너무나 강하고 꽉 찬 태양은 따스한 황금빛 키스처럼 그녀를 어루만졌다.

아래를 내려다보니 파란색 유리 탑들이 새벽빛을 받아 반짝이고 있었다. 명예와 용맹의 탑이었다. 핑크색 순수와 관용의 탑은 브리즈웨이로 연결되어 있었고, 하프웨이 베이 너머에는 들쭉날쭉 새까만 악의, 악행, 타락의 탑이 보였다. 교장의 죽음으로 선과 악의 학교는 균형을 되찾았다. 하지만 하프웨이 베이는 선의 학교 쪽 호수와 악의 학교 쪽 도랑못 모두 여전히 초록색의 유독성 안개를 뿜어냈다. 멀린은 선과 악의 학교가 수업을 재개하고 학생을 구분해 내는 마법의 힘이 작동하기 시작하면 이런 문제들도 저절로 해결될 것이라고 주장했다.

교장의 탑을 파란 숲에서 원래 있던 자리인 하프웨이 베이 한가운데로 옮기는 일은 쉽지 않았다. 마법사와 팅커벨이 하룻밤을 꼬박 새워 일해야 했던 것이다. 팅커벨의 요정 가루가 워낙 오래돼서 건물 움직이는 속도가 달팽이만 못한 데다, 팅커벨이 새 날개에 아직 적응하지 못한 탓에 일은 오래 걸릴 수밖에 없었다. 그녀의 새 날개는 멀린이 학장실에서 찾은 파란 나비로 만든 것이었다.

마법사는 악인들이 악의 성에 돌아가는 날을 하루 미루었다. 그 날 밤은 다 같이 안락한 선의 학교 기숙사에 머물자는 것이었다. 교수들은 감옥에서 풀려나자 저녁 내내 부상당한 학생들과 영웅들을 치료했고, 몸이 멀쩡한 선인들과 악인들은 멀린의 모자가 제공한 칠면조 미트볼, 당근 생강 수프, 허브 샐러드, 라즈베리 파이 등으로 넉넉한 만찬을 즐겼다. 악인 교수들은 교장이 사라진 것과 전쟁 내내 자기 방에 갇혀 있던 것을 못마땅해했지만 불만을 표하지는 않았다. 전쟁의 상처가 너무 컸던 탓도 있지만, 더 큰 이유는 레소 부인의 죽음이었다. 학장이 사라졌으니 그들 중 한 명이 새로운 학장이 되어야 했던 것이다. 교장도 없고 레소 부인이 후계자를 지목할 수도 없는 상황에서, 대부분 사람들은 맨리 교수가 다음 학장이 될 것으로 생각했다. (그는 이미 지난밤 레소 부인의 사무실을 새로 장식했다.)

태양이 구름 뒤로 숨자 다시 겨울의 냉기가 느껴졌다. 소피는 텔런트 서커스에서 테드로스가 아가사에게 청혼하는 순간을 묘사한 산울타리 조각 작품에 찰싹 몸을 붙이고 앉았다. 그녀는 두 사람 사이에 머리를 기대고 두 눈을 감았다. 더 이상 가야 할 곳도 찾아야 할 것도 없고, 바라는 것도 없다는 사실이 그저 감사했다.

그녀는 진정으로 라팔을 사랑한 적이 없었다. 자기 영혼의 빈 구명을 채우려 한 것일 뿐……. 그도 그녀를 이용하기는 마찬가지였다. 하지만 이제 교장은 사라졌고, 그의 반지가 있던 손가락에는 아무것도 없었다.

어느새 꿈이 밀려왔다. 소피는 하늘을 찌를 듯이 높이 솟은 흰색과 파란색의 아름다운 첨탑 앞에 서 있었고, 탑 꼭대기에서는 주홍색 깃발이 펄럭였다.

'카멜롯이야.'

소피는 왕국으로 이어지는 하얀색 대리석 길을 발견했다……. 높은 은색 정문이 활짝 열리고…… 손을 마주 잡은 아가사와 테드로스가 밝은 미소로 그녀를 반겼다…….

"소피?"

소피가 눈꺼풀을 파르르 떨며 눈을 떴다. 어느새 아침이 밝아 있었다.

"곧 시작할 거야." 호트가 말했다.

우윳빛 옥상 문에 선 그는 예전 악의 학교 교복인 땅딸막한 검정색 튜닉으로 멋진 근육질 몸을 다 가리고 있었다.

그의 한 손에는 또 다른 튜닉 한 벌이 들려 있었다.

"싫은데. 정말 이래야 해?"

소피가 질색하며 묻자 호트는 싱긋 웃음을 지었다. "응. 그래야 해."

신데렐라와 레소 부인의 장례식은 파란 숲에서 치러졌다. 숲은 님프들이 튤립 정원에 의자를 놓기 시작할 즈음 이미 되살아나고 있었다.

악인들은 모두 축 늘어진 검정색 교복을 입고 풀밭 왼쪽에 앉았고, 선인들은 오른편에 자리를 잡았다. 선인 여학생들은 늘 입던 핑크색 피나포어 드레스를 입었고, 남학생들은 하늘색 셔츠에 감청색 재킷을 입고 폭이 좁은 타이를 맸다. 많은 학생들이 붕대를 감거나 깁스를 한 상태였고, 시퍼렇게 멍이 든 이들도 있었다. 그들은 주변 친구들에게 부상 부위를 내보이며 전장에서의 활약상을 은근하게 펼쳐 놓았다. 모두가 자랑스러운 표정이었다. 과연 선과 악의 학교 사이에 늘 존재했던, 서로를 업신여기거나 증오하는 표정은 어디에도 보이지 않았다. 그들은 오히려 상대가 존재하는 것에 대해 감사하고 있었다.

늙은 영웅들도 교수들에게 빌린 정장과 드레스를 갖춰 입고 장례식에 참석했다. 빠진 사람은 랜슬롯뿐이었는데, 그는 귀네비어와 단 하루도 더 떨어져 있을 수 없어 학생들이 무사히 잠드는 것을 확인한 후 아무도 모르게 성을 떠났다.

멀린이 나란히 누운 두 개의 관 앞 연단에 올라서자 사람들은 모두 그가 장례식을 주재할 것이라고 생각했지만, 그는 더비 교수에게 그 자리를 넘겼다.

젖은 눈에 코끝이 빨개진 더비 교수가 연초록 드레스를 입고 연단에 올랐다.

"신데렐라에 대한 이야기는 끝이 없습니다. 그녀는 동화를 통해 영원히 살 거예요." 더비 교수의 이야기가 시작되었다. "하지만 레소 부인에게는 이야기가 없습니다. 독자들에게 그녀의 이름을 전할 수 없죠. 그녀는 아마 이런 점을 감사하게 여길 겁니다. 왜냐하면 레오노라 레소가 원한 것은 단 하나뿐이었기 때문이죠. 바로 진정한 악의 의미를 찾는 것이었습니다. 그녀는 이 목표를 추구함으로써 이 학교가 존재해야 하는 이유를 우리에게 알려 주었죠. 악의 학장은 악의 가장 큰 적이 언제나 선은 아니라는 사실을 증명했습니다. 때로 선은 뜻밖의 친구가 되기도 하죠."

더비 교수의 추도사가 좀 더 이어졌지만, 학장의 말이 끝나고 모두가 차례로 관을 쓰다듬으며 작별 인사를 할 때 참석자들의 마음에 남은 말은 바로 이것이었다.

장례식이 끝난 후 님프들이 파란 숲 밖으로 관을 옮겼다. 관은 영원의 숲으로 들어가 새로운 묘지기의 손에 맡겨질 예정이었다. 다른 사람들은 파란 호박 구역으로 자리를 옮겨 차를 마셨다. 리나와 밀리센트는 플루트를 연주하고 베아트릭스는 한 번도 들어 보지 못한 아리아를 불렀다. 멀린의 모자는 색색의 잼을 바른 쿠키와 코코넛 케이크, 캐러멜 마카롱과 슈거민트 스콘을 만들어 대접했고, 학생들은 쏟아지는 햇볕 속에서 모처럼 여유를 즐겼다. 긴장됐던 얼굴에 조금씩 미소가 보이기 시작했다.

헤스터, 아나딜, 도트는 호박들 너머로 소피를 뚫어지게 바라봤다. 축 늘어진 검정 튜닉 차림의 그녀는 핑크색 드레스를 입은 아가사와 하늘색 셔츠를 입은 테드로스와 함께 여유를 즐기고 있었다.

"희한하지. 나 쟤네 보고 싶을 것 같아." 아나딜의 말에 쥐들이 주머니 밖으로 머리를 쑥 내밀었다. "저 멍청한 왕자까지도 말이야."

"소피가 없으니 헤스터가 드디어 캡틴이 되겠네." 도트가 스콘에 초콜릿 조각을 올리며 말했다.

"쟤가 없는 데서 캡틴이 돼 봤자 그게 다 무슨 의미가 있겠어?" 헤스터가 아쉬운 듯 말했다. "쟤는 우리 중 최고의 마녀야."

한편 소피는 스콘을 나눠 먹는 헤스터와 아나딜과 도트를 바라보며 잠시 엉뚱한 생각에 잠겼다. '쟤들도 카멜롯에 같이 가면 얼마

나 좋을까?'

"넌 소피보다 더 심해!" 아가사가 웅얼웅얼 말했다.

소피는 케이크를 입안 가득 물고 테드로스와 말싸움을 벌이고 있는 아가사를 향해 고개를 돌렸다.

"말로는 만날 배고프다고 하면서 아무것도 안 먹잖아." 그녀가 입을 벌릴 때마다 핑크 드레스 위로 빵 부스러기가 떨어졌다.

"내일이 대관식이라 초상화 그린단 말이야. 앞으로 천년 동안 사람들에게 전해질 그림인데 잘 보이고 싶은 게 정상 아니야?" 테드로스가 투덜댔다.

"나도 내일 초상화 그리지만, 나랑 리퍼는 너처럼 바보짓 안 하는데." 아가사가 못생긴 고양이를 보며 활짝 웃었다. 리퍼는 버드나무 숲 근처에서 비명을 지르는 키코를 끈질기게 쫓고 있었다.

"리퍼?" 테드로스가 놀란 듯이 눈을 동그랗게 떴다. "저 악마 고양이를 내 성에 들일 생각은 꿈에도……."

"네 성? 우리 성 아니야?"

"그래. 그러니까 우리 둘 다 좋아하는 동물을 길러야지."

"리퍼가 안 가면 나도 안 가."

"그럼 너도 가지 마."

"이 자존심만 세고 겁 많은 고집불통……."

아가사가 갑자기 말을 멈추고 소피를 바라보았다. 소피가 휘둥그런 눈으로 두 사람을 빤히 보고 있었다.

"혼자가 확실히 더 행복한 것 같아."

소피의 말에 세 사람은 웃음을 터뜨렸다.

"테드로스! 저기 봐!" 채딕이 소리쳤다.

파란 숲 정문에 시끌벅적하게 모인 선인들이 모퉁이를 돌아 등장한 마차를 바라보고 있었다. 말 두 마리가 끄는 흰색과 파란색 마차의 네 귀퉁이에서 주홍색 깃발이 펄럭였다.

"갈 때가 됐나?" 아가사가 초조한 표정으로 물었다.

테드로스는 미소를 지었다. "가자, 아가사. 카멜롯이 우릴 기다리고 있어." 그는 아가사의 손을 잡아 끌어당기고는 흘끗 옆을 바라보았다. "소피, 서둘러! 마차 안에 자리가 세 개야."

"그럼 네 어머니와 난 말을 타고 뒤따라가야겠구나!" 깊은 저음의 목소리가 들려왔다.

테드로스는 베네딕트를 타고 마차와 나란히 달려온 랜슬롯과 귀네비어를 올려다보았다.

귀네비어가 말에서 내리자, 테드로스는 그녀를 넘어뜨릴 듯이 덥석 껴안았다.

"같이 가시는 거죠?" 테드로스가 눈물을 흘리며 말했다.

"나랑 못생긴 기사도 같이 가기로 했어." 귀네비어가 아들의 뺨에 입을 맞췄다. "왕에게는 어머니가 필요하지 않겠니?" 그녀가 아가사를 바라보았다. "왕비에게도 어머니가 있으면 좋겠지."

아가사가 귀네비어를 껴안으며 속삭였다. "당연하죠."

"고마워요, 어머니." 테드로스가 코를 훌쩍이며 양팔로 왕비와 어머니를 감싸 안았다. "고마워요……."

"그렇게 고마우면 어머니 사형 집행 영장 좀 취소해 주렴." 랜슬롯이 투덜거렸다.

"아이, 참! 꼭 그렇게 분위기를 망치더라!" 귀네비어가 한숨을 내쉬었다.

랜슬롯은 금세 화를 풀고 세 사람에게 다가가 긴 팔로 그들을 끌어안았다. 사랑하는 왕자와 아름다운 새 가족 품에 안긴 아가사의

선과 악의 학교 3

모습을 멀리서 지켜보던 소피는 행복으로 빛나는 친구의 얼굴을 보는 순간 마음이 구름처럼 가벼워졌다. 레소 부인의 말이 옳았다. 아가사의 행복이 곧 그녀의 행복이었고, 그것은 충분히 행복한 결말이었다.

"소피, 어서 가자!"

테드로스와 아가사가 마차 문을 열고 소피에게 손을 흔들었다.

소피는 미소 지으며 그들을 향해 걸음을 옮겼다.

"얘야, 더비 교수 방에서 내 망토 좀 가져다주겠니?" 멀린이 셔츠 바람으로 어슬렁어슬렁 그녀 곁을 지나며 말했다. "난 늙어서 계단은 한 층도 못 올라가겠다."

소피는 얼굴을 찌푸리며 친구들이 있는 곳을 손가락으로 가리켰다. "하지만 다들 기다리는데……."

"걱정 마라. 내가 기다리라고 말하마." 멀린은 더 이상 들을 말이 없다는 듯 그녀를 쓱 지나쳐 갔다.

더비 교수의 사무실은 문이 열려 있었다. 소피는 친구들이 오래 기다릴까 봐 후다닥 안으로 들어갔다.

두 번째 책상은 사라졌고, 예전 모습을 되찾은 선의 학교 학장 사무실에서는 계피와 정향 냄새가 은은하게 풍겼다. 소피는 사무실을 둘러보았지만 멀린의 망토는 보이지 않았다. 옷걸이에도 없었고, 의자나 책상에도 없었다…….

대신 책상 위에는 소피의 시선을 사로잡는 다른 물건이 놓여 있었다.

호박 종이누르개와 신선한 자두 바구니 사이에 자주색 리본이 묶인 길쭉한 하얀 종이 상자가 있었다. 그리고 박스에 붙은 카드에 상자 주인의 이름이 적혀 있었다.

소피

"돌아와 보니 책상 위에 이게 있더구나."

소피가 뒤를 돌아보니 더비 교수가 문가에 서 있었다.

"레소 부인이 날 얼음 무덤에서 구하기 전에 여기 남겨 둔 모양이야." 교수가 방 안으로 들어오며 말했다. "편지나 유서는 없어…… 이것뿐이야."

소피는 빳빳한 상자 모서리와 카드에 적힌 자신의 이름을 손끝으로 만져 보았다. 카드에는 그녀의 이름 외에는 아무것도 쓰여 있지 않았다. 소피는 다시 고개를 들어 학장을 바라보았다.

"네가 열어 보기 전에는 뭐가 들었는지 알 수 없단다."

소피는 천천히 자주색 리본을 풀고, 책상 위로 몸을 기울인 채 한 손으로 하얀 상자 뚜껑을 들어 올렸다.

순간 그녀는 목이 막혀 숨을 쉴 수 없었다.

"아니…… 어, 어떻게……."

소피가 홱 몸을 돌려 더비 교수를 바라보았다. 선의 학장은 눈물 가득한 눈으로 상자를 바라보며 미소 짓고 있었다.

"레소 부인이 말했잖아." 더비 교수가 희망에 가득 찬 얼굴로 속삭였다. "옛 친구와 새 친구가 같이 있다고……."

학장은 소피의 뺨을 쓰다듬었다. "이제 둘 다 안전해."

테드로스는 어머니와 랜슬롯에게 차를 가져다주었다. 아가사는 무사마귀가 난 리퍼의 피부에서 거칠한 부분을 벗겨 냈고, 멀린은 마차 유리창에 비친 수염 없는 자신의 얼굴을 유심히 들여다봤다.

"긴 여행을 하면 꼭 잃는 게 있더군." 멀린이 오랜만에 햇빛 아래 드러난 자신의 턱을 살피며 말했다.

"마법사님, 궁금한 게 있어요." 아가사가 입을 열었다. "가발돈과 숲 사이 보호막은 아무도 지나갈 수 없는데 전 어떻게 통과했을까요?"

"보호막은 악이 독자 세계에 들어가는 것을 막는 장치란다." 멀린이 대답했다. "그때는 악의 침입을 막기 위해서 선을 밖으로 내보내야 했던 게지."

멀린을 바라보던 아가사는 갑자기 목이 멨다. "마법사님…… 너무 보고 싶을 거예요."

"보고 싶을 거라고?" 마법사가 홱 몸을 돌려 그녀를 향했다. "저 꼬맹이가 내 도움 없이 나라를 다스릴 수 있을 거라고 생각하는 거냐?"

"이제 다 커서 가정교사는 필요 없을 줄 알았는데, 제 생각이 틀렸네요." 테드로스가 아가사에게 다가서며 싱긋 미소 지었다.

"열여섯 살 되려면 아직 하루 남았다." 마법사가 쾌활한 목소리로 말하며 젊은 연인을 유심히 바라보았다. "게다가 시간이 지나면 또 다른 꼬맹이들이 생길 텐데, 그 아이들한테도 가정교사가 필요하지 않겠니?"

"마차에 자리가 하나만 더 있었으면 카멜롯까지 같아 가면서 계속 저희를 괴롭히실 수 있었을 텐데!" 테드로스가 장난스러운 말투로 말했다. "안타깝지만 소피가 타면 마차는 꽉 찹니다."

하지만 멀린은 왕자가 아닌 다른 사람을 바라보며 미소 지었다.

"과연 그렇게 될까?"

테드로스와 아가사도 멀린의 시선을 따라 고개를 돌렸다.

소피가 레소 부인이 생전에 입던 어깨가 뾰족한 고급스러운 자주색 드레스를 입고 그들을 향해 다가오고 있었다.

아가사는 안고 있는 고양이를 떨어뜨렸다.

소피는 화장을 전혀 하지 않은 얼굴이었다. 눈 아래는 다크서클이 짙었고 머리도 손질이 안 되어 엉망이었다. 하지만 아무 말 없이 그녀를 마주 보고 있는 소피는 그 어느 때보다 차분하고 자신감에 차고…… 아름다웠다.

순간 아가사는 소피가 어떤 결심을 했는지 깨달았다.

"그분이 원하신 거야." 소피가 잠긴 목소리로 말했다.

아가사의 입술이 바르르 떨렸다. "우리랑…… 같이 안 갈 거야?"

"난 악의 학장이 될 거야. 더비 교수님이 선의 학교 학장을 계속 맡으실 거고. 레소 교수님과 더비 교수님이 그랬듯 이제는 우리 둘이 학교를 운영하면서, 새로운 교장이 지명될 때까지 이야기꾼을 잘 지켜 낼 거야."

소피의 말이 사람들 사이로 퍼지자 선인과 악인, 교수와 영웅, 젊은이와 늙은이 모두 얼빠진 표정으로 소피를 바라보았다. (맨리 교수는 들고 있던 컵을 깨뜨렸다.)

아가사는 아무 말도 할 수 없었다. "하지만…… 하지만……."

"내가 행복해지기를 바란다고 했잖아, 아가사." 소피가 대신 말을 이었다. "내가 있어야 할 곳은 여기야. 이게 정말 내가 원하는 일이야. 나 같은 학생들에게 악의 진정한 의미를 가르치는 거 말이야."

아가사는 고개를 흔들었다. 눈물이 차오르고 있었다. "아, 소피!

넌 훌륭한 학장이 될 거야." 그녀가 두 팔을 벌려 소피를 끌어안았
다. "그냥…… 네가 너무 보고 싶을 것 같아서……."

"너도 훌륭한 왕비가 될 거야, 아가사." 소피가 확신에 찬 얼굴로
말했다. "내 삶을 바꿔 놓은 것처럼 다른 사람들의 삶에도 변화를
일으키겠지."

테드로스마저 눈에 눈물이 맺혔다. "카멜롯까지 마차로 하루밖
에 안 걸려. 한 번씩 올 거지?"

"너희만 괜찮다면 언제든지."

아가사는 소피를 더욱 꼭 껴안고, 눈물로 얼룩진 뺨을 친구의 뺨
에 비볐다. "사랑해, 소피. 내가 얼마나 사랑하는지 넌 모를 거야."

"나도 알아, 아가사." 소피가 속삭였다. "나도 그만큼 널 사랑하
니까."

두 소녀가 서로를 끌어안은 채 꼼짝할 기미가 없자, 결국 멀린이
나서서 아가사와 왕자를 마차로 안내했다. 마차가 출발하고 귀네
비어와 랜슬롯이 말을 타고 그 뒤를 따르자, 소피는 친구들을 향해
손을 흔들었다. 마차는 저 멀리 지평선 위로 희미하게 보이는 높은
성을 향해 숲으로 들어갔다. 그리고 얼마 후 마지막 바퀴마저 어두
운 숲 속으로 사라졌다.

아가사와 테드로스는 그렇게 소피의 시야에서 사라졌다.

정문에 홀로 선 소피는 눈물을 쏟아 냈다. 모든 것을 씻어 내는
따뜻한 눈물이었다.

두 사람은 영원히 이별한 게 아니었다. 그저 잠시 헤어질 뿐이다.

친구가 그리워 견딜 수 없을 때면 자신의 마음속을 들여다보면
된다. 아가사는 늘 거기 있으니까.

"흠…… 네 왕자님은 어쩌면 생각보다 가까운 곳에 있을 수도 있

어." 누군가가 소피에게 말을 걸었다.

호트가 어느새 그녀 곁에 다가와 있었다.

소피는 그를 가만히 바라보았다. 장난기 넘치는 얼굴과 운동으로 다져진 몸, 매력적인 미소…….

"미안하지만 난 이미 내 운명의 짝을 찾았어, 호트."

"뭐? 누군데?" 호트가 경악한 표정으로 물었다.

"나 자신이야." 소피가 자신감 넘치는 목소리로 대답했다. "난 혼자인 게 행복해."

그녀는 진심을 말하고 있었다.

호트가 할 말을 찾아 우물쭈물하는 사이, 두 학교에 수업 종이 울리고 학생들이 쏟아져 나왔다. 악의 학교로 가기 위해 북쪽 문으로 향하던 악인 학생들은 넋이 나간 표정으로 새 학장을 보면서 수군거렸다. ("너 쟤 보고 싶을 거라고 했지? 많이 봐라." 도트가 도화지처럼 창백해진 헤스터와 아나딜을 놀렸다.)

소피는 심호흡을 하고 학생들의 뒤를 따랐다. "중요한 것부터 처리해야지. 악에게는 새로운 모습이 필요해. 검정색과 우울함, 파멸 같은 것들은 때려치우고 우리의 개성과 강인함을 드러내야지." 그녀가 생각에 잠겨 말했다. "능력이 부족한 교수들은 즉시 쫓아내고, 학생들에게는 운명의 적을 자신의 내면에서 찾을 수 있도록 지도할 거야. 그래야 서커스에서 최고의 탤런트를 발견할 수 있을 테니까. 그리고 무도회! 동화 경연 대회에서 우승한 학교가 무도회를 개최하자고 해야겠어……. 선이 속상해 죽으려고 하겠지?"

"소피!" 호트가 그녀를 뒤쫓아 왔다.

"응?"

"너 아가사가 왕자랑 왕관이랑 왕국까지 다 차지해서 질투 나지 않아?" 호트가 믿을 수 없다는 표정으로 다그쳐 물었다. "아가사가 왕비가 되는데 속상하지 않느냐고?"

소피는 학생들이 정문을 빠져나가는 동안 걸음을 멈추고 먼 곳을 바라보았다.

"솔직히, 조금 질투는 나지." 그녀가 나직이 속삭였다. "하지만 괜찮아."

소피가 다이아몬드처럼 찬란한 미소를 지으며 호트를 뒤돌아보았다.

"이게 진짜 내 모습이니까."

옮긴이 **신윤경**

서강대학교에서 영어영문학과 불어불문학을 복수 전공하고, 같은 학교 대학원에서 석사학위를 받았다. 영국 리버풀 종합단과대학과 프랑스 브장송 CLA에서 수학했으며, 현재 프리랜서 번역가로 활동하고 있다. 주요 역서로 〈선과 악의 학교〉 시리즈, 《소문난 하루》, 《포드 카운티》, 《브림스톤》, 《호러 스토어》 외 다수가 있다.

선과 악의 학교 제3부—마지막 해피엔딩 2

초판 1쇄 인쇄 2020년 9월 1일
초판 1쇄 발행 2020년 9월 11일

지은이 | 소만 차이나니
옮긴이 | 신윤경
발행인 | 강봉자, 김은경

펴낸곳 | (주)문학수첩
주소 | 경기도 파주시 문발로 214-12(문발동 511-2) 출판문화단지
전화 | 031-955-4445(마케팅부), 4500(편집부)
팩스 | 031-955-4455
등록 | 1991년 11월 27일 제16-482호

홈페이지 | www.moonhak.co.kr
블로그 | blog.naver.com/moonhak91
이메일 | moonhak@moonhak.co.kr

ISBN 978-89-8392-833-7 04840
      978-89-8392-831-3 (세트)

「이 도서의 국립중앙도서관 출판예정도서목록(CIP)은 서지정보유통지원시스템 홈페이지(http://seoji.nl.go.kr)와 국가자료종합목록 구축시스템(http://kolis-net. nl.go.kr)에서 이용하실 수 있습니다. (CIP제어번호 : CIP2020034596)」

* 파본은 구매처에서 바꾸어 드립니다.